CLARA SCHÖNBERG

Polarstern-leuchten

Roman

HarperCollins

1. Auflage 2023
Originalausgabe

Umschlaggestaltung von Zero Media
Umschlagabbildung von Phillip Chow / Getty Images
Gesetzt aus der Stempel Garamond
von GGP Media GmbH, Pößneck
Druck und Bindung von ScandBook
Printed in Lithuania
ISBN 978-3-365-00463-0
www.harpercollins.de

Klimaneutral
Druckprodukt
ClimatePartner.com/15109-2009-1001

FSC
MIX
Papier
FSC® C021394

Vergiss nicht,
der Polarstern leuchtet auch
für dich

Prolog

Zehn Kilometer über dem Meer, zwischen Hamburg und Reykjavík

Unablässig prasselte der Regen gegen das Fenster der Passagiermaschine. Der eisige Wind des Atlantiks rüttelte an den Rotoren, als wollte er den metallenen Rumpf in seine Einzelteile zerlegen. Anna klammerte sich fester an die Plastikarmlehnen, die ihr plötzlich viel zu instabil erschienen. Neben ihr studierte Lia hektisch das Informationsblatt mit den Sicherheitshinweisen. Die Turbulenzen hatten selbst ihre unerschütterliche beste Freundin verstummen lassen. Vor fünf Minuten hatte Lia noch fröhlich geplappert, um sie von den »kleinen Hüpfern« abzulenken, doch nun herrschte Ruhe auf dem Mittelsitz.

Zaghaft riskierte Anna einen Blick durch das Flugzeugfenster. Die Sonne war längst von den finsteren Wolkenbergen des Sommergewitters verdrängt worden. Nur der flackernde Scheinwerfer am Ende der Tragflächen warf ein schwaches Licht auf die Dunkelheit, die sie umgab. Die Maschine senkte sich immer weiter. Nicht mehr lang und sie würde wieder festen Boden unter den Füßen haben.

Ihr Puls pochte viel zu hastig in ihren Adern. *Reiß dich zusammen*, versuchte sie ihrem Körper zu befehlen. Immerhin hatte sie bereits Tausende Kilometer in der Luft zurückgelegt.

Früher war kaum ein Monat vergangen, in dem sie nicht stundenlang um den Erdball gejettet war. Doch auch nach fünf Jahren gehörte dies zu den unangenehmsten Seiten ihres Jobs als Reisejournalistin. Daher hatte sie ihre Arbeit als selbstständige Reporterin aufgegeben und sich vor drei Jahren für eine Stelle in der Redaktion des Hamburger Magazins *Die Schätze des Nordens* entschieden. Seitdem berichtete sie vor allem über nette Wochenendausflüge auf dem norddeutschen Land und brauchte dafür glücklicherweise nur ihren Smart. Ein wenig häuslich, wenn man in Betracht zog, dass sie erst achtundzwanzig war. Zumindest hatten ihr das damals einige Kollegen in Südafrika gesagt, als sie sich zu diesem Schritt entschlossen hatte.

Aber es gefiel ihr so. Die Vorstellung, der unkontrollierbaren Gewalt der Natur ausgeliefert zu sein, war für sie unerträglich. Und nun, da sie in einer Blechbüchse über dem tobenden Atlantik saß, erinnerte sie sich einmal mehr daran, warum jedes Mal eine Zentnerlast Anspannung von ihr zu fallen schien, sobald sie den Fuß auf sicheren Boden setzen konnte.

Anna wagte einen weiteren Blick in die tobende Wolkenmenge, die das Flugzeug umschloss. Schon bald würde sie die rauen Berge und grünen Wiesen Islands sehen. Und die Aussicht auf das, was sie dort erwarten würde, sandte einen Schauer über ihren Rücken. Diesmal ging es nicht nur um einen weiteren Job.

Kapitel 1

Hamburg
Zwei Wochen zuvor

»Das kann doch nicht ihr Ernst sein!« Frustriert schlug Anna gegen die Tür der hanseatischen Villa, die ihren Beschimpfungen jedoch problemlos standhielt.

Während der Hamburger Regen unbarmherzig auf sie niederprasselte, lag ihr Schlüssel in der wohligen Wärme von Lias Handtasche. Das vermutete sie zumindest stark. Ihre beste Freundin hatte in letzter Zeit ein Faible für solche Überraschungen entwickelt, um sie aus dem Haus zu locken. In den meisten Fällen ohne Erfolg. Seit der Trennung von Matteo hatte Anna es vorgezogen, sich in ihre Oase der Ruhe, wie sie ihre Altbau-WG liebevoll nannte, zurückzuziehen, während draußen in den Bars von Hamburg-Hoheluft das Leben tobte. Und Lia.

Seufzend streifte Anna ihre Handtasche von der Schulter und prüfte ein weiteres Mal, ob sich ihr Schlüsselbund nicht doch in einer dunklen Ecke versteckt hatte. Nein, absolut nichts.

Mit unheilvoller Vorahnung zog sie ihr Smartphone aus der Tasche ihres Regenmantels. Tatsächlich. Die Messenger-App kündigte eine neue Nachricht von Lia an, die sie vor einer Stunde erreicht hatte. Als sie noch warm und trocken auf dem Drehstuhl ihres Büros gesessen und ihren Artikel über »Frieslands schönste Inseln« ein letztes Mal Korrektur gelesen hatte. Sie hatte schlichtweg keinen sonderlich großen Drang verspürt, ihre Nachrichten zu checken, als sie die Redaktion verlassen und sich auf den Weg nach Hause gemacht hatte. Heute Abend wollte sie ihre nächste Reise planen und schon einmal recherchieren, was die Leser besonders an der Umgebung des neu eröffneten Wellness-Gutshofs nahe der Lübecker Bucht interessieren könnte. Die sozialen Medien würden warten müssen, bis sie den Laptop ausschaltete. Das war jedoch gewesen, bevor ihre beste Freundin andere Pläne für sie auserkoren hatte.

Anna öffnete die Nachricht. Dicke Regentropfen landeten auf dem Display und ließen die Buchstaben verschwimmen.

> Annita, heute ist Mexikanische Nacht im La Quesadilla – Sombreros, Tapas und Chicos guapos, also beeil dich, und lass deine beste Freundin nicht allein an der Bar sitzen. Das Ignorieren dieser Nachricht ist zwecklos. Hab deine Schüssel ...

Das war mal wieder typisch. Aber ganz verübeln konnte sie es Lia nicht. Ein wenig hatte sie in den letzten Monaten schließlich auch ihre beste Freundin im Stich gelassen. Als sie vor drei Jahren zusammen in ihre Traumwohnung in der hanseatischen Jugendstilvilla gezogen waren, hatten sie noch jeden Freitagabend ihre Freundschaft zelebriert. Mit dem Bordeaux aus dem Winzershop im Eppendorfer Weg, französischem Käse und einem kitschigen Liebesfilm. Aber seit Matteos geradlinigem Abgang war Anna nicht mehr nach Heile-Welt-Romantik zumute gewesen. Sie hatte für sich sein wollen, ihre Abende lieber allein mit einem Buch oder vor dem Laptop verbracht.

Was soll's, dachte sie, schob das Handy zurück in ihren Mantel und schwang sich ihre Handtasche wieder über die Schulter. Bevor sie hier im Regen versauerte, sollte sie der Mexikanischen Nacht vielleicht doch eine Chance geben.

Während sie unter den Alleebäumen den Abendrothsweg entlangeilte, zog sie fröstelnd die Schultern hoch. In den Fenstern der Jugendstilvillen brannte gelegentlich Licht, und sie erhaschte im Vorbeigehen kurze Einblicke in die Leben der Bewohner. Als sie den Falkenried erreichte, boten ihr die hohen Bäume, die sich auch hier entlang des Gehwegs zogen, weiterhin ein wenig Schutz. Doch das half nun auch nicht mehr.

Frierend und triefend vor Regenwasser zog sie die Ladentür des *La Quesadilla* auf, und ein Schwall, in dem sich Wärme, der Geruch von mexikanischem Essen und lateinamerikanische Gitarrenmusik mischten, umfing sie. Das Restaurant war Lias und ihr Lieblingsladen. Hier gab es nicht nur fantastische karibische Spezialitäten, auch die außergewöhnliche Deko hatte es ihnen seit ihrem ersten Besuch angetan. Die bunten Tiermasken, die an den Wänden hingen, waren genauso faszinierend wie das bemalte Skelett, das wirkte, als würde es tanzen. Die Kissen auf den Bänken zeigten entweder Frida Kahlo oder mit Blumen verzierte Totenköpfe. Und auf den Holztischen lagen gestreifte Tischtücher in allen Farben des Regenbogens. Der Laden war ein echtes Unikat, und an einem Freitagabend kam es einem Wunder gleich, ohne Reservierung einen Tisch zu ergattern.

Auch heute war das Restaurant so gut besucht, dass Anna sich an den wartenden Freundesgruppen vorbeiquetschen musste, um nach Lia Ausschau zu halten. Im hinteren Teil des Lokals entdeckte sie schließlich ihren brünetten

Lockenkopf. Lia winkte ihr von einem Tisch zu, auf dem zwei Mojitos und eine Portion Nachos bereitstanden.

»Du siehst so aus, als könntest du ein feuriges Getränk gebrauchen«, sagte sie mit einem frechen Zwinkern, als Anna sich vor ihr aufbaute und sie vorwurfsvoll anfunkelte. »Bevor du etwas sagst: Der Kellner starrt schon die ganze Zeit herüber, weil ich zwei Mojitos bestellt habe und seit einer Stunde niemand gekommen ist, der sie mit mir trinkt. Also setz dich bitte hin und lass mich nicht wie eine versetzte alte Jungfer aussehen.«

Mit einem mürrischen Grummeln ließ Anna ihre triefende Handtasche auf den leeren Stuhl neben ihr fallen und schlüpfte aus dem Regenmantel. Sie hängte ihn über den Holzstuhl und ließ sich auf das Polster gleiten. Hastig strich sie sich ihre nassen blonden Haarsträhnen aus der Stirn, die der Wind ihr ins Gesicht geweht hatte. Großartig. Zu allem Übel sah sie vermutlich aus, als hätte sie einen Bridget-Jones-Regenpfützen-Moment hinter sich.

»Das ist echt das Höchste! Schlüsseldiebstahl ist rechtlich verfolgbar, Cecilia Leonore«, knurrte sie, wohl wissend, wie sehr ihre Freundin es hasste, wenn man sie mit den zwei Vornamen ansprach, die ihr wohlhabendes Blankeneser Elternhaus ihr verpasst hatte.

Lias Kiefer zuckte kurz, doch sie hatte sich erstaunlich gut im Griff und schob ihr lächelnd den Mojito zu. »Bevor du die Anklage formulierst, könntest du dich mal ein wenig entspannen. Das hast du in der letzten Zeit viel zu selten getan.«

»Ich habe einen Job, der viele Überstunden erfordert … und außerdem ist ein Abend am Laptop auch entspannend«, sagte Anna trotzig und nahm einen Schluck von dem Mojito.

Lias hochgezogene Augenbraue verriet ihr, dass sie keineswegs überzeugt war. »Ehrlich, Anna, du verschanzt dich seit Wochen hinter deiner Arbeit. Das kann doch nicht alles sein.«

»Momentan ist es das aber für mich.« Sie nahm einen Nacho und tauchte ihn in die cremige Guacamole.

»Dann solltest du was ändern. Ich habe mir das jetzt lange genug mit angesehen. Es ist fünf Monate her, dass dieser Italo-BWLer sich aus dem Staub gemacht hat. Er hat dich nicht verdient.« Lia legte eine Hand auf ihre. »Du weißt, dass ich für dich da bin. Aber ich erkenne dich gar nicht mehr wieder. Du hast immer so vor Lebensenergie gesprüht. Seit Matteo kommt es mir vor, als würdest du nicht einmal mehr mich an dich heranlassen.«

Anna fiel es schwer, Lias Blick standzuhalten. Ihre Freundin hatte recht. Als Matteo ihr aus heiterem Himmel gesagt hatte, dass sie ihn langweilen würde, hatte sich etwas tief in ihr Herz gebohrt. Wie oft hatte er beteuert, dass er sie lieben würde? Er hatte ihr das Gefühl gegeben, als wäre ihre Beziehung das, wonach jeder Mensch suchte – die wahre Liebe. Doch das war alles Show gewesen. Langweilig wurde es ihm auch erst, nachdem sie miteinander geschlafen hatten.

»Anna?« Lia drückte ihre Hand.

»Es hat mir einfach den Boden unter den Füßen weggerissen. Ich weiß, er hat mich nicht zu schätzen gewusst und mich nicht geliebt. Aber jeder Mann könnte doch das gleiche Spiel abziehen.«

»Liebe ist eben immer ein Risiko.« Lia stupste sie aufmunternd an. »Aber mir geht es ja gar nicht darum, dass du übermorgen deinen Traummann heiraten sollst.«

»Nicht? Ich hätte schwören können, du hast Jan-Hendrik etwas anderes erzählt«, entgegnete sie trocken. Der bedauernswerte Kerl war Lias Kollege und arbeitete wie ihre Freundin als PR-Manager in der renommierten Agentur

Kampinski Communications. Auf Lias Geburtstagsparty hatte sie sich nicht einmal fünf Minuten lang mit ihm unterhalten, doch ihre unbarmherzige Freundin hatte das zum Anlass genommen, ihm eiskalt Annas Interesse vorzugaukeln. Vor zwei Wochen hatte er in seinem besten Anzug auf ihrer WG-Couch gewartet, als sie nach der Arbeit die Tür aufschloss. Sie verspürte immer noch Gewissensbisse, wenn sie daran dachte, wie enttäuscht und verletzt er sie angesehen hatte, als sie ihm erklärte, dass es sich um ein Missverständnis handelte und sie niemals in Betracht gezogen hatte, irgendwo mit ihm hinzugehen. Auch nicht in das Dreisternerestaurant, in dem er bereits einen Tisch für sie reserviert hatte.

Nachdem Matteo sie wie ein ausgedientes Spielzeug aus seinem Leben verbannt hatte, ging ihr Bedürfnis, sich auf ein weiteres fehlgeschlagenes Exemplar der männlichen Spezies einzulassen, gegen minus einhundert.

Lia grinste. »Das war ein Versuch, dich mal wieder an den Mann zu bringen. Leider ist er kläglich an deiner unbezwingbaren Starrköpfigkeit gescheitert.«

Anna schnitt eine Grimasse. »Wenn es dir also nicht um meine erfolgreiche Vermittlung auf dem Heiratsmarkt geht, worum dann?«

»Ich möchte meine alte Freundin zurück. Ich möchte, dass du wieder richtig strahlst und mit mir zusammen träumst und planst und lachst.« Lia nahm Annas andere Hand in ihre und sah ihr in die Augen. »Und deshalb habe ich dich heute hierhergelockt. Auf uns wartet ein Abenteuer. Ein neuer Abschnitt.«

Argwöhnisch betrachtete Anna ihre Freundin. »Was hast du ausgeheckt?«

Lia grinste triumphierend. »Wir fliegen nach Island.«

Island. Vor Annas Augen erschienen Bilder vom saftigen Grün der Inselwiesen, vom kargen Hochland, den pulsierenden Geysiren, von der tosenden Brandung an einem der zahllosen Strände, von rauem Vulkangestein und der reißenden Strömung der Wasserfälle. Als sie an das Rauschen des Wassers dachte, konnte sie beinahe die feinen Tropfen auf ihrem Gesicht spüren, die der Wind zu ihr herübertrug.

Sie fühlte sich der Insel so nah. Das hatte sie immer schon getan. Und doch war Island bisher nur ein Bild, zusammengesetzt aus tausend Stückchen ihrer Erinnerung. Aus den Bilderbüchern und Fotobänden, die ihr isländischer Großonkel ihr zu jedem Geburtstag geschickt hatte, bis sie volljährig war. Aus den Sagen, die ihre Mutter ihr früher jeden Abend vor dem Schlafengehen vorlesen musste. Aus jedem Film, jedem Roman, den sie gierig in sich aufgesogen hatte. Doch ihre Liebe zu dem Land hatte sie wie alles andere seit Matteo von sich gewiesen. Im Schmerz über ihn war alles irrelevant geworden, das ihr zu naheging und sie wieder verletzen könnte.

Sprachlos starrte sie Lia an. »Weshalb?«

»Du brauchst eine Ablenkung. Du musst zu dir selbst finden. Was könnte da besser sein, als deinen Traum zu verwirklichen und dorthin zu fliegen, wo du schon immer hinwolltest, und das zu tun, was du schon immer tun wolltest – nämlich deinen Roman zu schreiben?«

Anna zog zweifelnd die Stirn kraus. »Das ist nur eine Träumerei, Lia. Nichts davon ist in realistischer Nähe.«

»Argh, wie ich diesen Matteo verfluche. Hör dir nur mal zu! Bevor du ihn kanntest, hast du an dich geglaubt und gewusst, dass du deine Träume verwirklichen kannst.« Lia drückte ihre Hände noch etwas fester. »Komm schon, das wird großartig. Wir erkunden ein aufregendes Land, baden in heißen Quellen, verlaufen uns im Hochland, schwimmen mit den Walen. Und dann hast du genug Inspiration, um in einer ruhigen isländischen Hütte deinen Roman zu schreiben.«

Lias unerschütterlicher Enthusiasmus ließ ihre Zweifel langsam schmelzen. »Übertreibst du nicht ein wenig?« Sie lachte. »Aber gut, ich wäre bei unserem Islandabenteuer dabei, wenn ich nicht an meinen Redaktionsstuhl gefesselt wäre.«

»Alles schon geregelt.« Lia strahlte feierlich. »Erinnerst du dich noch an Freyja?«

»Was für eine Frage.« Lia, Freyja und Anna hatten sich ein Apartment geteilt, als sie für zwei Semester an der University of Exeter studierten. Während Freyja und Lia kaum eine Party auf dem Campus (oder außerhalb des Campus) ausließen, ging Anna lieber zu gemütlichen Filmabenden mit ein paar Kommilitonen. Aber das hatte ihrer Freundschaft nie einen Abbruch getan. Ihre Kochabende in der Gemeinschaftsküche waren legendär gewesen. Umso schwerer war ihnen der Abschied gefallen, als Freyja nach einem Jahr wieder in ihre Heimat Island zurückkehrte und Lia und Anna nach Hamburg. Über die große Distanz war die Freundschaft zu Freyja irgendwann eingeschlafen. Seit einem Jahr hatte Anna nichts mehr von ihr gehört.

Lia holte tief Luft. »Ich habe sie angeschrieben, sie arbeitet jetzt für einen Reiseveranstalter, der Hochlandtouren auf der Insel anbietet. Zufälligerweise wäre ihr Chef sehr an einer Berichterstattung über seine Touren interessiert. Ich habe Freyja den Kontakt eurer Redaktion gegeben, und sie war hellauf begeistert. Dein Chef fand das Thema auch nicht gerade uninteressant für eure Auslandskolumne. Ich konnte aushandeln, dass ich es dir heute sagen darf: Du wirst auf Recherchereise nach Island fliegen!«

Anna starrte Lia fassungslos an. Und sie hatte gedacht, ihre Freundin langsam einschätzen zu können. Aber diese Gerissenheit toppte mal wieder alles. »Und soll einen Reisebericht verfassen?«

Lia nickte. »Genau, drei Artikel für ein Island-Spezial in der Ausgabe eures Magazins. Die genaue Einweisung erhältst du Montag von deinem Chef. In zwei Wochen sitzen wir schon im Flieger.«

Verblüfft griff Anna nach ihrem Mojito. »Aber wieso gerade ich? Herr Schneyder hätte jeden aus der Redaktion für den Auftrag auswählen können.«

Auf Lias Gesicht breitete sich ein verschmitztes Lächeln aus. »Freyja hat natürlich darauf bestanden, mit der Journalistin ihres Vertrauens zusammenzuarbeiten.«

Anna hatte das Gefühl, als wäre ein Schluck ihres alkoholischen Kaltgetränks nicht ausreichend für diese Wucht an Informationen. Also nahm sie einen zweiten und lächelte Lia dann zu.

»Auf Island!« Ihre Freundin streckte ihr das Mojito-Glas hin, und Anna stieß mit ihrem eigenen dagegen.

»Auf Island!«, sagte sie feierlich. Doch bevor sie sich auf dieses Abenteuer einließ, musste sie noch eine Sache erledigen. Etwas hatte sie Lia verschwiegen. Und sie hoffte, dass es sie nicht einholen würde.

Kapitel 2

Hüsby nahe Schleswig
Eine Woche später

Die Kieselsteine sprangen links und rechts mit lautem Knirschen und Klackern aus der Fahrspur, als Anna ihren Smart in die letzte Abzweigung lenkte. Über ihr brannte die Sonne auf die Felder herab, und die flirrende Hitze drang durch die geöffneten Fenster in das Innere des Wagens. In der Luft hing der schwere Duft der Bäume am Wegesrand und der gemähten Heuwiesen dahinter. Es war ein Sommertag wie aus dem Bilderbuch.

Die Straße endete in einer Zufahrt, und Annas tapferer kleiner Cityflitzer kämpfte sich den staubigen, mit Schlaglöchern übersäten Feldweg entlang. Als sie vor einer guten Stunde in Hamburg losgefahren war, hatte sie sich entschlossen gefühlt. Doch je näher sie der vertrauten Umgebung kam, desto nervöser wurde sie.

Das Wäldchen, das sie umgab, öffnete sich zu einem kleinen reetgedeckten Hofensemble, und sie parkte den Wagen vor dem Natursteinschuppen, den sie schon als Kind geliebt hatte. Damals hatte sie sich vorgestellt, irgendwann einmal einen Bauernhof zu führen, dessen Stall genau so aussehen und einer Menge Schafe Platz bieten sollte. Und vielleicht einem Pony.

Sie atmete tief durch, nahm ihre Tasche vom Beifahrersitz

und stieg aus. Kaum hatte sie die Autotür hinter sich geschlossen, erklang freudiges Gebell, und aus der Tür des Wohnhauses schoss ein schwarzes Fellknäuel direkt auf sie zu.

»Sammy, da bist du ja.« Sie lachte und streichelte dem Mischlingshund liebevoll über das Fell, während dieser ekstatisch um ihre Beine lief und sie beinahe zu Fall brachte.

»Der Junge hat dich genauso vermisst wie ich.« In der Holztür des eingeschossigen Bauernhauses stand ein alter Mann in Tweedjackett und ausgewaschenen Jeans, dessen weiße Haare ihr aus der Ferne entgegenleuchteten.

»Hallo, Opa!« Anna lief ihm entgegen, dicht gefolgt von Sammy. »Ich habe euch auch vermisst«, sagte sie, als ihr Großvater sie in eine enge Umarmung zog. Sie betrachtete sein sonnengegerbtes Gesicht, aus dem ihr seine blauen Augen entgegenstrahlten, die ihren eigenen so sehr ähnelten. »Du siehst erholt aus. Der Sommer hat dir gutgetan.«

»Das kann genauso an Elses Apfelkuchen liegen. Von dem bekomme ich gar nicht genug. Sie hat ihn heute frisch gebacken, du kannst ihn also gleich selbst probieren.«

Anna schmunzelte. Seit die verwitwete Else Scheel aus dem Nachbardorf ihrem Großvater im Haushalt half, kam er gar nicht mehr aus der Schwärmerei heraus. So hatte sie ihn in all den Jahren seit dem frühen Tod ihrer Großmutter noch nie erlebt. Und sie freute sich unsäglich, wenn er wieder einmal von der »gescheiten und hinreißenden Else« sprach. Jedes Mal hatte sie dann die Hoffnung, dass er den Verlust seiner großen Liebe ein Stückchen mehr verwinden und etwas mehr Glück in sein Leben lassen könnte.

Sie schob die Gedanken beiseite und folgte ihm durch die Diele und das rustikale Wohnzimmer auf die Terrasse, die von einem großzügigen Garten umgeben war. Auf dem gedeckten Holztisch standen ein Teeservice und ein aufgeschnittener Apfelkuchen, der so köstlich duftete, wie er aussah. Sie setzten sich, und Anna legte ihnen jeweils ein Kuchenstück auf den Teller.

»Es ist schön, dass du mich so spontan besuchst«, sagte ihr Großvater, während er einen Bissen nahm und absichtlich ein großes Stück vom Teller fallen ließ, damit Sammy auch ja nicht verhungerte. »Geht es dir gut in Hamburg?«

Anna goss ihnen Tee ein. »Ja, beruflich läuft alles hervorragend. Lia beschwert sich nur regelmäßig, dass ich zu viel arbeite.«

»Zu unserer Zeit hat man zu sagen gepflegt: Harte Arbeit hat noch niemandem geschadet. Aber wenn man sich heute die Fälle der Burn-out-Patienten ansieht, kann ich das nicht gerade bestätigen.«

Seit ihr Großvater vor acht Jahren in Rente gegangen war, vermisste er die Arbeit in seiner Praxis sehr. Er war der Dorfarzt gewesen, der Mann, dem im Umkreis von fünfzehn Kilometern jeder vertraute. Jetzt half er gelegentlich den jüngeren Kollegen mit seinem Wissen aus oder hatte ein offenes Ohr für die Menschen im Ort, die weiterhin zu ihm kamen, da sie schon ihr ganzes Leben lang bei ihm in Behandlung gewesen waren.

»Tja, manchmal lässt es sich nicht ändern.« Anna seufzte. »Zugegebenermaßen habe ich mich in der letzten Zeit allerdings in meiner Arbeit verkrochen und kaum etwas anderes an mich herangelassen. Deshalb hat Lia die Zügel in die Hand genommen und mich vor vollendete Tatsachen gestellt, um mich aus meiner Lethargie zu reißen. Sie hat eine ganz besondere Reise arrangiert.« Sie nahm einen Schluck aus ihrer Tasse und schaute ihren Großvater an, gespannt auf seine Reaktion. »Wir fliegen nach Island.«

Die Gabel ihres Großvaters fiel klirrend zu Boden, und seine Gesichtszüge gefroren.

»Opa?« Anna wollte sich bücken, um die Gabel vor Sammys schlabbernder Schnauze in Sicherheit zu bringen, da umfasste ihr Großvater plötzlich ihren Arm.

»Nein. Du wirst nicht fliegen.« Mit festem Blick sah er ihr in die Augen.

Verunsichert legte sie ihre Hand auf seine. »Wieso nicht? Weshalb darf niemand von uns über Island sprechen? Es ist unsere Vergangenheit – deine und Großonkel Magnús' Heimat.«

Verärgert entzog er sich ihrer Hand und stand auf. »Wag es nicht, Anna. Diese verdammte Insel ist nicht meine Heimat!« Wütend fuhr er sich durchs Haar.

»Bitte, Opa, reg dich nicht auf. Ich möchte nur wissen, was passiert ist, dass niemand in dieser Familie es wagt, in deinem Beisein über Island zu sprechen.«

Schnaufend atmete er aus. »Das geht dich nichts an. Niemand aus dieser Familie wird je wieder diese verfluchte Insel betreten. Und das ist mein letztes Wort.«

Schockiert sah sie ihn an. So außer sich hatte sie ihren stets besonnenen Großvater noch nie erlebt. Aber sie wollte sich davon nicht beeindrucken lassen. Ihre Eltern hatten sich nie sonderlich dafür interessiert, nach Island zu reisen. Sie bevorzugten die sonnigen Strände von Kreta. Doch Anna hatte es seit ihrer Kindheit zu der mystischen Insel hingezogen. Und obwohl sie wusste, dass ihr Großonkel Magnús dort lebte, war das auch schon die einzige Information, die sie zu ihren Wurzeln auf der Insel besaß. Auf dem Absenderfeld seiner Geburtstagspäckchen hatte nie eine Adresse gestanden. Niemand wusste, wo er wohnte. Keiner, außer einem.

»Ich werde eine Reportage über Island schreiben. Und ich möchte Großonkel Magnús besuchen. Bitte, Opa, sag mir, wo ich ihn finden kann.«

Der Blick ihres Großvaters wurde noch finsterer. »Mein Bruder hat vor vielen Jahren entschieden, sich an diesen gottverdammten Ort zu ketten. Er hatte die Chance, mir zu folgen. Doch er hat es nicht getan. Er hat sich gegen die Familie entschieden.«

»Was soll das alles bedeuten? Was ist geschehen?«

»Ein letztes Mal, Anna. Du wirst keinen Fuß auf diese Insel setzen. Und schon gar nicht wirst du nach deinem Großonkel suchen. Hast du mich verstanden?« Seine Augen funkelten warnend.

»Nein. Das Versprechen kann ich dir nicht geben. Ich werde fliegen.« Entrüstet stand sie ebenfalls auf und stemmte die Arme in die Hüfte. Sammy tanzte nervös zwischen ihnen hin und her und hechelte.

Ihr Großvater schnaufte wütend. »Ich wünschte, du würdest mich nicht dazu zwingen. Aber so sei es. Wenn du nach Island fährst, dann geh, hier bist du nicht mehr willkommen.«

Entsetzt starrte sie ihn an. »Du kannst doch nicht …«

»Geh!« Sein Schrei tönte durch den Garten, und Sammy fiepte erschrocken auf. Zitternd vor Wut richtete ihr Großvater seinen Zeigefinger auf die Pforte, die zur Auffahrt führte.

Wortlos griff Anna ihre Handtasche, strich Sammy kurz über den Kopf und ging erhobenen Hauptes an ihrem Großvater vorbei Richtung Tor, während ihr die Tränen in die Augen stiegen. Sie hörte tippelnde Schritte hinter sich, doch ein lautes »Hier« ihres Großvaters rief Sammy wieder an seine Seite. Als sie die Pforte erreicht hatte, drehte sie sich ein letztes Mal um. Der Mann, den sie gerade noch liebevoll Opa genannt hatte, stand vor der gedeckten Kaffeetafel. Aus seiner Miene sprach die pure Wut. Neben ihm saß ein traurig dreinschauender Sammy.

Schnell wandte Anna sich ab, um ihre Tränen zu verbergen. Als sie den Smart erreichte, riss sie die Tür auf und setzte sich schwungvoll hinter das Lenkrad. Es dauerte keine Minute, und sie brauste vom Hof.

Die Straßen von Hüsby kamen ihr seltsam fremd vor. Der Schock über das, was gerade geschehen war, ließ sie blind werden für die idyllische Umgebung, die sie so liebte. Früher hatte sie jedes Jahr ihre Sommerferien hier verbracht, und der kleine Ort nahe der Schlei fühlte sich wie eine zweite Heimat für sie an.

Normalerweise hielt sie auf jeder Rücktour im nahe gelegenen Schleswig, um noch einen Abstecher in die Buchhandlung zu machen. Ihre Buchhandlung. Zum ersten Mal hatte ihr Großvater sie mit dorthin genommen, als sie acht gewesen war. Bei jedem Besuch bewunderten sie die Rosen, die am sandgelben Mauerwerk des Ladens emporrankten und ihm etwas Verwunschenes verliehen. Und während sie die bis zur Decke gefüllten Regale durchstöberten, wusste ihr Opa zu jedem Klassiker eine Anekdote zu erzählen. Die Liebe zu den Büchern hatte er ihr vererbt. In seinem Bibliothekszimmer sammelte er originale Erstausgaben der literarischen Klassiker. Er war der Grund, dass sie das Schreiben zu ihrem Beruf gemacht hatte. Und dass sie schon so lange davon träumte, einen eigenen Roman zu verfassen. Die Belletristik war eine ganz andere Sache als die kurzen Reportagen, die sie für das Magazin tippte. »In der Belletristik fühlt der Geist sich frei«, pflegte ihr Großvater zu sagen. »Da findet er Platz, sich zu entfalten.«

Doch bisher war sie nie dazu gekommen, ihrem Geist diese Freiheit zu gewähren. Der Stress auf der Arbeit, die gemeinsamen WG-Abende mit Lia – irgendetwas war immer los gewesen und hatte sie beschäftigt gehalten. Und seit der Trennung von Matteo hatte sie erst recht jegliche Motivation verloren, ihren Gedanken freien Lauf zu lassen.

Als der Wegweiser nach Schleswig vor ihr auftauchte, setzte sie entschieden den Blinker in die entgegengesetzte Richtung. Heute wollte sie einfach nur noch fort. Schon der Gedanke an den Buchladen ließ sie von Neuem schluchzen. Mit bebenden Schultern bog sie auf die Schnellstraße ab, die sie Richtung Hamburg führte. Draußen wandelte sich das Sonnenlicht langsam, nahm einen goldenen Schimmer an und verlieh den Feldern und Wiesen einen besonderen Zauber. Aber in ihr herrschte blanker Aufruhr.

Noch nie hatte etwas ihren Großvater und sie derart entzweit. Aber sie würde nicht klein beigeben. Sie hatte sich ihr ganzes Leben lang damit arrangiert, dass Island ein Tabuthema in ihrer Familie war, obwohl alles in ihr danach rief zu erfahren, was auf der Insel geschehen war – und wo ihre Wurzeln lagen. Obwohl es ihr bei ihren Auslandsreisen ein Leichtes gewesen wäre, sich über den Willen ihres Großvaters hinwegzusetzen und einfach auf die Insel zu fliegen – sie hatte es nie getan. Weil sie ihn liebte und respektierte und ihm Zeit geben wollte. Weil sie die Hoffnung hegte, dass er eines Tages selbst einlenken und erkennen würde, dass es albern war, sie weiterhin wie ein kleines Kind zu behandeln. Doch nun war es genug. Ihre Mutter mochte diese Geheimniskrämerei bis heute akzeptieren, da sie nichts an der Insel reizte. Doch sie würde das nicht tolerieren. Etwas in ihr rief nach Island. Und sie würde es nicht länger ignorieren.

Entschlossen trat sie aufs Gas und brachte den Smart fast an seine Belastungsgrenze. *Durchatmen*, dachte sie und zwang sich, ihre Finger zu entspannen, mit denen sie das Lenkrad fest umklammerte.

Wenn sie nach Hause kam, würde sie erst einmal Lia davon erzählen müssen. Bisher hatte sie ihr das Island-Problem verschwiegen. Es war ihr zu persönlich vorgekommen. Eine Familienangelegenheit, die man nicht einfach so mit Freunden teilte. Doch nun stand es fest: Lia und sie würden gemeinsam nach Island fliegen, und das hieß, dass ihre beste Freundin alles erfahren musste. Denn diese Reise bedeutete nicht nur, dass sie einen schönen Urlaub auf der Insel verbringen und, wie Lia vorgeschlagen hatte, endlich den Roman schreiben würde, den sie schon immer schreiben wollte. Es wäre ihre Chance, herauszufinden, was damals geschehen war. Und sie würde sie ergreifen.

Als sie schließlich in die belebten Straßenzüge von Hoheluft-Ost einbog, verflog ihre Entschlossenheit, und sie stöhnte genervt auf. Der Abendrothsweg war wie an jedem Samstagabend hoffnungslos überfüllt. Die Chance auf einen Parkplatz war hier unwahrscheinlicher als ein Lottogewinn. Sie drehte drei Runden um den Block, gab schließlich auf und hielt am Bordstein vor einer Kastanie. Seufzend zog sie ihr Handy aus der Tasche und tippte ein Auto-Emoji und »SOS« in ihre Nachbarschafts-WhatsApp-Gruppe. Ein Stoßgebet und wenige Minuten später kam tatsächlich die Erlösung. Lennard aus der WG zwei Häuser weiter erbarmte sich.

Hey, kannst meinen haben, ich muss los. Bin in zwei Minuten unten.

Schnell schickte sie drei betende Hände und eine Sonne zurück. Er rettete ihr wirklich den Abend. Heute hatte sie einfach keine Nerven für die Unzulänglichkeiten des Großstadtlebens.

Kaum hatte er seinen roten Polo ausgeparkt, schoss sie hinter ihm in die Lücke und winkte ihm noch einmal dankbar zu. Obwohl sie früher häufig zu denselben WG-Partys gegangen waren, hatten sie lange nicht mehr miteinander gesprochen. Er war derjenige, der ihr Matteo vorgestellt hatte.

Hastig wandte sie den Blick ab und stieß die Autotür auf. Das war kein Thema, das sie jetzt vertiefen wollte. *Und wenn schon … der Parkplatz ist wohl das Mindeste, was er mir schuldet*, dachte sie und zog eine bittere Grimasse. Natürlich war das ungerecht. Schließlich hatte er ihr ja nicht persönlich das Herz gebrochen. Er war nur mit dem Schuft befreundet, der dafür die Verantwortung trug.

Energisch schlug sie die Autotür zu, offenbar so laut, dass einen Baum weiter zwei Tauben die Flucht ergriffen. Ja, Lia hatte recht. Sie war womöglich etwas verbittert geworden. Und sie wusste selbst, dass sie damit nur ihr eigenes Leben erschwerte und sich die Chance nahm, nach vorne zu sehen.

Als sie die geschwungene Eisenpforte zu ihrem Vorgarten erreichte, hielt sie kurz inne. Ihre Wohnung lag im Hochparterre der Villa, und durch das geöffnete Erkerfenster konnte sie sehen und hören, dass Lia am Klavier saß. Das gute Stück hatte ihre beste Freundin auf dem Ohlsdorfer Flohmarkt aufgetrieben und darauf bestanden, dass es perfekt für ihre WG wäre. Obwohl ihr nicht nach Lachen zumute war, musste Anna grinsen. Die schiefen Töne von Clean Bandits *Symphony*, die gerade in die Hamburger Abendluft hinausdrangen, waren es allemal wert gewesen.

Kaum drehte sie den Schlüssel im Schloss der Wohnungstür, verstummten Klaviertöne und Katzengejammer wie auf Knopfdruck, und sie vernahm tippelnde Schritte auf dem Parkett. Wenig überraschend empfing Lia sie bereits mit verschränkten Armen und erwartungsvoller Miene, als sie den ersten Fuß in die Wohnung setzte.

»Und? Verrätst du mir nun, was du heute so Geheimnisvolles angestellt hast?« Lia war noch nie eine Meisterin der Geduld gewesen. Für gewöhnlich konnte sie ihre Neugier nie sonderlich gut verbergen.

Anna schloss die Tür hinter sich und warf ihre Tasche auf die Bank unter der Garderobe. »Ja, gleich.« Der Gedanke an den Nachmittag ließ ihr das Herz schwer werden. Offenbar bemerkte nun auch Lia, dass etwas ganz und gar nicht stimmte.

»Hey, was ist denn los?« Sie kam näher und zog Anna in ihre Arme. »Tut mir leid, ich wollte dich nicht so drängen.«

»Schon gut.« Anna spürte, wie ihr erneut Tränen in die Augen stiegen.

»Was hältst du davon, wenn ich uns erst mal einen ordentlichen Kaffee mit Schuss koche?« Lia hielt sie eine Armlänge von sich und musterte sie mit wackelnden Augenbrauen.

Es sah so furchtbar dämlich aus, dass Anna lachen musste. »Ja, das klingt perfekt.«

Kurz darauf saßen sie mit zwei Friesenpötten auf dem roten Stoffsofa und schlürften den wohltuenden Kaffee, aus dem heißer Dampf aufstieg, der verdächtig beißend in den Augen brannte. Lia hatte ihr ganz eigenes Maß, wenn es um

»einen Schuss Rum« ging. Und heute hatte Anna absolut nichts dagegen einzuwenden.

»Also …« Lia räusperte sich taktvoll. »Geht es um die Reise?«, fragte sie dann vorsichtig, und Anna wusste, wie viel Selbstbeherrschung das ihrer Freundin abverlangte.

Sie nahm noch einen Schluck und ließ die Schultern sinken, die sie verspannt nach oben gezogen hatte, ohne es zu bemerken. »Ja … aber keine Sorge, es klappt alles, wir fliegen.«

Lia nickte erleichtert. Aber die Sorgenfalte verschwand nicht von ihrer Stirn. »Was ist es dann?«

Anna zögerte. Es kostete sie wirklich Überwindung, so viel von ihrer Familiengeschichte zu offenbaren. Andererseits handelte es sich hier um Lia, ihre beste Freundin, mit der sie schon im Studium allen Widrigkeiten getrotzt hatte. Also fasste sie sich ein Herz und redete. Sie erzählte ihr von dem Tabu, von dem mysteriösen Vorfall, der zu der Flucht ihres Großvaters geführt hatte, und dem erschütternden Besuch bei ihm an diesem Nachmittag.

Als sie schließlich verstummte, sah Lia sie sanft an und griff nach ihrer Hand. »Es tut mir so leid, dass du wegen mir in diese Situation geraten bist. Wenn ich diese Reise nicht angeleiert hätte …«

»Unsinn«, unterbrach Anna sie. »Die Reise ist die beste Idee, die du haben konntest. Du hast absolut recht. Ich muss hier rauskommen. Alles einmal hinter mir lassen. Ich träume schon so lang davon, nach Island zu fliegen. Und es wird höchste Zeit, dass ich das in die Tat umsetze und herausfinde, was meine Familie mit der Insel verbindet.«

»Richtig so.« Lia stupste sie an, und das typische Grinsen breitete sich wieder auf ihren Lippen aus. »Ich bin stolz auf dich. Scheint ja doch noch ein bisschen von meiner alten

Anna Banana in dieser Hülle zu stecken. Ich dachte schon, die Inquisition des Italieners hätte sie dir ausgetrieben.«

Anna verzog gequält die Miene. »Sehr lustig.« Anna Banana. Den Spitznamen hatte Lia ihr während des Studiums verpasst. In der ersten Woche, in der sie sich kennengelernt hatten. Wenn sie so daran zurückdachte, musste sie sich korrigieren. Lia lernte man nicht kennen. Lia fand einen und entschied, ob man in ihr Leben gehörte. Und wenn Letzteres der Fall war, war man im gefährlichen Lia-Strudel gefangen. Niemand, den sie kannte, versprühte eine so fröhliche, faszinierende und gelegentlich überaus nervtötende Energie wie ihre beste Freundin. Und man konnte sich dem nur schwer wieder entziehen.

Was für ein Glück, dachte sie und stupste zurück, *aber die Banana-Geschichte muss ich ihr trotzdem nicht verzeihen.*

Für den Moment fühlte sich das Leben schon wieder viel leichter an. Sie würde nach Island fliegen. Und vielleicht war ihr Großvater ja nur schrecklich überrumpelt von ihrer Ankündigung gewesen. Während der hochprozentige Kaffee sie von innen wärmte, glaubte sie immer fester daran, dass er sich in den nächsten Tagen bei ihr entschuldigen würde. Funkstille hatte zwischen ihnen noch nie geherrscht.

***

Fünf Tage später

Doch ihre rumgeschwängerte Gewissheit blieb unerfüllt. Eine knappe Woche verging, ohne dass sie etwas aus Hüsby hörte. Und obwohl sie mehrmals versucht hatte, ihren Großvater zu erreichen, blieben ihre Anrufe und Nachrichten unbeantwortet. Einen Tag vor ihrem Abflug hielt Anna es nicht mehr aus. Sie hatte vermeiden wollen, ihre Eltern in die Sache mit hineinzuziehen. Aber das Zerwürfnis lastete so schwer auf ihr. Sie würden es sowieso erfahren.

»Er hat was?« Die Stimme ihrer Mutter klang schrill durch den Telefonhörer.

»Ich wurde quasi aus der Familie verstoßen. Oder aus seiner Definition von Familie.« Anna zog ihre Füße dichter an sich heran und schlang die Arme um ihre Knie. Sie saß zusammengekauert in ihrem Lieblingsohrensessel, eingehüllt in ihren Frotteebademantel, und presste sich den Hörer des altmodischen pinken Telefons, in das sich Lia »auf den ersten Blick verliebt« hatte, ans Ohr.

»Das kann er nicht machen. Dazu hat er kein Recht.« Empört schnappte ihre Mutter nach Luft. »Bei aller Liebe. Er ist mein Vater, und ich kenne ihn und seine schwierige Art, wenn es um seine Vergangenheit und Island geht. Aber das ist zu viel. Ich werde …«

»Nein, Mama, schon gut. Lass ihn erst einmal durchatmen. Er wird sich wahrscheinlich selbst besinnen. Vielleicht habe ich ihn zu sehr mit allem überrannt, und er braucht bloß ein wenig mehr Zeit.« Das hoffte sie zumindest. Sie wollte sich nicht vorstellen, dass ihr geliebter Opa sie nicht nur im Affekt abgewiesen hatte, sondern ernsthaft und für immer. Bei dem Gedanken bahnte sich eine neue Tränenwelle ihren Weg und floss ihre Wange hinab.

»Schätzchen«, die Stimme ihrer Mutter klang nun besorgter, »vergiss nicht, dass er dich lieb hat. Keiner von uns weiß, was auf Island passiert ist. Aber ich versichere dir, dass du seit deiner Geburt sein Sonnenschein warst. Er wird sich bestimmt bei dir entschuldigen.«

Anna wischte sich mit dem Handrücken über die Wange und seufzte. »In Ordnung, Mama. Das hoffe ich.«

»Soll ich vorbeikommen?«

Das Haus ihrer Eltern lag in Ellerbek, einer kleinen Gemeinde vor der Stadtgrenze Hamburgs. Mit dem Auto waren es gerade einmal zwanzig Minuten, doch so sehr Anna das Angebot ihrer Mutter zu schätzen wusste, die Vorbereitungen für die Reise drängten allmählich, und sie wollte ihre Mutter nicht noch weiter beunruhigen.

»Nein, nein, schon gut. Unser Flieger geht morgen Vormittag um elf, und ich muss noch die letzten Sachen packen. Das ist eine gute Ablenkung.« In dem Moment hörte sie das Klicken der Wohnungstür. »Lia ist auch gerade nach Hause gekommen.«

»Okay, dann bist du ja versorgt. Pass auf dich auf, mein Schatz, und genießt euren Urlaub.«

»Danke. Grüß Papa und King Louis.« Der verwöhnte Yorkshireterrier ihrer Eltern war durch eine etwas zu gut gemeinte Fütterung mittlerweile beinahe auf das Doppelte seines Idealgewichtes herangewachsen. In Ko-Entwicklung zum Bauch ihres Vaters.

»Das mache ich, Liebes. Dein Vater schmuggelt dem Hund gerade ein Stück von seinem Hühnchen zu und denkt, dass ich es nicht merke.«

Davon war auszugehen. Anna konnte sich ein Grinsen nicht verkneifen. »Dann lass dir nicht alles wegessen. Tschüss, Mama.«

Als sie den quietschpinken Hörer wieder auf die Gabel gelegt hatte, schmunzelte sie noch immer. Jedes Mal, wenn sie mit ihren Eltern telefonierte, drang ein wenig Idylle durch den Telefonhörer in ihr Leben. Ihre Mutter Alva strahlte mit ihren blonden langen Haaren und den funkelnden blauen Augen eine nordische Eleganz aus, die jeden in ihren Bann schlug. Das war schon zu ihrer Studienzeit so gewesen. Als Annas Vater sie während einer Ruderregatta in Heidelberg zum ersten Mal gesehen hatte, war es von der ersten Sekunde an um ihn geschehen. Er hatte damals für Heidelberg gerudert, und Alva war zu der Regatta gekommen, um einen anderen Sportler anzufeuern, der ihr Hochschulteam Marburg vertrat. Zwei wetteifernde Universitäten und eine Liebe, die sich in dem Tumult fand. *Ein bisschen wie bei Romeo und Julia, nur mit einem Happy End natürlich,* hatte Anna immer gedacht. So etwas wünschte sie sich für ihre Zukunft.

»Schluss mit Rumsitzen und Grübeleien über unentspannte Großväter, wir müssen die Checkliste durchgehen!« Schwungvoll warf Lia eine fünfseitige DIN-A4-Liste auf den Couchtisch vor dem Sofa und riss Anna damit aus den Gedanken.

»Mein Gott, Lia.« Ihre Freundin konnte manchmal ziemlich impulsiv und etwas zu direkt sein. Andererseits holte Anna das meist aus jeder noch so schlechten Laune heraus.

»Keine Sorge, das meiste habe ich bereits geprüft.« Lia machte es sich auf dem Sofa bequem, schnappte sich die Liste und platzierte ihre Füße auf dem Couchtisch. Die steckten in kitschigen Herzchensocken. Typisch. »Es fehlten nur ein paar letzte Dinge, die ich gerade besorgt habe.«

Anna streckte ihre Beine wieder auf dem Hocker vor ihrem Sessel aus und nahm die Tasse Tee, die auf dem Beistelltisch neben ihr stand.

»Trekkingschuhe, Check. Regenhose, Check. Regenschirm, Check. Ersatzregenschirm, Check.«

»Nun sei mal nicht ganz so pessimistisch. Es ist möglich, dass man auf Island auch mal die Sonne sieht.«

»Ha, das sagt man über den Hamburger Winter ebenfalls. Und seien wir mal ehrlich, Anna. Wie oft passiert das wirklich?« Mit einer vorwurfsvoll hochgezogenen Augenbraue schaute Lia zu ihr herüber.

Beide mussten lachen.

»Nichts gegen den Hamburger Winter«, erwiderte Anna dann. »Ich liebe es, drinnen am Kamin zu sitzen, während vor dem Fenster der Wind peitscht. Das ist so gemütlich.«

»Na, dann wird das ohne Zweifel dein Traumurlaub.« Lia zwinkerte ihr zu. »Aber ein paar schicke Outfits sollten wir nicht vergessen. Freyja hat bereits angekündigt, dass sie uns das Nachtleben von Reykjavík näherbringen möchte.«

Anna schaute von ihrer Teetasse auf. »Klingt interessant.«

»Das ist das Maximum an Enthusiasmus bezüglich einer Partynacht, das ich in den letzten fünf Monaten aus deinem Mund gehört habe. Chapeau, der Urlaub tut dir jetzt schon gut.«

Lia hatte recht. Bis zu dem furchtbaren Streit mit ihrem Großvater hatte sie sich allein durch den Gedanken an den bevorstehenden Urlaub schon befreit gefühlt. Doch wenn Lias positive Energie nicht alles überstrahlte, kam wieder der Schmerz zurück, den ihr das Zerwürfnis mit ihrem Opa zugefügt hatte. Für sie war es einfach unerklärlich. Noch nie zuvor hatte er auch nur das Wort gegen sie erhoben. Was immer auf Island geschehen war – sie würde alles daransetzen, es herauszufinden.

Kapitel 3

Skarðsvík, Island
Sommer 1963

Das tiefe Blau des Ozeans verschluckte alles um ihn herum. Wenn er den Kopf wandte, konnte er im fernen Nebel gerade noch die Umrisse der Lavafelsen erahnen, die hoch und bedrohlich an der Küste ins Wasser ragten. Vor ihm lag nur die Weite des Meeres. Obwohl es Sommer war, verdeckten graue Wolkentürme die Sonne, und ein unbarmherziger Nieselregen prasselte auf ihn nieder. Mit einer Hand wischte Gunnar sich die Regentropfen aus dem Gesicht und richtete den Blick wieder aufmerksam nach vorn. Das Rattern des Außenbordmotors vermischte sich mit dem dumpfen Klatschen der Wellen, die gegen die Seiten des Holzbootes schlugen, während der Bug die wogende See durchschnitt. Nicht mehr lang, dann müsste er sie sehen. Suchend ließ er den Blick über die kabbelige Oberfläche des Wassers wandern. Noch zeigte sich nichts, nur ein paar hungrige Möwen zogen über ihm ihre Kreise. Er wusste, sie würden kommen, er musste bloß Geduld haben.

Ein Stück fuhr er weiter gen Horizont, bevor er den Motor ausstellte und sich treiben ließ. Erwartungsvolle Stille breitete sich um ihn aus, einzig die Wellen schlugen nach wie vor im melodischen Takt gegen sein Boot. Die Welt fühlte sich seltsam entrückt an, wenn er hier draußen war.

Dann gab es nur ihn, nur den Moment in dieser unendlichen Weite.

Eine Böe trieb ihm einen weiteren Schauer eisiger Regentropfen ins Gesicht, und er zog die graue Strickmütze tiefer in die Stirn. Einige Meter vor dem Boot erhoben sich zwei schäumende Wellenkämme. Und dann, ohne weitere Ankündigung, schoss eine meterhohe Fontäne in die Luft, und eine schwarze Rückenflosse tauchte auf. Schräg daneben noch eine kleinere. Und ein Stück weiter links eine zweite große, durch die ein scharfer Schnitt verlief, der von einer alten Verletzung herrührte.

Gunnar saß ganz ruhig da und schloss seine Hand um die hölzerne Sitzfläche des Motorboots. Die Orcas kamen näher, schwammen nur noch drei Meter von der Reling entfernt. Sie hatten Nachwuchs bekommen, das Kalb hielt sich dicht an der Flanke seiner Mutter und spie von Zeit zu Zeit eine Minifontäne empor. Fasziniert betrachtete Gunnar das Naturschauspiel. Fühlte sich die Mutter bedroht, könnte sie ihn innerhalb weniger Sekunden töten. In seinem kleinen Boot hatte er einem sechs Tonnen schweren, sieben Meter langen Raubwal nichts entgegenzusetzen. Doch Gunnar wusste, dass die friedliebenden Tiere ihn gewähren lassen würden, solange er sich ruhig und leise verhielt.

Seitdem er als kleiner Junge das erste Mal mit seinem Vater hierhergekommen war, um den Zug der Wale zu beobachten, zog es ihn immer wieder auf das offene Meer. Und sobald er seine Arbeit auf dem Leuchtturm erledigt hatte, schnappte er sich das alte Boot und fuhr hinaus. Bei jeder Tour entdeckte er etwas Neues, und wenn er bei seiner Rückkehr an dem kleinen Steg vor dem Leuchtturm anlegte, fühlte er sich, als hätte er mehr über die Natur und ihre geheimen Wunder gelernt.

Die Wale zogen weiter gen Westen, und mit einem letzten Emporstrecken ihrer imposanten Schwanzflossen schienen sie sich zu verabschieden, bevor sie in tiefere Meeresgründe hinabtauchten. Eine Weile verharrte Gunnar noch ganz ruhig, dann startete er den Motor und nahm Kurs auf die Küste. Je näher er dem Ufer kam, desto deutlicher erkannte er die Lavafelsen, die sich aus dem goldenen Sand von Skarðsvík erhoben. Der Strand war menschenleer, hier hinaus verirrte sich selten jemand, auch wenn das Farbenspiel des türkisblauen Wassers, das sich an den schwarzen Felsen brach und im hellen Sand verebbte, einmalig schön war.

Der Regen hatte langsam nachgelassen und am Himmel brachen erste Sonnenstrahlen durch die Wolkendecke. Gunnar öffnete die oberen Knöpfe seiner Öljacke. In der Ferne entdeckte er eine Bewegung am Strand. Ein schneeweißes Islandpferd jagte im gestreckten Galopp hinter den Felsen hervor und schoss wie ein Pfeil den goldenen Strand entlang. Die langen roten Haare seiner Reiterin, in denen sich die Sonnenstrahlen fingen, schwebten wie ein Feuerblitz dahin, während sie durch den Sand stoben. Gunnars Herz setzte für einen Schlag aus. Obwohl er sie schon oft hier gesehen hatte, überwältigte ihr Anblick ihn, als wäre es das erste Mal.

Er drehte das Boot und beschleunigte, sodass er parallel zu Pferd und Reiterin vor der Küste durchs Wasser schoss. Sie hatte ihn bemerkt, wandte den Kopf und grinste ihn herausfordernd an. Dann lehnte sie sich noch dichter an den Hals der Schimmelstute und trieb sie weiter an. Gunnar grinste zurück und beschleunigte. Doch Pferd und Reiterin flogen über den Strand und waren kurz darauf hinter einem schwarzen Felsen verschwunden. Einige Sekunden später sah er sie auf dem Weg davongaloppieren, der zwischen grünen, von Geröll durchsetzten Wiesen ins Landesinnere führte. Er drosselte den Motor und blickte ihnen nach. Schon bald waren sie in der Ferne verschwunden. Eines Tages würde er ihr sagen müssen, was er empfand. Sein Herz ließ ihm keine Wahl.

Gunnar schüttelte den Kopf über sich selbst, brachte das Boot wieder auf Kurs und beschleunigte in Richtung Westen. Hinter zwei Felsvorsprüngen kam der Steg in Sicht, auf den er zusteuerte. Schwungvoll warf er die Festmacher an Land und vertäute das Boot an den Holzpollern. Dann stapfte er nachdenklich über die maroden Stegbretter, bis er den Pfad erreichte, der die Steilküste emporführte. Als er am Rand der Klippe angekommen war, erstreckte sich vor ihm die Wiese, an deren Ende der weiße Leuchtturm majestätisch emporragte. Neben diesem lagen zwei weitere Gebäude aus weiß getünchtem Stein, in denen sein Vater eine Schafherde hielt und das Stroh für die Tiere lagerte. Doch aus den Stallungen drang kein Geräusch zu Gunnar herüber. Jetzt im Sommer standen die Schafe den ganzen Tag im Hochland, und er vermisste das leise Blöken, mit dem die Herde jeden Besucher begrüßte.

Hinter den Fenstern des Leuchtturms brannte Licht, und der Geruch von gebratenem Fisch stieg ihm in die Nase. Er würde es gerade rechtzeitig zum Abendessen schaffen.

Als er die schwere Holztür aufstieß, umfing ihn die Wärme des Ofens, der den Wohnraum beheizte. Es dauerte keine Sekunde und ein aufgeregt fiependes Wollknäuel schoss aus der Küchentür auf ihn zu und sprang an ihm hoch. »Runter, Odin«, sagte er und schob den karamellfarbenen Islandhund von sich. Doch der ließ sich nicht beirren und stürzte sich ein zweites Mal auf ihn, während er versuchte, ihm das Gesicht abzulecken. »Pfui, Junge, ist ja gut. So lange war ich nun auch nicht fort.« Gunnar tätschelte Odins Kopf und streifte sein Ölzeug ab.

»Beeil dich, der Fisch wird kalt«, donnerte die grollende Stimme seines Vaters aus der Küche.

Schnell zog Gunnar die Gummistiefel aus und betrat die Küche, zusammen mit Odin, der sich schnurstracks wieder in sein Körbchen vor dem Kachelofen verzog. Gunnars Vater Erik, ein hagerer Mann, dessen wettergegerbtes Gesicht von dem harten Leben und der Arbeit erzählten, die er am Leuchtturm verrichten musste, saß am Kopfende des alten Holztisches und schnitt bereits ein Stück des Herings ab. Seine weißen Haare schimmerten im schwachen Schein der Glühbirne, doch selbst in diesem Dämmerlicht leuchteten seine Augen eisblau.

»Entschuldige, *faðir*«, murmelte Gunnar und ließ sich auf der Holzbank neben Eriks Stuhl nieder.

»Schon gut, nun iss.« Der Blick seines Vaters wurde weicher, und er schob Gunnar einen Teller zu, auf dem ein Hering und ein paar Kartoffeln lagen.

»Du solltest dir mal ein Beispiel an mir nehmen«, sagte sein jüngerer Bruder Magnús neben ihm und grinste breit, während er sich eine Gabel voll in den Mund schaufelte.

»Ach wirklich? Das wüsste ich aber.« Gunnar strubbelte ihm durch das aschblonde Haar. Magnús war erst sieben gewesen, als ihre Mutter sie verlassen hatte. Als älterer Bruder hatte Gunnar mit zehn Jahren alles versucht, um ihm einen Teil des Kummers zu nehmen, den er selbst schmerzlich spürte. Wenn er Magnús im Dunkel des Zimmers leise weinen gehört hatte, war Gunnar zu ihm hinübergelaufen und hatte ihm die Geschichte der Trollkuh Hvítserkur erzählt. Das war die Lieblingsgeschichte seines kleinen Bruders gewesen, und er hatte sich ständig neue Abenteuer der unvorsichtigen Kuh überlegen müssen, die vom Sonnenaufgang überrascht worden war und seither versteinert vor der Nordküste der Insel ausharren musste.

Heute, zehn Jahre später, kam Magnús immer noch zu ihm, wenn er Sorgen hatte. Ihren Vater wollten sie selten mit ihren Problemen belasten. Seit seine Frau ihn Hals über Kopf verlassen hatte und mit einem amerikanischen Offizier aus ihrem Leben verschwunden war, schien jeder Tag ein Kampf für ihn zu sein. Doch er hatte sich stets bemüht, seinen Söhnen ein gutes Leben zu bereiten. Egal, wie sehr die Arbeit an ihm zehrte, die er dafür verrichten musste.

Nun war es Gunnars und Magnús' Pflicht, ihn zu unterstützen. Bald, wenn ihr Vater zu alt wurde, um den Leuchtturm zu halten, würde er den Hof und das Amt an Gunnar weitergeben. Mit diesem Wissen war Gunnar aufgewachsen. Als Erstgeborener würde er das Vermächtnis antreten. Niemals hatte dies für ihn zur Debatte gestanden. Denn er wusste, mit welchem Stolz es seinen Vater erfüllte, sein Lebenswerk in die Hände seines Sohnes zu legen, das er bereits von seinem Vater, Großvater Einar, geerbt hatte.

»Ich war heute auf dem Hof von Sigurd.« Erik ließ die Gabel sinken und nahm einen Schluck Wasser aus dem Glas, das neben ihm auf dem Tisch stand. »Lars Johansson soll diesen Sommer gute Pferde haben. Die Wege ins Hochland zu den Schafen werden immer beschwerlicher für mich. Ich brauche ein kräftiges, robustes Tier, mit dem ich zur Herde reiten kann.«

Gunnar durchfuhr es heiß und kalt. Er hätte schwören können, dass sich eine leichte Röte auf seine Wangen stahl. Lars war bekannt für seine guten Reitpferde. Und für seine schöne, wilde Tochter Hekla. Eben jene atemberaubende Gestalt, die wenige Minuten zuvor neben ihm über den goldenen Strand von Skarðsvík gejagt war. Mit aller Kraft versuchte er, sich zusammenzunehmen und sich vor seinem Vater und seinem Bruder nichts anmerken zu lassen.

Er trank einen Schluck Wasser, nickte dann und sagte so nüchtern wie möglich: »Im alten Stall könnte ich noch eine Box einrichten.« Dort standen schon ihre betagten Ponys Ljúfur und Aegir. Die beiden hatten sie vor einigen Jahren von einem alten Nachbarn übernommen, der nicht mehr für sie sorgen konnte. Inzwischen waren sie fast dreißig Jahre alt und genossen ihren Ruhestand auf dem Hof und den saftigen Weiden.

»Ein junges Pferd?« Magnús schaute erstaunt. »Kannst du denn überhaupt reiten, Vater?«

Erik schnaubte amüsiert. »Auf Island kann jeder reiten, mein Sohn. Das solltest du eigentlich wissen.«

»Ja, natürlich. Ich habe dich nur noch nie auf einem Pferd gesehen.«

»Hier auf dem Leuchtturm brauchte ich lange Jahre auch keines. Aber früher als Junge hat mein Vater mich zu den benachbarten Höfen zum Reitunterricht geschickt, genau wie ich euch.« Erik sah von einem zum anderen und lehnte sich dann zufrieden in seinem Holzstuhl zurück. »Und da ich auf euer gutes Auge und euer Verhandlungsgeschick vertraue, werdet ihr morgen zum Hof von Lars fahren und ein gutes Reitpferd aussuchen.«

Gunnar wäre beinahe die Gabel aus der Hand gefallen. Er sollte auf den Hof fahren? Und verhandeln? Vermutlich würde er vor Heklas Vater nicht ein vernünftiges Wort über die Lippen bekommen. Zum Glück würde Magnús mit dabei sein, der viel und gern redete. Doch es wäre peinlich, würde er sich von seinem kleinen Bruder die Verhandlung aus der Hand nehmen lassen.

»Ich helfe morgen aber Tomas mit der Ernte«, entgegnete Magnús.

»Dann wird nur Gunnar fahren.« Erik nickte ihm wohlwollend zu. »Du wirst sowieso bald alles hier übernehmen. Ein guter Test also, ob du deinen Aufgaben und der Verantwortung bereits gewachsen bist, mein Junge.«

Am liebsten hätte sich Gunnar eine Ausrede einfallen lassen. Sein Vater ahnte nicht, was er da von ihm verlangte. Und Gunnar konnte es ihm keinesfalls sagen. Seit ihre Mutter sie ohne einen Abschied zurückgelassen hatte, war ihr Vater keineswegs gut auf Frauen zu sprechen. Und von Gefühlen, die man für eine von ihnen hegte, durfte man sich erst recht nichts vor ihm anmerken lassen.

Es gab also kein Zurück. Wohl oder übel musste er morgen zum Hof von Lars Johansson fahren. Er konnte nur hoffen, dass Hekla sich so weit wie möglich von ihm fernhalten würde.

Kapitel 4

Halbinsel Snæfellsnes, Island
Sommer 1963

Der Dodge holperte über die unebene Straße, die nach Hellissandur führte. Auf halber Strecke ins Dorf bog Gunnar rechts ab und folgte einem Schotterpfad vorbei an grünen Wiesen, auf denen vereinzelt ein paar Schafe standen. Im Hintergrund ragten die rauen Felsen des Hochlands in den strahlend blauen Himmel. Der Wind drückte gegen die Seite des Wagens, doch die Wärme der Sonnenstrahlen verbreitete heute das Gefühl eines Sommertages. An einem felsigen Hügel führte der Weg nach rechts, und in der Ferne kam der Hof von Lars Johansson in Sicht. Vor dem weißen Wohnhaus, das am Ende der Straße lag, war alles still. Von Pferden oder Menschen fehlte jede Spur. Auch die Stallgebäude, die den Hof links und rechts einrahmten, wirkten verlassen.

Gunnar stellte den Wagen vor dem Haupthaus ab und stieg aus. Er wandte sich um, doch es schien, als wäre niemand zu Hause, der sein Kommen hätte bemerken können. Beinahe verspürte er etwas Erleichterung darüber. Aber er wusste, wie enttäuscht sein Vater wäre, würde er ohne ein Pferd nach Hause kommen. Also stieg er die vier Treppenstufen zur Eingangstür des Hauses hoch und klopfte. Nichts rührte sich. Er wartete noch einen Moment, dann lief er die Stufen wieder hinab und steuerte auf eins der Stallgebäude zu. Fünf Jahre waren vergangen, seit er das letzte Mal auf dem Hof gewesen war. Früher hatte er hier den Reitunterricht besucht. Und schon damals war Hekla etwas Besonderes für ihn gewesen. Zusammen mit Björn und Ala, den Kindern von den Nachbarhöfen, waren sie nach den Reitstunden oft über die Wiesen und den Strand galoppiert. Einmal hatte er all seinen Mut zusammengefasst und Heklas Hand genommen, als sie vorausgeritten waren. Doch sie hatte nur gelacht und war davongejagt. Seitdem hatte er den Hof und ihre Nähe gemieden.

Als er nun das Tor zu den Stallungen aufschob, empfing ihn der Duft von frischem Heu. Aber die Boxen waren verlassen. Er drehte sich wieder um und ging zum Wagen zurück. Da hörte er plötzlich das Klappern von Hufen, die eilig über den Schotter trabten.

»Gunnar. Hast du dich verlaufen?« Heklas melodische Stimme ließ sein Herz für einen Moment stillstehen.

Er räusperte sich und wandte sich um. Da stand sie. Ihre langen roten Haare wehten im stürmischen Westwind, und ihre zierliche Gestalt ragte stolz über dem Kopf des weißen Islandpferds empor, auf dem sie saß. Mit argwöhnischem Blick fixierten ihn ihre türkisblauen Augen.

»Nein, eigentlich nicht. Ich möchte ein Pferd kaufen.« Er versuchte, ihr mit ebenbürtiger Selbstsicherheit zu begegnen.

Überrascht musterte sie ihn. »Tatsächlich. Nachdem ich dich seit Ewigkeiten nicht mehr hier gesehen habe, hätte ich alles darauf verwettet, dass du dich nie wieder auf eines setzen würdest.«

»Es ist auch nicht für mich. Mein Vater sucht eins, um auf die Hochweiden zu den Schafen zu reiten.«

»Wenn das so ist.« Sie wendete das Pferd und rief ihm über die Schulter zu: »Dann solltest du mir folgen. Die Pferde stehen auf der Südweide. Mein Vater ist auch dort.«

Gunnar nickte und stieg in den Wagen. Kaum hatte er den Motor gestartet, töltete Hekla schon vom Hof und war zwischen den Stallungen und dem Haupthaus verschwunden.Gunnar beschleunigte und schlug den kaum erkennbaren Feldweg ein, der hinter den Stallungen gen Süden führte. Vor ihm flatterten Heklas Haare wie ein Wegweiser, und ihre Schimmelstute verfiel in einen gestreckten Galopp, sodass er Mühe hatte, die beiden in dem unwegsamen Gelände nicht zu verlieren. Sie umrundeten ein Felsplateau, und auf der anderen Seite kamen schließlich die ersten Pferde in Sicht. Ein Stück weiter entdeckte Gunnar den Wagen von Lars. Heklas Vater selbst stand inmitten der Herde und begutachtete gerade ein Fohlen.

Als Hekla die Herde erreichte, parierte sie ihre Stute zum Schritt durch und ritt zu ihrem Vater hinüber. Gunnar hingegen parkte den Dodge am Straßenrand und machte sich zu Fuß auf den Weg zu den beiden. Lars wandte den Kopf und begrüßte seine Tochter.

»Dein Vater sucht also ein Pferd«, sagte er, als Gunnar ihn erreicht hatte.

Gunnar nickte und schaute kurz zu Hekla, die ihn aufmerksam musterte. Wenn die Situation ihn nicht schon nervös genug gemacht hätte, dann hätte ihr Blick sein Übriges dazu beigetragen.

»Der Rappe dort drüben läuft sicher oben im Hochland und ist ruhig. Willst du dich mal draufschwingen?« Lars zeigte auf ein Pferd am Rand der Herde, das seelenruhig vor sich hin graste.

»Sieht nach einem guten Pferd aus. Aber nicht kräftig genug.« Gunnar deutete stattdessen auf einen Braunen ein paar Meter von ihnen entfernt. »Was ist mit dem?«

Der Pferdezüchter stieß die Luft aus. »Da hast du dir unseren besten Wallach ausgesucht. Guter Blick, Junge.« Lars sah kurz zu Hekla, dann sagte er an Gunnar gewandt: »Aber was soll's, setz dich drauf.«

Hekla begleitete ihn zu dem haselnussbraunen Pferd, dessen weiches Fell in der Sonne glänzte. Sie legte dem Wallach eine Trense an, die sie vorher aus dem Wagen ihres Vaters gegriffen hatte. Danach tätschelte sie den Hals des Braunen und reichte Gunnar die Zügel. »Er heißt Auður. Er ist mein Liebling«, flüsterte sie.

Gunnar sah ihr in die Augen und spürte, wie die Röte in seine Wangen stieg. Auður. *Schatz.* Leise sagte er: »Keine Sorge, er hat es gut bei uns.«

Mit einem Schwung saß er auf dem Rücken des Wallachs und trieb das Pferd an. Er drehte ein paar Runden auf der Wiese und ritt zufrieden zur Herde zurück, wo Hekla und ihr Vater standen und ihn gespannt beobachteten.

»Wie viel möchtest du für ihn?«, fragte Gunnar, als er wieder abgestiegen war.

»Nimm ihn einfach mit. Und richte meine besten Wünsche an deinen Vater aus.«

Fassungslos starrte Gunnar ihn an. Lars war ein begnadeter Pferdezüchter und für seine harten Verhandlungen bekannt. Niemals würde er eines seiner Tiere ohne Bezahlung weggeben. »Wo ist da der Haken? Jeder kennt die Preise für deine Pferde, Lars.«

»Da gibt es keinen Haken. Dein Vater kennt den Grund. Das ist etwas zwischen uns. Also nimm den Braunen. Meine Empfehlungen an deinen alten Herrn.« Er schob die Ärmel seines Pullovers hoch, kehrte Gunnar den Rücken zu und ging durch die Herde seiner Islandpferde davon.

Regungslos starrte Gunnar ihm hinterher. Schließlich wandte er den Kopf und sah zu Hekla, die betrübt die Spitzen ihrer Stiefel betrachtete. »Weißt du etwas davon? Was meint dein Vater?«

Sie hob den Kopf und schaute ihn mit ihren unschuldigen blauen Augen an. »Nicht alles. Ein wenig. Aber ich darf nicht darüber reden.«

»Bitte, Hekla. Sag mir, was du weißt.«

Sie zögerte und trat von einem Fuß auf den anderen, bevor sie einen Blick über die Schulter zu ihrem Vater warf, der weit entfernt am anderen Ende der Koppel einige Pferde begutachtete. Schnell drehte sie sich wieder zu Gunnar und flüsterte: »Sie haben einen Pakt.«

Entgeistert starrte er sie an. Sein Vater hatte keine Geheimnisse. Noch nie. Seit sie gemeinsam den Leuchtturm und den Hof führten, besprachen sie jeden Schritt, jeden notwendigen Handgriff. Unter keinen Umständen hätte er ihm eine Vereinbarung verschwiegen, die er mit Lars getroffen hatte. »Was für einen Pakt?«

»Mehr weiß ich nicht, Gunnar. Komm jetzt, ich bringe dich zum Wagen.«

Widerwillig folgte er ihr. Sie hatte ihm Auður abgenommen und führte den Wallach zum Dodge.

Als sie beim Wagen ankamen, lächelte sie und kraulte liebevoll Auðurs braune Mähne. »Ich bringe ihn dir zum Leuchtturm. Fahr schon einmal vor. Wir werden ja sehen, wer schneller dort ist.«

»In Ordnung. Danke.« Gunnar schaute sie an und konnte sich nur schwer von ihrem Anblick losreißen. Doch auch das, was Hekla ihm gerade gesagt hatte, ließ seine Gedanken nicht los. Sein Vater hatte ihm etwas verschwiegen. Aufgewühlt setzte er sich hinter das Steuer und beobachtete, wie Hekla ihren Schimmel zu sich rief, aufstieg und mit Auður im Schlepptau losritt.

***

Als Gunnar mit dem Dodge in die holperige Auffahrt zum Hof seines Vaters einbog, stand Hekla bereits zwischen den Stallungen und hielt beide Pferde am Zügel. In fliegendem Tölt war sie vorausgeprescht und hatte irgendwann einen Weg abseits der Straße eingeschlagen. Gunnar parkte den Wagen auf dem gewohnten Platz neben dem nördlichen Stallgebäude und stieg aus, während Hekla ihm mit den Pferden entgegenkam. Noch bevor er etwas sagen konnte, wurde die Eingangstür zum Leuchtturm aufgerissen, und sein Vater trat hinaus in den sonnenbeschienenen Hof.

»Was für ein prächtiger Kerl.« Mit schnellen Schritten ging er auf den braunen Wallach zu und nahm ihn Hekla ab. Auch Odin war aus dem Haus gestürmt und lief nun aufgeregt um sie herum. »Oder hast du etwa deine weiße Stute hergegeben, Hekla?«

Entsetzen trat in ihre blauen Augen. »Niemals, Erik. Blika ist unverkäuflich.«

Gunnars Vater lachte und tätschelte Auður den Hals. »Gut gemacht, mein Sohn. Mit so einem Pferd kann ich etwas anfangen.«

Gunnar nickte knapp und beobachtete, wie sein Vater den Neuankömmling zu der Hauskoppel hinter dem Pferdestall führte. Seine Box würden sie später herrichten. Erst mal konnte der Wallach ein wenig draußen stehen und sich über den Zaun hinweg mit Ljúfur und Aegir bekannt machen.

»Weißt du, Gunnar, es ist schade, dass wir uns so lange nicht gesehen haben.« Hekla blickte verhalten zu ihm auf.

Sie waren nun ganz allein, und sein Herz schlug doppelt so schnell, als ihm das bewusst wurde. Verlegen räusperte er sich. »Ja, das stimmt.«

»Vielleicht hast du Lust, mich morgen besuchen zu kommen? Ich will zum Wasserfall.«

Für einige Sekunden fehlten ihm die Worte. Sollte er wirklich so viel Glück haben, dass das Mädchen, das ihm seit so vielen Jahren wichtig war, gerade nach einer Verabredung gefragt hatte? »Ähm, ich schätze, das könnte ich einrichten.«

Hekla zog skeptisch die Augenbrauen hoch. »Also, Umstände möchte ich dir nicht bereiten.«

Am liebsten hätte er sich selbst geohrfeigt für seine Antwort. »Nein, nein. Ich freue mich.«

Auf Heklas Gesicht breitete sich ein Lächeln aus. Mit einem einzigen geschickten Schwung ließ sie sich auf den Rücken ihrer Schimmelstute gleiten, dann wandte sie sich ihm noch einmal zu. »Gut, wir sehen uns morgen um zwei Uhr.« Und schon trieb sie ihr Pferd an und verschwand hinter der südlichen Stallung in der Ferne.

Gunnar stand sprachlos inmitten des Hofes. Niemals hätte er sich träumen lassen, dass das Schicksal es so gut mit ihm meinen könnte. Er blickte zum weißen Leuchtturm hinauf, der stolz in den zyanblauen Himmel ragte. Das hier war seine Heimat. Das raue Land mitten im Atlantik hatte nicht nur Freude für ihn bereitgehalten. Das Leben auf der Insel war hart und das Wetter unbarmherzig und kalt. Doch manchmal gab es diese Momente, in denen einem die seltene

Sonne das Gesicht wärmte. Und einen Augenblick wie diesen, der das Herz erwärmte. Für nichts auf der Welt würde er sein Leben auf der Insel eintauschen. Island war seine Vergangenheit. Und seine Zukunft.

Kapitel 5

Flughafen von Reykjavík
Juli 2023

Als Anna den Fuß auf das regennasse Flugfeld setzte, durchströmte sie ein Schwall der Erleichterung. Der Flug war eine einzige Katastrophe gewesen. Seit sie im sommerlich warmen Hamburg-Fuhlsbüttel die Treppe zu der Maschine hochgestiegen waren, hatte ihre Flugangst die Oberhand gewonnen. Doch sie hatte durchgehalten und sich immer wieder ihr Ziel vor Augen geführt. Außerdem hatten Lias Ablenkungsmanöver erstklassige Wirkung gezeigt: Sobald sie bemerkte, dass Annas Finger sich etwas zu stark um die Armlehne zwischen ihren Sitzplätzen verkrampften, hatte sie eine unterhaltsame Anekdote aus ihrem Büroalltag zum Besten gegeben – und unter Alltag fiel bei *Kampinski Communications* so ziemlich alles, von Projektleitern, die wie Kermit der Frosch sangen, um ihren Kunden die Werbekampagne glaubhaft zu präsentieren, bis zu goldenen Futternäpfen, die eigens für die vierbeinigen Freunde der Kundschaft im Konferenzraum aufgestellt wurden.

Nach drei Stunden Flug hatten sie sich hervorragend in dieser Balance eingependelt: leichter Panikanfall – Anekdote und so weiter. Doch dann waren sie während des Landeanflugs in eine Schlechtwetterfront geraten, die auch Lia das Lachen vergehen ließ. Dreißig Minuten war das

Flugzeug zwischen den Sturmböen über Reykjavík hin und her geworfen worden, bevor es endlich auf der Landebahn aufgesetzt hatte.

Anna stieß ein erleichtertes Seufzen aus und zog fröstelnd die Lederjacke enger um sich, während sie neben Lia dem Strom der Passagiere zu den bereitstehenden Bussen folgte. Mit gegen den Regen zusammengekniffenen Augen hob sie den Blick zum Flughafengebäude der isländischen Hauptstadt. Robust und nüchtern erhob sich der beigefarbene Komplex mit den in dunklem Türkis gestalteten Fronten aus dem Nebel, der sich über das ganze Land gelegt zu haben schien. Die Insel zeigte sich von ihrer rauen Seite, aber Anna genoss jede Sekunde dieses stürmischen Empfangs.

Sie hatte den ersten Schritt in diesem Abenteuer geschafft. Und ihr Herz schlug laut und aufgeregt, während sie den Blick auf den wolkenverhangenen Horizont richtete. Irgendwo hinter der Nebelfront lag das Geheimnis eingeschlossen, das ihre Familie schon so viele Jahrzehnte begleitete. Sicher umhüllt und verwahrt von der Mystik dieser schroffen Insel. Nun war es an der Zeit, den Nebel zu durchdringen, die Wolkenberge beiseitezuschieben. Drei Wochen blieben ihr bis zu ihrem Rückflug – drei Wochen, um die Antworten auf all die Fragen zu finden, die sie sich seit ihrer Kindheit stellte.

Unwillkürlich wanderten ihre Gedanken zu ihrem Großvater. Gestern Abend hatte sie noch einmal versucht, ihn zu erreichen. Vergeblich. Ihr Herz zog sich schmerzlich zusammen. Sie vermisste ihn. Vielleicht würde die Wahrheit, nach der sie hier suchte, ihr irgendwann ermöglichen, ihn zu verstehen.

»Was auch immer dich an diesen Regenwolken fasziniert – ich würde es wirklich begrüßen, ins Trockene zu kommen.« Lia stupste sie ungeduldig in die Seite und warf ihr einen vorwurfsvollen und sehr durchgefrorenen Blick zu.

Schnell nickte Anna ihr zu und hakte sich bei ihr unter. Sie hatte gar nicht bemerkt, dass sie stehen geblieben war, so sehr hatte die Insel sie bereits in ihren Bann gezogen.

»Und ich sage noch: Lass uns die Gummistiefel mit ins Handgepäck nehmen. Aber dein Optimismus war ja mal wieder nicht zu bremsen.« Wehmütig schaute Lia zu ihren durchnässten Designer-Sneakern und wedelte bezeichnend mit der Spitze des nun eher traurig wirkenden, triefenden Schuhs.

»Der wird es schon überstehen«, antwortete Anna und drückte aufmunternd ihren Arm. »Komm, wir sollten uns wirklich beeilen, wenn wir noch einen Platz in einem der Busse erwischen wollen.«

Dicht aneinandergedrängt liefen sie über das Flugfeld, während der Regen weiter unbarmherzig auf sie niederprasselte. Als sie den hinteren der beiden Busse erreichten, zwängten sie sich eilig durch die Tür und ergatterten zwei Stehplätze am Fenster. Kurz darauf setzte sich der etwas in die Jahre gekommene Kraftwagen in Bewegung, und sie nahmen rumpelnd Kurs auf das Flughafengebäude.

Eine halbe Stunde später hatten sie ihre Koffer vom Band gezerrt und folgten den anderen Passagieren Richtung Ausgang. In der gut gefüllten Ankunftshalle dauerte es einen Moment, bis es Anna gelang, sich zu orientieren. Sie fühlte sich noch ein wenig benebelt von dem Flug, und das geschäftige Treiben um sie herum überforderte ihre Sinne. Neben ihr quietschte Lia freudig auf und deutete nach rechts, wo sie einen wohlbekannten hellblonden Lockenkopf entdeckte.

»*Hjartanlega velkominn!* Herzlich willkommen auf unserer schönen Insel!« Strahlend streckte Freyja die Arme in die Luft und winkte ihnen über die Köpfe der Reisenden und Wartenden zu. Keine Minute später kamen Annas und Lias Koffer schlitternd neben ihr zum Stehen, und die drei Freundinnen fielen einander stürmisch in die Arme.

»Es ist so schön, dich zu sehen! Wer hätte gedacht, dass wir einmal hier in Island wiedervereint sein würden«, sagte Anna lächelnd und drückte Freyja gleich ein weiteres Mal an sich. In den letzten fünf Jahren, in denen sie sich nicht gesehen hatten, war Freyja sogar noch ein bisschen hübscher geworden, als sie es ohnehin schon gewesen war. Die hellen Locken fielen nun bis über ihre Schulterblätter hinab und umschmeichelten ihre feminine Figur. Ihre klaren grünen Augen sprühten vor Freude, als sie auch Lia erneut an sich zog.

»Ich kann gar nicht glauben, dass wirklich fünf Jahre vergangen sind, seit wir uns damals in Gatwick verabschiedet haben.« Kopfschüttelnd grinste Lia ihren strahlenden Freundinnen zu.

»Stimmt, kommt mir vor, als wäre es gestern gewesen, dass ich meine teuersten High Heels hinten im Schrank verstecken musste, damit ihr sie nicht entführt und auf einer der Unipartys ›Probe tanzt‹«, konterte Anna mit gespielter Empörung und zeichnete mit den Fingern imaginäre Gänsefüßchen in die Luft.

»Du hast eben einen ausgezeichneten Geschmack«, entgegnete Freyja und zwinkerte Lia neckend zu. »Apropos Geschmack, ihr seid doch bestimmt hungrig? Zu Hause wartet ein isländisches Willkommensessen auf euch.«

»Was stehen wir hier dann noch rum? Höchste Zeit, die kulinarischen Reize eures schönen Eilands zu entdecken!«

Zielstrebig griff Lia nach ihrem Koffer und schaute erwartungsvoll zu ihren Freundinnen.

Freyja lachte. »Verfressen wie eh und je. Also los, auf geht's.«

Wenige Minuten später holperten sie in Freyjas betagtem rotem Ford durch die Straßen von Reykjavík. Während Lia und Freyja auf den vorderen Sitzen munter quatschten, schaute Anna auf dem Rücksitz durch das Seitenfenster und genoss still die ersten Eindrücke der eigenwilligen Hauptstadt. Zwischen den vielen praktischen, modernen Steinbauten, die sie passierten, stahl sich hier und da ein historisch anmutendes Holzhaus, das noch von den Tagen erzählte, in denen Reykjavík ein dünn besiedeltes Bauern- und Fischerdorf gewesen war. Vor beinahe jedem Gebäude säumten hohe Bäume die breiten Teerstraßen und verliehen der Stadt eine grüne, naturnahe Atmosphäre. Sie bogen auf eine Rundstraße ein, zu deren linker Seite sich ein imposanter Betonturm in die Wolken schraubte.

»Hallgrímskirkja, das höchste Kirchengebäude der Insel«, erklärte Freyja und deutete zu dem beeindruckenden Bauwerk.

Sobald sie die Kirche halb umrundet hatten, bog Freyja nach rechts ab, und nach weiteren fünf Minuten Fahrt hielten sie vor einem zweigeschossigen grünen Häuschen, dessen Fenster und Tür von braunen Rahmen eingefasst waren.

»Meine Wohnung liegt oben«, erklärte Freyja, als sie zu dritt in dem schmalen Treppenhaus standen. Im Gänsemarsch schleppten sie ihre Koffer die Treppe hinauf.

»Dann mal herein, ihr zwei.« Freyja schloss die Wohnungstür auf, trat ein und machte eine einladende Handbewegung.

Neugierig folgte Anna ihr und schaute sich im Flur um. An den Wänden hingen Fotos der isländischen Natur, und neben der Eingangstür stand eine weiße Holzkommode im Shabbylook, auf der eine Schirmlampe für gemütliches Licht sorgte. Der Dielenboden knarzte bei jedem Schritt, den Anna tat, doch sie liebte die urige Atmosphäre, die der Raum ausstrahlte.

»Ihr könnt eure Koffer erst einmal hier abstellen, dann führe ich euch rum«, sagte Freyja und schloss die Wohnungstür hinter Lia.

An der Stirnseite des Flurs lag ein kleines, aber modernes Bad. Daneben Freyjas Schlafzimmer. Auch dort hingen überall Fotos, die die verschiedenen Naturspektakel der Insel zeigten. Wasserfälle, weite schwarze Sandstrände, sanfte grüne Wiesen. Als sie wieder im Flur angekommen waren, ging Freyja ihnen voraus ins Wohnzimmer. »Macht es euch bequem, das Essen muss nur noch aufgewärmt werden. Wenn ihr möchtet, könnt ihr schon mal den Ofen anschmeißen«, sagte sie und steuerte die offene Küchenzeile an, die sich über eine Seite des Wohnzimmers erstreckte. Vor der Kücheninsel, auf deren Ceranfeld Freyja gerade einen großen Topf aufsetzte, stand ein gedeckter weißer Esstisch mit vier Stühlen. Am anderen Ende des Raumes befand sich eine Sitzecke mit einem modernen Holzofen, den Lia zielsicher anvisierte.

Es dauerte keine zwei Minuten, und ein wohliges Knistern erfüllte die Luft. Das Feuer warf sein warmes Licht auf die Polstermöbel davor, ein grünes Stoffsofa und zwei Ohrensessel. Anna ließ sich in einen davon sinken und beobachtete die Flammen, die im Ofen um die Holzscheite züngelten. Neben ihr warf sich Lia aufs Sofa und streckte ihre langen schlanken Beine aus.

»Herrlich! Nach diesem Flug brauche ich erst einmal einen Schluck guten Rotwein. Für die Nerven. Eine halbe Stunde lang dachten wir, wir würden sterben.« Theatralisch ließ Lia ihre Arme über die Kante des Sofas fallen.

Freyja lachte. »Ich bin mir ziemlich sicher, dass du gerade ein wenig übertreibst, aber einen Rotwein bekommt ihr natürlich.«

Kurz darauf saßen sie zu dritt am Tisch, auf dem nun eine Kerze brannte, und löffelten zufrieden die Suppe, die Freyja für sie gekocht hatte.

»Wer ist eigentlich der sympathische Typ auf dem Foto?«, fragte Anna und zeigte auf ein Bild, das ihr gegenüber auf einem Bücherregal stand. Darauf war eine glücklich strahlende Freyja in den Armen eines dunkelhaarigen Mannes zu sehen, der ebenfalls in die Kamera grinste. Hinter ihnen rauschte ein riesiger Wasserfall.

Freyja lächelte verlegen und nahm noch einen Schluck Rotwein, bevor sie antwortete. »Er heißt Jan. Wir haben uns vor drei Monaten bei einer Hiking-Tour im Süden der Insel kennengelernt.«

Lia pfiff leise, nachdem sie das Foto ausgiebig betrachtet hatte. »Hübscher Kerl. Da hast du einen guten Fang gemacht. Wohnt er auch in Reykjavík?«

»Ja, er hatte die Tour gebucht, um mal aus der Stadt herauszukommen. Da stehen wir übrigens vor dem Goðafoss, einem der größten Wasserfälle der Insel.«

»Beeindruckend.« Anna lächelte Freyja zu. »Der Mann und der Wasserfall, meine ich.«

»Da muss ich dir zustimmen«, erwiderte Freyja und lachte. »Apropos Wasserfall – ich dachte mir, wir könnten heute Abend die Tour der nächsten Tage besprechen. Ich habe schon einmal die wichtigsten Sehenswürdigkeiten der

Umgebung herausgesucht, über die du für den Reisebericht schreiben kannst, Anna. Das wird großartig, ich freue mich so sehr, euch beiden die Insel zu zeigen.«

»Klasse, ein gemütlicher Abend mit Urlaubsplanung.« Anna lächelte zufrieden und lehnte sich auf dem Holzstuhl zurück.

Nach dem Essen räumten sie gemeinsam den Tisch ab. Dann schnappten sie sich ihre Weingläser und machten es sich auf dem Sofa vor dem Ofen gemütlich. Freyja legte noch ein Holzscheit nach und ließ sich neben Anna auf das Sofa fallen. Sie breitete eine Karte der Insel auf dem Couchtisch aus und zeigte ihnen die Route, die sie sich überlegt hatte. In den nächsten Tagen würden sie einige Wasserfälle und heiße Quellen im Süden der Insel erkunden, bevor Anna und Lia dann mit dem Mietwagen allein gen Norden aufbrechen würden, da Freyja in Reykjavík bleiben und arbeiten musste.

»Was werdet ihr im Norden unternehmen?«, fragte Freyja und sah sie erwartungsvoll an.

»Du weißt doch, dass ich Reiseplanung gern spontan angehe.« Lia schmunzelte und nahm schnell einen Schluck Wein.

»Wir werden uns überraschen lassen«, ergänzte Anna. »Ins Hochland und zu den Lavafeldern möchte ich unbedingt. Island hat so viel zu bieten, da werden wir schon auf das ein oder andere stoßen.«

»Im Idealfall auf deinen Großonkel.«

Annas Finger schlossen sich fest um ihr Weinglas, und sie spürte, wie sich der kalte Schmerz wieder um ihr Herz legte, der sie seit dem Nachmittag bei ihrem Großvater verfolgte.

»Deinen Großonkel?« In Freyjas Stimme lag pure Verwunderung, und Anna konnte den bohrenden Blick ihrer

Freundin spüren. »Du hast nie erzählt, dass du Familie auf Island hast! Am Ende sind wir noch verwandt – das ist hier auf der Insel keine Seltenheit. Ich sage euch, man trifft sich auf ein Date und ohne diese App, mit der man seinen Verwandtschaftsgrad überprüfen kann, wäre man womöglich mit einem entfernten Verwandten nach Hause gegangen.«

Glucksend stellte Lia ihr Glas auf den Couchtisch und schluckte schnell den Rest Wein herunter, bevor sie kichernd fragte: »Eine App, wirklich?«

»Eine wichtige Errungenschaft der modernen Technik – hat das Onlinedating auf Island revolutioniert. Aber das ist jetzt Nebensache.« Sanft stupste Freyja Annas rechte Schulter an. »Nun erzähl doch mal! Wie heißt dein Großonkel, und wo wohnt er?«

Seufzend schüttelte sie die Schwere ab, die sie umhüllt hatte. »Wenn ich das wüsste …« Sie schluckte und sah dann in Freyjas erwartungsvolle Augen. »Mein Großvater Gunnar und sein Bruder Magnús sind hier auf der Insel aufgewachsen. Mehr als ihre Vornamen habe ich jedoch nicht als Hinweis. Damals muss etwas Furchtbares vorgefallen sein. Mein Großvater verließ als junger Mann die Insel und begann in Deutschland ein neues Leben. Er nahm den Namen meiner Großmutter an, sobald sie heirateten. Als Kind habe ich es immer geliebt, wenn mir meine Mutter von dem mysteriösen Onkel Magnús erzählt hat, der hier lebt. Niemand aus der Familie weiß etwas Konkretes über ihn oder über den Grund, weshalb mein Großvater damals das Land verließ. Und mein Großvater selbst weigert sich strikt, über die Vergangenheit und die Insel zu reden …« Sie hielt inne, und ihre Gedanken wanderten wieder zurück zu dem warmen Sommertag vor einer Woche. Sie sah den wutentbrannten Blick ihres Großvaters und hörte die Bitterkeit in seiner

Stimme, als er sie angeschrien hatte.

»So wütend habe ich ihn noch nie erlebt«, fügte sie schließlich leise hinzu und sank ein Stückchen tiefer in das Stoffsofa.

Mitfühlend strich Freyja ihr über den Arm. »Und du weißt nicht einmal ungefähr, in welcher Region dein Großonkel Magnús gelebt haben könnte? Oder derzeit lebt?«

Anna schüttelte niedergeschlagen den Kopf. Diese Suche wirkte plötzlich noch aussichtsloser als zuvor. Bisher hatte sie geplant, in den Orten, an denen Lia und sie vorbeikamen, nach ihrem Großonkel zu fragen. Nicht sonderlich aussichtsreich, aber auf den Ämtern würde man ihr als Nicht-Isländerin garantiert keine Auskunft geben.

»Weißt du, ich kenne zwar keinen Magnús …«, Freyja zögerte und ergriff dann Annas Hand, »aber ich habe eine Idee, wer dir helfen könnte.«

Ohne ein weiteres Wort verschwand sie aus dem Wohnzimmer, nur um nach einigen Minuten mit einem breiten Grinsen im Gesicht zurückzukehren. »Ladys, macht euch bereit für die beste Party Reykjavíks.«

Kapitel 6

Das Wummern der Bässe erfüllte den schummerigen Raum, und vor Annas Augen tanzte das flimmernde Licht der Clubbeleuchtung im Rhythmus der monotonen Musik. Der Song, den der DJ gerade auflegte, erinnerte sie an die elektronische Musik, zu der sie in den Hamburger Clubs mit Lia getanzt hatte, als sie noch häufiger ausgegangen waren. Bevor sie Matteo kennengelernt hatte. Bei dem Gedanken an ihn drehte sich Anna kurz der Magen um. Schnell nahm sie einen Schluck von dem Caipirinha, der vor ihr auf dem Stehtisch am Rand der Tanzfläche stand. Sie würde sich nicht noch einen Abend von ihrem Ex verderben lassen. Er war keinen Gedanken mehr wert. Schon gar nicht, wenn sie in einem angesagten Club in Reykjavík war und eine erinnerungswürdige Party mit ihren Freundinnen feiern wollte.

Fasziniert betrachtete sie den seidigen tannengrünen Stoff ihres Kleids, der im Licht der Scheinwerfer funkelte. Normalerweise war sie nicht der Typ für elegante Party-Outfits, aber Freyja hatte betont, dass die Jeans und ihr Rüschentop »gar nicht gehen«, wenn sie in Reykjavíks Nachtleben eintauchen wollte. Also hatte Freyja ihren Schrank durchforstet und zwei atemberaubende, figurbetonte Kleider und High Heels für Lia und sie herausgefischt. »Als Wiedergutmachung für Exeter«, hatte sie lachend hinzugefügt.

Und Anna war mehr als froh darüber, auf ihre Freundin gehört zu haben. Schon als sie den Laugavegur zum Club entlanggestöckelt waren, hatte sie bemerkt, wie schick die anderen Feiernden gekleidet waren. Vor den bunten Fassaden der Bars, die sich in der bekannten alten Einkaufsstraße zwischen Läden und Galerien einreihten, hatten Grüppchen junger Leute gestanden, die ausgelassen lachten und sich angeregt unterhielten. Im Vorbeigehen waren ihr smarte Jacketts, funkelnde Tops und Seidenröcke ins Auge gestochen. So rau und urtümlich die Natur der Insel war, so elegant gab sich offenbar das Nachtleben. Und sie musste zugeben, dass sie sich in dem Kleid fantastisch fühlte. Es verlieh dem Abend einen besonderen Glanz.

Suchend ließ sie ihren Blick über die dicht gedrängte Menschentraube auf der Tanzfläche wandern. In der Mitte des Gedränges erspähte sie Lia, die ihre Arme um den Hals eines stattlichen Wikingerdoubles geschlungen hatte und sich in seinen muskulösen Armen im Takt wiegte. Anna schmunzelte. Der wuschelige rotblonde Bart von Lias Auserwähltem erinnerte sie ein wenig an Ragnar Lodbrok, den furchtlosen Krieger aus *The Vikings*. Doch sie kannte ja Lias Fantasien von einem »nordischen Adonis, der mich auf Händen zu seinem Bett trägt« nur zu gut – die musste sie sich jedes Mal anhören, wenn Lia wieder einen Roman aus der Reihe *Der Wikinger und die Lady* las. Wie es aussah, war Lia endlich fündig geworden.

Freyja war vor geraumer Zeit in Richtung Bar verschwunden, um ihnen einen weiteren Drink zu besorgen. In dem Getümmel vor dem Tresen konnte Anna sie nicht mehr entdecken. Vielleicht hatte sie sich mittlerweile schon bis in die erste Reihe der wartenden Gäste vorgekämpft.

»Brennivín. Den trinkt man am besten, ohne abzusetzen.«

Irritiert wandte Anna den Blick von der Bar hin zu dem hochgewachsenen blonden Mann, der sich neben ihr am Tisch aufgebaut hatte und ihr ein kleines Schnapsglas zuschob, in dem eine klare, helle Flüssigkeit umherschwappte. Skeptisch beäugte sie erst den Drink, dann wieder den Mann, der nun amüsiert einen Mundwinkel nach oben zog.

»Freyja sagte mir schon, dass es schwierig werden würde.«

»Tatsächlich?« Verärgert verschränkte Anna die Arme vor der Brust und suchte nach dem hellblonden Haarschopf ihrer Freundin. Von der rechten Seite des Tresens winkte Freyja fröhlich zu ihr herüber und reckte beide Daumen in die Höhe.

Unfassbar. Hatten sich Lia und Freyja nun schon hinter ihrem Rücken zusammengeschlossen, um ihr eine männliche Bekanntschaft zu vermitteln? Das hatte sie nicht nötig. So langsam reichte es ihr wirklich.

»Keine Angst – ich möchte dich weder vergiften noch entführen. Aber ich dachte, ein guter isländischer Schnaps ist eine gute Grundlage, um sich kennenzulernen. Kristján Andersson.« Der Mann streckte ihr die Hand entgegen, und ein Hauch seines Aftershaves wehte zu Anna herüber.

Leicht genervt zog sie die Augenbrauen zusammen. »Hören Sie, das ist ein Missverständnis. Ich bin nicht auf eine Bekanntschaft aus. Ich möchte einfach einen netten Abend mit meinen Freundinnen verbringen. Daran ändert auch Ihr isländischer Schnaps nichts.«

»Gut, dann hätten wir das ja geklärt.« Kristján Andersson lachte, zog die ausgestreckte Hand wieder zurück und lehnte sich gegen den Tisch. Im nächsten Moment beugte er sich zu Anna herunter. Seine grünen Augen funkelten im

Licht der Clubbeleuchtung. »Weißt du, Anna, ich wollte dich nicht auf *diese* Weise kennenlernen«, raunte er und zwinkerte ihr zu. »Freyja sagte, du könntest ein bisschen Unterstützung bei einer Recherche gebrauchen. Ich bin Journalist und könnte dir dabei helfen, an ein paar Informationen zu kommen.«

»Oh.« Am liebsten wäre sie im Erdboden versunken. Wie hatte sie annehmen können, dass dieser sportliche, umwerfende Brad-Pitt-Verschnitt Interesse an ihr hatte? Er sah aus, als wäre er dem Island-Spezial des *GQ*-Magazins entsprungen. Seine blonden Haare waren akkurat zurückgegelt, und keine Strähne traute sich, aus seiner angesagten Frisur auszubrechen. Er trug ein eng geschnittenes weißes Hemd, das seinen trainierten Oberkörper betonte, und dunkle Jeans, die an jedem anderen unheimlich spießig ausgesehen hätten, an ihm jedoch äußerst smart wirkten.

»Morgen, zwölf Uhr vor dem Landesarchiv, ja?« Kristján Andersson richtete sich wieder auf, griff nach dem Schnapsglas und zwinkerte Anna zu. »Einen guten Brennivín verschwendet man nicht. Aber das lernst du hier auf Island noch.« Er hob das Glas an seine wohlgeformten Lippen, leerte es in einem Zug und stellte es zurück auf den Tisch. Dann grinste er sie triumphierend an, drehte sich um und verschwand in der Menge der Partygäste.

Sprachlos starrte sie auf die Stelle, an der er aus ihrem Sichtfeld verschwunden war. Seine selbstsichere Art entrüstete und beeindruckte sie zugleich, auch wenn sie es nicht gern zugab.

»Du hast es geschafft, ihn fünf Minuten schneller zu vertreiben, als ich gewettet habe. Respekt.« Freyja stellte einen Cuba Libre vor Anna auf den Tisch und sah sie gespielt vorwurfsvoll an.

»Tut mir leid, ich konnte ja nicht ahnen, dass er mir bei der Recherche helfen möchte«, entgegnete sie und zuckte mit den Schultern.

»Weißt du eigentlich, wer das war?«

»Kristján Andersson?«

»Er ist einer der bekanntesten Politik-Redakteure des Landes. Arbeitet für den größten isländischen Nachrichtensender. Wir waren in einem Seminar, bevor ich nach England gegangen bin. Damals lagen ihm alle Mädchen des Studiengangs zu Füßen. Hat mich ein paar Anrufe bei meinen ehemaligen Kommilitonen gekostet, um herauszufinden, dass er heute Abend hier ist, aber ich würde sagen, es hat sich gelohnt.« Freyja grinste zufrieden und nahm einen Schluck von ihrem Cocktail, während Anna sie immer noch etwas überfordert ansah.

»Wow, das ist … Danke! Wenn er wirklich Zugriff auf die genealogischen Daten im Landesarchiv hat, könnte das den entscheidenden Hinweis auf meinen Großonkel geben.«

»Zum Glück war keine große Überredungskunst nötig, um Kristján davon zu überzeugen, dir zu helfen. Ich würde behaupten, du gefällst ihm.«

»Das kann ich mir kaum vorstellen. Hast du ihn dir nicht angeschaut? Er sieht aus wie ein Supermodel.«

»Hey, du musst dich ja wohl auch nicht gerade verstecken. Aber komm, jetzt vergessen wir mal alle Männerschwierigkeiten und stürzen uns ins Getümmel!« Freyja lachte und zog sie am Ärmel ihres smaragdfarbenen Kleids auf die Tanzfläche.

Ein wenig widerstrebend folgte Anna ihr. Sie hatte die Zeiten der wilden Partys eigentlich endgültig abgeschrieben, und auf der Tanzfläche hatte sie sich immer schon ein wenig unwohl gefühlt. Aber sie hatte sich fest vorgenommen, dass sie diesen Abend genießen würde. Und Freyjas Blick funkelte so fröhlich, dass sie ihrer Freundin den Gefallen kaum abschlagen konnte. Also atmete sie tief durch und ließ sich dann vom Takt der Musik tragen, der um sie herum pulsierte.

Kapitel 7

Die Sonne schien von einem klaren blauen Himmel, als Anna fünfzehn Minuten vor zwölf Uhr den grauen Betonplatz vor dem isländischen Landesarchiv erreichte. *Þjóðskjalasafn Íslands* stand in schwarzen Metalllettern auf der hellgelb verputzten Wand, die an das mehrstöckige Gebäude grenzte. Dank Google Maps hatte Anna den Weg zum Archiv schnell gefunden. Sie war so nervös, dass sie viel zu zügig gegangen war und nun nicht wusste, was sie die übrigen Minuten tun sollte, bis Kristján Andersson auftauchen würde. Unruhig nestelte sie an ihrer Bluse, die bei ihrem Fußmarsch etwas verrutscht war. Immerhin ließ das Wetter sie nicht im Stich, auch wenn die Temperaturen mit sechzehn Grad nicht gerade sommerlich waren.

Auf der anderen Straßenseite erhob sich eine weiße Möwe von einem Fahnenmast und schwebte mit sanften Flügelschlägen über die Dächer der Nachbargebäude. Anna folgte ihr mit dem Blick, bis sie im gleißenden Sonnenlicht verschwand. Die Szene erinnerte sie an den Urlaub, den sie zusammen mit ihren Großeltern auf Sylt verbracht hatte, als sie zwölf gewesen war. Ihr Opa hatte mit ihr in den Wellen der Nordsee getobt, während ihre Großmutter ihnen vom Strandkorb aus zugewinkt hatte. Eine besonders freche Möwe hatte Anna damals das Eis aus der Hand gestohlen und war damit davongeflogen. Zum Trost und als Erinnerung an ihren gemeinsamen Urlaub hatte ihr Opa Anna damals ein silbernes Armband mit einer kleinen Möwe geschenkt, das sie seitdem jeden Tag trug. Normalerweise zauberte ihr das Schmuckstück immer ein Lächeln ins Gesicht, doch jetzt versetzte ihr die Erinnerung einen schmerzhaften Stich.

Eine Windböe ergriff ihr Haar und löste einige Strähnen aus dem Pferdeschwanz. Gerade jetzt. Schnell schob sie die ausgebrochenen Locken zurück in Position und überprüfte ihre Frisur im Display ihres Handys. Der vorige Abend war ihr glücklicherweise nicht mehr anzusehen, Lias Wunder-Make-up sei Dank. Zusammen mit ihrer besten Freundin und Freyja hatte sie bis in den Morgen getanzt. Und nicht nur einmal hatte eine der beiden eine neckende Bemerkung zu ihrer Begegnung mit Islands begehrtestem TV-Journalisten gemacht. Bei dem Gedanken an Kristján Andersson drehte sich ihr Magen nervös um. Der Mann hatte eine Ausstrahlung, die sie überwältigte. Und obwohl sie sich einredete, der Grund für seine bereitwillige Hilfe sei seine allgemein aufgeschlossene Art, musste sie sich doch eingestehen, dass sie sich ein bisschen was darauf einbildete. Vielleicht hatte sie ihm tatsächlich gefallen?

Gerade als sie diese Möglichkeit in Erwägung zog, bog ein dunkelblaues Cabrio um die Ecke. Die frisch polierte Motorhaube glänzte in der Sonne, während Kristján seinen Porsche mit schnittiger Geschwindigkeit in eine freie Parkbucht lenkte. Er stieg aus, sperrte den Wagen ab und fuhr sich mit einer Hand durch sein Haar, das aller Unwahrscheinlichkeit zum Trotz dem Fahrtwind standgehalten hatte und ebenso perfekt frisiert war wie im Club am Abend zuvor.

Annas Puls beschleunigte sich, und sie blickte verlegen auf die Spitzen ihrer Loafers. *Du bist eine erfolgreiche*

Reiseredakteurin – und es gibt keinen erklärbaren Grund für diese Nervosität, schalt sie sich selbst. *Zeit für ein bisschen Professionalität.* Sie nahm sich zusammen, richtete sich gerade auf und schaute wieder zu Kristján, der nun lässig auf sie zuschlenderte.

»Hi.« Er grinste sie herausfordernd an und blieb zwei Schritte vor ihr stehen.

»Hi«, entgegnete sie ebenso knapp und versuchte angestrengt, ihre mühsam erkämpfte Selbstsicherheit nicht einbrechen zu lassen.

»Anscheinend bist du wohl doch noch zu der Überzeugung gekommen, dass ich dich nicht entführen möchte?« Er lachte verschmitzt, und sie spürte, wie ihr die Hitze in die Wangen stieg.

»Tut mir wirklich leid, ich konnte ja nicht ahnen, dass Freyja dir von meinem Großonkel erzählt hat. Es ist sehr nett, dass du mir helfen möchtest.«

»Keine Ursache. Ich wollte sowieso etwas für meine aktuelle Reportage recherchieren.« Lässig schob er eine Hand in die Tasche seines marineblauen Jacketts. Mit der anderen machte er eine ausladende Bewegung in Richtung des Archivs. »Dann wollen wir mal.«

Anna nickte lächelnd und folgte Kristján, der mit forschem Schritt auf den Empfangstresen zusteuerte.

Wenige Minuten später standen sie in einem fensterlosen Raum, in dem sich Regale aneinanderreihten, die bis unter die Decke mit Akten und Büchern gefüllt waren. Das kalte Licht der Neonröhren schien unbarmherzig auf sie hinab.

»Hier lagern sämtliche amtlichen Meldebescheinigungen und Kirchenregister der Insel«, erklärte Kristján.

Fasziniert ging Anna zu einem der Regale und strich sachte mit dem Finger über den Ledereinband eines alten

Buchs, aus dem mehrere lose Seiten herausragten. *1870* war in verschnörkelten Ziffern in den Buchrücken geprägt worden.

»Unglaublich, dass es gelungen ist, all diese alten Aufzeichnungen zu bewahren.«

»Wenn du einen Anhaltspunkt für die Herkunft deines Großonkels suchst, findest du ihn hier.« Kristján trat neben sie, lehnte sich gegen das metallene Regal und verschränkte die Arme vor der Brust. »Also, Freyja sagte, du wüsstest nicht sehr viel über deine isländische Familie. Was genau bedeutet ›nicht sehr viel‹?«

Anna ließ die Finger von dem Einband des Buches sinken und wandte sich ihm zu. Sie seufzte. »Leider bedeutet es in diesem Fall: gar nichts. Mein Großonkel Magnús lebt irgendwo auf der Insel. Mein Großvater hat ihn und seine alte Heimat vor vielen Jahren zurückgelassen, bevor er ein neues Leben in Deutschland begann. Er ist nun achtzig Jahre alt, sein Bruder müsste also etwa im gleichen Alter sein. Das sind die einzigen Anhaltspunkte, die ich habe.«

Kristján zog die Augenbrauen hoch. »Gut, das dürfte die Suche nicht gerade erleichtern. Die Akten von 1930 aufwärts findest du dort drüben.« Er deutete auf ein Regal am Ende des ersten Gangs. »Ich suche oben nach ein paar Zeitungsartikeln, die ich für die Reportage brauche. Danach komme ich mal vorbei, und wir können etwas essen gehen.«

»Ja, das klingt … gut.«

»Also dann, viel Erfolg.« Er klopfte gegen einen alten Karton voller Aktenmappen, von dem sich daraufhin ein wenig Staub löste. Mit forschen Schritten verließ er den Raum, und Anna sah die Tür hinter ihm schwungvoll ins Schloss fallen.

Was für ein zügiger Abgang. Sie atmete aus und ließ die Schultern sinken. Während sie die Regalreihen betrachtete, fühlte sie Enttäuschung in sich aufsteigen. Auch wenn es sicherlich zu viel verlangt war, hatte sie gehofft, dass Kristján ihr bei der Suche helfen würde. Doch sie wusste selbst, wie albern das klang. Schließlich hatte er sich schon mehr als genug Umstände bereitet, indem er sie mit in das Archiv genommen hatte. Immerhin kannten sie sich überhaupt nicht.

Langsam lief sie zu dem Regal, an dessen Seite ein Schild mit der Kennzeichnung *1930–1950* befestigt war. Sie ließ ihren Blick über die vielen Bretter voller Akten und Hefte wandern. Vor ihr lagen gewiss Hunderttausende Einträge zu Menschen, Geburtsorten, Taufnamen, Sterbedaten. Wie sollte es ihr bloß jemals gelingen, auf ein Indiz zu ihrem Großonkel zu stoßen? Wie viele Männer in seinem Alter mit demselben Namen mochte es wohl auf der Insel geben?

Plötzlich fühlte sie sich überwältigt von der schieren Unlösbarkeit dieser Aufgabe. Doch es half nichts. Dies hier war der einzige Weg, um ihrem Familiengeheimnis auf die Spur zu kommen.

Anna atmete einmal tief durch und griff dann nach dem ersten Ordner, der ganz oben links im Regal stand. Sie würde diesen Weg gehen, egal, wie lange es dauerte.

***

Zwei Stunden später war sie vertieft in einen riesigen Berg Akten, den sie zu einem Tisch am Rand des Raumes getragen hatte. Zu ihrer Linken lagen die Dokumente, die sie bereits durchgegangen war, zu ihrer Rechten wartete ein weitaus größerer Stapel darauf, von ihr durchgesehen zu werden. Sie seufzte und streckte sich. Vom langen Sitzen auf dem harten Stuhl bekam sie allmählich Rückenschmerzen, und ihr Kopf schwirrte von all den klein gedruckten, schwer leserlichen Namenseinträgen, die sie zu entziffern versucht hatte. Magnús war ebenso wie Gunnar ein weitverbreiteter Männervorname. Doch bisher hatte sie beide in keiner Verbindung zueinander entdeckt.

Gerade als sie die nächste Akte zu sich heranzog, hörte sie, wie sich die Tür hinter ihr öffnete und jemand in den Raum trat.

»Fündig geworden?«

Beim Klang der ihr mittlerweile nur zu gut bekannten männlichen Stimme drehte sie sich um. Kristján kam mit seinem üblichen verschmitzten Grinsen auf sie zu.

»Leider nicht. Aber ich habe es bisher auch längst nicht geschafft, alle Dokumente zu sichten.« Sie deutete auf den Berg hinter sich.

Er blieb dicht vor ihr stehen und ließ seinen Blick über den Tisch wandern. »Tja, das wird wohl noch ein paar Stunden in Anspruch nehmen. Was hältst du von einer Pause? Eine Straße weiter gibt es ein nettes Restaurant. Hervorragende isländische Küche.«

»Ja, gern. Ich könnte wirklich eine Abwechselung gebrauchen.« Mit einem erleichterten Seufzen erhob sie sich und folgte ihm aus dem Kellerraum und durch das moderne Treppenhaus hinauf in die lichtdurchflutete Empfangshalle des Archivs. Die attraktive junge Frau am Tresen lächelte Kristján mit leicht geröteten Wangen zu, als sie an ihr vorbeigingen. *Kein Wunder*, dachte Anna. Nach allem, was Freyja ihr erzählt hatte, war er ein Star in der Journalistenszene. Und seine Ausstrahlung schlug einfach jeden in den Bann.

Er hielt ihr die Tür auf, und sie traten hinaus in die Sonne.

»Gefällt dir die Insel?« Kristján blieb stehen und zündete sich eine Zigarette an. Auf dem silbrigen Feuerzeug erkannte Anna seine Initialen, bevor er es wieder in die Tasche seines Jacketts gleiten ließ.

»Viel habe ich bisher nicht gesehen«, entgegnete sie und hob den Blick zum Himmel. Über ihnen kreisten zwei Möwen. Ihre Schreie erinnerten sie daran, wie nah der tosende Ozean war. »Wir sind gestern erst gelandet. Übermorgen wollen wir zu einer Rundreise über die Insel aufbrechen. Ich verfasse einige Artikel für meine Redaktion über Aktivitäten und Ausflüge auf Island.«

Kristján nickte und nahm einen Zug von seiner Zigarette. »Also auch eine Journalistin.« Er zwinkerte ihr zu, und sie liefen weiter die geteerte Straße entlang.

»Ja, aber längst nicht so bekannt, wie du es bist. Wir haben dich heute Morgen in einem Fernsehinterview gesehen.«

»Das Gespräch zur britischen Wirtschaft nach dem Brexit. Ich war einige Zeit in England und bin erst vor zwei Tagen nach Reykjavík zurückgekehrt. Es war ziemliches Glück, dass wir uns gestern im Club über den Weg gelaufen sind.«

Und Freyjas hervorragender Recherche zu verdanken, ergänzte Anna in Gedanken.

Sie erreichten ein kleines Lokal, dessen Holzfassade in einem munteren Gelb gestrichen war. Sie gingen durch eine Gartenpforte und folgten dem gepflasterten Weg zum Eingang. Kristján hielt ihr erneut die Tür auf, und Anna betrat gespannt das Restaurant. Der Duft nach Fisch und frischen Kräutern umhüllte sie. Die meisten Tische waren bereits von munter plaudernden Menschen besetzt. Doch im hinteren Bereich des Lokals entdeckte sie noch eine freie Sitzecke an der Fensterfront. Kristján schien sie ebenfalls gesehen zu haben und steuerte zielstrebig auf den Platz zu.

Während Anna ihm folgte, entgingen ihr nicht die Blicke der anderen Gäste, vor allem der Frauen, die ihm mit strahlenden Augen zulächelten. Sobald sie jedoch Anna in seinem Schlepptau wahrnahmen, änderte sich das strahlende Lächeln zu einer Art verwunderter Miene, einige musterten sie sogar abschätzig, drehten sich schnell zu ihren Freundinnen um und tuschelten.

So fühlte es sich also an, die Begleitung eines lokalen TV-Stars zu sein. Sie atmete tief durch und straffte die Schultern noch ein wenig mehr. Von diesen Frauen würde sie sich bestimmt nicht einschüchtern lassen, schließlich war Kristján mit ihr hier. Ein Anflug von Stolz ergriff sie, und sie konnte sich ein kleines Lächeln nicht verkneifen. Ganz Gentleman zog er einen der Polsterstühle für sie unter dem Tisch hervor und bedeutete ihr, sich zu setzen. »Madame«, sagte er charmant.

»Danke.« Sie ließ sich auf dem Stuhl nieder, sobald Kristján ihn für sie an den Tisch gerückt hatte.

Er setzte sich ihr gegenüber und reichte ihr die Speisekarte, die auf dem Tisch in einem Halter steckte. »Ich empfehle dir das gebratene Schollenfilet auf frischem Salat. Das Hausgericht, einfach himmlisch.« Er führte zwei Finger an die Lippen und deutete an, sie zu küssen.

»Gut, dann ist der Blick in die Karte überflüssig. Du hast mich überzeugt.« Anna grinste und schob ihm die Speisekarte wieder entgegen.

»Abenteuerlustig, das gefällt mir.« Er sah sie herausfordernd an.

Sofort spürte sie, wie sie errötete, und wandte den Blick hastig zum Fenster hinaus. Zum Glück trat in diesem Moment die Bedienung an ihren Tisch, ein junger Mann mit dunklem Haar und strahlend blauen Augen. »Was darf es bei Ihnen sein?«, fragte er und zückte seinen Notizblock.

»Zweimal das Schollenfilet. Und einen guten Weißwein für mich und meine reizende Begleitung. Du trinkst doch, oder, Anna?«, erkundigte sich Kristján.

»Ja, der Weißwein klingt hervorragend.« Eigentlich wäre sie gern bei einem Glas Wasser geblieben, um für ihre Recherche einen klaren Kopf zu behalten, aber sie wollte Kristján nicht dazwischenfahren. Ein stilles Wasser klang nicht annähernd so abenteuerlustig wie der exquisite Wein, den er ausgewählt hatte.

Der Kellner bedankte sich und verschwand in Richtung der Bar.

»So«, sagte Kristján und stützte die Unterarme auf den Tisch. »Nun erzähl mal. Weshalb möchtest du nach all den Jahren plötzlich deinen Großonkel finden? Gibt es ein altes Familienvermächtnis, das du in Anspruch nehmen möchtest?«

Dieser Mann kam direkt zur Sache. Anna begegnete seinem herausfordernden Blick und schüttelte den Kopf. »Nein, es geht mir bestimmt nicht darum, irgendein Anrecht auf ein Erbe zu erkämpfen. Ich würde einfach gern etwas über meine Wurzeln erfahren. Mein Großvater meidet, seit ich ihn kenne, Geschichten über seine Jugend hier auf der Insel. Und über seinen Bruder Magnús. Kurz bevor ich nach Island gereist bin, haben wir uns schwer gestritten. Großvater hat mir verboten hierherzufliegen. Doch er will mir einfach keinen Grund für seinen Hass auf die Insel nennen. Irgendetwas muss hier passiert sein, bevor er damals nach Deutschland floh. Ich habe mich immer schon so verbunden mit Island gefühlt. Es war mein großer Traum, einmal hierherzukommen. Und jetzt muss ich unbedingt meinen Großonkel finden. Er wird bestimmt wissen, was damals geschehen ist. Vielleicht kann er mir helfen, meinen Großvater zu verstehen.«

Kristján zog die Augenbrauen hoch und nickte langsam. »Da hast du dir einiges vorgenommen. Auf der Insel kennt man sich, aber als Außenstehender ist es nicht immer leicht, jemanden zu finden. Unsere Vornamen sind recht häufig vergeben. Da kann es schnell mal zu Verwechslungen kommen.«

In dem Moment brachte der Kellner ihre Getränke. Er ließ Kristján den Wein probieren, und als der nickte, füllte er ihre Gläser mit dem edlen Tropfen. Anschließend zog er sich taktvoll zurück.

»Dann lass uns auf deine erfolgreiche Suche anstoßen.« Kristján hob sein Glas und sah sie mit funkelnden Augen an. »Und auf alles, was du dabei findest.«

Anna spürte, wie ihr schon wieder die Röte in die Wangen stieg, und griff hastig nach ihrem Weinglas, um Kristján zuzuprosten. »Auf eure schöne Insel.«

Während des Essens unterhielten sie sich ohne Pause. Kristján fragte sie über ihr Studium und ihr Leben in Hamburg aus. Im Gegenzug berichtete er von seiner Karriere, wie er sich als junger Absolvent nach der Uni von einem Job zum nächsten gehangelt hatte, bis ihm ein Festvertrag in einer der größten TV-Redaktionen des Landes angeboten wurde. Seine Eltern bewirtschafteten einen Hof außerhalb von Reykjavík, aber Kristján hatte mit dem Landleben offensichtlich nichts mehr am Hut. Er schilderte sein Leben in der Hauptstadt mit strahlenden Augen, berichtete von zahlreichen Feiern, auf denen er die High Society des Landes traf, und schwärmte von seinen Auslandsaufenthalten, die er als Journalist für den Sender wahrnahm.

Anna lauschte gespannt seinen Erlebnissen. Auch wenn ihr Leben nicht in denselben glamourösen Bahnen verlief wie seines, verglich sie es doch damit. In Hamburg rannte sie häufig von Termin zu Termin, beeilte sich, die angesagtesten Locations zu testen, die neusten Reisetrends als Erste in ihren Artikeln zu erwähnen. Und abends aß sie mit ihren Freunden in den hippen Bars, in denen sich die aufstrebende Medienelite der Stadt versammelte. Zumindest war es so gewesen, bevor sie sich nach ihrer Trennung ein wenig zurückgezogen hatte. So aufregend ihr Leben in der Großstadt auch war – immer häufiger wünschte sie sich ein wenig mehr Ruhe um sich. Ein wenig mehr Natur und etwas mehr Raum, um einmal durchzuatmen.

Als der Kellner mit der Rechnung kam, zog Kristján den Bon zu sich herüber und zwinkerte ihr zu. »Ich übernehme das.«

»Danke«, erwiderte sie und freute sich insgeheim, dass er es offenbar nicht ganz furchtbar in ihrer Gegenwart gefunden hatte.

Kurz darauf verließen sie das Lokal und gingen zurück zum Archiv. Er begleitete sie durch die Empfangshalle und die Treppe hinunter in den fensterlosen Rechercheraum. Dort angekommen, schaltete er das Licht ein. Sein Handy vibrierte einmal kurz, und er warf einen schnellen Blick darauf. Dann wandte er sich ihr zu. »Da wären wir. Ich habe gleich einen Termin, aber du kannst hier so lange recherchieren, wie du möchtest.«

»In Ordnung, danke dir.«

»Sehen wir uns morgen auf der Party?« Er schob eine Hand in die Hosentasche und strich sich mit der anderen durch die Haare.

Anna schaute ihn verständnislos an. »Welche Party?«

Er lachte kurz auf. »Freyja hat dir also noch nichts erzählt. Ich gebe einen kleinen Empfang im *Kjarval* anlässlich meines Geburtstags. Und du und deine Freundinnen seid natürlich eingeladen.«

»Oh, das wusste ich wirklich nicht. Ja, ich denke, dann sehen wir uns dort.« Verlegen schob sie sich eine Haarsträhne hinters Ohr. Sein intensiver Blick machte sie mehr als nervös.

»Schön, das freut mich.« Er trat einen Schritt auf sie zu, beugte sich zu ihr herunter und hauchte einen angedeuteten Kuss auf ihre Wange. »Bis morgen, Anna. Es war ein schöner Tag mit dir.«

Perplex starrte sie ihn an und konnte sich gerade rechtzeitig berappeln, um zurückzulächeln. »Ja, das fand ich auch. Bis morgen, Kristján.«

Er nickte ihr zu und schloss kurz darauf die Tür hinter sich.

Noch immer etwas überrascht von seiner Verabschiedung stand Anna in dem leeren, stillen Raum. Dieser TV-Redakteur wusste ohne Zweifel, wie er seinen Charme einsetzen musste. Bei dem Gedanken daran, ihn morgen schon wiederzusehen, breitete sich ein warmes Gefühl in ihr aus, und ihr Herzschlag beschleunigte sich. *Mein Gott, reiß dich zusammen*, sagte sie sich, *er hat dich nur zu seiner Party eingeladen. Auf der Hunderte andere Leute sein werden. Kein Grund, durchzudrehen.*

Seufzend drehte sie sich um und ging zu ihrem Arbeitstisch hinüber. Die Akten lagen dort, wie sie sie zurückgelassen hatte. Sie ließ sich auf den Holzstuhl fallen und zog den nächsten Ordner zu sich heran. Kristján hatte recht, die Namen wiederholten sich ständig. Doch auf ihren Großvater und seinen Bruder schien keiner der Einträge zu passen.

***

Eine Stunde später tanzten die Buchstaben vor Annas Augen auf und ab. Sie fühlte sich müde und träge von dem Wein, den sie zu Mittag getrunken hatten. Als sie die Seite umschlug und die Einträge überflog, hätte sie ihn beinahe überlesen. In der zehnten Zeile stand in einer geschwungenen Handschrift der Name *Magnús Eriksson*. Und dahinter: *Bróðir Gunnars Eríkssonar*. Keine weiteren Geschwister waren vermerkt. Die Namen der Eltern lauteten Erik Einarsson und Eira Alafsdóttir. Anna hatte ihren Großvater nie die Namen seiner Eltern benutzen hören. Als Taufdatum von Magnús Eriksson war der 05.05.1946 vermerkt. Und Ort der Taufe war Hellissandur in der Gemeinde Snæfellsbær. Eilig zog Anna ihr Handy hervor und tippte den Ort in die Suchmaschine. Das Dorf lag an der Küste im Westen der Insel. Umgeben von rauen Lavafeldern und grünen Wiesen. Hier und da erkannte Anna einen Hof auf der Satellitenansicht. Und ein Leuchtturm stand nahe der steilen Küste. Könnte das die Heimat ihres Großvaters sein?

Sie markierte den Punkt und notierte sich alle Angaben des Eintrags, den sie in dem alten Kirchenbuch gefunden hatte. Das war das erste Mal, dass nur die Namen Magnús und Gunnar in einem Eintrag verzeichnet waren. Doch vor ihr lagen noch fünf ungesehene Akten. Was, wenn sich in ihnen weitere Brüder verbargen, die Magnús und Gunnar hießen? Dies war ihre einzige Chance, einen Hinweis auf ihren Großonkel in dem Archiv zu finden. Sie würde nicht so leicht zurückkehren können, um erneut in die Dokumente zu schauen, sollte sich Magnús Eriksson als der Falsche entpuppen. Also blätterte sie weiter.

Eine weitere Stunde später klappte sie das letzte Buch, das vor ihr lag, zu und erhob sich von dem harten Holzstuhl. Noch ein zweites Mal war sie auf den Eintrag eines Magnús gestoßen, der nur einen Bruder namens Gunnar hatte. Dieser Magnús hieß zufälligerweise ebenfalls Eriksson mit Nachnamen und war 1945 in Hvalfjarðarsveit getauft worden, einer kleinen Gemeinde nördlich von Reykjavík. Dort wollte Anna zuerst hinfahren, sobald Lia und sie gen Norden aufbrechen würden. Sie konnte es kaum erwarten. Ihre Hoffnung klammerte sich an die beiden Namen, die auf ihrem Handydisplay leuchteten.

Kapitel 8

Island
Herbst 1963

Geliebte,
dieser Brief erreicht dich, wenn ich schon lange fort bin. Und nun, da ich meine letzten Worte an dich auf dieses Papier schreibe, es falte und an unseren Ort bringe, an dem uns nichts umgab als unser Geheimnis, will ich, dass du nie vergisst. Nie den Moment vergisst, in dem du mein Schicksal besiegelt hast. Du hast mir alles genommen. Und ich werde nicht eher ruhen, bevor du fühlst, was ich fühlen musste. Sei gewiss, mein Abschied ist keine Flucht. Er ist der Beginn meiner Rache.

G.

Kapitel 9

Halbinsel Snæfellsnes, Island
Sommer 1963

Das gleichmäßige Klackern von Auður's Hufen beruhigte Gunnars Nerven. Er atmete tief durch und konzentrierte sich vollkommen auf die Bewegungen des töltenden Wallachs. Auðurs haselnussbraune Mähne wehte wie eine Flagge im Wind, während sie den steinigen Feldweg zu Lars' Hof entlangflogen. Die Sonne wärmte Gunnars Arme und ließ das satte Grün der Wiesen leuchten. Es war kurz nach Mittag und Hekla würde ihn bald erwarten. Nachdem er heute Morgen das Petroleum für das Leuchtfeuer aufgefüllt hatte und rausgefahren war, um ihren Fischvorrat aufzustocken, hatte sein Vater ihm erlaubt, einen Ausritt mit seinem Pferd zu unternehmen. Allerdings hatte Gunnar ihm verschwiegen, wohin ihn dieser Ausritt führen würde.

Als die weißen Stallungen in Sicht kamen, machte Gunnars Herz einen Satz. In der Mitte des Hofes stand Hekla. Ihr feuerrotes Haar leuchtete ihm schon aus der Ferne entgegen. Sie wandte den Blick zu ihm und Auður, winkte kurz und schwang sich dann auf den Rücken ihrer Schimmelstute. Die beiden trabten auf sie zu, und sie trafen sich vor der Einfahrt ihres elterlichen Gehöfts.

»Schön, dass du gekommen bist, Gunnar.« Hekla brachte

Blika neben Auður zum Stehen und strich Gunnars Pferd liebevoll über die Nase.

»Ähm, ja, ich dachte, ein Ausritt wäre nett«, stammelte er verlegen.

Sie hob den Blick zu ihm und lächelte. Ohne Frage, ihr war seine Nervosität nicht entgangen. »Sollen wir dann? Der Weg dort drüben führt direkt zum Wasserfall.« Sie deutete auf einen Pfad, der über die Wiese führte und hinter einigen Büschen einen Abhang hinab verschwand.

Er nickte. »Also los.«

Hekla lachte und trieb ihre Stute an. Gunnar und Auður folgten ihnen, und bald flogen sie nebeneinander über die sanften Hügel der Halbinsel. Als sie eine weite Ebene erreichten, lehnte Hekla sich tief über Blikas Hals, und die beiden schossen an Gunnar und Auður vorbei. Doch er wollte sie dieses Rennen nicht gewinnen lassen. Er beugte sich nach vorn und stellte sich in die Steigbügel. Sein Pferd verstand und streckte sich in einen schnellen Galopp. Bald hatten sie Hekla und Blika eingeholt, und beide Pferde rasten nun Nüstern an Nüstern über die grasbewachsene Ebene. Hekla wandte den Kopf zu Gunnar und grinste breit. Einige Meter weiter stieg die Ebene steil an und grenzte an einen felsigen Abhang. Sie zügelten ihre Pferde und ritten in gemächlichem Tempo nebeneinanderher.

»Dort oben befindet sich der beste Zugang zum Wasserfall.« Hekla deutete die Felswand hinauf. »Komm, wir lassen die Pferde hier unten und klettern ein Stück.« Schon schwang sie sich vom Rücken ihrer Stute.

Gunnar tat es ihr gleich. Sie banden die Pferde an einen mickrigen Baum, der in der Nähe Wind und Wetter trotzte. Dann kletterten sie die steinige Anhöhe hinauf. Hekla übernahm die Führung und huschte geschickt über den steilen

Weg. Kurz bevor sie den höchsten Punkt erreichten, rutschte ihr Fuß jedoch von einem Stein, und sie geriet ins Wanken. Schnell streckte Gunnar sich zu ihr aus und umfasste ihre Taille mit einem Arm, bis sie wieder sicheren Halt fand.

»Danke.« Sie lächelte ihn an, aber er sah noch den Schreck über den kurzen Fehltritt in ihren Augen, spürte die Wärme ihres zierlichen Körpers in seinen Armen. Für seinen Geschmack fing sie sich allerdings viel zu schnell und ging weiter.

»Gern geschehen«, murmelte er.

Das letzte Stück stiegen sie langsamer hinauf. Oben angekommen, wandte Hekla sich nach links. Sie folgten einem kleinen Pfad zwischen zwei moosbewachsenen Felsen hindurch. Als sie an die Kante des Weges traten, hielten sie inne. Vor ihnen erstreckte sich der Wasserfall in seiner ganzen Pracht. Das Wasser rauschte in die Tiefe und ergoss sich einige Meter unter ihnen in einen natürlichen kleinen See. Sonnenstrahlen tanzten über die Oberfläche und ließen den Sprühnebel in der Luft glitzern wie Sternenstaub. Gunnar war so viele Jahre nicht mehr hier gewesen, dass er ganz vergessen hatte, wie atemberaubend schön dieser Ort war.

»Komm.« Hekla berührte leicht seinen Arm. »Ich zeig dir etwas. Wir müssen nur etwas näher heran.«

Neugierig folgte er ihr, bis sie direkt neben der Felswand standen, über die sich das Wasser ergoss. Dort drückte Hekla sich eng an den Felsen und betrat den schmalen Leerraum zwischen dem Wasserschwall und dem Gestein. Vorsichtig kletterte sie an der Wand entlang und verschwand plötzlich hinter einem Gesteinsbrocken. Gunnar wurde unruhig. Wo war sie hin?

Mit mulmigem Gefühl folgte er ihr und versuchte, nicht auf die rauschende Tiefe unter ihm zu achten. Als er den

Gesteinsbrocken erreichte, hinter dem Hekla verschwunden war, tippte ihm plötzlich jemand auf die Schulter. Hinter dem Felsen tat sich eine zwei Meter breite Höhle auf. Er hievte sich hinein und kauerte sich neben Hekla, die am Rand saß.

»Schön, oder?«, fragte sie und sah ihn gespannt an.

Er nickte. Der dunkle Fels war drei Meter tief ausgehöhlt, und über ihren Köpfen war ein weiterer Meter Platz. Stehen konnten sie nicht, aber man konnte sich hier gemütlich hinsetzen und das Wasser beobachten, das vor einem in die Tiefe rauschte.

»Ich habe sie noch nie jemandem gezeigt.« Heklas Augen funkelten und reflektierten die glitzernden Wasserstrahlen.

»Dann fühle ich mich sehr geehrt.«

»Das bleibt unser Geheimnis, versprochen?«

»Versprochen.« Gunnar legte die Hand auf sein Herz, um seinem Eid das nötige Pathos zu verleihen.

Hekla nickte zufrieden und ließ den Blick durch den Schwall des Wasserfalls schweifen. Kleine Tropfen landeten in ihren roten Haaren. Gunnar betrachtete ihre zarten Gesichtszüge, ihre hellen Sommersprossen, das kleine Grübchen an ihrer Wange, ihre sinnlichen Lippen, die sich gerade leicht öffneten, während sie sich eine Haarsträhne hinters Ohr strich.

So lange schon träumte er davon, sie zu berühren. Aber so verletzlich sie in diesem Moment wirkte, hier, zusammengekauert an seiner Seite in der Höhle – in ihren Augen funkelte pures Feuer. Hekla war so unnahbar und stolz wie kein Mädchen, dem er zuvor begegnet war. So einer Frau gestand man nicht seine Liebe, wenn man noch ganz bei Sinnen war. Denn das Feuer in ihren Augen versprach, dass sie ihm nie gehören würde. Überhaupt nie jemandem gehören könnte.

»Du verfolgst mich, Gunnar.«

Erschrocken hob er seinen Blick. Sie funkelte ihn belustigt an. »Ich verfolge dich nicht«, sagte er verärgert. Er fühlte sich gleichermaßen ertappt und verurteilt. Wie konnte sie so anmaßend sein?

»Nun, seit Wochen sehe ich dich, wenn ich am Strand ausreite. Und jetzt tauchst du auch noch auf unserem Hof auf.«

»Ich musste ein Pferd kaufen, wie du weißt.« Er spannte die Schultern an und starrte geradeaus durch die rauschenden Wassermassen.

»Das erklärt nicht, weshalb du mir jeden Tag mit deinem Boot auflauerst.«

Empört schnaubte er. »Ich lauere dir nicht auf. Ich habe meine Arbeit zu erledigen. Wenn du dir genau die Zeit aussuchst, um am Strand entlangzureiten, liegt das wohl kaum in meiner Macht.«

»Du willst es also nicht zugeben, nur zu. Aber weißt du, was ich glaube?«

Er wandte missmutig den Kopf, um sie anzusehen.

»Ich glaube, ich gefalle dir.« Ihre Augen leuchteten so dunkel wie der Ozean bei Sturm und nahmen ihn völlig gefangen. Er war unfähig, sich zu bewegen. Sie hatte Besitz von ihm ergriffen, alles verschwamm im Strudel ihrer leuchtenden blauen Iriden. Dann, im Bruchteil einer Sekunde, lehnte sie sich vor, und er spürte ihren warmen Atem auf seinen Lippen, den sanften Druck ihrer Lippen auf seinen. Doch im nächsten Augenblick sprang sie auch schon auf. Sie wandte sich kurz zu ihm um, schenkte ihm ein breites Lächeln und stürzte sich im nächsten Moment kopfüber hinab in den Wasserschwall.

Erschrocken schnellte er hoch und lehnte sich über die Kante. Sie könnte gegen die Felsen schlagen. Doch zum

Glück sah er durch den Wasserschwall eine verschwommene rote Lockenpracht in dem kleinen See, in den der Wasserfall mündete.

»Was ist, traust du dich etwa nicht?«, rief sie ihm zu und winkte fröhlich.

»Du bist lebensmüde, Hekla!«

»Vielleicht!«, rief sie, und ihr helles Lachen hallte zu ihm herauf. »Oder einfach nur mutig. Eine Gabe, mit der offensichtlich nicht jeder gesegnet ist.«

»Na warte!«

Er trat noch einen Schritt näher an die scharfe Kante der Felsen und schaute hinab in die Tiefe, wo fünfzehn Meter unter ihm die tosenden Wassermassen aufschlugen. Dann nahm er einen tiefen Atemzug und sprang. Das Wasser presste hart gegen seinen Körper, doch im nächsten Augenblick tauchte er unter, wurde hinabgedrückt vom Schwall des Wasserfalls, bis er kurz darauf wieder Richtung Oberfläche schoss. Er schnappte nach Luft, als er diese durchbrach und über ihm der blaue Sommerhimmel leuchtete. Wenige Meter entfernt schwamm Hekla. Sie sah ihn belustigt an.

»Du solltest dir offensichtlich besser überlegen, wen du feige nennst!«, rief er ihr zu.

Lachend drehte sie sich um und stieg aus dem See. Das Wasser triefte von ihrer Stoffhose und der dünnen blauen Bluse, die sie trug. Ohne ein weiteres Wort verschwand sie aus seinem Sichtfeld, und er starrte ihr verwundert nach. Sollte er ihr folgen? Doch ehe er sich die Frage beantworten konnte, trabte sie schon auf Blikas Rücken heran. Vor dem See zügelte sie ihr Pferd und schaute zu ihm herüber. »Ich habe dich nicht unterschätzt, Gunnar. Aber offensichtlich benötigt dein Mut manchmal einen kleinen Schubs.« Sie grinste übers ganze Gesicht, dann trieb sie ihre weiße Stute an und flog über die weite Ebene davon.

Gunnar konnte ihr einige Minuten nur hinterherstarren. Um ihn herum gurgelte leise das Wasser des Sees, hinter ihm rauschte der tosende Wasserfall, aber das nahm er nur am Rande wahr. Sein Herz klopfte ihm bis zum Hals, und in seinem Kopf tobte ein gewaltiger Sturm. Hatte sie ihn zuvor schon besessen, bestand nun keinerlei Zweifel, dass er ihr bis aufs Letzte verfallen war. Hekla Larsdóttir, das wilde Mädchen, hatte ihn geküsst. Und das Gefühl ihrer Lippen würde ihn für immer verfolgen.

Kapitel 10

Reykjavík, Island
Juli 2023

Die Sonne sank langsam dem Horizont entgegen und tauchte die Dächer Reykjavíks in ein rotgoldenes Licht. Anna lehnte sich an die Metallbrüstung der Dachterrasse und genoss den Ausblick über Islands Hauptstadt. Neben ihr tippte Lia unentwegt auf ihrem Handy herum.

»Willst du das nicht mal beiseitelegen? Du verpasst die romantische Stimmung«, sagte Anna und deutete auf das traumhafte Panorama vor ihnen.

»Bei mir ist es auch gerade sehr romantisch«, entgegnete Lia trotzig und seufzte. »Per musste heute zu seinen Eltern aufs Land fahren. Hoffentlich vergisst er mich nicht.«

Richtig, das Wikingerabenteuer dauerte nun bereits ganze zwei Tage an. In Gedanken zog Anna den Hut vor Per. So lange hatte schon seit Jahren niemand mehr Lias Gunst für sich beanspruchen können. Vielleicht hatte er ja tatsächlich das Zeug, Lias Herz zu erobern.

»Wer könnte dich vergessen?« Schmunzelnd zwinkerte sie ihrer Freundin zu. Als Antwort kassierte sie eine halbherzige Grimasse, da Lia bereits eifrig weitertippte.

Seufzend richtete Anna den Blick wieder auf den prachtvollen Horizont. In der Nähe des Hafens ragte die gläserne Fassade der Harpa in den Himmel und reflektierte funkelnd das Licht der Abendsonne. Bei ihrer Rundtour durch die Stadt an diesem Vormittag hatten Freyja, Lia und sie der beeindruckenden Konzerthalle einen Besuch abgestattet. Anschließend hatten sie den alten Hafen besichtigt und waren den Laugavegur hinaufgeschlendert. Die belebte Straße, die sie schon in der Nacht ihres Clubbesuchs kennengelernt hatten, besaß am Tag mindestens ebenso viel Charme. An jeder Ecke gab es ausgefallene Boutiquen und hippe Cafés. In einer kleinen Galerie hatte Lia ein eigenwilliges Gemälde einer jungen isländischen Künstlerin gekauft, das einen Ehrenplatz in ihrer WG erhalten sollte. Und zum Abschluss ihrer Tour hatten sie die futuristische Hallgrímskirkja besucht, die Anna schon bei ihrer Ankunft in den Bann geschlagen hatte.

Morgen war ihre Zeit in der Stadt vorbei, und sie würde gemeinsam mit Lia und Freyja zu einer dreitägigen Tour durch die Landschaft südlich von Reykjavík aufbrechen. Sobald sie die Berichte über den Ausflug geschrieben haben würde, waren sie frei, und das richtige Abenteuer konnte beginnen. Schon bei dem Gedanken daran, was sie womöglich herausfinden und dass sie vielleicht bald ihrem Großonkel gegenüberstehen würde, vollführte ihr Magen einen Salto.

»Gibst du dem Brennivín eine zweite Chance?«

Kristjáns tiefe Stimme riss sie aus ihren Gedanken, und sie drehte sich überrascht zu ihm um. Er trug einen navyblauen Anzug und ein weißes Hemd, dessen oberster Knopf offen stand und einen verführerischen Blick auf seine gebräunte, trainierte Brust gewährte. Ein herausforderndes Grinsen umspielte seine Lippen, als er ihr ein Schnapsglas reichte. Darin schwappte die gleiche durchsichtige Flüssigkeit, die sie schon bei ihrem ersten Treffen verschmäht hatte.

Als sie fälschlicherweise davon ausgegangen war, er wollte sie mit einer billigen Flirtmasche beeindrucken. Bei dem Gedanken stieg ihr sofort die Röte in die Wangen, und sie stöhnte innerlich auf. Wie hatte sie nur so naiv sein können?

»Tja, ich schätze, ein zweites Mal entkomme ich eurem geheiligten Nationalschnaps nicht«, scherzte sie und schnitt eine Grimasse, um ihre Unsicherheit zu überspielen.

»Ganz richtig.« Mit einem breiten Lächeln, das seine perlweißen Zähne entblößte, hob er sein Glas. »*Skál*, auf einen fantastischen Abend und eine bezaubernde Frau.« Er zwinkerte vielsagend, und Anna wurde noch etwas heißer.

»Auf dich und deinen Geburtstag!«, entgegnete sie schüchtern und setzte das Glas an die Lippen. Der klare Schnaps brannte wie Feuer in ihrer Kehle, und sie hustete und schnappte nach Luft.

»Hoppla, alles in Ordnung?« Amüsiert zog Kristján eine Augenbraue hoch.

»Es geht schon«, brachte sie mühsam hervor und zwang sich, das Brennen in ihrer Kehle unauffällig wegzuatmen. »Der ist überraschend scharf im Abgang.«

»Du musst sie entschuldigen«, mischte sich da Lia von der Seite ein und legte ihr einen Arm um die Schultern. »Hochprozentiges war nie ihre Stärke. Dafür ist sie eine legendäre Tänzerin.«

O nein. Das hatte ihr gerade noch gefehlt. Lia war wieder voll und ganz in ihrem Element. Und zu allem Übel sah Kristján aus, als hätte er den Köder geschluckt.

»Soso, legendär also«, sagte er und lächelte Anna vielsagend an.

»Lia, du übertreibst mal wieder maßlos«, beschwerte sie sich, doch ihre Freundin winkte nur ab.

»Und viel zu bescheiden ist sie noch dazu. Aber das findest du am besten selbst heraus. Ich gehe mal schauen, wo Freyja steckt.« Und schon verschwand Lias brünetter Schopf zwischen den elegant gekleideten Partygästen, die sich auf der Tanzfläche der Dachterrasse tummelten. Ein langsamer Song setzte ein, und Paare schlossen einander in die Arme, um sich gemeinsam im Takt der sanften Melodie zu wiegen.

»Das würde ich tatsächlich nur zu gern selbst herausfinden«, sagte Kristján und trat einen Schritt auf Anna zu. Seine grünen Augen hielten ihre gefangen und ließen ihr Herz für einen Schlag aussetzen. »Darf ich?« Auffordernd streckte er ihr eine Hand entgegen.

»Ich … also, ich kann wirklich nicht …«, stammelte sie. Doch als er wieder eine Augenbraue hochzog, fasste sie sich ein Herz. »Na gut. Aber ich garantiere für nichts.«

Kristján lachte und ergriff sichtlich zufrieden ihre Hand. Zielstrebig führte er sie zur Tanzfläche hinüber und bahnte ihnen einen Weg durch die Gästeschar. Dann schwang er sie sanft zu sich herum und legte einen Arm auf ihren Rücken. Langsam wiegte er sie im Takt des Songs, während seine Hand Stück für Stück tiefer zu ihrer Taille sank.

Das figurbetonte rote Cocktailkleid, das sie sich von Freyja geliehen hatte, erlaubte ihr nur kleine Bewegungen, und gleichzeitig war der Stoff so dünn, dass es ihr vorkam, als spürte sie Kristjáns warme Hand auf ihrer nackten Haut. Sein teures Aftershave umhüllte sie, und er hielt sie so nah an seiner Brust, dass sie seinen muskulösen Oberkörper aus nächster Nähe betrachten konnte. Sie seufzte in Gedanken. Er war der mit Abstand attraktivste und eleganteste Mann, dem sie je begegnet war.

»Und«, raunte er dicht an ihrem Ohr, »war deine Suche im Archiv noch erfolgreich?«

Sie lächelte. »Ja, ich bin auf zwei Einträge gestoßen, die möglicherweise infrage kommen – beide Männer heißen Magnús Eriksson. Jetzt habe ich zumindest einen Anhaltspunkt.« Sie hob den Blick zu seinen grünen Augen. »Und das nur dank dir. Ich kann dir gar nicht sagen, was mir das bedeutet.«

»Gern geschehen.« Er zog sie ein Stück näher und lehnte sein Kinn an ihr Haar, sodass sie seinen Atem spürte.

Die romantische Musik, seine Nähe und der sanfte Druck seiner Hand an ihrem Rücken ließen sie alles um sich herum vergessen. Sie fühlte sich wie in der perfekt arrangierten Szene eines Liebesfilms. Für einen Moment schloss sie die Lider, stellte sich vor, sie wären ganz allein auf der Tanzfläche, hier unter dem isländischen Sommernachtshimmel, an dem die Sonne nie ganz verschwand.

»Kristján, Darling.« Eine schnurrende Frauenstimme riss Anna aus ihrem Tagtraum, und sie registrierte, wie sich fünf perfekt manikürte Fingernägel um Kristjáns linken Arm krallten. Sie hob den Blick und sah in das ebenmäßige Gesicht eines Models. Zumindest hätte diese brünette Schönheit mit ihren grünen Katzenaugen und den zarten Sommersprossen problemlos auf einem Werbebanner abgebildet sein können.

Auch Kristján hatte den Kopf zu ihr gewandt und musterte sie überrascht. »Emelía.«

»Ich störe ja nur ungern, aber ich muss dringend mit dir reden.« Ihre Nägel krallten sich noch etwas fester in Kristjáns Anzugärmel.

Kristján löste die Hand, die er um Annas Taille gelegt hatte, und umfasste Emelías zarte Finger. »Natürlich«, sagte er verständnisvoll und wandte sich mit einem entschuldigenden Blick Anna zu. »Tut mir leid, ich bin gleich wieder da.« Dann legte er der triumphierend lächelnden Brünetten eine Hand auf den Rücken und steuerte sie fort von der Tanzfläche, fort von ihr, bis sie hinter den feiernden Menschen verschwunden waren.

Benommen schaute Anna ihnen nach. Um sie herum wiegten sich die Paare weiter im Takt des langsamen Songs. Sie hätte wissen müssen, dass man einen Mann wie Kristján nie lange für sich allein hatte. Enttäuschung breitete sich in ihr aus. Ernüchtert drehte sie sich um und bahnte sich einen Weg hinüber zur Bar.

Mit einem Pimm's kehrte sie schließlich zum Rand der Dachterrasse zurück. In Gedanken versunken lehnte sie sich gegen das Geländer und ließ den Blick über die Skyline von Reykjavík wandern, während sie an ihrem Glas nippte und den ersten Schluck genoss, der kühlend ihre Kehle hinunterlief und ihre Nerven beruhigte. Eine offizielle Feier wie diese machte sie immer etwas nervös. Und Kristjáns Aufmerksamkeit hatte sie erst recht unsicher werden lassen. In seiner Nähe sahen die Leute sie ständig wertend an. Vermutlich fragten sie sich genau wie sie, was sie an der Seite eines so begehrten Mannes verloren hatte. Resigniert nahm sie einen zweiten Schluck.

»Hey, wo ist denn dein Prince Charming hin?« Lia trat zu ihr und legte ihr sanft den Arm um die Schultern.

»Ich glaube, der hat eine andere Cinderella gefunden«, entgegnete Anna betrübt und hob ihr Glas erneut an die Lippen.

»Unsinn. Der konnte den ganzen Abend die Augen nicht von dir lassen.« Aufmunternd knuffte Lia ihr in den Oberarm. Sie schürzte verschwörerisch die Lippen. »Außerdem wirkt er gar nicht dumm. Der weiß, dass man eine Frau wie dich nicht lange warten lässt.«

»Ich weiß deine Loyalität wirklich zu schätzen, Lia, aber komm schon. Du weißt genau, dass er in einer anderen Liga spielt. Sieh dir nur diese Party an. Er hat einen Private Members Club gemietet. Ich komme mir vor wie auf einem Promi-Event.« Unbehaglich versteifte Anna sich und zog die Schultern hoch.

Lia drückte sie ungerührt weiter an sich. »Nun hab mal ein bisschen mehr Selbstvertrauen. Ja, diese Party ist ein echter Kracher, aber du bist es auch«, flüsterte sie ihr ins Ohr.

Dankbar lehnte Anna sich an ihre Freundin. Auf Lia war Verlass. Sie stand ihr immer zur Seite und tat alles, um sie aufzumuntern.

»Ich wüsste zu gern, welche Geheimnisse hier ausgetauscht werden.«

Überrascht fuhr Anna herum und schaute direkt in das verschmitzt grinsende Gesicht von Kristján. »Entschuldige bitte, es ging um eine dringende Angelegenheit. Ansonsten hätte ich dich sicherlich nicht so lange allein gelassen.« Galant hielt er ihr seinen Arm hin. »Gewährst du mir eine zweite Chance?«

Anna lächelte und ließ sich von Lia das Glas aus der Hand nehmen, die ihr ins Ohr raunte: »Hab ich doch gesagt, der Mann weiß, was gut ist.«

***

Als sich die Mitternachtssonne purpurrot über der Dachterrasse des *Kjarval Clubs* erstreckte, lag Anna noch immer in Kristjáns Armen. Sie genoss die Wärme seiner starken Arme, die sie sicher hielten, während er sie zur Melodie eines romantischen Songs über das Parkett führte. Um sie herum hatte sich die Tanzfläche geleert. Einige Gäste waren bereits aufgebrochen, und die meisten Verbliebenen hatten es sich mit ihren Getränken in den Loungeecken gemütlich gemacht, wo sie sich unterhielten oder das Farbspiel am Himmel bewunderten. Die Unsicherheit, die sie in den letzten Tagen in Kristjáns Nähe verspürt hatte, war wie verflogen. Hier, in diesem Moment, gab er ihr das Gefühl, die schönste, begehrenswerteste Frau der Welt zu sein. Und selbst die missgünstigen Blicke, die Emelía ihr gelegentlich von der Bar aus zugeworfen hatte, konnten das nicht trüben. Anna lehnte ihre Wange an Kristjáns Brust und sog den herbsüßlichen Duft seines Aftershaves ein. Wer hätte ahnen können, dass ihre Reise nach Reykjavík so beginnen würde?

Sie spürte, wie Kristján den Kopf zu ihr herunterbeugte. Seine Lippen kitzelten an ihrem Ohr, als er ihr zuraunte: »Was hältst du davon, wenn ich uns etwas zu trinken hole und wir es uns dann dort drüben gemütlich machen?«

»Gern, ich nehme einen Sekt.« Sie hob den Kopf und lächelte, als Kristján seine Arme von ihrer Taille löste. Während er hinüber zur Bar ging, steuerte sie die Sitzecke an, auf die er gedeutet hatte. Erschöpft ließ sie sich auf die weichen Kissen fallen und schlug die Beine übereinander. Suchend wandte sie den Kopf. Wo waren eigentlich Lia und Freyja? Sie hatte die beiden seit Stunden nicht mehr gesehen. Das war so gar nicht typisch für ihre Freundinnen. Mit einem unruhigen Gefühl im Magen zog sie ihr Handy aus der Clutch hervor. Und tatsächlich, vor einer Stunde war eine Nachricht von Lia eingegangen.

Hallo, Prinzessin. Wir wollten Prince Charming und seine Cinderella nicht stören und haben uns schon auf den Heimweg gemacht. Freyja war ziemlich kaputt nach dem Arbeitstag heute. Wir bleiben aber wach, falls du nachher abgeholt werden möchtest. Genieß den Abend. Ihr saht wunderbar zusammen aus. 😊

Anna lächelte. Müde vom Arbeitstag. Das sah Freyja sonst so gar nicht ähnlich. Zu ihren Studienzeiten war sie immer die Letzte auf der Tanzfläche gewesen. Lia und sie hatten Freyja regelrecht nach Hause zerren müssen, wenn sie zusammen unterwegs gewesen waren. Mit beinahe dreißig wurden sie nun offenbar doch langsam alt. Was wohl ihr zwanzigjähriges Ich dazu gesagt hätte?

Schmunzelnd wollte sie ihr Handy gerade wieder zurückstecken, da vibrierte es in ihrer Hand. Neugierig warf sie einen Blick auf das Display, aber als ihr der Name des Absenders entgegenleuchtete, erstarrte sie.

Matteo.

Seit fünf Monaten hatte sie nichts mehr von ihm gehört. Fünf Monate ohne auch nur ein einziges Lebenszeichen von ihm. Ohne ein Anzeichen, dass es ihn noch einen Funken interessierte, wie es ihr ging, nachdem er sie mir nichts, dir nichts fallen lassen hatte und aus ihrem Leben verschwunden war.

Sie zwang sich dazu, tief durchzuatmen und ihre verkrampften Finger zu entspannen, die das Handy eisern umklammerten.

»Er ist es nicht wert«, sagte sie sich leise. So oft hatte Lia ihr das zugeflüstert, und mittlerweile hatte sie das doch selbst schon verinnerlicht. Einen Moment überlegte sie, die Nachricht ungelesen zu löschen. Matteo hatte keine Relevanz mehr für ihr Leben. Und seine Worte sollten sie auch nicht mehr haben. Aber ihre Neugier war zu groß. Sie tippte auf die Nachricht.

Hey. Lange nichts mehr gehört. Sollen wir uns morgen auf einen Kaffee im Elbgold treffen? Würde dich gern sehen. M

Lange nichts mehr gehört?! Was fiel ihm eigentlich ein? Sie könnte ihm nur allzu gut all die Gründe aufzählen, weshalb sie sich lange nicht mehr gehört hatten. Und an jedem einzelnen davon trug er Schuld, dieser manipulative Kerl. Und nun glaubte er, er könnte sie ebenso schnell wieder zu sich locken, wie er sie fallen lassen hatte.

Sie schluckte ihre Wut herunter. Wie hatte sie zulassen können, dass er ein solches Bild von ihr hatte? Ganz offensichtlich war er der Meinung, dass sie wie ein dressiertes Schoßhündchen zu ihm zurücklaufen würde. Aber da hatte er sich mächtig geschnitten.

Bestimmt tippte sie auf Löschen und Blockieren und verbannte ihn damit endgültig aus ihren Messenger-Kontakten. Und aus ihren Gedanken, wie sie inständig hoffte. Dieser Abend war viel zu perfekt, um sich ihn von ihrem Ex verderben zu lassen. Kristján war viel zu perfekt, um auch nur einen weiteren Gedanken an Matteo zu verschwenden.

Sie lächelte glücklich, als sie Kristján mit zwei Sektgläsern näher kommen sah. Elegant setzte er sich neben sie und reichte ihr ein Glas.

»Auf einen fantastischen Geburtstag und meine fantastische Begleitung.« Er prostete ihr zu, und sie spürte, wie sein Blick über ihr Gesicht zu ihren Lippen wanderte, ehe er den ersten Schluck nahm.

»Auf dich«, brachte sie mühsam hervor und war dankbar für den Sekt, der angenehm erfrischend schmeckte und ihre Verlegenheit verdrängte.

Er lehnte sich in dem Loungesofa zurück und legte wie selbstverständlich den Arm um ihre Schultern.

Seine plötzliche Nähe überrumpelte sie, doch sie genoss es, sich ihm so nah, beinahe schon vertraut zu fühlen.

»Weißt du, dieses Jahr hat sich bisher wie ein einziges Durcheinander angefühlt. Ich bin von einer Pressekonferenz zur nächsten gejettet: London, Paris, Kopenhagen. Manchmal wusste ich gar nicht mehr, in welcher Stadt ich eigentlich gerade bin.« Er seufzte und sah ihr nun in die Augen. »Deshalb habe ich mich entschieden, es in diesem Sommer etwas ruhiger angehen zu lassen. Ich habe vermehrt lokale Berichte angenommen. Und dann, auf dieser Party mitten in Reykjavík, habe ich dich getroffen. Und seitdem fühle ich mich irgendwie – entschleunigt. Deine Nähe ist beruhigend, Anna. Ich fühle mich wirklich wohl bei dir.«

Er beugte sich dichter zu ihr herüber, und sie konnte seinen Atem auf ihrer Wange spüren.

»Ich …« Verlegen richtete sie den Blick auf seine grünen Augen, die sie sofort in ihren Bann zogen. »Mir geht es genauso. Ich fühle mich auch sehr wohl in deiner Nähe.« Für einen Moment überlegte sie, ob das wirklich stimmte. Ehrlich gesagt fühlte sie sich neben ihm meistens ein wenig unzureichend. Aber schon durch sein Geständnis, durch seine Aufmerksamkeit zeigte er ihr doch, wie wertvoll sie war. Richtig?

Ihr blieb keine Zeit, um länger darüber nachzudenken, denn im nächsten Augenblick spürte sie seine vollen warmen Lippen auf ihren. Und sie ließ sich von seinem Kuss davontreiben.

Kapitel 11

Hvalfjarðarsveit, Island
Juli 2023

Grüne Wiesen zogen zu Annas Rechten am Fenster des Land Rovers vorbei, dahinter erhob sich das raue und felsige Hochland von Vesturland. Angespannt richtete sie sich im Beifahrersitz auf und betrachtete die Umgebung, während Lia den Wagen sicher über die Hauptstraße der Insel steuerte und gut gelaunt einen Song im Radio mitpfiff. Hinter der schmalen Silhouette ihrer Freundin erspähte Anna bereits das Meer, das heute schäumend und forsch gegen die schwarze Küste krachte. Aber so wirklich konnte sie den Anblick dieser Naturgewalt nicht genießen, dafür war sie zu nervös. Sie biss sich auf die Unterlippe und umklammerte ihr Handy noch ein wenig fester. Auf dem Display vor ihr leuchtete die Navigationsanzeige, die sie auf direktem Weg zu Magnús Eriksson führen würde. Zumindest hoffte sie das.

Während der letzten drei Tage waren Freyja, Lia und sie durch eine beliebte Touristenregion südlich von Reykjavík getourt, und sie hatte die Reiseberichte für ihren Verlag schreiben können. Doch jeden Abend hatte sie sich noch einmal an den Laptop gesetzt, um herauszufinden, wo dieser Magnús Eriksson wohnte. Der Eintrag im Taufregister, auf den sie bei ihrer Recherche gestoßen war, hatte ihr zwar verraten, dass er in Hvalfjarðarsveit getauft worden war, aber mittlerweile konnte der Mann, der vielleicht ihr Großonkel war, überall leben. Stundenlang hatte sie alte Zeitungsberichte und Anzeigen durchforstet, in der Hoffnung, einen Hinweis auf Magnús' Wohnort zu entdecken. Schließlich war es jedoch einem ganz besonderen Journalisten zu verdanken gewesen, dass sie nun einen festen Anhaltspunkt für ihre Fahrt hatten.

Bei dem Gedanken an Kristján stahl sich ein verträumtes Lächeln auf ihr Gesicht. Der Kuss unter dem Mitternachtshimmel am Abend seines Geburtstags war magisch gewesen. Als sie sich noch ganz kribbelig vor Euphorie und Endorphinen in ein Taxi gesetzt hatte, um zu Freyjas Haus zu fahren, hatte sie gewusst, dass sie ihn unbedingt wiedersehen wollte. Und ihm schien es ähnlich zu gehen. Seitdem hatte er ihr jeden Tag mehrere Nachrichten geschickt. Und als sie am vorherigen Abend ihre Suche nach Magnús erwähnt hatte, wirkte er erneut wahre Wunder. Dank seiner Kontakte konnte er die Adresse des Mannes ausfindig machen. Als Anna an diesem Morgen auf ihr Handy geschaut hatte, hatte sie ihr Glück gar nicht fassen können. Sie hatten nicht nur Kristjáns süße Zeilen erwartet, die ihr einen guten Morgen wünschten, sondern auch die Adresse, die sie sich so herbeigewünscht hatte.

Nun musste diese bloß noch stimmen.

Unruhe machte sich wieder in ihr breit, und sie tippte nervös mit der Schuhspitze gegen die betagte Fußmatte vor ihrem Sitz. Lia hatte den alten Defender zu ihrem Mietwagen auserkoren und war felsenfest davon überzeugt, dass auch ein nigelnagelneuer Mittelklassewagen nicht gegen das erprobte Exkursionsgefährt bestehen konnte. »Wir sind hier auf einer Erkundungstour, Anna. Hochlandwege, wildes

Land, Schlammlöcher – wer weiß, welche erschreckenden Gegebenheiten uns noch erwarten? Ohne meinen Defender fahre ich nicht. Punkt«, hatte sie hektisch heruntergerattert und daraufhin trotzig die Arme verschränkt.

Nun ja, seitdem fuhren sie auf der aalglatt asphaltierten Hauptstraße, die einmal um die Insel führte. Aber Anna war klug genug, keinen Kommentar dazu verlauten zu lassen. Lia wirkte zufrieden, also sollte es ihr recht sein.

»Noch zehn Minuten«, verkündete die und wackelte bezeichnend mit den Augenbrauen.

»Hm …«, grummelte Anna als Antwort und versuchte, sich ein wenig mit dem atemberaubenden Blick vor ihrem Fenster abzulenken.

»Freyja hat einen ausführlichen Bericht verlangt. Ich glaube, sie ist genauso aufgeregt wie du.«

Anna drehte den Kopf zu ihrer Freundin und warf ihr ein schwaches Lächeln zu. »Unser Abschied vorhin war schon schlimm genug. Hoffentlich schaffen wir es, uns noch einmal zu treffen, bevor wir wieder nach Hause fliegen.«

Lia nickte, dann sah Anna, wie sich ihre Lippen zu einem süffisanten Grinsen verzogen. »Ich bin mir sogar ziemlich sicher, dass wir den ein oder anderen Abstecher nach Reykjavík unternehmen werden. Die örtliche Presse ist offensichtlich sehr angetan von deiner Anwesenheit.«

Anna lachte und vergaß darüber fast ihre Nervosität. Bis sie das Ortsschild der Gemeinde Hvalfjarðarsveit passierten. Eine Reihe eingeschossiger weißer Fischerhäuser erstreckte sich entlang der Hauptstraße der kleinen Ortschaft. Auf der Navigationsanzeige konnte sie erkennen, dass Magnús' Haus etwas abseits der Wohnsiedlungen an einer Klippe lag. Ihr Herz pochte immer stärker, während sie auf dem Handy beobachtete, wie der kleine Pfeil der Zieladresse näher rückte. Lia bog von der geteerten Straße auf einen holprigen Schotterweg ab, der vorbei an weiten Schafweiden führte. Am Horizont kam ein weiß getünchtes Farmhaus in Sicht, dessen rotes Dach in der strahlenden Sonne leuchtete wie ein Wegweiser.

Als sie auf dem Hof vorfuhren, erklang scharfes Hundegebell aus der Nähe. Sofort musste sie an Sammy denken. Besaß ihr Großonkel ein ebenso großes Herz für Tiere wie ihr Großvater? Nein, das war albern. Schnell verdrängte sie den Gedanken wieder. Viele Leute hielten schließlich Hunde, gerade hier im ländlichen Island gehörten sie zu jeder Farm.

»Auf geht's«, riss Lia sie aus ihren Gedanken und sah sie aufmunternd an.

Anna nickte schwach und öffnete mit klammen Fingern die Beifahrertür. Sie warf Lia einen letzten Blick zu, dann ging sie zielstrebig über die Auffahrt. Noch bevor sie das Haus erreichten, schwang die blau gestrichene Eingangstür auf. Ein älterer Mann mit grauem Haar streckte den Kopf hinaus. An seiner Seite hielt er einen aufgeregt bellenden Border Collie am Halsband fest. *»Hvað get ég gert fyrir þig?«*, rief der Mann auf Isländisch herüber.

Anna erstarrte, unfähig, einen weiteren Schritt zu tun. Stand sie gerade ihrem Großonkel gegenüber?

»Wir … ich … suche jemanden«, stammelte sie nervös und ärgerte sich im selben Moment über ihr unsouveränes Auftreten. Hoffentlich verstand er überhaupt Englisch. Sie atmete tief durch und fügte hinzu: »Magnús Eriksson. Sind Sie das?«

Der Mann kniff die Augen zusammen und musterte sie. »Kommt darauf an, was Sie von ihm wollen.«

»Ich bin auf der Suche nach meinem Großonkel. Den ich nie persönlich kennengelernt habe. Er soll hier auf der Insel leben, das ist mein einziger Anhaltspunkt.« Sie fasste sich ein Herz und ging die letzten Meter zum Haus. Einige Schritte vor der Türschwelle blieb sie stehen und sah den Mann erwartungsvoll an. Er trug ein abgewetztes Karohemd, hatte die Ärmel hochgekrempelt, sodass seine braun gebrannten Arme zum Vorschein kamen, die für sein Alter erstaunlich kraftvoll wirkten. Der Hund an seiner Seite hatte sich beruhigt und musterte sie nun mit freudig wedelnder Rute.

»Leider muss ich Sie da enttäuschen, junge Dame. Mein Bruder ist kinderlos verstorben. Seit auch meine Frau nicht mehr unter uns weilt, leistet nur Charly mir Gesellschaft.« Er nickte zu dem Hund hinunter.

»Oh«, entfuhr es ihr, und eine tiefe Enttäuschung erfasste ihr Herz. Sie senkte kurz den Blick, um sich zu sammeln, und spürte, wie Lia den Arm tröstend um ihre Schultern legte. »Dann tut es mir sehr leid, Sie gestört zu haben«, sagte sie schließlich und lächelte ihn schwach an.

»Aber wenn Sie einen Magnús Eriksson suchen, also den zweiten, kann ich Ihnen vielleicht helfen.«

Erstaunt hob Anna die Augenbrauen, und Lia kniff ihr sacht in die Seite. »Es … Sie kennen den zweiten Magnús Eriksson?«

»In der Tat.« Er nickte, und ein schelmisches Funkeln trat in seine Augen. »Die Insel ist zu klein, um sich nicht über den Weg zu laufen, wenn man auch noch denselben Namen trägt. Tatsächlich gibt es da eine nette Geschichte, wie wir uns begegnet sind. Falls Sie möchten, erzähle ich sie Ihnen bei einer Tasse Tee.«

Anna tauschte einen triumphierenden Blick mit Lia und nickte anschließend euphorisch. »Gern.«

»Dann kommen Sie herein.« Er wich zur Seite und hielt ihnen die Tür auf, als sie den schmalen, dunklen Flur des rustikalen Hauses betraten. »Geradeaus liegt das Wohnzimmer. Da können Sie es sich bequem machen. Ich setze schon einmal den Tee auf.« Er schloss die Tür hinter ihnen und verschwand in die angrenzende Küche.

Währenddessen beschnupperte Charly sie neugierig und folgte ihnen, als sie über die knarrenden Holzdielen in das Wohnzimmer gingen. Durch zwei kleine Sprossenfenster auf der anderen Seite des Raumes fiel spärliches Licht herein. In einem Kamin knisterte ein wärmendes Feuer.

»Wie gemütlich«, stieß Lia begeistert aus und setzte sich schwungvoll auf das rote Samtsofa, dessen Stoff an einigen Stellen schon abgescheuert war.

Anna ließ den Blick weiter durch den Raum wandern. An der Wand über einer halbhohen Vitrine hingen mehrere körnige Schwarz-Weiß-Fotografien, die in Holzrahmen gefasst waren. Neugierig trat sie einen Schritt näher heran. Auf den Bildern waren zwei junge Männer zu sehen, die sich in einer Art sportlichem Nahkampf zu befinden schienen. Beide trugen enge lange Hosen, darüber eine kürzere Sporthose und dunkle Muskelshirts. Um sie herum stand eine Gruppe Zuschauer in legerer Kleidung, die mit angespannten Gesichtern den Kampf verfolgten oder die Männer mit Rufen anfeuerten.

»Ah«, sagte Magnús, als er den Raum mit einem Teetablett betrat und Annas Blick folgte, »Sie haben die Bilder also schon entdeckt.« Er stellte das Tablett auf dem niedrigen Holztisch vor dem Sofa ab.

»Entschuldigung, ich wollte nicht zu neugierig sein.« Sie ging zu ihm und ließ sich neben Lia auf den durchgesessenen Samtpolstern nieder.

Magnús verteilte die Tassen und schenkte ihnen Tee ein. »Keineswegs. Vielmehr hatten Sie schon genau den richtigen Instinkt.« Er stellte die Kanne ab und nahm auf dem Ledersessel Platz, der dem Sofa gegenüberstand und ebenso durchgesessen wirkte. Charly legte sich treu zu Füßen seines Herrchens.

»Das dort«, fuhr Magnús fort und deutete hinter sich auf die Bilder, »ist der Grund, weshalb ich meinem Namensvetter Magnús begegnet bin.«

Anna hob überrascht die Augenbrauen. »Ein Kampfsport?«

»Nicht irgendein Kampfsport.« Er schüttelte amüsiert den Kopf und trank schlürfend einen Schluck Tee. »Was Sie dort auf den Fotos sehen, meine Damen, ist Glìma, der Nationalsport unserer Insel.«

»Ist das nicht die Kampfart der Wikinger gewesen?«, fragte Lia.

Anerkennend schaute Anna zu ihr hinüber. Eine für Lia äußerst untypische beschämte Röte stahl sich auf die Wangen ihrer Freundin. Dann fiel Anna ein, weshalb sie mit diesem überraschenden Wissen aufwarten konnte. Die Wikingerromane, richtig. Sie konnte sich ein Grinsen nicht verkneifen.

»Ganz recht«, erklärte Magnús und nickte zufrieden. »Ursprünglich waren es die Wikinger, die den Sport nach Island gebracht haben. Es ist eine Art Wrestling. Dabei geht es allerdings immer um einen freundschaftlichen Geist zwischen den Kämpfenden.«

»Sind Sie das auf dem Foto?«, fragte Anna und verglich die Züge des dunkelhaarigen jungen Mannes mit denen des faltigen alten Farmers, der ihr gegenübersaß.

Er lächelte sichtlich stolz. »Kaum zu glauben, aber ja, das bin ich. Seitdem sind womöglich ein paar Jährchen vergangen.« Er stellte seine Teetasse zurück auf den Tisch und erhob sich mit einem leisen Ächzen. Gebeugt ging er zu der

Kommode hinüber, öffnete eine der Schranktüren und zog ein in Leder gebundenes Fotoalbum hervor. Dann setzte er sich wieder in seinen Sessel. »Hier drin habe ich noch ein paar mehr Bilder. Wissen Sie, ich war damals der unangefochtene Champion der Insel.« Er schlug die ersten Seiten auf und drehte das Album zu Anna und Lia herum. Auf einigen der Fotos präsentierte der junge Magnús stolz eine Medaille, auf anderen war er mitten im Ringkampf zu sehen. *Islandsgliman Reykjavík 1963* prangte in einer krakeligen Handschrift über der Seite.

»Wow, das ist wirklich beeindruckend.« Anna sah auf und musterte Magnús gespannt über den Rand ihrer Tasse hinweg. »Und wie kam dabei mein Großonkel ins Spiel?«

»Nun, diese Fotos hier sind auf der Isländischen Meisterschaft 1963 entstanden. Dort bin ich ihm begegnet.«

Anna sog scharf die Luft ein, und Lia stupste sie hoffnungsvoll in die Seite. »Er hat also ebenfalls daran teilgenommen?«

»Das hat er. Und es kam bei diesem Wettkampf zu einer sehr erheiternden Verwechselung. Als wir zum zweiten Kampf des Tages aufgerufen wurden, standen wir plötzlich zu dritt im Ring und sahen einander verdutzt an. Nachdem sich das Missverständnis aufgeklärt hatte, haben wir herzhaft gelacht und einander die Hände geschüttelt. Hier müsste ich auch noch ein Foto davon haben.« Er blätterte ein paar Seiten weiter. »Ah, da ist es ja.«

Gespannt beugte sie sich vor. Auf dem Schwarz-Weiß-Bild standen zwei hochgewachsene Männer Schulter an Schulter und grinsten in die Kamera, während sie einander die Hände reichten. Der linke der beiden war derselbe wie auf den Fotos an der Wand, das musste der alte Farmer sein. Mit geweiteten Augen betrachtete sie den anderen Mann. Er überragte seinen Kompagnon um einen halben Kopf. Und die Grübchen, die sich um seine Mundwinkel zogen, erinnerten sie an das verschmitzte Lächeln ihres Großvaters. Ihr Herz schlug aufgeregt in ihrer Brust. War das ihr Großonkel?

Erinnerungen durchströmten sie, an all die liebevoll gestalteten Päckchen, an die Geschichten, die sie durch ihre Kindheit begleitet hatten und auch jetzt noch Bilder in ihr hervorriefen, als wäre Island ein Teil von ihr. Ein Stück Heimat.

Langsam stieß sie die Luft aus und ließ den Finger am kräuseligen Rand der alten Fotografie auf und ab gleiten.

»Und, könnte er es sein?«, drang die tiefe Stimme des alten Herrn zu ihr durch.

Sie hob den Blick und bemerkte, dass Lia, Magnús und Charly sie erwartungsvoll musterten. Im Kamin brach ein Scheit, als das Feuer ihn verschlang, und das Knacken durchschnitt die gespannte Stille.

Sie lächelte und nickte. »Ich denke schon. Er hat wirklich eine gewisse Ähnlichkeit mit meinem Großvater.«

Lia stieß ein freudiges Jauchzen aus und hob feierlich ihre Teetasse. »Auf alle Magnús Erikssons dieser Insel! Welch ein Glück, dass wir Sie gefunden haben.« Sie prostete dem Farmer zu und drückte Annas Hand.

»Danke«, sagte Anna zu Magnús. »Sie haben mir wirklich sehr geholfen … es bedeutet mir sehr viel, zum ersten Mal ein Foto von ihm zu sehen.«

»Das freut mich, junge Dame.« Er betrachtete sie mit einem zufriedenen Lächeln. »Wissen Sie denn, wo Sie ihn finden können?«

»Nein, leider konnten wir seine Adresse bisher nicht ausfindig machen.« Sie zog ihr Handy hervor und öffnete die

Notiz, die sie im Archiv mit dem Eintrag von Magnús' Taufdatum und -ort angelegt hatte. »Mein einziger Anhaltspunkt ist der Ort seiner Taufe … Hellissandur.«

»Hm …« Magnús runzelte die Stirn, während er angestrengt zu überlegen schien. »Es ist natürlich eine halbe Ewigkeit her … über ein halbes Jahrhundert, um genau zu sein …« Er unterbrach sich und lachte rau auf. »Aber ich meine, mich zu erinnern, dass Ihr Großonkel damals noch dort lebte. Sein Vater war der Wärter des Leuchtturms, der etwas außerhalb des Ortes liegt, auf den Klippen von Öndverðarnes. Magnús und sein Bruder halfen ihm bei der Arbeit. Das hat er mir nach dem Wettkampf erzählt.« Er hob die Tasse an die Lippen und nahm einen Schluck, ehe er weitersprach: »Fahren Sie dorthin. Die Leute im Ort werden sich erinnern, wenn es wirklich stimmt. Irgendjemand kann Ihnen garantiert mehr zu Ihrem Großonkel sagen. Die Insel ist klein, und wir Isländer haben schon immer eng zusammengehalten.« Er stellte die Tasse ab und zwinkerte Anna zu. Dann beugte er sich vor und drehte das Fotoalbum zu sich herum. »Aber bevor Sie fahren, nehmen Sie das hier mit.« Geschickt löste er das alte Bild von der Seite und reichte es ihr.

Überrascht und dankbar nahm sie es entgegen und hielt es ehrfürchtig in beiden Händen. Das Strahlen des jungen Mannes, der ihr Großonkel sein könnte, sandte ein warmes Gefühl der Zuversicht in ihr Herz.

Kapitel 12

Hellissandur, Island
Sommer 1963

Der rote Schein des Feuers tanzte in goldenen Reflexen über Heklas Haar und warf einen warmen Glanz auf ihr Gesicht. Von seinem Platz auf der anderen Seite der Feuerstelle aus beobachtete Gunnar sie. Der dämmrige Nachthimmel legte sich wie eine Decke um sie und hüllte sie in eine vertrauliche Atmosphäre. Wie leicht wäre es, zu vergessen, dass sie nicht allein waren. Doch um ihn herum hörte er das dröhnende Lachen und Rufen der ausgelassen feiernden Gäste, das ihn zuverlässig aus seinen Träumen riss.

»Mann, war das ein Kampf!« Björns Hand landete klatschend auf Gunnars Schulter, und sein Freund ließ sich schwerfällig neben ihm auf dem Baumstamm nieder. »Dein Bruder ist ein kräftiger Bursche geworden«, fuhr er fort und zog anerkennend die Augenbrauen hoch. »Wenn der so weitermacht, fährt der noch zum Islandsgliman.«

»Ich weiß …« Gunnar wandte den Blick von Hekla ab. »Leider nutzt er die Kraft selten für etwas Sinnvolles. Zu Hause bleibt die ganze Arbeit an mir kleben, während er sich hinter Vaters Rücken davonstiehlt und mit den Jungs von Olav um die Häuser zieht.«

»Lass ihm doch ein bisschen von seiner jugendlichen Freiheit. Der Tag, an dem ihr die Verantwortung für den

Hof und den Leuchtturm übernehmen müsst, kommt früh genug.«

Gunnar seufzte. So sehr er es versuchte, er konnte sich beim besten Willen nicht vorstellen, dass aus seinem Bruder einmal ein zuverlässiger Arbeiter werden würde. Obwohl er siebzehn war, hatte der Junge nur Flausen im Kopf.

»Apropos Spaß am Leben … wäre Glíma nicht auch was für dich?« Björn boxte ihm spielerisch vor die Brust.

»Sehr witzig, Björn. Du weißt, dass sinnloses Ringen noch nie mein Ding war.«

Sein Freund zuckte ungerührt mit den Schultern. »Ich mein ja nur, vielleicht würde es dir ja dabei helfen, die Aufmerksamkeit der örtlichen Landamazonen auf dich zu lenken«, sagte er und deutete mit einem vielsagenden Kopfnicken in Heklas Richtung.

»Himmel, misch dich nicht in Dinge ein, von denen du am allerwenigsten etwas verstehst, du alter Möchtegerncasanova«, schoss Gunnar zurück und wandte schnell den Blick ab, in der Hoffnung, seine glühenden Wangen vor Björn zu verbergen. Wenn der wüsste … Seit ihrem Treffen am Wasserfall vor zwei Tagen bewahrte er Heklas Kuss in seinem Herzen. Wie einen Schatz, der ihn über den harten Arbeitstag in der rauen Kälte brachte. Jeder Gedanke daran wärmte ihn, ließ ihn auf das hoffen, was die Zukunft für sie beide bereithalten mochte.

»Na gut, machen wir uns nichts vor – an der feurigen Hekla haben sich schon viele die Finger verbrannt. Da haben wir leider keine Chance, mein Freund.« Björn klopfte ihm tröstend auf den Rücken.

Gunnar ließ ihn gewähren, doch auf seine Lippen stahl sich ein kleines wissendes Lächeln. Natürlich war ihm nicht entgangen, wie die anderen Männer aus dem Dorf sie ansahen. Wie sie hinter ihrem Rücken darüber tuschelten, wer sie ansprechen würde, und einander dann ermutigend auf die Schulter schlugen, bevor es wieder einer von ihnen wagte, zu ihr herüberzugehen. So wie jetzt Johan, der Sohn des örtlichen Hafenmeisters. Mit selbstbewussten Schritten näherte er sich dem Baumstamm, auf dem Hekla saß, und ließ sich dann mit einem eleganten Schwung neben ihr nieder. Doch zu seiner Beruhigung stellte Gunnar fest, dass auch dieser Versuch wie alle anderen zuvor verlief. Hekla wechselte ein, zwei höfliche Worte mit ihm, aber als er ein wenig näher rückte, stand sie schwungvoll auf, lachte und verzog sich zu ihrer Freundin Margrét, die am Rand des Feuers stand und mit einigen Mädchen aus dem Ort schwatzte. Sobald Hekla sich zu ihnen gesellte, ging ein Kichern durch die Mädchengruppe, und der sitzengelassene Johan gesellte sich mit einem Schulterzucken wieder zu seinen Kumpels.

»Und ein weiterer Gefallener«, kommentierte Björn neben ihm, der die Szene offenbar auch beobachtet hatte.

Gunnar schmunzelte zufrieden.

***

»Wo ist Magnús?« Besorgt ließ Gunnar den Blick über die wenigen verbliebenen Feiernden am Lagerfeuer schweifen. Der Abend war weit vorangeschritten, und die meisten hatten sich längst auf den Weg nach Hause begeben. Bis vor Kurzem hatte er seinen Bruder gelegentlich am Rand des Feuers mit seinen Freunden aus dem Ort stehen sehen. Doch nun schien er wie vom Erdboden verschluckt. Was selbst für Magnús ungewöhnlich war. Normalerweise machten sie sich immer zu zweit auf den langen Heimweg zum Leuchtturm.

»Keine Ahnung.« Björn sah ihn ratlos an. »Aber die anderen sind auch schon gegangen. Er ist bestimmt mit den Olavson-Brüdern los.«

»Hast recht.« Merkwürdig war es dennoch. Aber Gunnar beschloss, sich nicht allzu sehr den Kopf darüber zu zerbrechen. Inzwischen war es wirklich spät, und er wäre längst nach Hause aufgebrochen, wenn Hekla nicht gewesen wäre, die noch immer auf der anderen Seite des Feuers neben Margrét saß. Dass Magnús anscheinend allein losgezogen war, kam ihm mehr als gelegen. Er straffte die Schultern, dann legte er Björn zum Abschied kurz die Hand auf die Schulter. »Ich mach mich jetzt jedenfalls auf. Wir sehen uns übermorgen in der Kirche.«

»Alles klar. Denk an die Wolle für meine Mutter.«

Gunnar hatte sich bereits abgewandt und hob im Gehen kurz die Hand. Er atmete tief ein und steuerte entschlossenen Schrittes auf den Baumstamm zu, auf dem Hekla es sich bequem gemacht hatte. Vor ihrem Rücken blieb er stehen. Die Glut des heruntergebrannten Feuers umgab ihre zierliche Silhouette wie ein Heiligenschein.

Verlegen räusperte er sich. »Ähm … Hekla?« Es war schon faszinierend, wie ihre bloße Anwesenheit dafür sorgte, sein Selbstbewusstsein im Handumdrehen in Luft aufzulösen.

Langsam drehte sie sich um, und in ihren Blick trat ein überraschter Ausdruck, als sie ihn erkannte. »Ja?«, fragte sie und zog eine Augenbraue hoch.

»Ich … wollte dir anbieten, dich nach Hause zu begleiten. Bis zu eurem Hof ist es weit, und es ist schon ziemlich spät. Außerdem liegt er für mich auf dem Weg.« Er zwang sich dazu, gerade zu stehen und einigermaßen selbstsicher zu wirken. Obwohl er nicht nur Heklas verwunderten Blick, sondern auch den ihrer Freundin Margrét auf sich spürte. Zu allem Überfluss begann die nun zu kichern. Und er hätte schwören können, dass Björn ihn von der anderen Seite des Feuers ebenfalls entgeistert anstarrte. Aber er verdrängte all das. In diesem Moment hatte er nur Augen für eine einzige Person.

»Weißt du, Gunnar …«, sagte Hekla gedehnt, »das ist doch dein Name, oder? Wie auch immer, ich habe das Glück, zwei gesunde Füße zu besitzen und genug Grips, um nicht auf einen dieser kläglichen Aufreißversuche einzugehen.« Sie zog süffisant die Mundwinkel hoch. Dann fügte sie zuckersüß hinzu: »Also lass es bitte bleiben, bevor du dich weiter lächerlich machst. Hast du nicht gesehen, dass ich Johan einen Korb gegeben habe? Was sollte mich dazu bringen, dich ihm vorzuziehen?«

Ihre Worte trafen ihn direkt ins Herz. Wie eiskalte Nadeln, die sich in seine Brust bohrten. Einen Moment lang schaute er sie nur an, unfähig, sich zu rühren. Dann drang Margréts herablassendes Lachen an sein Ohr. Ohne ein weiteres Wort drehte er sich um und ging. Immer weiter, bis nur noch das tosende Rauschen der Wellen zu hören war, die viele Meter unter dem kleinen Trampelpfad, der zum Leuchtturm führte, gegen die Küste schlugen.

Der herbe Westwind drückte gegen Gunnars Brust und kroch unter seine Lederjacke. Doch er spürte die Kälte kaum. In seinem Innern herrschte eine alles verschlingende Leere, die sich bis in den letzten Winkel seines Bewusstseins ausgebreitet hatte. Die raue Umgebung des Küstenstreifens nahm er bloß wie durch Nebel wahr. Seine Füße trugen ihn von allein, ohne dass er ihnen eine Richtung vorgeben musste.

Als er die Klippen erreichte, sprang er den oberen Absatz hinab, dann fand er im schummrigen Licht der Mitternachtssonne den kleinen Pfad, der zwischen den Felsen hinunter an den Strand führte. Er stolperte über die scharfkantigen Lavabrocken, die auf dem abschüssigen Weg emporragten, doch das hielt ihn nicht auf. Immer weiter stürmte er voran, wurde schneller und schneller, bis er auf den Strand taumelte und seine schweren Stiefel in den nassen Sand einsanken. Im Dämmerlicht wirkte das sonst tiefe Gold des Sandes dunkel und bedrückend, und die Lavafelsen, die sich daraus erhoben, bedrohlich. Nur das Meer funkelte wie ein silbriger Hoffnungsschimmer.

Einen Moment lang hielt er inne. Betrachtete das tosende Spiel der Wellen, die an den Strand krachten und vor seinen Stiefelspitzen ausliefen. Der durchdringende Schrei einer Möwe hallte durch die Nacht, wurde bald vom Rauschen des Windes und der berstenden See verschluckt. Während Gunnar auf das Wasser hinaussah, füllten sich seine Lungen mit der scharfen, salzigen Meeresluft. Sie sandte einen frischen Schauer durch seine Glieder, und er fühlte, wie der Schmerz zurückkehrte, sich stetig voranschreitend durch seine Adern arbeitete, bis er sein Herz erreichte und sich wie eine brennende Faust darumlegte.

Wie hatte er so naiv sein können? Wie hatte er ihr vertrauen können? Wie hatte er annehmen können, dass eine Frau wie sie ausgerechnet für ihn etwas empfand? Sie konnte jeden haben. Und er war niemand Besonderes. Nur ein einfacher Arbeiter. Der Sohn des Leuchtturmwärters, dem ein Leben voller Entbehrungen bevorstand.

Frustriert trat er in den Sand. Dann wandte er sich vom Meer ab und stapfte auf den großen Felsen am hinteren Teil des Strandabschnitts zu. Wind und die rauen goldenen Sandkörner hatten ihn mit der Zeit glatt geschliffen. Mit einem Schwung sprang er hinauf, ließ sich auf dem kühlen

Stein nieder und zog die Beine an den Körper. Hinter ihm ragte eine Felswand empor, und er lehnte erschöpft den Kopf an die vor Tausenden Jahren erkaltete Lava. Er fühlte sich ausgebrannt, nun da die Erkenntnis wahrhaft in sein Bewusstsein drang, dass er sich in Hekla getäuscht hatte. Für einen Moment schloss er die Augen und besann sich darauf, seinen rasenden Puls zu beruhigen.

Zunächst vernahm er nur den Sturm, der um ihn herum tobte. Doch dann erklang ein rhythmisches Knirschen. Es kam immer näher. Wie kleine leichte Schritte.

»Gunnar!«

Überrascht riss er die Augen auf. In der Ferne erkannte er eine zierliche Silhouette, umweht von langem lockigem Haar, das wild in den stürmischen Böen tanzte. Die kleine Gestalt kämpfte sich den Strand entlang und hatte ihn schon fast erreicht. Ein neuerlicher kalter Stich durchzuckte ihn. Es war Hekla.

»Was tust du hier?« Er musterte sie mit einer Mischung aus Ungläubigkeit und Schmerz.

»Mit dir reden. Ich habe dich gesucht und gesehen, dass du hier hinuntergelaufen bist.« Sie legte eine ihrer zarten Hände auf den rauen Felsen und schwang sich zu ihm hinauf.

Instinktiv zuckte Gunnar zusammen und rückte hektisch zur Seite. Er wollte Abstand zu ihr gewinnen. Ihre Nähe quälte ihn nur noch mehr.

»Bitte geh. Ich denke, zwischen uns ist alles gesagt.« Er ballte die Hände zu Fäusten und starrte mit eisernem Blick auf das Meer hinaus.

»Es tut mir leid …« Aus den Augenwinkeln sah er, dass sie sich ihm zugewandt hatte. Im nächsten Moment spürte er ihre kleine, leichte Hand auf seinem Arm. »Ich hätte dich nicht so bloßstellen dürfen. Das war schrecklich von mir …«

Er sog die Luft ein und widersprach nicht.

»Bitte verzeih mir, Gunnar.«

Mit einem gequälten Laut stieß er den Atem aus und drehte zögerlich den Kopf zu Hekla. »Warum hast du das getan?«, fragte er und betrachtete sie forschend. In ihrem Blick lagen aufrichtiges Bedauern und Scham, so erschien es ihm. Doch sie schwieg. »Warum?«, wiederholte er. »Nach unserem Treffen bei dem Wasserfall habe ich geglaubt …« Er brach ab und schaute schnell wieder aufs Meer hinaus.

»Ich … ich weiß. Das habe ich auch.« Sie zupfte vorsichtig an seinem Arm, bis Gunnar sich ihr zuwandte. »Das war ehrlich gemeint. Ich mag dich wirklich.«

»Du verstehst sicher, dass es mir etwas schwerfällt, dir das jetzt noch zu glauben.«

Sie schnaubte. »Ja, ich weiß. Aber du musst es einfach tun.« Für einen Moment schwieg sie. »Ich kann selbst nicht erklären, warum ich mich so verhalten habe. Als all die anderen um uns herumstanden, bin ich einfach panisch geworden.« Sie hob den Blick und sah ihm nun direkt in die Augen. »Du weißt doch, wie es hier ist. Jeder im Ort hätte hinter unserem Rücken getuschelt … das … das wollte ich einfach nicht.«

»Aber warum stört dich das? Wäre es denn so schlimm, wenn es jemand wüsste? Es ist doch die Wahrheit, dass wir einander mögen. Oder nicht?« Er suchte nach ihrem Blick, aber sie senkte den Kopf und starrte auf ihre Fußspitzen.

»Ja, natürlich. Aber … aber, nein, das möchte ich noch nicht. Das Gerede der anderen würde uns unter Druck setzen. Jeder hätte irgendeine Erwartung an uns, irgendeine Meinung darüber … Ich möchte dich kennenlernen, Gunnar.« Zögerlich hob sie nun den Kopf und sah ihn an. Ein schwaches Lächeln umspielte ihre Lippen. »Ich möchte, dass wir allein das Tempo bestimmen … dass nur wir wissen, was wir einander bedeuten. Erst einmal. Es fühlt sich so viel ehrlicher an, wenn es unser Geheimnis ist.«

Sanft strich sie über seinen Arm und rückte ein wenig näher. So nah, dass ihr süßer Duft ihn umhüllte. Der Wind ließ ihre Locken zu ihm herüberwehen, sie streichelten sanft über seine kalte Wange, und das seidene Gefühl sandte einen warmen Schauer durch seinen Körper. Sie war schön. So unfassbar schön, wie sie dort vor ihm saß und ihn mit großen saphirblauen Augen ansah. Es war zwecklos. Er konnte ihr nicht böse sein. Sie schlug ihn wieder einmal in ihren Bann. Und alles, wonach er sich sehnte, war, sie zu küssen und in seinem Arm zu halten.

Mit klopfendem Herzen löste er seine Hand aus der verkrampften Haltung und legte den Arm sanft um ihren Rücken. Dann lehnte er sich noch ein Stückchen dichter zu ihr. »In Ordnung. Es ist unser Geheimnis. Erst einmal.«

Seine Worte ließen sie zufrieden lächeln. Im nächsten Moment schlang sie die Arme um seinen Hals und presste ihre Lippen auf seine. Überrascht zog er sie an sich und erwiderte ihren Kuss. Ein warmes, euphorisches Glücksgefühl durchströmte ihn. Wenn es Heklas Bedingung war, ihre Zuneigung geheim zu halten, würde er diesen Preis nur zu gern zahlen.

***

Er wusste nicht, wie viel Zeit vergangen war. Der Himmel über ihnen färbte sich am Horizont zart rosa und kündigte den Sonnenaufgang an. Der stürmische Wind war in eine kräftige Brise umgeschlagen, die nun vom Meer herüberwehte. Hekla saß vor ihm, zwischen seinen Beinen, und hatte sich an seine Brust gelehnt. Im Schlaf hob und senkte sich ihre Brust, und sie stieß sanft die Luft aus. Der Saum ihres Rocks umspielte seine Fußknöchel. Vorsichtig strich er über ihren Hals, dann über ihre Wade. Sie fühlte sich kalt an. Seit sie einander so stürmisch geküsst hatten, hatte er sie gewärmt, doch nun befürchtete er, sie könnte sich verkühlen. Sie waren einfach zu lange hier draußen. Zärtlich wiegte er sie in seinem Arm, um sie sanft zu wecken.

»Hekla, es ist Zeit, nach Hause zu gehen. Du unterkühlst dich sonst«, flüsterte er.

Sie streckte sich und hauchte ihm einen Kuss auf die Wange. »In Ordnung, danke, dass du so besorgt bist.« Dann lächelte sie verschmitzt und sprang von ihrem Stein herunter.

Gunnar rappelte sich auf und folgte ihr. An ihr Tempo musste er sich erst gewöhnen. Er brauchte morgens immer ein paar Minuten, um sich zu besinnen, bevor er sich pflichtbeflissen aus dem Bett schälen konnte. Hekla schien wie auf Knopfdruck frisch und munter zu sein.

Mit hochgezogenen Schultern trottete er hinter ihr her. Langsam kroch auch ihm die Kälte wieder unter die Kleidung.

Als er Hekla erreichte, legte er ihr den Arm um die Taille. Sie ließ es ohne Protest zu, und er entspannte sich ein wenig. Langsam traute er sich, wirklich an sein Glück mit ihr zu glauben.

Seite an Seite stapften sie zurück zu dem steilen Pfad, der hinauf zum Klippenweg führte. Während sie schweigend nebeneinander herliefen, erinnerte sich Gunnar an die Sache, auf die er Hekla seit ihrer Begegnung beim Pferdekauf hatte ansprechen wollen. In den letzten Tagen war diese Bemerkung immer wieder in seinen Gedanken aufgetaucht, allerdings hatten die Aufregung und Euphorie über ihren Kuss am Wasserfall sie schnell verdrängt.

»Weißt du, als ich das erste Mal bei euch war, um Auður zu kaufen, hast du etwas gesagt … über einen Pakt«, begann er zögerlich. »Erinnerst du dich?«

Er spürte, wie sie sich unter seinem Arm anspannte.

»Aber ich habe dir doch bereits erklärt, dass ich nichts darüber weiß.«

»Gar nichts, bist du dir sicher?«, fragte er und betrachtete sie prüfend.

»Nein, gar nichts. Und ehrlich gesagt interessiert es mich auch nicht sonderlich. Unsere Väter werden sich über irgendetwas einig gewesen sein. Oder unsere Großväter … wer weiß das schon so genau? Aber es ist doch eigentlich egal, oder?« Sie zuckte mit den Schultern.

»Ja, entschuldige, ich hätte dir gleich glauben sollen. Aber mich hat der Gedanke nicht in Ruhe gelassen. Mein Vater hat nie etwas Derartiges erwähnt.« Versöhnlich zog er sie wieder etwas enger an sich.

»Lass die Vergangenheit ruhen«, entgegnete sie und schlang ihren Arm um seine Hüfte. »Es wird schon seine Richtigkeit haben.« Dann streckte sie sich ihm entgegen.

Er lächelte. »Du hast recht«, sagte er und beugte sich zu ihr herunter. Ihr Kuss ließ ihn alles vergessen.

Kapitel 13

Island
Herbst 1963

Sei gnädig mit mir in deiner Wut. Ich werde hier sein, wenn du zurückkehrst.

H.

Kapitel 14

Halbinsel Snæfellsnes, Island
Juli 2023

Der Defender rumpelte eine ansteigende Schotterstraße hinauf, und sobald sie um eine Kurve gebogen waren, kam am Gipfel der Anhöhe eine rote Holzhütte in Sicht. Anna sog die Luft ein und schaute zu Lia, die einen anerkennenden Pfiff ausstieß, während sie den Wagen langsam ausrollen ließ und vor dem Haus stoppte.

»Nicht schlecht, das kann auf jeden Fall mit den Bildern auf der Buchungsseite mithalten«, sagte Lia, als sie ausgestiegen waren und die Türen des Defenders hinter sich zugeworfen hatten.

Anna nickte euphorisch und ließ den Blick über das Haus und die Umgebung wandern. Um sie herum erstreckten sich saftig grüne Wiesen, endlos weit, so hatte es den Anschein. Und hinter dem Haus erkannte sie einen Garten, an dessen Rand sich der Hang in Richtung Meer hinabsenkte.

»Das ist unsere schönste Unterkunft bisher. Schade, dass wir nur eine Nacht bleiben.« Bedauernd betrachtete sie die idyllische Holzhütte, deren weiße Fensterläden und rote Farbe sie ein wenig an das schwedische Blockhaus erinnerten, in dem Lia und sie in ihrem letzten gemeinsamen Urlaub im vergangenen Jahr gewohnt hatten. Vor dem Eingang standen zwei dekorative Windlichter, die am Abend bestimmt ein gemütliches Flair verbreiten würden.

»Aber diese eine Nacht machen wir uns richtig schön«, sagte Lia und stupste sie an. »Komm, wir schauen mal, ob sie drinnen genauso schick ist wie von außen.«

Als Anna den Türcode eingab und eintrat, empfing sie das warme Licht der Nachmittagssonne, das durch die Fensterfront im Wohnbereich in jeden Winkel der offen gestalteten Hütte drang. Rechts erstreckte sich eine moderne Küchenzeile, und zu ihrer Linken führte eine Holztreppe hinauf ins Obergeschoss, wo das Schlafzimmer und Badezimmer lagen, wie es die Anzeige im Internet verraten hatte.

Anna lächelte begeistert und ging in den Wohnbereich. Das goldene Licht zog sie magisch an. Eine helle Couch und zwei Sessel standen hier, direkt vor einem Kamin im minimalistischen Design.

»Wow, definitiv so schön wie auf der Buchungsseite«, staunte Lia, die hinter ihr ins Wohnzimmer trat. »Das schreit nach einer Kochorgie«, fügte sie hinzu und strich bewundernd über die spiegelglatte Marmorfläche der Kücheninsel, die direkt an den Wohnbereich grenzte.

»Allerdings.« Anna lachte. »Komm, wir holen unsere Sachen.«

Gemeinsam schleppten sie erst ihre Koffer und dann die großen Einkaufstüten hinein. Nachdem sie in Hvalfjarðarsveit aufgebrochen waren, hatten sie auf dem Weg zur Hütte einen Zwischenhalt eingelegt und sich in einem Supermarkt kulinarisch eingedeckt. Den Herzinfarkt, den sie beim Blick auf den Kassenbon erlitten hatten, würden sie später mit einem kräftigen Schluck Brennivín herunterspülen müssen.

Nachdem sie alles verstaut und sich ein wenig eingerichtet hatten, legte Lia ihre gemeinsame Lieblingsplaylist auf und schnappte sich die Flasche Rotwein, für die sie sich im Supermarkt entschieden hatten.

»Zeit für ein bisschen Vino!« Mit einem breiten Strahlen goss sie ihnen zwei Gläser ein und reichte Anna ihres. »Auf unseren ganz besonderen Urlaub! Cheers!«, rief sie und riss ihr Weinglas in die Luft.

»Auf unseren Urlaub«, stimmte Anna ein und nippte grinsend an ihrem Wein. Wenn Lia in Urlaubsstimmung war, ließ sie sich kaum bremsen. Dann sprühte sie vor Euphorie und steckte jeden im Raum mit ihrer guten Laune an. Das war nur eines der Dinge, die Anna an ihrer Freundin so liebte. Es war einfach unmöglich, in ihrer Nähe bedrückt zu sein. »Danke, dass du mich hierher begleitet hast. Und dafür, dass du mir überhaupt den Floh ins Ohr gesetzt hast«, fügte sie hinzu und lächelte Lia dankbar an.

»Manchmal brauchst du eben einen kleinen Schubser«, antwortete Lia und wirkte äußerst selbstzufrieden. »So, jetzt geht's ans Eingemachte. Keine Ahnung, wie es dir geht, aber mein Magen knurrt. Ich bin völlig am Ende.« Schon drehte sie sich um und suchte zwischen den klappernden Töpfen nach den passenden Kochutensilien.

»Ist mir nur recht, ich verhungere auch.« Anna ging zum Kühlschrank und holte das Gemüse und Brot für den geplanten französischen Eintopf heraus.

Kurz darauf standen sie Schulter an Schulter vor der Kücheninsel und schnippelten Tomaten, Zucchini, Zwiebeln und Knoblauch. Dabei sangen sie ihre Lieblingslieder mit, sobald die in der Playlist angespielt wurden, und tranken hin und wieder einen Schluck Wein.

Gerade als Lia aus ganzer Seele *Wrecking Ball* durch die Hütte grölte, drang der Klingelton von Annas Handy durch die Mischung aus Geschnippel, Musik und Gesang.

»Sorry, das ist meins!«, rief sie und lief zu ihrer Tasche, die sie auf einem der Sessel abgelegt hatte. Sie kramte ihr Smartphone hervor und sah, dass der Name ihrer Mutter auf dem Display aufleuchtete. »Meine Mutter, ich gehe raus, dann kannst du weitersingen!«, rief sie Lia lachend zu, schob die Terrassentür auf und trat hinaus in die Abendstimmung. Die kühle Luft der Dämmerung empfing sie, und sie zog sich ihren Cardigan enger um die Schultern.

»Hi, Mama«, sagte sie erfreut, als sie das Gespräch annahm.

»Hallo, Schätzchen, geht es dir gut? Dein Vater und ich wollten einmal hören, wie ihr mit den Recherchen vorankommt«, drang die warme Stimme ihrer Mutter durch den Hörer.

»Ha, von wegen! Wir haben dich vermisst, deshalb rufen wir an!«, rief ihr Vater aus dem Hintergrund. »Du kennst doch deine Mutter – sie wollte dich nicht unnötig stören.« Das zustimmende Gebell von King Louis erklang.

»Alexander!«, kam es empört von ihrer Mutter. »Und sogar der Hund fällt mir in den Rücken!«

Anna lächelte. Ja, das sah ihrer Mutter ähnlich. »Schön, dass ihr euch meldet. Hier war in den letzten Tagen so viel los, dass ich nie wirklich die Ruhe gefunden habe, um mal anzurufen.«

»Das wissen wir doch, Liebes. Lass dich nicht von deinem Vater ärgern. Aber natürlich sind wir schon ganz gespannt auf deine Neuigkeiten.«

»Uns ist heute ein kleiner Durchbruch gelungen«, entgegnete Anna und machte eine spannungsgeladene Pause, ehe sie fortfuhr: »Ihr werdet es nicht glauben – wir haben heute einen Mann getroffen, der nicht nur Großonkel Magnús' Namensvetter ist, sondern ihn tatsächlich gekannt hat.«

»Nein, das gibt es ja nicht!« Ihre Mutter zog geräuschvoll die Luft ein.

»Sie haben zusammen an Glímakämpfen teilgenommen.«

»Glíma … Das kenne ich aus einer Dokumentation über Island. Aber wie du weißt, hat dein Großvater ja nie darüber geredet«, sagte ihre Mutter nachdenklich.

»Ja …« Anna schluckte, als sich die Erinnerung an das letzte Treffen mit ihrem Großvater wieder in ihr Bewusstsein schlich. Eine traurige Schwere erfasste sie. »Hast du noch einmal mit Opa gesprochen?«

»Das habe ich. Dein Vater und ich waren gestern bei ihm, um nach dem Rechten zu schauen. Nach allem, was du mir erzählt hast, habe ich mir wirklich Sorgen um ihn gemacht. Es sieht ihm gar nicht ähnlich, so zu reagieren.«

»Und, was hat er gesagt?«, fragte sie und hielt den Atem an.

»Er war … sehr reserviert. Hat uns nicht einmal ins Haus gelassen.«

»Sturer alter Kauz«, meldete sich ihr Vater im Hintergrund zu Wort. »Nimm es dir nicht zu sehr zu Herzen, Anna. Er wird schon zur Besinnung kommen.«

Das bezweifelte sie mittlerweile. Ihre Mutter hatte recht, dieses Verhalten sah ihrem sonst so liebevollen Opa überhaupt nicht ähnlich. Aber da er offenbar noch immer nicht bereit war, seine Rage zu erklären, konnte sie sich kaum vorstellen, dass er von allein einlenken würde.

»Schon gut, Papa. Es tut mir leid, dass ihr meinetwegen nun auch Probleme mit ihm habt. Aber ich muss einfach wissen, was hinter dem Ganzen steckt. Jetzt mehr denn je«, gab sie bestimmt zurück.

»Das verstehen wir. Und wir sind mindestens so gespannt wie du«, sagte ihre Mutter sanft. »Und dieser Hinweis, den dieser Magnús dir gegeben hat – hältst du den für vertrauenswürdig?«

»Auf jeden Fall. Es besteht kein Zweifel daran, dass er Großonkel Magnús wirklich kannte. Wir wissen zwar nicht, wo er heute lebt, allerdings konnten wir den Ort seiner Taufe herausfinden, und dieser deckt sich mit dem Ort, an dem er laut des anderen Magnús Eriksson damals gelebt haben soll, als die beiden sich begegneten. Morgen fahren wir dorthin und werden im Dorf herumfragen, ob jemand sich an ihn erinnern kann ... falls wir ihn nicht selbst antreffen.«

»Wie aufregend! Aber seid vorsichtig ... Island ist zwar für seine Gastfreundlichkeit bekannt, doch vergiss nicht, dass ihr völlig fremd auf der Insel seid. Zwei junge Frauen, die allein reisen ... passt bitte gut auf euch auf.« Ihre Mutter klang besorgt.

»Alva macht sich schon wieder zu viele Gedanken. Genießt eure Zeit auf Island!«, rief ihr Vater, und sie vernahm ein Rascheln. Vermutlich hatte er es sich auf seinem Lieblingssessel bequem gemacht und las die Tageszeitung, wie er es nur allzu oft tat, wenn ihre Eltern einen Familienanruf auf Lautsprecher tätigten.

»Keine Sorge, wir sind vorsichtig«, entgegnete Anna. »Ich gebe euch morgen Bescheid, wie es gelaufen ist.«

»In Ordnung, Schätzchen, wir freuen uns darauf. Grüß Lia von uns«, sagte ihre Mutter, und ihr Vater stimmte in die Verabschiedung mit ein.

»Das mache ich. Bis bald.« Als sie aufgelegt hatte, atmete Anna tief durch und genoss den Anblick des Sonnenuntergangs über der Bucht. Ein tiefes Dunkelrot zog sich über die Küste und das Meer.

Sie lächelte zufrieden, dann drehte sie sich um und wollte

gerade hineingehen, als das Handy in ihrer Hand erneut klingelte. Erschrocken sah sie aufs Display.

Kristján.

Mit klopfendem Herzen wandte sie sich wieder von der Terrassentür ab und nahm den Anruf entgegen.

»Hi«, sagte sie und hoffte, dass ihre Stimme nicht so piepsig klang, wie sie sich in ihren Ohren anhörte.

»Hi, Schönheit«, raunte Kristján charmant. »Wie lief es heute?«

»Gut … es war nicht der richtige Magnús Eriksson, aber er kannte meinen Großonkel. Mit etwas Glück machen wir ihn morgen ausfindig«, erklärte sie. »Ohne deine Hilfe wäre das niemals möglich gewesen«, fügte sie heiser hinzu. »Danke …«

»Nichts zu danken, Prinzessin. Dir bin ich jederzeit gern behilflich …«

Er flirtete. Das war ihr durchaus bewusst, dennoch überkam sie ein leichtes Gefühl des Unwohlseins. Er klang manchmal etwas zu selbstsicher für ihren Geschmack. Beinahe anzüglich …

Was willst du eigentlich, immerhin weiß er, was er möchte und wer er ist, schalt sie sich selbst. *Das hast du dir doch immer bei Matteo gewünscht. Und ganz offenbar will er dich. Daran lässt er ja keinen Zweifel …*

Sie schüttelte das Gefühl ab und zwang sich, möglichst unbeschwert zu klingen. »Das ist schön zu hören. Wie läuft es bei dir in Reykjavík?«

»Hervorragend. Die Pressekonferenz war ein voller Erfolg. Und rate mal, was mir mein Chef heute mitgeteilt hat.«

Sie hatte keine Ahnung. Aber so euphorisch, wie er klang, würde er entweder die Weltherrschaft an sich reißen oder demnächst CNN leiten. Was vermutlich fast aufs Gleiche hinauslief.

»Ich bekomme meine eigene Sendung! Ein Format, in dem die wichtigsten politischen Trends besprochen werden. Und das wöchentlich«, kam er ihr zuvor, als sie offenbar zu lange brauchte, um auf seine Frage zu antworten.

»Wow, das klingt fantastisch! Herzlichen Glückwunsch!« Kein Wunder, dass er ihr manchmal etwas zu selbstbewusst vorkam. Dieser Mann war einfach fantastisch. Beeindruckend auf jede Weise. Sie träumte schon lange davon, den nächsten beruflichen Meilenstein zu erreichen und leitende Redakteurin für ihre Magazinsparte zu werden. All die Überstunden, die sie in den vergangenen Jahren geleistet hatte, die Nächte, die sie durchgeackert hatte und mit schmerzenden Augen vor ihren Texten gesessen hatte – bisher hatten sie nur dazu geführt, dass sie langsam, aber sicher die Lust an ihrem Job verlor. Die Beförderung war jedenfalls dadurch nicht in erreichbare Nähe gerückt.

»Danke dir«, sagte Kristján. »Ich hatte gedacht, dass wir später darauf anstoßen könnten und uns einen netten Abend machen?«

»Später?«, fragte Anna verdutzt. »Wie meinst du das?«

»Na ja, so um halb zehn bei mir?«

»Du weißt doch, dass ich gerade auf der Halbinsel Snæfellsnes bin«, entgegnete sie verwirrt.

»Ja, aber du könntest herkommen«, sagte er ungerührt.

»Das sind bestimmt hundertsiebzig Kilometer.«

»Ja und? Du hast ein Auto.«

Anna war sprachlos. War das sein Ernst? »Kristján, es ist bereits Abend, und ich kann doch nicht einfach mal eben zweieinhalb Stunden nach Reykjavík und wieder zurück fahren.«

»Ich verstehe … ich muss morgen früh raus. Es ist also ausgeschlossen, dass ich fahre. Aber schon gut, wenn es dir das nicht wert ist.« Er klang regelrecht vorwurfsvoll.

»So meine ich das nicht …«, sagte sie leise. Seine Art verletzte sie zugegeben ein wenig. Oder führte sie sich unnötig kompliziert auf?

»Ich weiß«, lenkte Kristján ein. »Dann werden wir uns wohl erst einmal nicht sehen können. Ich habe viel zu tun.«

»Ja, das verstehe ich«, gab sie zurück.

»Bis bald, süße Anna. Ich hoffe, du träumst von mir«, raunte er nun wieder charmant ins Telefon.

Und sie konnte sich nicht dagegen wehren: Sobald seine Stimme diesen warmen Ton annahm, der ein angenehmes Kribbeln durch ihre Adern sandte, war sie verloren.

»Das wäre schön«, hauchte sie zurück. »Bis dann, Kristján.« Sie legte auf und schlenderte mit einem verträumten Lächeln ins Wohnzimmer zurück.

Lia rührte bereits im Kochtopf, in dem die Zutaten für das Ratatouille vor sich hin köchelten. Sobald sie Anna entdeckte, hielt sie mit dem Kochlöffel inne und zog eine Augenbraue hoch.

»Mit wem hast du eben telefoniert?«, fragte sie und deutete anklagend auf Anna.

»Mit meinen Eltern«, erwiderte sie möglichst unschuldig.

»Lügnerin!«, rief Lia lachend.

»Das stimmt wirklich!«, verteidigte Anna sich protestierend.

Lia war offensichtlich nicht überzeugt. Sie stemmte eine Hand in die Hüfte und wackelte mit den Augenbrauen.

»Und vielleicht danach noch mit Kristján …«, gestand sie kleinlaut.

»Ha, habe ich's doch gewusst!« Lia reckte den Kochlöffel triumphierend in die Luft, und Anna war froh, dass sie weit genug von dem hellen Stoffsofa entfernt stand. »Deine Wangen haben dich verraten«, fügte sie grinsend hinzu.

Hastig legte Anna beide Hände an ihr Gesicht. Jap, sie glühte verdächtig.

»Nun sag schon, was hat Prince Charming denn so gesäuselt?«, fragte ihre Freundin und sah sie gespannt an.

»Ach, dies und das«, entgegnete sie ausweichend. Sie hatte keine Lust, Lia von dem merkwürdigen Moment zu erzählen. »Beim Abschied meinte er, ich soll von ihm träumen.«

»Pff ...« Lia stieß zischend die Luft aus. »Für meinen Geschmack ein bisschen zu kitschig.«

»Ich mag's«, widersprach Anna.

»Ich weiß.« Lia steckte den Löffel wieder in den Eintopf, schnappte sich die beiden Weingläser und kam zu ihr herüber. Auffordernd hielt sie Anna ihr nachgefülltes Glas hin und stieß mit ihr an. »Und das ist alles, was ich mir für dich wünsche: Dass du endlich einen Mann findest, der mit deinen Träumen mithalten kann.« Sie lächelte breit, und Anna wurde ganz warm ums Herz.

***

Nachdem sie jede zwei Teller Ratatouille verspeist und den Abwasch erledigt hatten, zündeten sie ein Feuer im Kamin an und wanderten mit einem Glas Brennivín aufs Sofa.

»Puh!« Lia ließ sich schwungvoll neben Anna in die Polster fallen und streckte die Füße auf dem niedrigen Couchtisch aus. Heute zierten Kätzchen ihre bunten Socken. Anna schmunzelte bei dem Anblick.

»Ganz schön aufregend, unsere Reise, oder?«, fragte sie ihre Freundin.

»Das sage ich dir … dein wohlgehütetes Familiengeheimnis fühlt sich ziemlich abenteuerlich an. Man weiß nie, was einen als Nächstes erwartet … Bist du aufgeregt wegen morgen?«

Anna zog die Knie an ihren Körper und nippte an ihrem Brennivín. »Ja, sehr. Stell dir mal vor, vielleicht treffen wir schon morgen meinen Großonkel.«

Lia nickte bedächtig. »Echt verrückt.« Sie setzte ihr Glas an die Lippen, doch bevor sie einen Schluck nehmen konnte, klingelte ihr Handy. Es lag für sie beide gut sichtbar auf dem Couchtisch, denn sie hatten darüber weiter ihre Playlist laufen lassen. Nun leuchtete der Name des Wikingers auf dem Display auf. Mit geröteten Wangen griff Lia hastig nach dem Smartphone und warf Anna einen entschuldigenden Blick zu.

»Geh schon«, sagte sie grinsend.

Im nächsten Moment war Lia in Richtung Treppe verschwunden, und man hörte nur ihr nervöses Kichern, als sie den Anruf annahm.

Grinsend verdrehte Anna die Augen. So kannte sie Lia gar nicht. Normalerweise ließ sie sich nicht so leicht von einem Mann beeindrucken oder gar nervös machen. Klang ganz danach, als wäre es tatsächlich etwas Ernstes. Und das freute sie aufrichtig für ihre Freundin.

Sie nahm einen weiteren Schluck von dem Brennivín und sah in das lodernde Kaminfeuer. Lia war mit Sicherheit eine ganze Weile beschäftigt, was sollte sie also tun?

Erst wollte sie aus Reflex ihr Handy hervorziehen, doch sie entschied sich um. Sie war hier, auf Island. Davon hatte sie ein Leben lang geträumt. Wenn sie den Blick nach draußen richtete, auf den rotgoldenen Himmel der Mitternachtssonne und die dunklen Wellen des Meeres, die unten in der Bucht brachen, dann war das ein wahres Geschenk. Wo, wenn nicht auf dieser Insel, sollte sie beginnen, endlich ihren Roman zu schreiben? Alles an Island, an dieser Landschaft war inspirierend. Hier erschien ihr alles so viel ursprünglicher, so viel intensiver als im grauen, hektischen Hamburg.

Entschlossen ging sie hinüber zum Esstisch, auf dem sie ihren Laptop abgestellt hatte. Dann kehrte sie zum Sofa zurück, bettete den Laptop auf ihren Knien und klappte ihn auf. Eine ganze Weile lang starrte sie auf den blinkenden Strich in der ersten Zeile des leeren Dokuments.

Die Geschichte lebte schon lange in ihren Gedanken. Sie trug sie seit einigen Jahren mit sich herum, und doch hatte sie bisher nie die Zeit und die Muße gefunden, sie zu Papier zu bringen. Jedes Mal, wenn sie es versucht hatte, schlug ihr Herz wie wild, und ein bedrückendes Gefühl schnürte ihre Kehle zu. Sie wollte schreiben. Sie wusste, dass sie es konnte. Aber die Aufgabe fühlte sich so übermächtig an, dass sie sie jedes Mal erdrückte und überwältigte, sobald sie vor ihrem Laptop saß. Auch heute. Ihre Finger schwebten nervös über den Tasten, doch sie konnte sich nicht dazu durchringen, den ersten Satz zu tippen. Die Anspannung vor dem morgigen Tag mischte sich mit Erinnerungen an die Wut ihres Großvaters und ihrem Respekt vor dem Schreiben. Sie schluckte und nahm noch einen Schluck Brennivín. Aber auch nach zehn weiteren Minuten hatte sie nicht einen Buchstaben hervorgebracht.

Frustriert gab sie auf und klappte den Laptop wieder zu. Irgendwann würde es ihr gelingen. Irgendwann würde die richtige Zeit gekommen sein.

Kapitel 15

Öndverðarnes, Island
Juli 2023

Der Leuchtturm von Öndverðarnes ragte wie eine Festung vor der stürmischen Brandung empor. Seine weiß getünchte Fassade hob sich strahlend von den dunklen Wolkenbergen ab, die sich über dem Meer auftürmten. Neben dem Wohngebäude, auf dessen oberer Ebene sich die Spitze des Turmes in den Himmel streckte, lagen links und rechts zwei kleinere Stallgebäude, die zugegeben ziemlich heruntergekommen wirkten. Die weiße Farbe blätterte vom bröckeligen Putz der Außenwände, und hinter den zerschlagenen Fenstern schienen schon lange keine Tiere mehr zu hausen.

Auch der Leuchtturm hätte einen neuen Anstrich vertragen können. Immerhin waren die alten Sprossenfenster intakt, und vor der Holztür stand ein Paar abgetragener Gummistiefel. Hier schien tatsächlich jemand zu leben.

Nicht nur irgendjemand, dachte Anna und umklammerte Lias Arm ein wenig fester. Sie hatte ihre Freundin gebeten, direkt hierherzufahren und nicht erst einen Umweg durch das nordöstlich gelegene Dorf Hellissandur zu machen. Seit sie am frühen Mittag ihr Gepäck in den Defender geladen und die Ferienhütte verlassen hatten, pochte ihr Herz unangenehm schnell. Die Fahrt hatte nur eine knappe Stunde gedauert, doch ihre Nervosität war kaum noch zu ertragen. Sie musste endlich Gewissheit haben.

Der Wind erfasste ihr Haar und wehte ihr eine Strähne ins Gesicht. Hastig strich sie sie zurück. Dann wandte sie sich Lia zu.

»Bereit?«, fragte ihre Freundin.

»Bereit.« Anna setzte den ersten Schritt Richtung Eingangstür. Lia blieb dicht an ihrer Seite.

Vor der ausgetretenen Schwelle hielten sie inne, und Anna atmete tief durch. Sie entdeckte weder eine Klingel noch ein Namensschild. Also nahm sie all ihren Mut zusammen und klopfte mit der Faust gegen die Tür.

Stille.

Als sich nach einer Weile nichts rührte, hob sie die Hand erneut und klopfte, diesmal lauter.

Wieder rührte sich nichts. Enttäuscht ließ sie die Schultern hängen.

»Vielleicht ist er gerade unterwegs?«, gab Lia zu bedenken.

»Oder er lebt gar nicht mehr hier«, entgegnete Anna. »Sieh doch, nicht mal sein Name steht an der Tür.«

»Das muss nichts bedeuten. Komm, wir fahren jetzt erst einmal ins Dorf und besorgen uns eine gute Tasse Kaffee. Das Wetter sieht gruselig aus. Und bei der Gelegenheit können wir uns direkt ein wenig umhören, ob jemand deinen Großonkel kennt.«

Anna nickte. »In Ordnung, du hast recht. Mehr können wir gerade nicht tun. Und ein warmes Getränk wird uns guttun.« Sie folgte Lia zum Wagen.

Als sie vom Hof auf den unebenen Weg einbogen, der sie zur Landstraße bringen würde, sah sie im Seitenspiegel zum Leuchtturm zurück, der immer kleiner wurde. Etwas an diesem Ort berührte sie. Und sie hoffte, dass dies ein gutes Zeichen war.

***

Kurz darauf schlenderten Lia und Anna durch das Dorfzentrum von Hellissandur. Der Ort war sehr überschaubar. Es gab ein maritimes Museum, in dem man historische Fischerhütten bestaunen konnte. An der Küste fanden sich einige Hotels und ein urtümliches Restaurant, das eher an einen Pub erinnerte. Weiße eingeschossige Häuser mit roten Dächern säumten die geraden Straßen. Doch Anna faszinierte vor allem der Blick, der sich von den Klippen am Rand des Dorfes bot. Hinter ihr erstreckte sich das endlose Grün der fruchtbaren Wiesen, auf denen die weißen Häuser wie ordentlich aufgereihte Schafe standen. Und vor ihr lagen der schwarze Lavastrand und das tosende Meer.

»Komm, da hinten soll es ein Café geben«, sagte Lia und zupfte mit besorgtem Blick auf die dunklen Wolken an Annas Windjacke.

Schweren Herzens wandte sie sich von der Küste ab und lief an Lias Seite die Straße hinauf, die sie weiter ins Landesinnere führte.

Wenige Schritte später öffnete sich der Himmel, und ein sintflutartiger Regen prasselte auf sie herab.

Lia quietschte auf und stürmte los. Anna folgte ihr im Laufschritt. Nachdem sie noch einmal abgebogen waren und Anna vollends die Orientierung verloren hatte, raste Lia auf ein hellgraues Holzhaus mit roter Tür zu. Vor dem Eingang stoppte sie abrupt und hielt kurz inne. Anna hob den Blick. *Gilbakki Kaffihús* stand auf einem Holzschild über der Tür, die Lia gerade aufriss. Dankbar schob sie sich die Kapuze vom Kopf und stolperte hinter ihrer Freundin ins warme Innere des kleinen Cafés. Der köstliche Duft von frisch gebackenem Kuchen und heißem Kaffee empfing sie. Lia steuerte auf einen Tisch in der Ecke des Raumes zu, und sie schlüpften schnell aus ihren nassen Jacken, bevor sie es sich auf den Stühlen bequem machten.

Kaum hatten sie Platz genommen, kam eine junge, freundlich aussehende Frau an ihren Tisch. *»Hvað má bjóða ykkur?«*, fragte sie und lächelte.

»Oh, wir verstehen leider kein Isländisch«, antwortete Lia und zuckte hilflos mit den Schultern.

»Kein Problem«, sagte die Kellnerin auf Englisch. »Was hättet ihr gern?«

»Zwei Kaffee, bitte«, bestellte Anna.

»Und zwei Stücke von dem hausgemachten Kuchen in der Auslage, oder?« Lia warf ihr einen fragenden Blick zu.

»Ja, gern.« Anna nickte und lächelte die Kellnerin an.

»Kommt sofort«, erwiderte die und ging eifrig in Richtung Tresen, wobei ihr dunkelblonder Zopf munter auf und ab wippte.

Während sie auf ihre Bestellung warteten, ließ Anna den Blick durch den Raum schweifen. Außer ihnen saß noch eine dreiköpfige Familie an einem der Tische und unterhielt sich angeregt auf Französisch. Auch Touristen also. Ansonsten war das Café leer. Abgesehen von der jungen Kellnerin würden sie hier niemanden nach Großonkel Magnús fragen können. Und der Rest des Dorfes hatte zur Mittagszeit ziemlich ausgestorben gewirkt. Entmutigt ließ sie die Schultern sinken.

Zumindest tröstete sie der saftig süße Kuchen, den sie sich kurz darauf Gabel für Gabel genüsslich in den Mund schob. Lia sah ebenso glücklich mit ihrer Wahl aus und verdrückte schweigend das Süßgebäck. Es hatte immer eine Bedeutung, wenn Lia einmal nichts sagte. Anna grinste zufrieden und wandte den Blick zum Fenster. Draußen prasselte noch immer der Regen herab, und die geteerte Straße hatte sich in einen grauen Fluss verwandelt.

Auf der anderen Straßenseite erkannte sie eine kleine runde Gestalt, die bis zur Nasenspitze in eine gelbe Öljacke eingehüllt war. Sie kämpfte sich eilig durch die Fluten bis zum Café.

Im nächsten Moment wurde die Tür aufgeschoben, und der neue Gast flüchtete sich sichtlich erleichtert in die Trockenheit des Cafés. Die Kapuze der Öljacke rutschte herunter, und Anna erkannte, dass sich darunter eine etwa fünfzigjährige Frau versteckt hatte. Die grauen Locken klebten ihr nass an der Stirn, und ihr wettergegerbtes Gesicht strahlte Freundlichkeit und Sanftmut aus. Sie öffnete rasch den Reißverschluss ihrer Jacke, und darunter kam ein flauschiges, rot getigertes Fellknäuel zum Vorschein. Vorsichtig setzte sie das Tier auf den Boden und strich ihm liebevoll über das verwuschelte Fell.

Eine Katze. Anna musste überrascht ein zweites Mal hinsehen. Aber es stimmte. Der kleine rote Tiger trug ein Halsband und eine Leine und folgte seinem Frauchen nun brav zum Tisch neben ihnen.

»þvílíkt vont veður!«, rief die Frau, als die junge Kellnerin zu ihr herüberkam und sie und die Katze begrüßte.

»Oh, schau mal, ist die niedlich«, sagte Lia und stupste Anna an.

»Und wie. Erinnert mich eher an einen Hund«, antwortete sie grinsend und nahm den letzten Bissen von ihrem Kuchen.

Als sie auch den letzten Schluck Kaffee ausgetrunken hatte, stellte sie die Tasse klirrend auf den Tisch und musterte Lia.

»Und was machen wir nun? Meinst du, ich sollte hier einmal nach Großonkel Magnús fragen?«

»Natürlich! Wieso nicht? Der Ort ist so klein. Irgendjemand wird schon etwas wissen.« Lia sah sie aufmunternd an.

Als die Kellnerin wieder an ihren Tisch kam, fasste sich Anna ein Herz. »Entschuldige, aber kennst du vielleicht einen Magnús Eriksson? Es könnte sein, dass er im Leuchtturm von Öndverðarnes lebt. Zumindest hat er das einmal.«

Die Kellnerin runzelte die Stirn. Annas Puls raste, und der Moment kam ihr wie eine Ewigkeit vor.

Endlich setzte die junge Frau zu einer Antwort an. »Magnús … hm, das sagt mir leider nichts. Ich bin erst vor Kurzem in die Gegend gezogen und habe das Café übernommen. Aber wenn du möchtest, können wir einmal Rakel fragen.« Sie deutete mit einem Nicken zu der Dame am Nachbartisch. »Ihr gehört der kleine Wollladen eine Straße weiter, und sie lebt, soweit ich weiß, schon seit ihrer Jugend im Ort.«

Anna nickte dankbar, und wieder glomm ein Funken der Hoffnung in ihr auf. »Ja, gern.«

»Entschuldige bitte, Rakel«, wandte die Kellnerin sich lächelnd auf Englisch an die Frau, damit Anna und Lia mithören konnten, »die beiden hier suchen nach einem Magnús Eriksson. Er soll im Leuchtturm leben. Oder gelebt haben. Weißt du etwas davon?«

Rakel sah sie freundlich an, doch ihre Miene verriet nichts. »Weshalb möchtet ihr das wissen?«, fragte sie und musterte sie eindringlich.

Anna räusperte sich leise. »Nun, er ist mein Großonkel. Ich habe ihn nie kennengelernt und bin jetzt auf der Suche nach ihm. Er hat mir früher Päckchen aus Island geschickt.

Seitdem wollte ich ihn immer einmal besuchen und endlich persönlich kennenlernen.«

Rakel fixierte sie eine Weile mit ihren hellen blauen Augen, dann lehnte sie sich zurück und nickte zufrieden. »Du wirkst ehrlich. Also werde ich es dir verraten. Ja, Magnús lebt dort noch. Ich kann mich nicht daran erinnern, dass er jemals irgendwo anders gelebt hätte.«

»Wir waren eben am Leuchtturm«, schaltete sich Lia ein, »aber niemand hat geöffnet. Kann es sein, dass er unterwegs war?«

»Er wird draußen auf dem Meer gewesen sein«, entgegnete Rakel. »Selbst in seinem Alter fährt er noch jeden Tag hinaus. Doch bei dem Sturm, der sich da zusammenbraut, wird er sicherlich bald zurückkehren.«

»Danke, Sie haben uns sehr geholfen«, sagte Anna und lächelte.

»Gern.« Rakel nickte. »Werdet ihr länger hier im Ort sein?«

Lia und sie tauschten einen Blick. »Vielleicht. Das hängt ein bisschen davon ab, wie das Treffen mit meinem Großonkel verläuft.«

»Verstehe.« Rakel nahm einen Schluck Tee. »Kommt mich doch mal besuchen, wenn ihr mögt. Ich führe den Wollladen um die Ecke. Verkaufe dort aber auch ein paar nette Souvenirs und regionale Sachen, Pullover zum Beispiel. Branda und ich freuen uns immer über Besuch«, sagte sie und deutete auf die Katze, die es sich zu ihren Füßen bequem gemacht hatte und lässig mit dem Schwanz schlug.

»Oh, das machen wir sehr gern, nicht wahr?« Anna warf Lia einen Blick zu, und die nickte.

»Schön. Dann wünsche ich euch viel Glück beim alten Magnús«, sagte Rakel und zwinkerte ihnen zu.

Das können wir gebrauchen, dachte Anna. In ihrem Magen formte sich schon jetzt wieder ein nervöser Knoten, der ihr die Luft zum Atmen nahm. Nun bestand kein Zweifel mehr daran, dass sie gleich ihrem Großonkel gegenüberstehen würde.

Kapitel 16

Öndverðarnes, Island
Sommer 1963

»Reich mir mal den Schraubenschlüssel«, brummte Gunnar abwesend, während er die Mechanik des Dodges begutachtete. Er wischte sich mit der Hand den Staub von der Stirn und streckte den Arm unter dem Wagen hervor, damit Magnús ihm das Werkzeug anreichen konnte.

Der Dodge hatte am vergangenen Mittag plötzlich gestottert, und er überprüfte nun, wo das Problem lag. Zum Glück kannte er sich gut genug aus, um kleinere Reparaturen selbst zu erledigen. Auf dem Land war das unerlässlich. Irgendetwas gab immer den Geist auf, wenn man es gerade am nötigsten brauchte.

»Hier.«

Er spürte das kalte Metall des Schraubenschlüssels in seiner Hand und zog den Arm wieder zu sich unter den Wagen. Die Luft war stickig, und man durfte keine Platzangst haben, um unter einem Dodge zu liegen, aber Gunnar störte sich nicht sonderlich daran. Er war ganz auf seine Aufgabe fokussiert.

»Hab gehört, du bist abgeblitzt am Feuervulkan«, klang die amüsierte Stimme seines Bruders gedämpft zu ihm.

Gunnars Hand verkrampfte sich kurz um den Schraubenschlüssel. Dann erinnerte er sich daran, dass ihm ziemlich egal sein konnte, was Magnús oder die anderen über Hekla und ihn dachten. Nur er wusste, welch wundervolles Geheimnis sie teilten.

»Passiert«, stieß er möglichst lässig hervor und setzte das Werkzeug wieder an.

»Warst ja auch nicht der Erste«, kam es mit einem heiseren Kichern von Magnús zurück.

Er knirschte genervt mit den Zähnen und war froh, dass er sich hier unter dem Dodge verstecken konnte. Er hatte keine Lust, seinem zynischen kleinen Bruder bei diesem Thema in die Augen zu schauen.

»Ach, rede nicht von Dingen, von denen du nichts verstehst«, knurrte er und pfefferte den Schraubenschlüssel in Magnús' Richtung. »Zange.«

»Immerhin bin ich klug genug, es nicht bei dem wilden Mädchen zu versuchen, bei dem bisher alle abgeblitzt sind. Und sich vor dem gesamten Dorf zum Narren gemacht haben …« Magnús lachte rau auf, legte aber brav die Zange in Gunnars Hand.

»Halt den Mund, Magnús.« Langsam war seine Geduld wirklich zu Ende. Er zog die Mutter noch einmal fest und betrachtete dann prüfend sein Werk. Zufrieden nickte er, schob sich unter dem Dodge hervor und rappelte sich auf. »So, fertig. Jetzt schnurrt er wieder.«

»Wenigstens den Wagen bringst du zum Schnurren«, neckte Magnús ihn und ging in weiser Voraussicht einen Schritt zurück. Doch er war nicht schnell genug für Gunnar, der ihm einen Schlag in den Nacken verpasste.

»Schluss jetzt, Jungs!«, drang die donnernde Stimme ihres Vaters zu ihnen herüber. Er saß vor dem Haus und flickte die alten Netze, mit denen sie für ihren Bedarf Fisch einholten. »Kommt her und helft mir mal.«

»Ich muss los, treffe mich mit Tomas und Sven«, verkündete Magnús und hob bereits die Hand zum Abschied.

Das sah ihm nur allzu ähnlich. Sobald es Arbeit gab, hatte der feine Herr es auf einmal ganz eilig. Gunnar runzelte verärgert die Stirn.

»Gut«, brummte ihr Vater. »Aber du komm her, Gunnar.«

Während Magnús sich schnellen Schrittes vom Acker machte, klopfte Gunnar sich pflichtbeflissen den Staub von der Hose und setzte sich neben seinen Vater auf die Bank vor dem Haus. Odin, der es sich in der Sonne vor der Bank bequem gemacht hatte, hob den Kopf und wedelte freudig mit der Rute. Gunnar strich ihm kurz über das Fell, dann sah er seinen Vater erwartungsvoll an.

»Hier, du musst das zu Ende knüpfen. Meine Finger wollen nicht mehr so recht.« Er hielt Gunnar das Netz und das Garn hin.

»Ist gut, Vater.« Während er sich daranmachte, das Netz zu flicken, holte sein Vater die Tabakpfeife hervor und zündete sie an.

»Dein Bruder bereitet mir Sorgen«, sagte er und stieß den Rauch aus.

Nicht nur dir, hätte Gunnar am liebsten ergänzt, aber er besann sich eines Besseren und ließ seinen Vater aussprechen. Der verabscheute es, wenn man ihn bei einem Gedanken unterbrach.

»Bloß Flausen im Kopf, der Junge. Seinen Sport und seine Freunde. Doch was soll aus ihm werden, sobald er mit der Schule fertig ist? Für euch beide ist kein Platz auf dem Hof, wenn er nicht mit anpackt und sich um ein Einkommen bemüht.« Sein Vater seufzte tief und lehnte sich zurück. »Er wird sich eine vernünftige Ausbildung suchen müssen. Von Luft allein kann er nicht leben.«

Eine Weile verging, in der sein Vater schweigend rauchte, und Gunnar wagte es nun, etwas zu entgegnen.

»Da stimme ich dir zu. Er drückt sich nur noch vor allen Aufgaben. So geht es nicht weiter.«

Sein Vater nickte und sah in die Ferne. Hinter dem Hof leuchteten die grünen Weiden und dahinter erstreckten sich die rauen dunklen Berge.

»Weißt du«, sagte Gunnar zögerlich, »da gibt es etwas, was ich dich fragen wollte.«

»Nur zu, *sonur minn*«, brummte sein Vater.

Gunnar fasste Mut. Wenn er ihn »mein Sohn« nannte, war das ein gutes Zeichen dafür, dass sein Vater heute guter Laune war. Vielleicht würde er ihm wirklich etwas entlocken können.

»Nun ... gibt es zwischen unserer Familie und Lars Johansson eine Vereinbarung, von der ich wissen muss?« Jetzt war es raus. Gespannt verfolgte er die Reaktion seines Vaters. Der verschluckte sich erst fast an seiner Pfeife und kniff dann die Augen zusammen.

»Wie kommst du darauf? Was für eine Vereinbarung?«, fragte er.

»Eine Art ... Pakt, vielleicht?«

Für einen Moment blieb sein Vater stumm und starrte weiter auf die Berge am Horizont. Dann verdüsterte sich sein Blick. »Das ist nichts, was dich etwas angeht. Habe ich dir nicht immer gesagt, du sollst deine Nase nicht in anderer Leute Angelegenheiten stecken?«

»Aber das sind doch genau genommen meine Angelegenheiten. Ich werde den Hof und den Leuchtturm übernehmen. Da sollte ich wohl davon wissen, wenn es einen geheimen Pakt zwischen Lars und dir gibt ...«

»Sollte es etwas geben, das du wissen musst, wirst du es

früh genug erfahren«, fuhr sein Vater ihn an. »Bis dahin kümmere dich um deinen Kram.« Er erhob sich ächzend und legte eine Hand auf seinen gekrümmten Rücken. »Ich brühe uns jetzt einen Tee auf. Wenn ich rauskomme, bist du hoffentlich fertig damit.« Er deutete vage auf das Netz in Gunnars Händen.

Gunnar nickte stumm. Er wusste, dass diese Unterhaltung damit auf absehbare Zeit beendet war. Seufzend flickte er weiter. Diese Sache ließ ihm keine Ruhe. Irgendwie musste es doch einen Weg geben, um herauszufinden, was hinter dem ominösen Pakt steckte.

***

Sein Herz pochte laut, als er von Auður's Rücken auf den Weg starrte, der zum Hof von Lars Johansson führte. Jeden Moment sollte sie auftauchen. Doch bis jetzt war weit und breit weder Blikas weiße Mähne noch Heklas feuerrote Lockenpracht zu entdecken. *Es war ihr Vorschlag, sich hier zu treffen*, sagte Gunnar sich. *Weshalb sollte sie also nicht kommen?*

Trotzdem konnte er sich seiner Nervosität nicht ganz erwehren. Würde sie Wort halten?

Während Auður friedlich an der Wegzweigung graste, tätschelte er gedankenverloren den Hals des Wallachs. Die friedliche Ausstrahlung des Pferdes beruhigte seine Nerven.

Die Minuten verstrichen und nach wie vor keine Spur von Hekla. Gerade als er überlegte, ihr entgegenzureiten, sah er etwas Weißes am Ende der Wiese aufblitzen. Hekla kam in schnellem Tölt auf ihn zugerast.

»Entschuldige«, brachte sie atemlos hervor, als sie ihn erreichte. »Ich konnte nicht eher weg.«

»Kein Problem«, sagte Gunnar sanft. »Nun bist du ja da.« Er streckte die Hand nach ihr aus und umschloss zärtlich ihre Finger.

Sie drückte sie einmal und blickte ihn schuldbewusst an. »Sieh es mir nach, ich kann leider nicht bleiben. Ich muss zurück zum Hof. Vater braucht mich bei den Pferden.«

»Ach so …« Gunnar versuchte, seine Enttäuschung so gut es ging zu verbergen. »Das ist schon in Ordnung.«

Sie lächelte ihm aufmunternd zu. Anscheinend war er kein besonders guter Schauspieler. »Aber ich habe dir einen Brief geschrieben. Er liegt unten, in einer Felsspalte an unserem Platz am Strand. Ich habe ihn heute Morgen dort hinterlegt.«

Ein warmes Gefühl breitete sich in seinem Magen aus. Sie wimmelte ihn also nicht einfach ab.

»Wieso hast du ihn nicht zum Leuchtturm gebracht?«, fragte er.

»Oh, du weißt schon … das wäre sehr auffällig gewesen. Und ich dachte, dort unten am Strand sieht niemand, wenn ich dir einen Brief hinterlasse. Außerdem ist das doch unser Platz. Ich wollte, dass es unser geheimes Versteck wird, unser Geheimnis.«

»Ja, das ist es. Ein sehr schönes«, sagte er und lächelte glücklich.

»Auf Wiedersehen, Gunnar. Bis bald.« Sie beugte sich vor und hauchte ihm einen zarten Kuss auf die Lippen. Dann töltete sie davon.

Gunnar wusste nicht, wie ihm geschah, so schnell war sie verschwunden. Sehnsüchtig sah er ihr nach. Doch in seinem Bauch regte sich kribbelnde Vorfreude. Sie hatte ihm einen Brief geschrieben. Und er konnte es kaum erwarten, ihre handgeschriebenen Zeilen zu lesen.

Als Heklas rote Lockenmähne hinter einer Biegung verschwunden war, nahm er Auðurs Zügel auf und trieb ihn an. Der Wallach setzte sich brav in einen gemäßigten Trab, aber Gunnar war das noch zu langsam. Im schnellen Tölt fegten sie über den Küstenweg. In der Ferne sah er bereits den Goldstrand funkeln, und sein Herz hüpfte vor Freude.

Als er den schwarzen glatt geschliffenen Felsen erreichte, auf dem er Hekla eine Nacht lang in seinen Armen gehalten hatte, parierte er Auður durch und sprang aus dem Sattel. Dann schwang er sich auf den Felsen und suchte mit dem Blick gespannt die Felswand hinter dem Vorsprung ab, auf dem sie gesessen hatten. Im nächsten Moment entdeckte er den kleinen Spalt. Ein Stein war lose davorgeschoben.

Vorsichtig löste er ihn und spähte in den Hohlraum dahinter. Tatsächlich. Dort leuchtete ihm eine helle Papierrolle entgegen. Mit feuchten Fingern zog er sie heraus und legte den Stein wieder an seinen Platz. Dann entrollte er das Papier und las.

Liebster Gunnar,
von jetzt an soll dies hier unser geheimes Versteck sein. Ein Ort, nur für dich und mich, für die Worte, die wir einander schenken wollen.
Wenn du diese Zeilen liest, weißt du bereits, dass ich unser Treffen heute nicht einhalten konnte. Die Arbeit auf dem Hof nimmt uns momentan alle sehr in Anspruch, und sie erfordert, dass jeder in der Familie mit anpackt. Die nächsten Wochen werden hart sein, aber der Gedanke an dich gibt mir Kraft und wärmt mich selbst an den kältesten Tagen draußen auf den Weiden.

Ich freue mich auf unser Wiedersehen und kann es kaum erwarten, deine Nähe zu spüren.

In Liebe
Hekla

Zärtlich strich er mit den Fingern über die geschwungenen Buchstaben. Dann schob er den Brief unter seine Jacke. Dort lag er in der schmalen Tasche genau über seinem Herzen. Hekla ahnte kaum, was ihm diese Zeilen bedeuteten.

Kapitel 17

Öndverðarnes, Island
Juli 2023

Der Regen prasselte dröhnend gegen die Scheiben des Defenders, als Lia und Anna wieder vor dem Leuchtturm hielten. Durch die dicken Tropfen erkannte sie, dass im Wohnhaus nun Licht brannte.

Sie atmete tief durch und nickte Lia zu. »Dann los.« Ohne noch länger nachzudenken, stieß sie die Tür des Land Rovers auf und hüpfte hinaus in den strömenden Regen. Mit eiligen Schritten lief sie zur Tür. Das Platschen von Lias Sneakern auf dem durchweichten Kies verriet ihr, dass ihre Freundin dicht hinter ihr war.

An der Eingangstür angekommen, flüchtete sie sich unter die kleine Überdachung. Lia quetschte sich neben sie und schüttelte den Regen aus ihrem nassen Haar. »Brr … habe ich dir eigentlich schon mal gesagt, wie wenig ich dieses Wetter mag?«, maulte sie.

Anna warf ihr einen tadelnden Blick zu. »Lia …«

»Oh, entschuldige. Nicht der passende Moment. Du hast recht.« Sie drückte kurz Lias Hand, ehe sie den Arm hob und klopfte.

Einige Sekunden blieb es still. Aber dann hörten sie, wie sich schlurfende Schritte hinter der Tür näherten.

Etwas polterte und schepperte zu Boden. Ein tiefes

Fluchen erklang. Einen Augenblick später wurde die Tür einen Spalt aufgezogen. Ein hagerer alter Mann spähte zu ihnen hinaus. Sein dünnes weißes Haar lag in einem unordentlichen Scheitel zur Seite gestrichen über seiner faltigen Stirn. Seine Haut war gebräunt, und zahlreiche Fältchen überzogen sein hageres Gesicht. Doch seine stechend blauen Augen und die angedeuteten Grübchen neben seinen Mundwinkeln ließen keinen Zweifel daran, dass sie Magnús Eriksson gegenüberstanden.

Anna schluckte. Ihr war auf einmal, als würde sich ihr Magen vor Nervosität überschlagen.

»*Hvað get ég gert fyrir þig?*«, fragte ihr Großonkel in unwirschem Ton.

Lia und Anna tauschten einen Blick. Was, wenn ihr Großonkel nur Isländisch verstand?

»Wir sprechen leider kein Isländisch«, entgegnete sie.

»Was wollen Sie hier?«, wiederholte Magnús daraufhin auf Englisch und kniff misstrauisch die Augen zusammen.

Annas Magen schnürte sich noch mehr zu.

»Wir … ich … also …«, stotterte sie und wäre am liebsten im Boden versunken. Das war die erste Begegnung mit ihrem Großonkel, und sie war dabei, es grandios zu vermasseln. Als sie Lias Stupser am Ellenbogen spürte, gelang es ihr, sich zu fassen, und sie räusperte sich. »Es tut mir leid, dass wir Sie so überfallen. Mein Name ist Anna Jacobs. Ich bin die Enkelin von Gunnar Eriksson. Ich glaube, dass Sie mein Großonkel sind. Magnús Eriksson?« Sie hob hoffnungsvoll den Blick und sah in seine blauen Augen. Darin erkannte sie erst Überraschung, dann Ungläubigkeit und schließlich legte sich ein schmerzerfüllter Ausdruck auf sein Gesicht.

»Anna?«, fragte er und öffnete die Tür ein Stückchen weiter. »Bist du es wirklich?«

Ihr stiegen Tränen in die Augen, und ihre Stimme versagte, sie konnte nur noch nicken.

Im nächsten Moment trat Magnús einen Schritt auf sie zu und breitete seine langen dünnen Arme aus. Anna lehnte sich in seine Umarmung und presste das Kinn an seine Schulter. Die raue Wolle seines Strickpullovers kitzelte sie, und der Duft nach Meer, gebratenem Fisch und Kaminfeuer stieg ihr in die Nase. Die Erinnerungen an all die liebevoll gestalteten Päckchen, die ihr Großonkel ihr geschickt hatte, durchströmten sie, und sein Geruch und seine Wärme weckten in ihr das Gefühl von Heimat. Es kam ihr vor, als wäre ein Teil von ihr endlich nach Hause zurückgekehrt, der all die Jahre rastlos gewesen war.

Als Magnús sie wieder losließ und einen Schritt zurücktrat, entdeckte sie auch in seinen Augen Tränen. Hastig wischte er sie fort und straffte dann die Schultern.

»Das ist meine Freundin Lia.« Anna deutete neben sich. »Sie hat mich aus Hamburg hierher begleitet.«

Magnús nickte und reichte Lia die Hand.

»Wie hast du mich gefunden?«, fragte er. Doch mit einem Blick auf den stürmischen Regen fügte er hinzu: »Kommt erst einmal rein, bei diesem Wetter scheucht man ja nicht mal den Hund vor die Tür.«

Dankbar folgten sie ihm in die schmale Diele und schlossen die Tür hinter sich. Neben einer Garderobe aus dunklem Holz stand eine Milchkanne auf dem ausgetretenen Steinboden. *Die hat vermutlich so gescheppert*, dachte Anna und schmunzelte. Gleichzeitig überlegte sie, ob hier womöglich noch immer der Milchmann kam.

Magnús führte sie in die Küche, in der es nach Kräutern und Bratfett roch. In der Mitte des Raumes stand ein alter Birkenholztisch, der so aussah, als hätten bereits mehrere Generationen an ihm gespeist. Und in einem Kachelofen in der Ecke knisterten und knackten die Holzscheite.

»Setzt euch.« Magnús deutete auf die Holzbank hinter dem Tisch, auf deren Sitzflächen Schaffelle lagen. »Ich habe gerade Tee gekocht. Möchtet ihr auch einen?«

Sie nickten und machten es sich dann auf den Fellen bequem. Während ihr Großonkel das Wasser in einem Kessel aufsetzte, ließ Anna den Blick über die Küchenzeile wandern. Sie war aus Holz gefertigt und in hellblauer Farbe gestrichen. Die Schränke wirkten sehr alt, es musste sich um eine dieser historischen Küchen handeln, die sich nur noch selten in den Häusern der Insel fanden. Es gab eine Spüle aus Stein und einen Gasherd, aber keine modernen Geräte. Geschirrspüler und Ceranfeld – Fehlanzeige. Bloß ein kleines Radio, dessen Design an die Siebzigerjahre erinnerte, und ein betagter Kühlschrank zeugten davon, dass sie nicht ins 19. Jahrhundert gestolpert waren.

Magnús stellte zwei dampfende Tassen und eine angeschlagene Keramikschale mit Zucker vor ihnen ab, dann setzte er sich mit seiner eigenen Tasse auf einen Stuhl.

»Also, wie hast du mich gefunden, mein Mädchen?« Seine durchdringenden blauen Augen ruhten auf Anna.

Sie lächelte ihm zu und erzählte ihm von ihrer Suche im Archiv und dem Besuch bei seinem Namensvetter in Hvalfjarðarsveit. Schließlich zog sie das alte Schwarz-Weiß-Foto aus ihrer Tasche, das er ihr geschenkt hatte, und legte es vor Magnús auf den Tisch.

»Ha!« Ihr Großonkel lachte rau auf und strich sich mit einem Schmunzeln über das Kinn, während er die Aufnahme betrachtete. »Das gibt es ja nicht. Habt ihr gesehen, was ich für ein stattlicher junger Mann war?« Wieder lachte er. »Die Kraft, die ich damals in den Armen hatte, käme mir heute ganz gelegen.«

»Er hat uns erzählt, ihr hättet euch auf der Isländischen Meisterschaft getroffen«, fügte Anna bewundernd hinzu.

»Allerdings. Der Sport hat mir damals sehr viel bedeutet.« Ihr Großonkel ließ den Blick noch eine Weile auf dem Foto ruhen, dann musterte er Anna mit besorgter Miene. »Gunnar wird es nicht gefallen, dass du hier bist. Weiß er davon?«

Sie setzte ihre Tasse ab und schluckte. Der Gedanke an den Abschied von ihrem Großvater schnürte ihr die Kehle zu. Doch sie musste es Magnús erzählen, wenn sie erfahren wollte, was damals auf Island geschehen war.

»Ja, er weiß es. Und er war sehr erbost darüber. Ich habe ihn noch nie so wütend erlebt.«

Magnús nickte schweigend und senkte den Blick wieder auf seinen Tee. »Das überrascht mich nicht. Seit er die Insel verlassen hat, habe ich nur wenige Male von ihm gehört. Der Groll schwelt nach wie vor in dem alten Sturkopf.«

»Was meinst du?«, fragte Anna und sah ihn aufmerksam an. »Weshalb ist er damals gegangen?«

Ihr Großonkel fixierte sie für einen langen Moment und schüttelte dann den Kopf. »Wenn er es dir nicht gesagt hat, kann ich es dir leider nicht verraten.«

Anna ließ überrascht die Schultern sinken. »Ich bitte dich. Großvater wird es mir nie erzählen. Aber dieses Geheimnis, was auch immer es ist, betrifft unsere ganze Familie. Er hat uns verboten, nach Island zu fliegen. Niemand darf das Thema zu Hause ansprechen. Und er weigert sich strikt, etwas über die Wurzeln unserer Familie hier zu erzählen. Alles, was mit der Insel zu tun hat, ist für ihn ein rotes Tuch.« Sie suchte seinen Blick mit großen flehenden Augen.

»Ja, das sieht ihm ganz ähnlich. Schau mich nicht so an, Mädchen. Ich werde einen Teufel tun und dir etwas verraten, was mich eigentlich gar nichts angeht.« Bestimmt stellte er die Tasse auf den Tisch. Dann erhob er sich und ging zur Küchenzeile hinüber.

Anna warf Lia einen hilflosen Blick zu. Die drückte tröstend ihre Hand. »Aber Mr. Eriksson …«

»Magnús, bitte. Hier auf der Insel haben wir es nicht so mit förmlichen Anreden«, brummte er.

»Magnús«, verbesserte Lia sich, »Annas Großvater müsste ja nicht unbedingt davon erfahren.«

»Oh, er wüsste ganz genau, wenn sie es weiß. Und dann wüsste er auch, wer ihr davon erzählt hat.« Er stellte seine Tasse in die Spüle und drehte sich wieder zu ihnen um. »Und nun lasst das Thema ruhen. Möchtet ihr etwas essen? Es ist schon fast Abend.«

»Wenn es dir keine Umstände macht …«, sagte Anna vorsichtig. Sie hatten ihren Großonkel ziemlich überfallen. Da wollte sie dem alten Mann nicht zusätzlich zur Last fallen.

»Ach was, ich habe heute Mittag Fischeintopf gekocht, davon ist noch reichlich da.« Er öffnete den Kühlschrank und holte einen großen Topf hervor.

***

Nachdem sie gegessen hatten und Anna ihrem Großonkel von ihrem Leben in Hamburg und ihren Eltern erzählt hatte, wanderten sie mit einem Gläschen Brennivín ins Wohnzimmer. Die Zimmerdecke war so niedrig, dass Magnús und Lia den Kopf einzogen, als sie über die Türschwelle traten. Anna war klein genug, sie musste sich um so etwas selten Gedanken machen. Gespannt sah sie sich um. Ein

Ledersofa und ein Ohrensessel standen vor einem rustikalen Steinkamin, in dem die Reste eines Feuers glommen. An den rauverputzten Wänden hingen in Holz gerahmte Gemälde, die Szenen der isländischen Natur zeigten. Das tosende Meer an einem stürmischen Tag, die schwarze Mondlandschaft im vulkanischen Hochland, die endlosen Gletscher im Norden des Landes. Auf dem Kaminsims entdeckte sie ein verblasstes Foto. Die Aufnahme war hier auf dem Hof gemacht worden. Vor dem Leuchtturm stand ein alter Mann mit grauem Bart und Fischermütze, der grimmig dreinblickte, und an seinen Seiten zwei junge Männer, beide groß gewachsen und schlank, mit verwuschelten Haaren und dicken Strickpullovern. Vor den dreien saß ein karamellfarbener Hund und schaute aufmerksam mit gespitzten Ohren in die Kamera.

Während Magnús sich in den Ohrensessel setzte und Lia es sich auf dem Sofa bequem machte, konnte Anna nicht widerstehen und trat einen Schritt dichter an das Foto heran. »Das seid Großvater und du, nicht wahr? Wann wurde das aufgenommen?«

»Das muss gegen 1963 gewesen sein. Damals lebte unser Vater noch. Dein Urgroßvater Erik.«

Sie betrachtete den alten Mann, der dort zwischen seinen beiden Söhnen stand und eine Tabakpfeife vor dem Bauch hielt. Seine grimmige Miene erinnerte sie an den Blick, mit dem ihr Großvater sie bedacht hatte, als er sie vom Hof geworfen hatte. Seine eisblauen Augen hatten etwas erschreckend Kaltes und wirkten streng und abweisend. In den hellblauen Augen seiner Söhne lag hingegen ein Ausdruck gutmütiger Sanftheit.

»Dann muss Opa zwanzig und du siebzehn gewesen sein«, überlegte sie laut.

»Richtig.« Mehr hatte er zu diesem Thema offenbar nicht zu sagen.

»Gibt es noch mehr alte Fotos von damals? Wie bist du allein hier zurechtgekommen?« Sie ließ sich neben Lia in die knautschigen Polster der Couch sinken.

»Ich habe mich mit der Situation arrangiert. Und nun genug von den alten Tagen«, brummte er und wandte den Blick zum Feuer.

Weshalb weigerte er sich so strikt, selbst über seine eigene Geschichte zu sprechen?

Ein unbehagliches Gefühl beschlich Anna. Was immer dieses Geheimnis auch war, es schien sehr viel tiefer zu reichen, als sie vermutet hatte. Offenbar war ihr Großvater nicht der Einzige in der Familie, der mauerte.

Eine Weile herrschte Schweigen zwischen ihnen. Nicht einmal Lia traute sich, etwas zu sagen, dabei ließ sie normalerweise nie eine Gelegenheit aus, um sich zu unterhalten.

Schließlich wandte Magnús den Kopf zum Fenster und betrachtete die voranschreitende Dämmerung.

»Habt ihr eine Unterkunft in der Gegend?«

»Noch nicht, aber wir wollten uns in einem der Ferienapartments am Strand von Hellissandur einmieten«, entgegnete Anna.

»Wenn ihr möchtet, könnt ihr hierbleiben. Dann müsst ihr heute bei dem Wetter nicht zurück in den Ort fahren. Die Straße kann bei dem Regen sehr unwegsam werden. Oben gibt es ein Zimmer, das leer steht. Es wurde länger nicht bewohnt, aber frische Bettwäsche sollte noch im Schrank sein.«

»Klingt fantastisch«, meinte Lia begeistert und stupste Anna an. »Oder was denkst du?«

O ja, für spontane Planänderungen und abenteuerliche Übernachtungen war Lia immer zu haben.

»Ja, warum nicht? Wenn es dir wirklich recht ist?«, fragte sie ihren Großonkel zögerlich. Einerseits hatte sie das Gefühl, der alte Mann freute sich wirklich über ihren Besuch. Andererseits schien ihm vieles schwerzufallen. Und sie wollte ihm nicht unnötig Umstände bereiten. Zudem trat immer wieder eine tiefe Traurigkeit in seine Augen, sobald sie ihre Familiengeschichte ansprach. Womöglich entfesselte ihr Besuch Erinnerungen, die er lieber vergessen wollte.

Aber er strich sich über das Kinn und nickte. »Ja, das ist es. Wenn ihr euch das Bett selbst zurechtmacht? Ich habe Probleme mit meinen Händen, und solche Dinge fallen mir mittlerweile schwer«, sagte er und seufzte unzufrieden.

»Keine Sorge, das übernehmen wir gern.« Als sie zu Lia hinübersah, entging ihr nicht das aufgeregte Funkeln in den Augen ihrer Freundin. Keine Frage, Lia war im Abenteuermodus.

Kurz darauf und ungewohnt früh für ihre Verhältnisse lagen sie in den beiden Holzbetten, die im ehemaligen Kinderzimmer standen. Magnús hatte ihnen erklärt, dass Annas Großvater und er das Zimmer einst bewohnt hatten, als ihr Vater Erik noch lebte. Genauso fühlte sich die durchgelegene Matratze auch an – wie ein Zeitzeuge aus einem anderen Jahrhundert. Der Lattenrost quietschte bei jeder Bewegung.

Nachdem sie eine halbe Ewigkeit versucht hatte, sich in eine bequeme Position zu drehen, gab Anna genervt auf und ließ sich mit einem Seufzen auf den Rücken kullern. Durch die Dämmerung der Mitternachtssonne starrte sie an die niedrige Zimmerdecke, an der das Licht des Leuchtturms in gleichmäßigem Rhythmus mit den Schatten der Nacht tanzte.

»Herrlich, oder?« Lias Stimme überschlug sich fast vor Euphorie. »Ich fühle mich wie im Museum. Und dazu übernachten wir noch in einem richtigen Leuchtturm!«

»Ja, unfassbar unbequem, verbuche ich mal als Lebenserfahrung«, brummte Anna. »Aber es ist unheimlich nett, dass Onkel Magnús uns angeboten hat hierzubleiben.«

»Er wirkte sehr berührt, als er realisiert hat, wer du bist. Ich glaube, er benötigt einfach ein bisschen Zeit, um aufzutauen. Dann ist er vielleicht auch etwas zugänglicher für das Geheimnis«, sagte Lia und senkte die Stimme zu einem bedeutungsvollen Flüstern.

»Vielleicht.« Anna überlief eine Gänsehaut, und sie zog die dünne Daunendecke bis zu den Schultern hoch. Irgendwie musste es doch möglich sein zu erfahren, was hier vorgefallen war. Und langsam mochte sie sich nicht mehr ausmalen, was das gewesen sein konnte.

Während ihre Augenlider schwer wurden, hörte sie, wie Lia munter von einer Familiensaga erzählte, die sie einmal gelesen hatte. Doch sie war zu müde, um ihrer Freundin zuzuhören. Machtlos sank sie in einen tiefen traumlosen Schlaf.

Kapitel 18

Der gellende Schrei einer Möwe riss Anna aus dem Schlaf. Sie öffnete widerstrebend die Augen und brauchte einen kurzen Moment, um sich zu erinnern, wo sie sich befand. Das Zimmer im Leuchtturm lag noch im Halbdunkeln. Durch die Leinenvorhänge vor dem Sprossenfenster fielen die Lichtstrahlen der Morgendämmerung herein und ließen sie Silhouetten der robusten Holzmöbel erkennen.

Gähnend streckte Anna sich nach ihrem Handy, das auf dem Nachttisch lag. 4:45 Uhr leuchtete ihr die Zeitanzeige auf dem Display entgegen. Viel zu früh, um ernsthaft ans Aufstehen zu denken. Zumindest wäre ihr das in Hamburg nie passiert. Da war sie froh um jede Sekunde Schlaf, die sie vor dem anstrengenden Büroalltag in der Redaktion bekommen konnte. Doch hier, wo die frische Seeluft durch das gekippte Fenster hereindrang und ihre Lungen flutete, fühlte sie sich ungewohnt wach und energiegeladen. Die Erinnerungen an den vergangenen Abend und das Geheimnis, das noch immer vor ihr lag, ließen ihren Puls in die Höhe schnellen und erfüllten sie mit Tatendrang.

Vorsichtig warf sie einen Blick zu Lia, doch die schlummerte tief und fest mit einem zufriedenen Lächeln auf den Lippen. Es war nicht auszuschließen, dass sie von einem gewissen Wikinger träumte.

Anna beschloss, sie in Ruhe weiterschlafen zu lassen. So leise, wie es der Lattenrost erlaubte, schälte sie sich aus der

Decke und schlich zur Tür. Von dem Stuhl, auf den sie gestern ihre Sachen gelegt hatten, schnappte sie sich ihren dicken Strickpullover, dann tapste sie auf Zehenspitzen hinaus und schloss leise die Tür hinter sich. Der Flur war nur spärlich beleuchtet, doch es reichte, um hinunter in die Küche zu schleichen, ohne das Licht anzuschalten. Der Duft des Feuers, das sie am vergangenen Abend im Kachelofen gewärmt hatte, hing noch in der Luft, als sie den Raum betrat. So rustikal das kleine Leuchtturmwärterhäuschen auch war, es hatte etwas Urgemütliches.

Mit klammen Fingern zündete sie eine Flamme des Gasherds an und stellte den Wasserkessel darauf ab. Die Kälte kroch durch das alte Gemäuer, und sie brauchte erst einmal einen Tee. Während das Wasser sich erwärmte, holte sie den Laptop aus ihrer Tasche im Flur. Sie stellte ihn auf den Tisch und setzte sich kurz darauf mit einer Tasse Pfefferminztee davor.

Wieder starrte sie auf den blinkenden Strich des Cursors in dem leeren Dokument. Die Gedanken wirbelten durch ihren Kopf, und sie fühlte die Anspannung bis in die Fingerspitzen. Doch diesmal würde sie sie einfach durch sich hindurchströmen lassen. Sie in etwas Produktives verwandeln. Diese Geschichte lag ihr seit so langer Zeit auf der Seele, dass sie endlich geschrieben werden musste.

Zögerlich tippte sie die ersten Zeilen. Eine spannende Szene, in der ihre Romanheldin in einem von Turbulenzen geschüttelten Flugzeug saß und um ihr Leben fürchtete. Ein Einstieg, der die Leser packen und in die Geschichte ziehen sollte.

Nach einer Viertelseite überflog sie die Szene noch einmal. Dann geriet sie wieder ins Stocken. Wie sollte sie weitermachen? Die Handlung wirbelte viel zu wirr durch ihren Kopf, und sie befürchtete, bevor sie selbst nicht eine klare

Vorstellung vom Ablauf des Geschehens hatte, würde es ihr nicht gelingen, etwas Stringentes zu Papier zu bringen. Mutlos ließ sie die Schultern sinken.

In dem Moment drang das Knarren der Treppenstufen zu ihr in die Küche, und wenig später erschien Magnús' verwuschelter weißer Schopf im Türrahmen.

»*Góðan daginn*«, brummte er und stapfte zum Wasserkessel. »So früh schon auf?«

»Guten Morgen. Ja, ich konnte nicht mehr schlafen. Ist wohl die gute Luft hier am Meer«, entgegnete sie und lächelte ihm zu.

»Hm, ihr Stadtkinder seid so was ja nicht mehr gewohnt.« Er nickte und wandte ihr den Rücken zu, während er sich einen Kaffee aufbrühte. Dann setzte er sich ihr gegenüber an den Tisch. »Was machst du da?« Er deutete mit einer Kopfbewegung auf den Laptop.

»Oh, ach, das … ist nicht so wichtig«, sagte sie beschämt und klappte den Bildschirm herunter.

Ihr Großonkel hob skeptisch eine Augenbraue.

»Na gut. Ich schreibe«, stieß sie leise hervor und fügte hastig hinzu: »Aber es ist nichts Großartiges. Es fällt mir etwas schwer, meine Gedanken vernünftig zu ordnen.«

Magnús betrachtete sie einen Moment lang schweigend, und ein warmer, gutmütiger Ausdruck trat in seinen Blick. »Dein Großvater hat auch gern geschrieben, weißt du«, sagte er dann und trank bedächtig einen Schluck.

»Wirklich? Das wusste ich gar nicht.« Überrascht ließ sie all die Erinnerungen an ihren Opa Revue passieren. Vor ihrem inneren Auge erschien das Bibliothekszimmer mit dem Mahagonischreibtisch auf seinem Bauernhof. Obwohl er der wohl belesenste Mensch war, den sie kannte, hatte sie ihn selbst nie schreiben sehen.

»Wirklich. Früher hatte er eine Schreibmaschine hier. Darauf hat er mal einen Roman begonnen. Aber er hat auch gern am Strand gesessen und Gedichte verfasst.« Magnús blickte hinaus zum Fenster, vor dem die Morgenröte sich über die Wiesen legte und den Hochnebel beleuchtete. »Und Briefe«, fügte er dann hinzu und sah hastig auf seine Finger. Er wirkte beinahe über sich selbst erschrocken.

»Briefe?«, fragte Anna interessiert nach.

Er grummelte. »Ja, ein paar, hin und wieder.« Ungewohnt hektisch erhob er sich und wandte ihr den Rücken zu, während er seine Tasse in die Spüle stellte.

»An wen denn? Hast du die Briefe noch?« So leicht wollte sie sich nicht abwimmeln lassen. Sie spürte, dass mehr dahintersteckte.

Doch ihr Großonkel machte bereits wieder dicht. »Das geht uns nichts an, Mädchen. Er ist zwar dein Großvater, aber auch er hat sein Recht auf das Briefgeheimnis.« Damit ging er zur Tür. Bevor er hinausstapfte, hielt er kurz inne und rief ihr über die Schulter zu: »Ich fahre kurz raus für den Tagesfang. In zwei Stunden bin ich zurück, dann gibt es Hering zum Frühstück!«

Sie hörte, wie er in seine Ölkleidung schlüpfte und wenige Sekunden später die schwere Eingangstür hinter sich zuzog.

Wieder war es still im Haus, bis auf das leise Summen des Kühlschranks. Sie seufzte und brachte den Laptop zurück in den Flur, wo sie ihn in ihrer Tasche verstaute. Für heute war es mit ihrer Konzentration vorbei.

Dann machte sie sich daran, im Wohnzimmer ein Feuer im Kamin zu entfachen. Bis Magnús in zwei Stunden zurückgekehrt sein würde, wäre sie längst erfroren. Zum Glück hatte sie eine Menge Übung darin. Ihre Altbau-Wohnung in Hoheluft hatte einen Kamin, den Lia und sie abends gern anheizten, um die Stromkosten so gering wie möglich zu halten.

Nach wenigen Minuten züngelten die wärmenden Flammen um die Holzscheite, und sie trat zufrieden vom Kamin zurück. Neugierig ließ sie den Blick durch den Raum wandern und blieb an dem massiven Bücherschrank hängen, der an der Wand gegenüber der Couch stand. Sie lief hinüber und las die Titel der dicken, in Leder gebundenen Ausgaben darin, doch konnte keinen Hinweis auf ein altes Fotoalbum oder eine Briefsammlung entdecken.

Schuldbewusst schaute sie auf ihre Fußspitzen. Was tat sie denn hier? Ihr Großonkel hatte deutlich gemacht, dass sie keinerlei Befugnis hatte, in den Unterlagen ihres Großvaters herumzustöbern. Und kaum hatte er ihr den Rücken zugekehrt und das Haus verlassen, wühlte sie nach möglichen Hinweisen.

Diese Sache war aber auch verflixt. Sie konnte nur darauf hoffen, dass das Schicksal ihr irgendwann einen Hinweis zukommen lassen würde.

Niedergeschlagen griff sie nach einer englischen Ausgabe von Emily Brontës *Sturmhöhe*, ihrem Lieblingsroman, ein Klassiker und absolute Schreibkunst. Sie machte es sich auf dem Sofa bequem und legte die Füße hoch. Dann verlor sie sich in der Welt des rauen Yorkshires, wo die Moore trostlos und die Liebe zerstörerisch sein konnten.

Kapitel 19

Skarðsvík, Island
Sommer 1963

Liebste Hekla,
unser Geheimnis – nichts würde ich lieber mit dir teilen. Sei unbesorgt – auch wenn wir gerade nicht beieinander sein können, verfolgst du mich in jedem meiner Gedanken. Mein Herz ist an deins gebunden. Und ich schwelge in der Vorfreude auf unser nächstes Treffen.

In Liebe
Gunnar

Kapitel 20

Öndverðarnes, Island
Juli 2023

»*Gjörið svo vel!* Guten Appetit«, verkündete Magnús stolz, als er die gut gefüllten Teller vor Lia und Anna abstellte.

Der Duft von gebratenem Hering und Rührei stieg ihr in die Nase, und sie hätte beinahe laut losgelacht, als sie Lias Miene sah. Die betrachtete angeekelt den Fisch und musste sich sichtlich beherrschen, nicht vom Frühstückstisch zu flüchten. »Oh … danke«, sagte sie mit gerümpfter Nase und zwang sich zu einem schwachen Lächeln. Dann warf sie Anna einen hilflosen Blick zu, der ihr förmlich »Zum Frühstück?!« entgegenschrie.

Anna grinste und probierte den Fisch. Ungewöhnlich herzhaft für ihren Geschmack, doch sie fand Gefallen an der salzigen Note, die hervorragend zum Rührei passte und eine gute Grundlage für den Tag schuf.

Magnús schaufelte zufrieden eine Gabel nach der anderen in seinen Mund und schien glücklicherweise nichts von Lias vornehmer Zurückhaltung zu merken, die nun bemüht, aber sehr verkrampft auf ihrem Teller herumstocherte und sich schließlich nur an das Rührei traute.

»Früher hat unser Vater jeden Sonntag Hering gebraten. Darauf haben wir uns die ganze Woche gefreut«, erklärte er und kaute zufrieden den nächsten Bissen.

Anna konnte sehen, wie Lia betreten schluckte. Sie nickte und lächelte ihren Großonkel an.

»Es ist schön, mal Gesellschaft beim Essen zu haben«, brummte er leise vor sich hin. Dann räusperte er sich. »Nichtsdestotrotz denke ich, dass du nach Hause fliegen solltest, Anna.«

»Wie bitte?« Überrascht sah sie ihn an.

»Ganz richtig«, wiederholte er streng. »Flieg nach Hause zu deinem Großvater. Und erzähle ihm nicht, dass du hier bei mir warst.«

»Aber ...« Sie brachte kein Wort mehr über die Lippen und verstummte.

»Er wird es dir nicht verzeihen, sobald er weiß, dass du hier warst. Wenn du dich jetzt besinnst, hast du noch eine Chance.« Er griff über den Tisch und tätschelte sanft ihre Hand. »So gern ich dich weiter kennengelernt und Kontakt zu dir hätte, meine Kleine, er ist dein Großvater. Und du wirst ihn verlieren, falls du hierbleibst und er davon erfährt.«

Sie schluckte schwer, und die Wucht seiner Worte legte sich wie Blei auf ihre Glieder. Einen Moment lang verharrte sie wie gelähmt. Doch dann regte sich Widerstand in ihr. Sie war hierhergekommen, um herauszufinden, weshalb ihr Großvater sich wie ein Fremder verhielt. Sie war nach Island gekommen, um ihre Wurzeln zu finden. Ihn, Magnús, der sie jahrelang wie ein unbekannter Schutzengel durch ihre Kindheit begleitet hatte. Und so sehr sie ihren Opa liebte – er hatte kein Recht, so mit ihr umzugehen. Es stand ihr zu, zu erfahren, woher sie kam und was auf dieser Insel passiert war.

Entschlossen hob sie den Blick und sah ihrem Großonkel in die Augen. »Nein, ich werde nicht fahren. Es tut mir leid, aber das kann ich nicht. Ich habe so lange darauf gewartet, nach Island zu reisen. Dich kennenzulernen. Und ich werde mir das von Opa nicht nehmen lassen. Er hat kein Recht, mir das zu verbieten.«

Magnús runzelte die Stirn. »Stur wie ihr Großvater.« Er zuckte mit den Schultern. »Dann ist daran wohl nichts zu ändern. Ich habe dich gewarnt.«

»Ich weiß, danke.« Betreten senkte sie den Blick auf ihr Frühstück.

»Und wie sind eure Pläne für eure Zeit hier auf der Insel?«

»Anna möchte ihr Buch schreiben«, schaltete sich jetzt Lia euphorisch ein. Anscheinend versuchte sie, die eisige Stimmung etwas aufzulockern.

»Tatsächlich?« Magnús sah sie erstaunt an und lächelte dann, als sie langsam nickte. »Nun, wo könnte man besser schreiben als auf unserer schönen Insel, nicht wahr?«

»Ja …« Anna trank einen Schluck Kaffee. »In Hamburg finde ich nicht die nötige Ruhe und auch nicht genügend Inspiration. Deshalb möchte ich hier noch zwei Wochen verbringen.«

»Und wo wirst du währenddessen leben?«, fragte ihr Großonkel.

»Das weiß ich noch nicht.« Sie zuckte unbekümmert mit den Schultern. »Aber auf Island findet man ja schnell und spontan schöne Unterkünfte.« Sie machte eine kleine Pause, bevor sie weitersprach: »Ehrlich gesagt hatte ich überlegt, hier in der Gegend zu bleiben. Ich würde mich freuen, wenn wir uns öfter sehen könnten.«

Ihr Großonkel begegnete ihrem Blick, und ein warmes Strahlen legte sich auf seine Züge. »Wenn du sowieso hierbleibst und nicht auf mich hörst, warum richtest du dich dann nicht in dem alten Kinderzimmer ein? Es steht sowieso leer. Und ich würde mich über deine Gesellschaft freuen.«

Überrascht schaute sie ihn an. Zwei Wochen unter einem Dach mit ihrem Großonkel – wollte sie das wirklich? Immerhin kannten sie einander kaum. Dennoch fühlte sie sich wohl in seiner Nähe. Als würde sie etwas Unsichtbares verbinden, das ihr das Gefühl nahm, hier fremd zu sein. Außerdem könnte sie ihm vielleicht ein wenig unter die Arme greifen. Es musste ein hartes Leben für einen Mann in seinem Alter sein, der noch jeden Tag aufs Meer hinausfuhr und sich selbst versorgen musste. Sein Angebot war mehr als großzügig, und bei dem Gedanken, es anzunehmen, durchflutete sie eine freudige Wärme. »Falls dich das wirklich nicht stört?«

»Nein, ganz im Gegenteil. Da du es dir offenbar eh mit Gunnar verscherzen möchtest, wäre es albern, dich vor die Tür zu setzen. Er muss ja nichts davon erfahren, nicht wahr?« Er zwinkerte ihr verschwörerisch zu.

»Na gut, wenn dir das wichtig ist, erzähle ich es ihm erst einmal nicht.« Sie seufzte. Aber insgeheim erfüllte sie eine jubelnde Vorfreude. Sie hatte es nicht nur geschafft, ihren Großonkel zu finden – sie würde sogar zwei Wochen bei ihm verbringen und ihn wirklich kennenlernen. Und vielleicht würde sich das Geheimnis dann doch noch lüften …

»Und was ist mit dir?«, fragte Magnús an Lia gewandt. »Das Angebot gilt natürlich für euch beide. Du bist auch herzlich willkommen.«

Lia legte die Gabel neben ihren kaum angerührten Teller. »Das ist sehr nett … aber ehrlich gesagt habe ich beschlossen, heute Nachmittag abzureisen.«

»Was?« Anna starrte sie entgeistert an. An diesem Morgen fiel sie von einer Ohnmacht in die andere.

Lia warf ihr einen entschuldigenden Blick zu. »Tut mir leid, es hat sich vorhin ganz spontan ergeben, und ich hatte noch keine Gelegenheit, es dir zu sagen.« Dann sah sie zu Magnús und erklärte: »Es war sowieso geplant, dass ich Anna nur anderthalb Wochen begleite. In drei Tagen geht mein Flug zurück nach Hamburg. Länger habe ich mir nicht freigenommen. Und da sich hier ja nun alles so glücklich gefügt hat und wir dich gefunden haben, wollte ich gern die letzten Tage vor meiner Abreise in Reykjavík verbringen.«

Aha, daher wehte der Wind also. Der Wikinger hatte gerufen.

»Was gibt es denn so Spannendes in unserer kleinen Hauptstadt, dass man dort drei Tage verbringen möchte?«, hakte der ahnungslose Magnús nach und schob sich noch einen Bissen Hering in den Mund.

»Die Frage müsste wohl eher lauten, wer ist dort so spannend …«, murmelte Anna und grinste.

Auf die Wangen ihrer sonst so vorlauten Freundin legte sich eine verräterische Röte.

»Also, mein … ein …« Sie räusperte sich verlegen. »Ein Freund wohnt dort und hat mich gefragt, ob ich ihn nicht noch besuchen kommen möchte.«

»Ich verstehe.« Magnús nickte wissend und schmunzelte.

»Tut mir leid, Anna. Ich hoffe, das ist in Ordnung?« Sie hob erwartungsvoll die Augenbrauen.

»Natürlich. Ich freue mich für dich. Mach dir eine schöne Zeit in Reykjavík.« Sie drückte die Hand ihrer Freundin und lächelte. Dennoch wusste sie schon jetzt, wie sehr ihr Lia fehlen würde.

***

Als an diesem Nachmittag der grüne Defender unter lautem Gehupe vom Hof des Leuchtturms rollte, wurde Anna bewusst, dass sie nun auf sich gestellt war, und ein kurzer Stich der Einsamkeit durchfuhr sie. Natürlich, sie hatte jetzt ihren Großonkel Magnús. Doch sie hatten sich gerade erst kennengelernt. Und auch wenn sich seine Gegenwart bereits vertraut anfühlte, konnte er natürlich nicht die jahrelange Freundschaft ersetzen, die sie mit Lia verband. Sie war ihr unendlich dankbar dafür, dass sie sie zu dieser Reise überredet hatte. Ohne sie hätte Anna es nie so weit geschafft. Mit einer wehmütigen Träne im Augenwinkel winkte sie ihrer Freundin hinterher.

Gerade als sie sich umdrehen und wieder hineingehen wollte, vibrierte ihr Handy. Neugierig zog sie es aus der Hosentasche. Eine neue Nachricht von Kristján leuchtete auf dem Display auf.

> Hey, Prinzessin, wünsche dir einen wundervollen Abend dort oben in deinem Leuchtturm. 😉 Hoffe, wir sehen uns bald. Xxx K

Ein Lächeln stahl sich auf Annas Lippen. Vielleicht hatte sie selbst ja sehr bald einen Grund, einen Abstecher nach Reykjavík zu machen.

Kapitel 21

Skarðsvík, Island
Sommer 1963

Der Sommer in diesem Jahr war ungewöhnlich mild, und so verbrachten Hekla und Gunnar viele lange Abende am Meer und beobachteten die Mitternachtssonne von ihrem Felsen am Goldstrand aus. Gunnar war erfüllt von einem Glück, das er sich noch vor einigen Wochen nicht hatte ausmalen können, ja, von dem er nie zu träumen gewagt hätte.

Hekla drehte sich in seinem Arm zu ihm und kitzelte ihn mit ihrer Haarsträhne. »Hast du gehört, morgen führt die Tanzgruppe was vor auf dem Dorffest. Die werden bestimmt für Stimmung sorgen.«

Er lächelte und fing ihr Haar zwischen seinen Fingerspitzen ein. »Das lässt sich der Bürgermeister ja ganz schön was kosten. Selbst mein alter Herr will sich dahin bequemen.«

»So groß wie in diesem Jahr war es noch nie«, sagte Hekla verträumt und ließ sich wieder in seinen Arm sinken. »Endlich ist hier mal etwas los. Manchmal vergehe ich regelrecht vor Langeweile.« Sie seufzte.

Gunnar stutzte. Seit Hekla Teil seines Lebens war, hatte er nicht eine Sekunde Langeweile empfunden. Sein Puls schien sich in den vergangenen Wochen kaum beruhigen zu wollen, und jeder Gedanke an sie ließ sein Herz aufgeregte

Hüpfer vollführen. Dankbar zog er sie enger an sich und küsste ihre Stirn.

»Aber … Die Sache zwischen uns bleibt erst einmal weiter unser Geheimnis, ja?«, murmelte sie.

»Keine Sorge, ich verrate nichts.« Eigentlich war es ihm sogar ganz recht, dass bisher niemand etwas von Hekla und ihm wusste. So konnten sie ungestört viel Zeit miteinander verbringen, ohne dass sich andere Leute in ihre Angelegenheiten einmischten. Generell mied er für gewöhnlich das Interesse und die Aufmerksamkeit der anderen. Er zog sich lieber zurück, genoss die Einsamkeit in der Natur, wo ihn niemand beurteilte oder über ihn redete. Daher konnte er Heklas Euphorie angesichts des kommenden Dorffests nicht teilen. Vielmehr graute es ihm schon seit Tagen vor dem obligatorischen Festakt, bei dem sich die Leute herausputzen würden. Sehen und gesehen werden. Das Getratsche würde noch Wochen danach kein Ende finden.

Es schüttelte ihn, und er zog missmutig die Schultern hoch.

»Hey, freust du dich gar nicht darauf?« Hekla stach ihm mit dem Finger in die Wange, sodass er lachen musste.

»Doch, doch. Ich bin nur froh, wenn der ganze Zirkus wieder vorbei ist.«

»Langweiler«, neckte sie ihn und kitzelte ihn unter dem Arm.

»Hey, aufhören«, prustete er lachend. »Schon gut, es wird bestimmt ganz in Ordnung.«

»Ganz in Ordnung? Es wird das Fest des Jahres!«, schwärmte Hekla.

»Meinetwegen. Solange wir uns am nächsten Morgen zu unserem Strandspaziergang sehen, soll es mir recht sein«, murmelte er und zog sie an sich.

»Wenn ich nicht zu müde bin«, stieß Hekla kichernd hervor und presste ihre Lippen auf seine.

***

Die Trompeten und das Scheppern der Trommeln tönten lautstark durch die weiten Straßen von Hellissandur. Gunnar stand am Rand des kleinen Dorfangers, wo die Parade von den aufgeregt plappernden Bewohnern erwartet wurde. In der Mitte des Platzes ragte eine Fahnenstange empor, an der die isländische Flagge wehte. Drum herum waren die wenigen Häuser mit Wimpeln geschmückt. Und von einem Feuer in der Nähe drang der appetitliche Duft von heißen Würsten und gegrilltem Stockfisch herüber.

Auf der gegenüberliegenden Seite des Platzes entdeckte er Hekla in der Menge. Ihr feuerrotes Haar stach wie ein Signal zwischen den anderen hervor. Wie viele der Leute trug sie heute ihre traditionelle Tracht. Das schwarze, fast bodenlange Kleid umschmeichelte ihre zarte Taille und schwang sanft hin und her, als sie aufgeregt mit Margrét flüsterte, die sich bei ihr eingehakt hatte. Er suchte ihren Blick, doch sie schien zu abgelenkt zu sein und hatte ihn offenbar noch nicht entdeckt.

»Himmel, da kommen sie«, brummte sein Vater neben ihm.

Gunnar schob die Hände in die Hosentaschen und hob die Schultern in Erwartung der Dinge, die nun folgen würden. Das Scheppern und Donnern kam immer näher und gipfelte in einem ohrenbetäubenden Crescendo, als die Parade sich vor der Fahnenstange formierte und zu einem letzten Tusch der Nationalhymne anblies. Das Publikum jubelte und klatschte begeistert. Als der Applaus langsam verebbte, setzte eine Band am Rand der Tanzfläche zu einem ersten Song an, und die Leute verliefen sich nach und nach. Einige strömten direkt aufs Tanzparkett, andere unterhielten sich mit ihren Nachbarn und Bekannten oder schlenderten zu einem der Essensstände.

Missmutig folgte Gunnar seinem Vater zum Grillstand. Magnús hatte sich schon bei ihrer Ankunft zu seinen Freunden verdrückt und war weit und breit nirgends zu entdecken.

Kurz darauf saßen sie mit einem Stockfisch auf einer der Sitzbänke, eingekeilt von Olav und Sigurður, den Fischern aus dem Ort, und unterhielten sich über die diesjährige Fangsaison.

Die Band spielte nun einen schnellen Song, und Gunnar ließ den Blick über die tanzenden Paare schweifen. Weiter hinten erkannte er den brünetten Schopf von Björn. Er hielt Sigurðurs kurvige Tochter im Arm und wirbelte sie zum Takt der Musik herum. Brynja lachte ausgelassen und prustete übermütig.

Ein unangenehmes Stechen durchfuhr ihn. Nein, er war ganz und gar nicht neidisch auf seinen Freund. Es wäre ihm ein Graus, auf der Tanzfläche zu stehen, sich dort den neugierigen Blicken der anderen auszusetzen. Aber er wünschte sich dennoch, mit Hekla im Arm zu den schnellen Rhythmen der Band zu tanzen. Ihr helles Lachen zu hören, während er sie herumwirbelte …

Im nächsten Moment blieb sein Blick an einem roten Schimmer hängen. Er blinzelte und schaute noch einmal hin. Doch es bestand kein Zweifel. Hekla hüpfte leichtfüßig wie eine Elfe über die Tanzfläche, am Arm eines brünetten Kerls, den er hier noch nie gesehen hatte. Gunnar biss sich auf die Unterlippe und versuchte, seine verkrampften Muskeln zu entspannen. *Sie ist dein*, sagte er sich, um seine Nerven zu beruhigen. *Niemand außer euch weiß es, aber das ist das, was zählt.*

Langsam normalisierte sich sein Pulsschlag wieder, und er wandte sich ab. Auch wenn er wusste, dass sie zu ihm gehörte und es schließlich nur ein unverfänglicher Tanz war, wollte er sich nicht unnötig mit diesem Anblick quälen.

Kapitel 22

Skarðsvík, Island
Juli 2023

Der Wind pfiff Anna peitschend um die Ohren, und sie rieb sich über die Arme. Sollte es nicht eigentlich Hochsommer sein? Jedenfalls war sie davon ausgegangen, mit ihrem dicken Wollpullover warm genug eingepackt zu sein für einen Spaziergang am Strand. Doch da hatte sie die Rechnung offenbar ohne die stürmischen Westböen gemacht.

Nun half nur Bewegung. Also kletterte sie weiter über die scharfen Lavafelsen in Richtung Meer. Sie würde nicht umkehren, ehe sie den sagenhaften Goldstrand gesehen hatte.

An diesem Morgen war sie wieder früh aufgewacht und hatte sich direkt an ihren Laptop gesetzt. Aber mehr als ein paar Zeilen hatte sie nicht zustande gebracht. Dann war ihr die Decke auf den Kopf gefallen, und sie hatte beschlossen, eine Wanderung durch die nahe Umgebung zu unternehmen, um ein wenig frische Luft zu schnappen. Großonkel Magnús war früh am Morgen aufs Meer hinausgefahren und wollte heute erst gegen Mittag zurück sein. Inzwischen hatte er ihr den Ersatzschlüssel für das Haus anvertraut, damit sie auf eigene Faust losziehen konnte.

Sie beugte sich vor, um sich an einem hervorstehenden Gesteinsbrocken festzuhalten, und rieb sich leise fluchend den schmerzenden Rücken. Die zweite Nacht auf dem Lattenrost des Todes hatte ihre Wirbelsäule erneut malträtiert. Wenn sie wirklich die nächsten zwei Wochen hierbleiben wollte, würde sie etwas gegen die durchgelegene Matratze unternehmen müssen. Vielleicht könnte sie morgen in die nächste Stadt fahren und eine neue besorgen …

Weiter kam sie in ihren Gedanken nicht, denn der Ausblick, der sich vor ihr erstreckte, raubte ihr den Atem.

Eingerahmt von schroffen, grafitschwarzen Lavafelsen funkelte der goldene Sand der Bucht wie eine Schatzkammer im Sonnenlicht, das immer wieder zwischen den Wolken hervorbrach. Das Meer leuchtete in einem karibischen Türkis, auf dem weiße Wellenkronen tanzten und krachend an Land schlugen.

Sie kam sich vor wie im Paradies. Mit einem breiten Lächeln auf den Lippen eilte sie das letzte Stück des Weges hinunter zum Strand. Als ihre Schuhe in den Sand sanken, breitete sie übermütig die Arme aus und drehte sich im Wind. Über ihr kreisten zwei Möwen und schrien aufgeregt, wahrscheinlich hatten sie einen lohnenswerten Fang in der Brandung entdeckt.

Schließlich blieb sie stehen und sah glücklich hinaus aufs Meer. Sie hatte es geschafft. Trotz aller Widrigkeiten war sie endlich hier auf Island. In der Heimat ihrer Familie. Und je mehr sie die Insel erkundete, desto verwurzelter fühlte sie sich hier.

Sie atmete tief durch, sog die salzige kühle Luft ein und fühlte, wie der Sauerstoff in jede ihrer Zellen strömte und ihr Energie gab. Motiviert richtete sie den Blick auf das Ende der Bucht und spazierte weiter am gischtbedeckten Saum der Wellen entlang. Gerade als sie zum Meer hinausschaute, in der Hoffnung, am Horizont eine Walfinne zu entdecken, hörte sie ein freudiges Bellen. Sie wandte den Kopf zurück zum Strand und sah ein Fellknäuel durch den Sand flitzen, das in rasantem Tempo auf sie zuschoss. Ehe sie sich wegdrehen konnte, hatte der Hund sie erreicht und sprang aufgeregt an ihr hoch, wobei sie gerade noch ihre Nase aus der Reichweite der schlabbernden Hundeschnauze bringen konnte.

»Bah, runter«, versuchte sie es, aber der Golden Retriever zeigte sich mäßig beeindruckt und legte ihr wieder stürmisch die Pfoten auf die Schultern, sodass sie beinahe das Gleichgewicht verlor. Doch der treue Blick aus seinen Knopfaugen löste ihren Ärger sofort in Luft auf.

»Sherlock, *sestu! Strax!*«, schallte eine erzürnte Männerstimme über den Strand.

Sherlock und sie sahen sich zeitgleich zu der wütenden Gestalt um, die nun sichtlich aufgebracht durch den Sand stapfte. Der Mann hatte eine so finstere Miene, dass Anna sich vor Schreck fast neben Sherlock in den Sand gesetzt hätte.

Als er näher kam, entspannten sich seine Züge, und er fuhr sich durch die zerzausten blonden Locken. Solange er sich die letzten Meter durch den Sand kämpfte, blieb ihr genug Zeit, ihn genauer zu betrachten. Seine große schlanke Gestalt wirkte sportlich, und er schien viel Zeit in der Sonne und im Freien zu verbringen, denn eine leichte Bräune lag auf seinem Gesicht. Er musste etwa in ihrem Alter sein, vielleicht etwas älter.

Während sie ihn noch neugierig begutachtete, hob er den Blick und sah sie entschuldigend an. Seine grünblauen Augen brannten sich förmlich in ihre, und sie musste wegschauen, um nicht rot zu werden.

Als er vor ihr stand und sie höflicherweise wieder aufsah, umspielte ein leises Lächeln seine Mundwinkel. »Tut mir leid, er kann hören, wenn er möchte«, sagte er, und seine tiefe Stimme sandte eine leichte Gänsehaut über ihren Nacken. »Neulich hat er fast eine ältere Dame von den Beinen geholt, daher ist das leider nicht mehr nur lustig.«

»Oh, das macht doch nichts«, versicherte sie nachdrücklich und tätschelte Sherlocks weiches Hundefell. »Zum Glück bin ich ja noch ganz gut zu Fuß«, fügte sie mit einem Zwinkern hinzu und wackelte mit der Spitze ihrer Stiefel.

O mein Gott, hatte sie gerade etwa wirklich gezwinkert? Was tat ihr Körper da? Das hatte sie ihm auf jeden Fall nicht erlaubt. Innerlich stöhnte sie auf und hätte sich am liebsten die Hand vor die Stirn geschlagen.

»Scheint so«, sagte er und ließ seinen Blick flüchtig über ihren Körper bis zu ihren Zehenspitzen wandern, was ihr nun endgültig die Hitze in die Wangen trieb.

Moment, das lief in eine ganz falsche Richtung. Alles, was ihr über die Lippen kommen wollte, wirkte auf einmal peinlich verfänglich.

Und ganz offensichtlich blieb ihm ihre Verlegenheit nicht verborgen, denn einer seiner Mundwinkel wanderte amüsiert nach oben, als er ihr wieder ins Gesicht sah.

Sie räusperte sich unangenehm berührt und suchte händeringend nach einem Themenwechsel. »Woher haben Sie gewusst, dass ich keine Isländerin bin?«

»Ich habe Ihre vergeblichen Hunde-Abwehrversuche schon von da hinten gehört.«

»O ja …« Sie zuckte hilflos mit den Schultern. »So war das nicht gemeint. Ich mag Hunde eigentlich sehr. Aber er war ein bisschen stürmisch.«

»Das kann man wohl sagen. Da bleibt mir nur, mich in aller Aufrichtigkeit für meinen unerzogenen Schützling zu entschuldigen.« Er streckte ihr seine Hand entgegen. »Ich heiße Aron.«

»Anna – aus Hamburg«, entgegnete sie und umfasste seine Finger. Seine kräftigen Handflächen fühlten sich rau an, aber eine angenehme Wärme ging von ihnen aus.

»Und was machen Sie hier, Anna aus Hamburg? Ich meine, wenn Sie nicht gerade von meinem Hund angefallen werden«, fragte er, als er ihre Hand wieder losließ und sie interessiert musterte.

»Ich mache Urlaub in der Gegend.«

»Da haben Sie sich ein schönes Fleckchen ausgesucht. Die Sonnenuntergänge sind ein wahrer Traum. Und es gibt viel zu entdecken. Die Natur ist hier sehr vielseitig.«

Sie nickte. »Ja, das stimmt. Ich habe schon seit meiner Kindheit davon geträumt, einmal hierherzukommen«, erklärte sie und biss sich dann auf die Unterlippe. Dieser Mann war ein Fremder, und so sympathisch er auch wirkte, sie wollte ihm nicht zu viel über die wahren Beweggründe ihrer Reise verraten.

»Tja, das kann ich Ihnen nicht verübeln. Ich bin hier aufgewachsen. Und kann mir nicht vorstellen, dass es woanders schöner sein könnte.« Er lächelte sie an, und wieder brannte sich der intensive Blick seiner grünblauen Augen in ihre.

»Das … das ist wirklich beneidenswert«, sagte sie und erwiderte sein Lächeln, erleichtert, dass es ihr endlich gelang, sich einigermaßen normal zu benehmen.

»Kann schon sein.« Er hielt ihren Blick, dann zuckte er mit den Schultern. »Aber das Wetter ist ziemlich grausam. Nichts für sensible Seelen«, fügte er hinzu und grinste.

»Ich finde es eigentlich ganz inspirierend.«

»Inspirierend?« Er musterte sie mit hochgezogenen Augenbrauen. »Soso. Das klingt sehr künstlerisch.«

»Oh, ja … na ja, momentan eher gewollt als gekonnt. Ich schreibe hier gerade an meinem ersten Roman. Aber das ist noch ein langer Weg.« Verflixt, jetzt hatte sie doch mehr verraten, als sie wollte. Irgendetwas hatte dieser Mann an sich, das ihre Gehirnfunktionen zeitweilig außer Betrieb setzte.

»Beeindruckend. Ich habe es ehrlich gesagt nie über ein, zwei klägliche Schreibversuche in meinen frühen Zwanzigern hinausgeschafft. Aber wenn Sie es mal zu weltweitem Ruhm bringen, hoffe ich doch, dass Sie sich an den komischen Mann im Norwegerpulli und seinen ungehorsamen Hund am Goldstrand von Skarðsvík zurückerinnern. Vielleicht haben wir Ihnen ja genug Inspiration für eine lustige Szene in Ihrem Buch geliefert«, fügte er schmunzelnd hinzu und tätschelte Sherlocks Kopf.

»Mehr hätte sich eine Autorin nicht wünschen können«, sagte sie und strahlte zurück. Für einen Moment war da nur das Rauschen des Meeres, das sie umgab, und die Tiefe seiner Augen. Keiner von ihnen rührte sich.

Die Wärme in seinem Blick war berauschend. Doch gerade als sie sich etwas zu sehr darin verlieren wollte, trat ein Schatten in seine Iriden, und seine Züge verschlossen sich. Er räusperte sich, und sie schluckte erschrocken. War sie ihm zu nahe getreten? Fragte er sich, weshalb ihn diese Fremde so auffällig anstarrte? Sie wollte lieber gar nicht genauer darüber nachdenken, was er womöglich noch alles von ihr denken könnte.

»Tja, dann hat es mich gefreut, behilflich gewesen zu sein«, sagte er. Sein Blick ruhte nun wieder warm und freundlich auf ihr, aber etwas distanzierter als zuvor.

»Ja, vielen Dank für Ihre großzügige Hilfe«, scherzte sie und trat einen Schritt zurück.

»Viel Erfolg.« Er steckte die Hände in die Hosentaschen und wandte sich zum Gehen. »Und vielleicht sieht man sich ja mal im Ort!«, rief er ihr über seine Schulter zu.

Sie nickte und hob die Hand zum Abschied. »Bis dann.«

Während sie sich auf den Rückweg machte, schossen ihr tausend Fragen und Gefühle heiß und kalt durch den Kopf. Das Unangenehmste war allerdings ein nagendes Ziehen in ihrer Magengegend. Diese Begegnung hatte sich verboten großartig dafür angefühlt, dass sie vor einer Stunde noch an den Kuss mit Kristján gedacht hatte. Durfte es sich so anfühlen, wenn man einem Mann begegnete, obwohl man Interesse an einem anderen hatte?

Das schlechte Gewissen malträtierte ihre Nerven, doch nach einigen Metern wischte sie die Zweifel entschieden beiseite. Sie machte sich schon wieder viel zu viele Gedanken. Dieser Aron war zwar wirklich gut aussehend, und zugegeben, er besaß auf seine Art einen recht eigenwilligen Charme. Aber sie hatten sich gerade einmal fünf Minuten unterhalten. Kein Grund, sich selbst an den Pranger zu stellen.

Sie schüttelte den Kopf und fokussierte ihre Gedanken wieder auf Kristján. Er war charismatisch, attraktiv und erfolgreich. Ehrgeizig. Und er wollte sie. Der begehrteste TV-Redakteur des Landes wollte sie, Anna Jacobs. Nun, das war doch mehr, als sie je zu träumen gewagt hätte.

Mit einem Seufzen schlug sie den Küstenpfad in Richtung Leuchtturm ein. Sobald sie zu Hause war, würde sie Kristján eine Nachricht schreiben. Vielleicht könnten sie sich ja demnächst auf der Strecke zwischen Reykjavík und Öndverðarnes endlich zu einem Kaffee treffen. Und sie würde erst einmal etwas essen. Vielleicht beruhigte sich ihr Magen ja wieder, wenn sie eine ordentliche warme Mahlzeit im Bauch hatte.

***

Magnús' schlammbespritzte Gummistiefel standen draußen vor der Tür, als Anna zum Leuchtturm zurückkehrte. Doch als sie in den Flur trat, herrschte Stille im Haus. In der Küche lag der entschuppte, filetierte Fisch auf dem Tisch, den ihr Großonkel heute gefangen haben musste. Verwundert tappte sie ins Wohnzimmer, das ebenfalls kalt und verlassen dalag. Sie wollte schon wieder hinausgehen, als sie den Zipfel von Magnús' roter Fischermütze hinter der Sofalehne hervorlugen sah. Sie stockte und trat näher ans Sofa heran. Tatsächlich, da lag ihr Großonkel und schlief tief und fest. Offenbar hatte er es nicht einmal mehr geschafft, seine Mütze auszuziehen, bevor er erschöpft in den Schlaf gedriftet war. Wie er so friedlich dalag und die Grübchen in seinen Wangen langsam arbeiteten, während er leise atmete, ähnelte er ihrem Großvater fast bis aufs Haar.

Anna betrachtete ihn einen Moment liebevoll. Dann nahm sie die Decke von der Armlehne des Sofas und breitete sie über ihm aus. Es war kalt im Haus, und sie befürchtete, dass er sich verkühlen könnte. Also beschloss sie, ein Feuer im Kamin und im Kachelofen in der Küche anzufachen. Schließlich würden sie den Rest des Tages hier verbringen.

Als die Flammen in dem alten Steinkamin emporzüngelten, ging sie hinüber in die Küche und machte sich dort ans Werk. Solange Magnús schlief, könnte sie sich schon einmal um das Essen kümmern. In einer Kiste unter der Theke fand sie einen

Vorrat an Kartoffeln und Zwiebeln. Im Kühlschrank gab es Butter, ein paar frische Kräuter und Äpfel. Es dauerte eine Weile, bis sie alles geschält und die Kartoffeln aufgesetzt hatte. Während die vor sich hin köchelten, glasierte sie die Äpfel und Zwiebeln in einem kleinen Topf und briet dann den Fisch von beiden Seiten in Öl und Kräutern an.

Der Duft des knusprigen Kräuterdorschs musste Magnús geweckt haben, denn kurz bevor der Fisch servierbereit war, erschien er im Türrahmen und rieb sich die Augen.

»Wäre doch nicht nötig gewesen, Mädchen. Nächstes Mal weckst du mich aber. Du bist hier schließlich im Urlaub«, brummte er und betrachtete sichtlich zufrieden Annas kulinarisches Werk.

»Kommt gar nicht infrage. Wenn du mich schon bei dir aufnimmst, kann ich mich wenigstens um ein paar Kleinigkeiten kümmern. Außerdem solltest du dir etwas mehr Ruhe gönnen.« Sie befüllte ihre Teller und setzte sich zu Magnús an den Tisch.

»Als ob das so einfach möglich wäre …« Er seufzte, dann widmete er sich genüsslich seiner Mahlzeit. »Du warst wohl draußen unterwegs, als ich zurückgekommen bin. War es schön?«, fragte er nach ein paar Happen.

»Oh, ja. Ich war unten am Goldstrand. Die Farben dort sind einfach herrlich«, schwärmte sie.

»Das sind sie. Ein wahrhaft magischer Ort …«, sagte er und schwieg bedeutungsvoll.

Anna wurde stutzig. Hatte sie etwas verpasst? Aber sie war sich sicher, dass er den Strand bisher nicht in einem anderen Zusammenhang erwähnt hatte.

Doch im nächsten Moment hatte er sich schon wieder gefangen, und der nachdenkliche Ausdruck verschwand aus seinem Blick. »Nun, ich hoffe jedenfalls, der kleine

Ausflug hat dir gefallen. Hat dich etwas dort für dein Buch inspiriert?«

Beinahe wäre ihr die Gabel aus der Hand gefallen. Sie schlug hastig die Augen nieder und besah sich eine ihrer Kartoffeln ganz genau. »Hm … vielleicht. Die Umgebung ist einfach malerisch. Das sollte meine Kreativität entfachen.« Sie konnte spüren, wie ihre Wangen glühten, und betete, dass ihr Großonkel zu beschäftigt mit seinem Essen war, um es zu bemerken.

Warum verhielt sie sich bloß so albern?

Von sich selbst genervt, spießte sie die Kartoffel auf und verschlang sie in einem Bissen. Nun konnte sie sich immerhin nicht mehr verplappern. Und auch keine peinlichen Fragen mehr beantworten.

Sehr erwachsen, Anna, bravo.

»Wissen deine Eltern inzwischen, dass du mich gefunden hast?«, erkundigte Magnús sich da zum Glück.

Sie gestikulierte, kaute hastig, schluckte und antwortete schließlich: »Ja. Ich habe ihnen eine Nachricht geschickt, als wir am ersten Abend hier übernachtet haben, und ihnen davon berichtet. Sie haben sich sehr gefreut und würden dich gern bald kennenlernen. Meine Mutter hat deine Pakete ebenso sehr geliebt wie ich.«

Er lächelte und drückte ihre Hand. »Das freut mich. Auch wenn es wohl nicht möglich sein wird. Ich habe immer viel an euch gedacht. Aber dein Großvater hat mich inständig gebeten, so anonym zu bleiben wie möglich. Und ich habe es ihm versprochen und mich an mein Wort gehalten. So schwer es mir fiel.«

Anna verkrampfte die Finger um ihre Gabel. Würde er nun endlich etwas zu den Gründen sagen? Sie schaute ihn mit erwartungsvollen Augen an.

»O nein, ich weiß genau, welche Frage dir auf der Zunge liegt. Denk gar nicht erst dran, sie zu stellen.« Er hob tadelnd die Augenbrauen, dann widmete er sich wieder seinem Teller, und Anna gab enttäuscht auf.

Sie musste seine Grenze wohl oder übel respektieren.

Nach dem Essen verabschiedete Magnús sich nach draußen. Er wollte sich daranmachen, ein Fischernetz zu flicken, und in Ruhe seine Pfeife rauchen. Währenddessen zog Anna sich ins Wohnzimmer zurück. Sie setzte sich im Schneidersitz auf das knautschige Ledersofa und holte ihr Handy hervor. Auf dem Display leuchtete ihr eine neue Nachricht von Lia entgegen.

> Bin gut angekommen. Per ist einfach nur fantastisch. Wo hat der sich all die Jahre versteckt? 😁 Und warum sind wir erst jetzt nach Island geflogen?
> Ich hoffe, bei dir läuft es ähnlich großartig. Ich denke an dich und vermiss dich!

Sie lächelte zufrieden. Dann tippte sie:

> Das klingt wundervoll. Hab eine gute Zeit! Und vielleicht fliegen wir dann ja bald öfter her? :-D Kann es kaum erwarten, bald wieder mit dir in unserer Villa vorm Kamin zu sitzen und unsere Reise auszuwerten. Bis dahin erkunde ich hier die Gegend. Danke noch mal für diese tolle Idee und deine Hilfe! Du bist die Beste!

Sie schickte die Nachricht ab und öffnete anschließend den Chat mit Kristján. Heute Morgen hatte er ihr eine süße Nachricht geschickt. Und sie hatte ebenso kitschig geantwortet. Lia würde die Augen verdrehen, hätte sie mitlesen können. Und vermutlich hätte sie recht. Es fühlte sich noch nicht ganz echt an, einander dieses Süßholzgeraspel zu schreiben, obwohl sie sich erst einmal geküsst hatten und bisher immer etwas dazwischengekommen war, sobald sie geplant hatten, sich wiederzusehen.

Aber das sollte jetzt endlich ein Ende haben. Er war ein viel beschäftigter Mann, das wusste sie. Und manchmal musste man eben etwas mehr Einsatz bringen, wenn man wollte, dass es funktionierte. Sie atmete tief durch und versuchte, ihren rasenden Puls zu beruhigen. Im Chatfenster sah sie, dass er zuletzt vor einer Stunde online gewesen war. Anscheinend konnte er heute also regelmäßig auf sein Privathandy schauen. Womöglich würde er ihr dann sogar heute Abend noch antworten … Sie öffnete das Schreibfeld und tippte:

> Hey,
> wollen wir uns demnächst vielleicht mal zwischen Reykjavík und Öndverðarnes treffen? Das wäre doch bestimmt ein guter Kompromiss und für uns beide machbar. 😗

Sie las sich den Text mehrmals durch, zögerte ein paarmal bei dem Kusssmiley, sagte sich dann aber, dass sie sich gerade mal wieder albern aufführte, und tippte schließlich schnell auf *Senden*.

Nachdem sie das Handy zurück in ihre Tasche gesteckt hatte, klappte sie den Laptop auf. Sie überflog die kleine Szene, die sie bisher verfasst hatte. Wirklich zufrieden war sie mit ihrem Werk noch nicht, aber immerhin war es ein Anfang. Sie setzte ein paar Zeilenumbrüche, dann schloss sie für einen Moment die Augen. Die salzige Meeresbrise und die wärmenden Sonnenstrahlen des Goldstrandes durchströmten sie wieder. Die Erinnerung an ihre Begegnung mit Aron und Sherlock breitete sich in ihrem Geist aus, und sie ließ es zu, ließ sich von der Wärme durchdringen, die sie mit sich brachte. Langsam öffnete sie ihre Lider und begann zu tippen. Sie ließ die Gedanken für sich arbeiten, folgte ihnen zurück zu diesem Morgenspaziergang.

Als sie eine Stunde später durch den Text scrollte, breitete sich ein zufriedenes Lächeln auf ihren Lippen aus. Sie hatte es geschafft. So musste sich Schreiben anfühlen. Die Szene war lebhaft und echt. Und sie trug den Leser in eine andere Welt. Mitten in den goldenen Sand von Skarðsvík.

Das Vibrieren ihres Handys schreckte sie auf. Offenbar hatte sie eine neue Nachricht erhalten. Sofort schoss ihr Puls wieder in die Höhe, und sie zerrte mit nervösen Fingern das Smartphone aus der Tasche.

Tatsächlich. Eine neue Nachricht von Kristján.

Hi, Süße, das klingt fantastisch. Heute Abend 20 Uhr? Ich kenne da ein nettes Restaurant in Borgarnes. 😗

Heute Abend? Es war schon halb sechs. Wenn sie das schaffen wollte, würde sie sich beeilen müssen. Und sie hatte noch nicht einmal einen Mietwagen. Schnell tippte sie ihre Antwort.

Wow, das ist spontan. Bin mir nicht sicher, ob jetzt noch eine Autovermietung in der Gegend geöffnet hat, aber ich versuche es. Hoffentlich bis gleich 😗

Dann stürmte sie nach oben in das kleine Badezimmer, um sich ein wenig zurechtzumachen. Wie sie Kristján kannte, handelte es sich bei dem netten kleinen Restaurant eher um ein schickes Edellokal mit weißen Tischdecken und futuristischem Innendesign. Da wollte sie zumindest angemessen erscheinen.

Kapitel 23

Eine Stunde später saß sie am Steuer von Magnús' prähistorischem Dodge und ratterte auf dem Snæfellsnesvegur 54 Richtung Süden. Als sie ihren Großonkel nach einer Autovermietung in der Gegend gefragt hatte, hatte er darauf bestanden, dass sie seinen Oldtimer nahm. Der alte Geländewagen war eine ziemliche Herausforderung, und während sie mit der rostigen Gangschaltung kämpfte, dachte sie sehnsüchtig an ihren kleinen Smart mit Automatikgetriebe, der in Hamburg auf sie wartete.

Aber es half nichts. Außerdem schlug sie sich gar nicht so schlecht, ein Drittel des Weges hatte sie bereits hinter sich. Trotzdem nahm sie sich vor, lieber ein paar Straßen weiter zu parken, sobald sie in Borgarnes ankam. Kristján sollte ja nicht direkt einen Herzinfarkt erleiden, wenn er den rostigen Wagen mit ihr am Steuer durch die Straßen rumpeln sah.

Das Ortsschild von Borgarnes kam eine gute Stunde später in Sicht. Der Ort lag idyllisch auf einer Halbinsel direkt an der Westküste. Während sie durch die weitläufigen Straßen Richtung Innenstadt holperte, genoss sie den Ausblick auf die kleinen Häuschen, die sich vor dem Meer und der untergehenden Sonne abhoben. Als sie den Ortskern erreichte und ihr Navi nur noch zwei Straßen bis zum Restaurant anzeigte, stellte sie den Wagen in einer Parklücke ab. Dann kletterte sie umständlich hinter dem Steuer hervor und prüfte ihr Spiegelbild im Fenster der Fahrertür. Ihr schwarzes, figurbetontes Kleid hatte ein paar Falten mehr, aber zum Glück hatte es auf der Fahrt nicht zu sehr gelitten. Hastig fuhr sie sich über die hochgesteckten Haare, in einem letzten Versuch, die Strähnen zu bändigen, die sich dauernd aus dem Chignon befreiten. Viel mehr Zeit blieb ihr nicht, Kristján wartete vermutlich schon vor dem Restaurant auf sie.

Schnellen Schrittes stöckelte sie über den Bürgersteig, bis sie das Restaurantschild in der einsetzenden Dämmerung vor sich leuchten sah. Von Kristján war weit und breit keine Spur. Neugierig warf sie einen Blick durch die Lokalfenster. Jap, ihre Intuition hatte wieder einmal richtiggelegen. Moderne, minimalistische Einrichtung, makellose weiße Tischdecken und eine dezente, stilvolle Beleuchtung. Und wenn sie sich die Portionen auf den edlen Tellern so anschaute, hätte sie vorher lieber noch eine Grundlage essen sollen.

Ihr Blick blieb an einem Tisch im hinteren Bereich des Restaurants hängen, an dem ein attraktiver Mann im Anzug saß. Moment, das war doch …

Wie peinlich, auf die Idee, dass er drinnen auf sie wartete, hätte sie eigentlich gleich kommen können. Sie straffte die Schultern und betrat das Lokal. Ein Kellner brachte sie zu dem Tisch, an dem Kristján nun von seinem Handy aufsah und sich mit einem Lächeln erhob, als er sie entdeckte.

»Hey, schön, dass du es so spontan geschafft hast«, begrüßte er sie und drückte ihr einen Kuss auf die Wange.

Sein herbes Eau de Toilette stieg ihr in die Nase. Ein kühler, gerader Duft, der perfekt zu Kristján passte.

»Ja, ich freue mich auch. Ich habe gar nicht damit gerechnet, dass wir uns so schnell sehen.«

Er zog den Stuhl für sie hervor. Ganz Gentleman.

»Ach, heute passte es spontan gut bei mir. Ich dachte, das sollten wir ausnutzen.« Er zwinkerte ihr zu und ließ sich auf dem Stuhl ihr gegenüber nieder.

Sie warf einen Blick auf die in Leder gebundene Karte. Die Auswahl war übersichtlich, aber sehr exquisit. Traditionelle isländische Zutaten und Speisen wurden hier auf ein Sterneniveau gebracht. Beeindruckt studierte sie die exklusiven Gerichte und fühlte sich leicht überfordert.

»Darf ich Ihnen unsere Getränkeempfehlungen aussprechen?«

Anna hob den Kopf. Sie hatte gar nicht bemerkt, dass der Kellner an ihren Tisch getreten war. Offenbar hatte er bereits mitbekommen, dass sie nicht von der Insel kam, und versuchte es höflicherweise gar nicht erst mit Isländisch.

»Gern, welchen Wein empfehlen Sie zum Menü?«, fragte Kristján.

Das Menü? Sie sah kurz auf den Preis und schluckte. Aus Pietät hatte man darauf verzichtet, ein Eurozeichen dahinter zu drucken. So fiel es dem Auge des Gastes womöglich gar nicht auf, dass er 280 Euro für die sechs Gänge zahlen sollte. Ohne das Währungszeichen wirkte die 280 schon gar nicht mehr ganz so schreckenerregend. Leider ließ sich Annas Gehirn nicht leicht überlisten. Sie schluckte.

Aber Kristján war nicht mehr zu bremsen.

»Dann nehmen wir den Champagner als Aperitif und die empfohlenen Weine zum Menü. Nicht wahr?«, entschied er, nachdem der Sommelier ihm einen Überblick gegeben hatte, und nickte ihr zu.

»Äh, ja, sicher.« Sie war zu perplex, um etwas anderes zu sagen. Stilvoll hätte sie sich aus dieser Nummer nicht herausmanövrieren können. Falls Kristján am Ende des Abends die Rechnung übernehmen wollte, würde sie ihm einen einwöchigen Urlaub in einem guten Mittelklassehotel schulden. Himmel, sie hätte sich die Zeit nehmen sollen, dieses Restaurant zu googeln, bevor sie in den Dodge gestiegen war.

Sie reichte dem Kellner die Karte und versuchte, Haltung zu bewahren.

»Ich dachte, wir gönnen uns heute Abend mal etwas«, sagte Kristján, als sie wieder allein waren. »Gestern habe ich den Vertrag für die Show unterschrieben. Darauf müssen wir anstoßen.«

»Oh, herzlichen Glückwunsch, das ist wirklich fantastisch. Heißt das, du bist nun nicht mehr so viel in der Weltgeschichte unterwegs, sondern vor allem in Reykjavík?«

»Ganz genau.« Er zwinkerte ihr erneut zu. »Und wie gefällt es dir hier auf der Insel? Hast du dich bei deinem Großonkel schon ein wenig eingelebt?«

»Ja, absolut. Er ist ein sehr herzlicher Mann. Nach außen manchmal etwas grummelig, aber er hat es auch nicht immer leicht. Er fährt noch jeden Tag aufs Meer hinaus, und ich merke, dass ihm die Arbeit mehr und mehr schwerfällt. Da ist es gar nicht verkehrt, dass ich ihm im Haus ein wenig unter die Arme greifen kann.«

Er nickte. »Und was machst du so den lieben langen Tag? Dort ist vermutlich nicht viel los, wie ich die Ecke kenne.«

»Nein, das stimmt. Aber die Natur ist wunderschön. Und ich habe endlich genug Ruhe, um meinen Roman zu schreiben.«

In dem Moment kam der Kellner und brachte ihnen den Champagner.

»Ha!« Kristján lachte. »Deinen Roman … nicht schlecht. Aber verrenn dich lieber nicht in solchen Träumereien. Nicht, dass du noch zu einer dieser schrulligen Schriftstellerinnen wirst, die glauben, von einem Buch im Jahr leben zu können und ihr ganzes Potenzial an solche Spinnereien vergeuden.«

Seine Worte trafen sie, doch sie ließ es sich nicht anmerken. »Nein, keine Sorge, sicher nicht. Es ist nur ein Hobby. Eine kleine Freizeitbeschäftigung, mehr nicht.«

»Na, dann ist ja alles gut. Einen Moment lang dachte ich schon, ich müsste mir Sorgen machen.« Wieder lachte er und hob dabei sein Glas. »Also, auf uns, auf diesen Abend und meine reizende Begleitung.«

»Auf uns«, stimmte sie ein und stieß klirrend mit ihm an.

***

Als sie zwei Stunden später leicht angeheitert aus dem Restaurant auf die Straße traten, schlug ihnen der kalte Westwind entgegen, und Anna fühlte sich sofort wieder nüchtern. Kristján hatte es sich tatsächlich nicht nehmen lassen, die Rechnung für sie beide zu zahlen, und das Gefühl, ihm jetzt eine ganze Menge schuldig zu sein, lag ihr unangenehm im Magen.

»Wo steht dein Auto?«, fragte er und sah sie eindringlich an.

»Oh, also das … ein paar Straßen weiter«, brachte sie verlegen hervor. »Ich wollte mir noch ein wenig die Innenstadt ansehen, auf dem Weg hierher.« Zum Glück war es dunkel genug, dass er ihre verräterisch glühenden Wangen nicht erkennen konnte.

»Keine schlechte Idee. Lust auf einen Spaziergang?« Er lächelte und hielt ihr einladend den Arm hin.

»Ja, sehr gern.« Sie hakte sich ein, und Seite an Seite schlenderten sie durch die spärlich beleuchtete Straße weiter in Richtung Meer. Die frische, klare Abendluft tat gut und vertrieb auch den letzten Nebel der exquisiten Weine, die der Sommelier ihnen zu jedem Gang gereicht hatte.

Kristján führte sie zu einem Park, in dem kleine Laternen die Wege zwischen den Grünflächen beleuchteten. »Komm, wenn du schon einmal in Borgarnes bist, solltest du ein bisschen was von der Stadtgeschichte sehen«, sagte er und bog auf einen der Hauptwege ein, der zwischen grünen Hecken und einigen Blumenbeeten tiefer in den Park hineinführte.

Sie schmiegte sich an seinen Arm und genoss es, hier mit ihm durch diese fremde Stadt zu flanieren und den Park zu erkunden. Es hatte etwas Abenteuerliches, und die Lichter der Laternen verliehen diesem Spaziergang etwas Magisches.

Schweigend schlenderten sie durch eine Allee aus hohen Bäumen und erreichten an deren Ende schließlich ein kleines Rondell, in dessen Mitte ein Springbrunnen plätscherte. Die Bronzestatue einer Meerjungfrau, die einen Fisch in ihren Armen hielt, stellte den Mittelpunkt des Brunnens dar.

»Der Park heißt Skallagrímsgarður – er wurde zu Ehren von Egill Skallagrímsson gestaltet. Sein Vater, ein norwegischer Wikinger, war einer der ersten Siedler der Insel, und Egill galt zu seiner Zeit, also im 10. Jahrhundert, sogar als Poet. Die *Egils saga*, die von seinem bewegten Leben hier auf der Insel erzählt, kennt auch heute noch jeder Isländer. Angeblich soll sich im Park der Grabhügel von Egills Vater Skallagrímur befinden. So berichtet es zumindest die Sage«, erklärte Kristján.

»Und die Meerjungfrau?«

Kristján schmunzelte. »Die wurde dem Park von *Kvenfélagið* gestiftet, einer Frauenorganisation, die sich lange um alles hier gekümmert hat.«

»Sie ist wirklich schön. Fast ein bisschen verwunschen.«

»Meinst du, ich darf mir auch etwas wünschen?« Kristján drehte sie langsam in seinen Arm und sah ihr tief in die Augen.

Ein warmer Schauer lief ihr den Rücken hinunter und sandte ein wohliges Kribbeln bis in ihre Magengegend. »Das kommt darauf an, denke ich …«, hauchte sie.

Seine Augen funkelten erwartungsvoll, und im nächsten Moment beugte er sich zu ihr, und sie spürte seine Lippen auf ihren. Der Kuss war so warm und intensiv, wie sie es in Erinnerung hatte. Und wie auf der Dachterrasse vom *Kjarval Club* leuchtete auch hier die Mitternachtssonne in dunklen Rot- und Purpurtönen über ihnen. Dennoch meldete sich in ihrer Magengegend ein unangenehmes Ziehen, das sie letztes Mal definitiv noch nicht verspürt hatte. Und für den Bruchteil einer Sekunde tauchten Arons durchdringende blaugrüne Augen in ihrem Geist auf. Hastig verdrängte sie den Gedanken und verfluchte ihr Unterbewusstsein dafür, dass es ihr diesen perfekten Moment madig machen wollte. Aber sie setzte sich erfolgreich dagegen zur Wehr, konzentrierte sich wieder ganz auf das Hier und Jetzt. Diesen perfekten Mann, in dessen Armen sie lag. Der durchdringende Duft von Kristjáns Parfüm hüllte sie ein, und sie ließ sich zufrieden in seine Umarmung fallen. Spürte die angenehme Wärme seines Körpers an ihrem und folgte seinem drängenden Kuss.

Als er sich von ihr löste, verstärkte er den Griff um ihre Taille und sah ihr atemlos in die Augen. »Komm mit mir nach Reykjavík. Nur für diese Nacht. Du könntest morgen zurück nach Öndverðarnes fahren.«

Sie versteifte sich und rückte ein wenig von ihm ab. »Nein, das geht nicht«, sagte sie sanft.

»Wieso nicht?« Sein Blick hielt sie noch immer gefangen. »Komm schon, wir wollen einander. Daran besteht doch kein Zweifel. Lass uns ein bisschen mehr Zeit zusammen verbringen. Einander besser kennenlernen.« Mit dem Finger fuhr er an ihrem Hals hinab, tiefer und tiefer, bis er den Ansatz ihres Dekolletés erreicht hatte.

»Ich möchte das nicht«, antwortete sie nun bestimmter. »Nicht jetzt und nicht ›nur für eine Nacht‹.«

Auf seine Miene trat ein beinah genervter Ausdruck, und er ließ die Hände sinken. »Na ja, hast du gedacht, ich verspreche dir hier gleich die Liebe auf Lebenszeit?«, fragte er, und sein Blick wurde kühl und distanziert.

Auf einmal spürte sie wieder die Kälte des Westwindes, und sie verschränkte fröstelnd die Arme vor der Brust. »Nein, ganz bestimmt nicht. Aber ich möchte genauso wenig jetzt eine Nacht mit dir verbringen. Wir kennen uns kaum. Noch dazu scheint für dich ja klar zu sein, dass es bei dieser einen Nacht bleibt.«

Er verdrehte die Augen und seufzte. »Schon gut, Prinzessin. Keine Ahnung, was du da redest. Ich kann dir nur keine Versprechungen machen, in Ordnung? Ehrlich gesagt habe ich gedacht, dass du etwas lockerer drauf wärst.« Er zuckte mit den Schultern. »Komm, gehen wir.« Ruckartig wandte er sich Richtung Weg.

Einen Augenblick lang stand Anna wie angewurzelt vor dem Meerjungfrauenbrunnen und starrte Kristján nach. Sie fühlte sich nicht nur enttäuscht, sondern auch ziemlich ernüchtert. Unbehaglich zog sie die Schultern hoch und folgte ihm mit verschränkten Armen. Plötzlich kamen ihr die Lichter des Parks gar nicht mehr verwunschen vor – alles wirkte ein bisschen zu grell und zu realistisch.

Während sie schweigend zurück zur Hauptstraße gingen, zog Kristján sein Handy hervor und tippte etwas. Ein schmerzhafter Stich durchfuhr Anna. War das sein Ernst? Kaum hatte sie ihm für heute Nacht einen Korb gegeben, war sie abgeschrieben und nicht einmal einer Unterhaltung wert.

»Wo steht dein Auto denn nun genau?«, fragte er mit ungeduldigem Ton.

»Etwas weiter Richtung Innenstadt«, entgegnete sie ausweichend. »Du musst mich nicht dorthin bringen. Ich komme schon klar.«

»Sicher?« Er steckte sein Handy weg und sah sie prüfend an.

»Ja, sicher«, erwiderte sie mit fester Stimme.

»Okay, dann schreib mir, wenn du gut angekommen bist«, sagte er, und sein Ton wurde wieder etwas weicher. »Mein Wagen steht dort drüben.« Er deutete in eine kleine Nebenstraße.

Anna nickte. »Gut.«

»Hey«, murmelte er sanft und trat einen Schritt auf sie zu. »Lach doch mal, du Schöne.«

Unwillkürlich versteifte sie sich. Ihr war ganz und gar nicht nach Lachen zumute.

»War trotzdem ein schöner Abend mit dir«, säuselte er und zog sie kurz in seine Arme.

Sie erwiderte die Umarmung ungelenk, aber brachte nur ein halbherziges Schmunzeln zustande. »Danke dir für das tolle Essen.«

»Immer gern.« Er zwinkerte ihr zu, bevor er sich umdrehte und zum Abschied die Hand hob. »Schreib mir, ja?«

Sie nickte schwach. Zu mehr konnte sie sich nicht überwinden.

Sobald er außer Sichtweite war, ging sie die Straße entlang in Richtung Dodge. Erleichtert schob sie die quietschende

Fahrertür auf und kletterte auf den Sitz. Dann ließ sie sich gegen das Lederpolster sinken. Der Geruch von Motoröl und nassen Reifen stieg ihr in die Nase, doch er hatte etwas Tröstliches an sich. Er erinnerte sie an die Garage auf dem Hof ihres Großvaters in Hüsby. Dorthin hatte er sie immer mitgenommen, wenn er an seinem Unimog geschraubt hatte.

Eine Träne lief ihr über die Wange, und sie wischte sie hastig fort. Die Welt um sie herum wirkte auf einmal bedrückend grau. Aber dieser Kristján hatte es nicht verdient, dass sie seinetwegen weinte. Mal wieder war sie viel zu naiv gewesen. Offenbar hatte er sie einfach ins Bett bekommen wollen.

Sie schniefte und straffte die Schultern. Dann startete sie den Motor und lenkte den Dodge rumpelnd auf die Straße. Sobald sie auf den Snæfellsnesvegur 54 eingebogen war und ihre Lieblingsplaylist aus ihrem Handy tönte, ging es ihr schon etwas besser. Nur gut, dass sie jetzt aus ihrem Märchen aufgewacht war. Je eher, desto besser.

Sie trat aufs Gas und fuhr dem Licht des Leuchtturms entgegen, das sie bei ihrer Heimkehr auf den Klippen von Öndverðarnes willkommen heißen würde.

Kapitel 24

Am nächsten Morgen pfiff eine raue Böe durch das Zimmer und weckte Anna aus ihren Träumen. Schlaftrunken sprang sie auf und schloss schnell das gekippte Fenster, bevor die Zugluft noch etwas zu Boden reißen konnte. Anschließend tapste sie zurück zum Bett und ließ sich müde auf die Matratze gleiten, die ihr Gewicht wie üblich mit einem Quietschen quittierte. Sie seufzte genervt. Die Nacht war gewohnt unbequem gewesen, und nach dem gestrigen Abend hatte sie unruhig geschlafen und wirr geträumt.

Ihr Handy vibrierte. Sie griff danach und nahm es vom Nachttisch. Kristjáns Name leuchtete ihr entgegen. Ihr Herz machte einen kurzen Satz, dann befiel sie wieder die nagende Enttäuschung, die sie seit letzter Nacht beim Gedanken an ihn verspürte.

> Hey, Prinzessin. Entschuldige mein Verhalten gestern. Ich wollte dich nicht drängen. Tut mir leid, ich kann manchmal ein echtes Arschloch sein. Schön zu hören, dass du gut angekommen bist. Gibst du mir noch eine Chance? Ich würde dich gern besuchen kommen. Ganz gesittet und ohne zu viel Nähe. Wie du es willst. Schreib mir. Über das Wochenende habe ich frei.

Was fiel diesem Typ eigentlich ein? Ihr erster Impuls war, das Handy gegen die Wand zu schmeißen. Glücklicherweise besann sie sich eines Besseren, und sie presste nur wütend die Sperrtaste, um seinen Text nicht länger sehen zu müssen.

Ganz richtig, er war ein Arschloch gewesen. Immerhin hatte er es selbst erkannt. Wütend schnaubte sie, dann machte sie sich auf den Weg ins Bad. Gerade als sie die Tür hinter sich schloss, erschien auf dem Display ein Selfie von ihm. Mit Mitleidsblick. Es war so grauenvoll dämlich, dass sie fast schon wieder lachen musste. Grummelnd stellte sie ihre Playlist an und schob das Handy auf den Ablagetisch.

Während sie unter der Dusche stand, besserte sich ihre Laune langsam. Das warme Wasser entspannte ihre gereizten Nerven. Vielleicht hatte sie sich ja tatsächlich in die Sache hineingesteigert. Sie neigte dazu, zu schnell etwas Ernstes in Dinge hineinzuinterpretieren, die man vielleicht erst einmal ganz zwanglos angehen sollte. Trotzdem hatte Kristjáns Art sie gestern sehr verletzt.

Immerhin sah er selbst ein, wie unangebracht sein Benehmen gewesen war. Vielleicht sollte sie ihm doch noch eine Chance geben. Nicht sofort, natürlich. Erst würde sie ihn ein wenig zu Kreuze kriechen lassen. Aber wenn er weiterhin Besserung gelobte und Einsatz zeigte, könnte sie sich ja ein weiteres Mal mit ihm treffen. Dann würde sie schon merken, wie ehrlich seine Entschuldigung gemeint war.

Zufrieden mit ihrem Entschluss stieg sie aus der Dusche und schlüpfte in ihre Jeans und den Wollpulli, den ihre Mutter letztes Weihnachten für sie gestrickt hatte. Der isländische Sommer verlangte nach starken Geschützen. Und die wärmende Wolle tat ihrem malträtierten Rücken gut. Die letzte Nacht hatte sie endgültig davon überzeugt, dass es an der Zeit war, eine neue Matratze für ihr Bett zu kaufen. Also beschloss sie, heute einen Abstecher in die nächstgrößere

Stadt zu machen, bevor sie sich an ihren Roman setzte. Vielleicht würde Magnús ihr dafür ja wieder den Dodge leihen.

Als sie die Treppe hinunterging, traf sie ihren Großonkel im Flur. Mit gebeugtem Rücken schleppte er gerade einen Korb Wäsche in Richtung Tür.

»Lass nur!«, rief sie und eilte zu ihm. »Ich kümmere mich darum.«

»Danke.« Sichtlich erleichtert überreichte er ihr den Korb. »Die Wäscheleine ist hinterm Haus. Heute haben wir endlich einmal Sonne, das wollte ich ausnutzen.«

Anna lächelte und schwang die Tür auf. »Bis gleich!«, rief sie und wanderte mit dem Korb unterm Arm in den Garten.

Von der Wiese hinter dem Leuchtturm aus hatte man einen fantastischen Blick auf die Klippen und das Meer, das heute im Sonnenschein glänzte wie ein Teppich aus dunkelblauer Seide. Sie genoss die Wärme der Sonnenstrahlen auf dem Gesicht und atmete glücklich die salzige Seeluft ein. Dann machte sie sich daran, die Wäsche aufzuhängen. Das meiste waren Wollpullover. In einigen der Socken entdeckte sie Löcher, die so groß waren, dass sie ihren Daumen hindurchstecken konnte. Vermutlich konnte ihr Großonkel keine Socken stopfen. Oder hatte einfach andere Prioritäten. Schmunzelnd hängte sie den letzten Strumpf auf die Wäscheleine und kehrte zurück ins Haus.

Magnús erwartete sie schon mit einem köstlich duftenden Frühstück und frisch gebrühtem Kaffee.

Sie ließ sich auf ihren üblichen Platz auf der Sitzbank am Fenster nieder und griff dankbar nach der Kaffeetasse.

»Wie war deine Verabredung gestern?«, fragte ihr Großonkel, und es gelang ihm nicht, das amüsierte Funkeln in seinen Augen zu verbergen. Dieser Schlingel wusste also ganz genau, dass sie auf einem Date gewesen war.

Sie nahm noch einen Schluck Kaffee, dann räusperte sie sich. »Der Anfang war ziemlich toll und das Ende sehr enttäuschend.«

Magnús zuckte mit den Schultern. »Mach dir nichts draus. Manche Dinge brauchen eine zweite Chance. Oder sie waren so furchtbar, dass es besser ist, dass man es schnell herausgefunden hat.«

»Da hast du wohl recht.« Sie schwiegen eine Weile und aßen genüsslich, bis sie sich ein Herz fasste und sanft fragte: »Hattest du eine Frau?«

Er erstarrte für einen Moment in der Bewegung. Sein Blick verschleierte sich, und er schien nicht mehr anwesend zu sein. Weit weg in seine Erinnerungen eingetaucht. Dann ging ein Ruck durch seinen Körper. Er schob sich eine Gabel Rührei in den Mund und kaute entschlossen mit gesenktem Blick. »Ja«, murmelte er, als er den Bissen heruntergeschluckt hatte. »Aber sie ist früh von mir gegangen. Viel zu früh.«

Anna schaute ihn mitfühlend an und legte sacht die Hand auf seine. »Das tut mir sehr leid. Wie war ihr Name?«

Er hob den Kopf und sah ihr in die Augen. Kurz dachte sie, er würde ihr antworten. Doch dann stierte er wieder auf seinen Teller und murmelte: »Lassen wir die Vergangenheit ruhen. In Ordnung, Mädchen?«

Sie nickte zögerlich. »In Ordnung.«

***

Nachdem sie das Frühstück beendet hatten, verschwand Magnús hinaus zu seinem Boot. Er hatte ihr den Dodge für die Fahrt nach Ólafsvík überlassen und sich nach einiger Überredungskunst einverstanden erklärt, dass Anna auf ihre Kosten eine neue Matratze kaufte. Doch bevor sie aufbrach, beschloss sie, noch ein wenig für Ordnung zu sorgen. Sie spülte das Frühstücksgeschirr und putzte dann den Herd und die Oberflächen der Küchenschränke. In einem Regal fand sie einen Staubwedel, der fast ebenso historisch anmutete wie die Einrichtung der Küche. Wenn sie nicht alles täuschte, waren das echte Straußenfedern, die an dem Holzwedel hingen. Sie schnappte sich das Ding und widmete sich den eingestaubten Ecken, von denen es in der Küche jede Menge gab. Als sie fertig war, ging sie mit beschwingtem Schritt hinüber ins Wohnzimmer. Die Bücherregale hatten eine Reinigung dringend nötig.

Gut gelaunt pfiff sie vor sich hin, während sie den Regalbrettern zu Leibe rückte. Zum Schluss wischte sie noch einmal komplett über den Schrank. Dabei fiel ihr Blick auf die untere Schublade, die mit einem silberfarbenen Schloss versiegelt war. Der Schlüssel fehlte. Anna kribbelte es in den Fingern. Was mochte Großonkel Magnús dort aufbewahren? Die alten Fotoalben, auf die sie so hoffte?

Das schlechte Gewissen verfolgte sie schon, bevor sie es tat, aber sie konnte nicht anders. Vorsichtig zog sie am silbernen Griff, gefasst darauf, dass sich die Schublade keinen Zentimeter bewegen würde. Doch zu ihrer Überraschung gab sie nach. Ihr Puls beschleunigte sich, und das Herz drohte ihr aus der Brust zu springen. Gebannt starrte sie auf die hölzerne Einfassung. Darin kam ein Stapel Dokumente zum Vorschein. Zuoberst lag eine alte Mappe, auf der in einer schnörkeligen Handschrift *Skjöl* stand. Sie merkte sich den Begriff und wollte ihn später in ihre Übersetzungsapp eingeben. Bevor sie jedoch noch weiter darüber nachdenken konnte, ob sie die Mappe aufklappen und einen Blick hineinwerfen sollte, stach ihr die Ecke eines Briefumschlags ins Auge, der darunter hervorlugte. Sie schob die Mappe ein Stück beiseite, und darunter fand sie ihn. Einen Stapel alter Briefe, eingefasst in ein rotes Seidenband. Das Papier war vergilbt und an Stellen feucht geworden, denn die Tinte hatte sich von der Innenseite durchgedrückt. Ein leichter Geruch nach Salz und Meer strömte von den Briefen aus.

Mit angehaltenem Atem strich sie über das weiche Seidenband. Vor ihr lag womöglich etwas, das sie bei der Suche nach dem Geheimnis ihres Großvaters ein ganzes Stück weiterbringen würde.

Doch sie zögerte. Ihr Großonkel Magnús hatte keinen Zweifel daran gelassen, dass er nichts davon hielt, wenn sie in den Angelegenheiten ihrer Familie herumstöberte. Und sosehr sie sich eine Erklärung für das Verhalten ihres Großvaters wünschte und der Ansicht war, dass es ihr Recht war, alles zu erfahren, brachte sie es doch nicht übers Herz, sich Magnús' Bitte zu widersetzen. Er war ein herzensguter Mann, der sie, ohne zu zögern, bei sich aufgenommen hatte. Und er vertraute ihr.

Langsam ließ sie das Bündel sinken, legte es zurück in die Schublade und schob die Mappe wieder auf ihren richtigen Platz darüber.

Aus dem Flur erklang das Klacken der Haustür, und ihr blieb gerade noch genug Zeit, die Schublade zu schließen und den Staubwedel wieder aufzuheben.

So unbefangen wie möglich lief sie zurück in die Küche und verstaute die Putzutensilien.

»Hast du Staub gewischt?«, fragte Magnús verwundert, als er hinter ihr in die Küche trat.

»Ich dachte, ich nutze die Zeit und mache mich ein wenig nützlich«, antwortete sie leichthin über ihre Schulter. »Bin aber schon fertig. Ich fahre jetzt los. Brauchst du noch etwas aus dem Ort?«

Er kratzte sich nachdenklich am Kopf. »Nein, nein, eigentlich nicht.«

»Gut, wir sehen uns später.« Sie schnappte sich ihre Tasche und die Autoschlüssel vom Küchentisch und drückte ihrem Großonkel einen flüchtigen Kuss auf die Wange.

»Fahr vorsichtig!«, rief er ihr hinterher.

»Mache ich!« Dann war sie aus der Tür und schwang sich hinter das Steuer des Dodges.

Sobald das Rattern des Motors erklang und sie in gemäßigtem Tempo vom Hof rumpelte, breitete sich der Gedanke wie ein starker Whisky in ihr aus, wärmend und brennend zugleich: Sie hatte die Briefe ihres Großvaters gefunden. Das Geheimnis, vor dem er geflohen war, lag im selben Haus verborgen, in dem sie sich jede Nacht schlafen legte.

Kapitel 25

Skarðsvík, Island
Sommer 1963

Seit dem Dorffest waren zwei Wochen vergangen. Und Hekla war seither ungewöhnlich still geworden. Das Feuer war aus ihren Augen verschwunden, und Gunnar machte sich inzwischen ernsthafte Sorgen. So apathisch hatte er sie noch nie erlebt.

Als sie an diesem Morgen Seite an Seite über den Strand ritten, wanderte ihr Blick immer wieder aufs Meer hinaus. Es fühlte sich an, als würde sie sich ihm mit jedem ihrer Sinne entziehen.

»Was ist los, Hekla?«, fragte er sanft.

Aber sie reagierte nicht.

»Bitte, erzähl mir, was passiert ist. Irgendetwas muss doch geschehen sein. Du verhältst dich so sonderbar. Als wärst du gar nicht mehr anwesend«, fügte er hinzu. Er wollte ihr helfen. Wollte sie wieder glücklich sehen. Das konnte er jedoch nicht, wenn sie sich vor ihm verschloss.

»Schon gut, Gunnar. Es ist nichts«, murmelte sie schließlich, aber es klang wenig überzeugend.

Er seufzte. »Du weißt, dass du mir alles sagen kannst, oder? Ich werde immer für dich da sein, egal, was es ist«, versicherte er nachdrücklich und suchte ihren Blick.

Endlich sah sie ihn an und lächelte. »Das weiß ich.

Deshalb liebe ich dich ja so.« Sie beugte sich zu ihm herüber, um ihm einen Kuss auf die Wange zu hauchen, und Gunnar fühlte sich ein bisschen besser. Vielleicht hatten sie Probleme auf dem Hof. Hekla half ihrer Familie viel. Es würde sie sehr belasten, wenn es Schwierigkeiten gäbe.

Was es auch war, immerhin liebte sie ihn. Und das war alles, was wichtig war. Mehr musste er nicht wissen.

Zärtlich drückte er ihre Hand. Dann deutete er auf die schwarzen Felsen am Ende der Bucht. »Ein Wettrennen?«, fragte er herausfordernd. Er wusste, dass sie einer Herausforderung nicht widerstehen konnte.

Und richtig. Ein Grinsen breitete sich jetzt auf ihren Lippen aus. »Wenn du unbedingt verlieren willst …!«, rief sie und lachte.

Im nächsten Moment flogen sie dahin, dass der goldene Sand links und rechts neben ihnen aufstob. Die Mähnen ihrer Pferde wehten im Wind, und bald hatte sich Hekla vor Auður und ihn gesetzt. Ihr helles Lachen klang siegessicher über den Strand.

Gunnar lächelte. So gefiel sie ihm schon viel besser.

***

Am nächsten Morgen war Gunnar schon früh draußen bei den Schafen. Er betrachtete die Herde, die friedlich auf der Hochlandebene graste, und hielt Ausschau nach kranken oder verletzten Tieren. Glücklicherweise sahen alle gesund und munter aus, und er erfreute sich an dem idyllischen Anblick. Wie kleine Wolken hoben sich die dichten Schaffelle vor dem saftigen Grün der Weide und den schneebedeckten Bergen am Horizont ab.

Als er zurück zum Leuchtturm ritt, erkannte er bereits

aus der Ferne, dass etwas nicht stimmte. Auf dem Hof stand neben ein paar fremden Pferden der Wagen des Dorfarztes, und einige Nachbarn hatten sich vor der Haustür versammelt. Magnús kam ihm schon auf dem Weg entgegengelaufen und wedelte aufgeregt mit seiner Mütze.

»Gunnar, komm schnell! Es ist Vater!«, rief er.

Gunnars Puls setzte einen Schlag aus, und ein eiskalter Schauer lief ihm über den Rücken. Ohne nachzudenken, trieb er Auður an und raste den Weg hinauf. Sobald er Magnús erreichte, sprang er ab und drückte ihm die Zügel des Wallachs in die Hand. »Was ist passiert?« Hektisch atmend starrte er seinen Bruder an.

»Er kam heute Morgen nicht aus seinem Zimmer. Da bin ich reingegangen. Er lag dort völlig verschwitzt und hat um Luft gerungen. Der Arzt sagt, es ist das Herz. Ihm bleibt nicht mehr viel Zeit. Er hat nach dir gefragt.«

Gunnar hatte genug gehört. Er lief auf die Eingangstür zu, ohne die Bekannten seines Vaters zu beachten, die mit betretenen Mienen vor dem Haus warteten. Aus dem Augenwinkel erkannte er auch Lars, der seine Mütze nervös zwischen den Fingern knetete.

Doch all das war ihm in diesem Moment egal. Er stürmte die Treppe hinauf und kam vor dem Zimmer seines Vaters zum Stehen. Er atmete tief durch, dann öffnete er vorsichtig die Tür und trat ein. Am Bett seines Vaters saß Dr. Arnar Rainarsson. Als er Gunnars Anwesenheit bemerkte, erhob er sich und wandte sich ihm zu. Er nickte betreten, zog sich zurück und verließ den Raum. Gunnars Blick fiel auf das Bett seines Vaters. Dort, zwischen durchgeschwitzten Decken, lag er. Sein Gesicht war blass wie ein Leichentuch, seine Lippen blau gefärbt. Schweißperlen standen ihm auf der Stirn, und seine Züge waren schmerzverzerrt.

»Vater«, sagte er und trat an das Bett heran.

Erik wandte mühsam den Kopf und sah ihn aus trüben, glasigen Augen an. »Du hast es noch geschafft, mein Junge.« Ein dünnes Lächeln legte sich auf seine Lippen, und er streckte die Hand mühsam nach Gunnar aus.

Er kam ihm entgegen und umfasste seine sehnigen Finger. »Wie geht es dir? Was kann ich tun, damit du dich besser fühlst?«, fragte er, und es zerriss ihm das Herz, seinen Vater so hilflos und schwach zu sehen. Den Mann, der sein ganzes Leben lang Stärke und Widerstandskraft wie kein anderer ausgestrahlt hatte.

»*Sonur minn*«, brachte er mühsam hervor, »immer besorgt um die anderen, immer im Glauben an das Gute. Aber diesmal muss ich dich enttäuschen. Mir bleibt nicht mehr viel Zeit. Diesmal gibt es kein gutes Ende.« Sanft strich er Gunnar über das Haar, und ein liebevoller Ausdruck trat in seine Augen.

Die Momente, in denen er ihn so angesehen hatte, konnte Gunnar an einer Hand abzählen. Sie waren so selten gewesen, dass er sich kaum an sie erinnerte. Sein Vater war ein gutherziger Mann, doch seine harte Schale hatte dies meistens verborgen.

Nun lag seine Sanftmut wie ein strahlender Schleier über ihm und umhüllte Gunnar mit Liebe. Ein furchtbarer Schmerz brach sich in seiner Brust Bahn. Ein Schmerz, der all die Jahre dort geschlummert hatte, in denen er die Zuneigung und Liebe seines Vaters vermisst hatte. Tränen füllten seine Augen und trübten seine Sicht, und ehe er sie herunterschlucken konnte, rannen sie seine Wangen hinab und benetzten die Hand seines Vaters.

»Na, na. Schon gut, *sonur minn*«, sagte er und tätschelte Gunnars Finger. »Sei stark. Du musst es jetzt sein. Denn du wirst von nun an die Verantwortung tragen. Es gibt Dokumente …« Er unterbrach sich und rang nach Luft.

Gunnar sah sich um und reichte ihm ein Glas Wasser. Sein Vater trank gierig, dann lehnte er sich wieder zurück. »Dokumente von äußerster Wichtigkeit. Sie liegen in der Schublade vom Bücherschrank, unten im Wohnzimmer. Den Schlüssel musst du bei dir tragen.« Er hob die andere Hand und drückte Gunnar einen filigranen silbernen Schlüssel in die Hand.

»Hast du gehört?«, fragte Erik drängend. »Du darfst ihn nie unbeaufsichtigt lassen.«

»Ja, Vater. Ich verspreche es.« Er umschloss den Schlüssel fest in seiner Faust.

»Nun lastet das Vermächtnis auf dir«, stieß sein Vater schwach hervor. »Aber du bist stark genug, es auf deinen Schultern zu tragen. Ich weiß es.«

Er sank zurück in seine Kissen, und Gunnar fühlte, wie die Kraft aus seinem Vater wich. »Vater …«

Eriks Blick verlor den Fokus, und ein trüber Schleier schob sich vor seine Iris. Er wirkte weggetreten, war nicht mehr ansprechbar.

Gunnar rief den Arzt herein, aber der erklärte ihm nur, man könne nichts mehr für ihn tun. Sein Herz und seine Lungen seien zu schwach. Er solle ihn gehen lassen.

Ihr Vater starb noch in dieser Nacht, und mit ihm wich der letzte Funken Unbeschwertheit aus Gunnars Herzen. Er spürte das Gewicht der Verantwortung wie eine zentnerschwere Last auf seinen Schultern. Doch die letzten Worte seines Vaters verliehen ihm Kraft. Er würde diese Last tragen können.

Kapitel 26

Halbinsel Snæfellsnes, Island
Juli 2023

Bevor Anna weiter nach Ólafsvík fuhr, wollte sie in Hellissandur halten und dem Laden von Rakel einen Besuch abstatten. Sie brauchte Nadel und Garn für Magnús' Socken und wollte bei der Gelegenheit auch ein wenig isländische Wolle als Mitbringsel für ihre Mutter aussuchen. Außerdem freute sie sich darauf, die nette Frau und ihre anhängliche Tigerkatze wiederzusehen.

Sie stellte den Wagen vor dem Laden ab, einem allein stehenden Haus in der typisch isländischen Bauweise, die Anna an die Schwedenhäuschen aus Holz erinnerte. Ein großes Schild mit der Aufschrift *Lopi búð* prangte über der Tür, geschmückt von einigen bunten Wimpeln. Im Schaufenster entdeckte sie Branda, die hingebungsvoll ihr rotes Fell putzte und aufsah, als Anna auf die Veranda trat. Hinter der Katzendame erkannte sie hohe Regale, in denen sich die Wolle bis zur Ladendecke stapelte. Gespannt öffnete sie die Tür. Das helle Klingeln einer Glocke kündigte ihren Besuch an, und kurz darauf steckte Rakel den Kopf um die Ecke eines Nebenraums im hinteren Ladenbereich. Sie lächelte breit, sobald sie Anna erkannte.

»Hallo, schön, dass du vorbeigekommen bist!«, rief sie fröhlich und kam zu ihr herüber.

»Ja, ich brauche ein paar Kleinigkeiten, und natürlich war ich gespannt auf den Laden.« Beeindruckt ließ sie den Blick über die große Auswahl an Wollknäuel wandern, die es in allen erdenklichen Farben zu geben schien. In einem Regal auf der anderen Seite des Geschäfts waren zudem einige Souvenirs aufgereiht. Anna entdeckte Postkarten und isländische Strickpullover. Und in einer Ecke kleine Figuren der niedlichen Papageientaucher, die so drollig aussahen mit ihren bunten gebogenen Schnäbeln und den gedrungenen schwarz-weißen Bäuchen. Das erinnerte sie daran, dass sie unbedingt einen Ausflug zu den Klippen machen musste, an denen die kleinen Seevögel im Sommer nisteten.

»Das ist schön, sieh dich in Ruhe um. Und wenn du etwas brauchst, sag einfach Bescheid«, meinte Rakel und widmete sich einer neuen Lieferung Wolle, die sie in die Regale hinter dem Tresen einsortierte.

»Danke.« Anna lächelte und nahm sich Zeit, die Auswahl an Farben in Ruhe zu sondieren.

Am Ende entschied sie sich für eine traditionelle isländische Wolle in Altrosa und Cremebeige, den Lieblingsfarben ihrer Mutter. Als sie die Knäuel und das kleine Nähset für Magnús' Socken auf die Theke legte, fiel ihr Blick auf einen Stapel Flyer neben der Kasse. *Hátíð á Hellissandi* stand in bunten Lettern auf der Vorderseite, und ein Bild von einem festlich geschmückten Dorfplatz war darunter abgedruckt.

»Unser jährliches Dorffest findet an diesem Wochenende statt«, sagte Rakel, die ihr Interesse offenbar bemerkt hatte. »Komm doch auch! Das ist wirklich nett. Es gibt eine traditionelle Folkloretanzgruppe und einen großen Grillstand mit isländischen Spezialitäten.«

Anna nahm einen Flyer in die Hand und klappte ihn auf. Die Bilder der isländischen Trachten und lachenden

Festbesucher bewegten etwas in ihr. Womöglich hatten ihre Vorfahren ebenfalls zu ihnen gezählt. Sie versuchte, sich Magnús und ihren Großvater in Tracht vorzustellen, und musste schmunzeln.

»Vielleicht kannst du ja deinen Großonkel dazu überreden, sich mal wieder im Ort blicken zu lassen. Der alte Sturkopf meidet gesellige Veranstaltungen wie die Pest.« Rakel lachte und machte sich daran, Annas Einkäufe in die Kasse einzutippen. »Wie lief denn euer Besuch bei ihm?«

»Er war sehr überrumpelt, glaube ich. Aber er ist ein herzensguter Mann und hat uns sogar, ohne zu zögern, bei sich aufgenommen. Lia ist inzwischen abgereist, doch er hat mir angeboten, bei ihm zu wohnen, während ich meinen Roman schreibe.«

Rakel nickte. »Ja, das sieht ihm ähnlich. Er lebt sehr zurückgezogen, aber für die Familie und seine Freunde hätte er immer schon alles getan.« Sie holte eine Stofftasche mit dem Logo des Ladens hervor, auf dem selbstverständlich Branda verewigt war, und schob Annas Einkäufe hinein. »Die geht aufs Haus.« Sie zwinkerte ihr zu. »Schön, dass du eine Weile hierbleibst. Nimm dir bei all dem Schreiben auch Zeit, die Gegend zu erkunden. Snæfellsnes ist ein magischer Ort, wie man ihn selten erlebt.«

»Ja, das werde ich. Und danke. Ich komme bestimmt noch ein paarmal vorbei.«

Nachdem Anna gezahlt und sich verabschiedet hatte, schlenderte sie mit der Tasche über der Schulter aus dem Laden. Während sie die Stufen der Veranda hinunterlief, wärmten die Strahlen der Sonne ihr Gesicht, und sie blieb kurz am Gehweg stehen und schloss genießerisch die Augen. Obwohl die Sonne sie an den Sommer erinnerte, war die Luft kühl und klar. Lia hätte sich garantiert darüber beschwert, dass sie sich so niemals eine angemessene Bikinibräune zulegen könnte, aber Anna gefiel es. Sie atmete tief ein und spürte die leichte Seebrise, die ihre Haare tanzen ließ. Und eine nasskalte schlabbernde Schnauze an ihrer Hand.

Erschrocken riss sie die Augen auf und sah an sich herunter. Sherlock stupste sie freundlich an und wedelte aufgeregt mit der Rute. Dann legte er den Kopf schief und fiepste. Offenbar hatte er sich etwas mehr Enthusiasmus über ihr Wiedersehen gewünscht. Sie lachte und beugte sich zu ihm herunter, um hingebungsvoll seine seidigen Ohren zu kraulen. Nun wirkte er schon deutlich zufriedener.

Im nächsten Moment wurde ihr bewusst, dass Sherlocks Anwesenheit vermutlich bedeutete, dass auch sein Herrchen nicht weit war, und ihr Puls machte einen hastigen Satz. Ehe sie sich darauf vorbereiten konnte, tauchte bereits Arons große sportliche Gestalt im Gegenlicht auf. Seine blonden Locken waren genauso verwuschelt wie bei ihrer Begegnung am Strand, und seine Augen funkelten ebenso türkis.

Er lachte, als er sie entdeckte. »Aha.« Mit verschränkten Armen blieb er vor ihnen stehen. »Offensichtlich hat er einen zielsicheren Radar dafür entwickelt, Sie aufzuspüren.«

Sie richtete sich lächelnd wieder auf und straffte die Schultern. »Scheint so.«

»Vielleicht wäre das dann ein guter Moment, um zum Du überzugehen?« Er hielt ihren Blick gefangen. »Denn offenbar werden wir uns demnächst noch häufiger über den Weg laufen.«

Die Wärme in seiner Stimme sandte eine wohlige Gänsehaut über Annas Arme, und sie war heilfroh, dass sie den langärmeligen Pullover trug, um sich vor ihm nicht zu verraten. »Ja, gern. Ich bin Anna … aber das weißt du ja schon … vielleicht noch.« Sie verhedderte sich in ihren eigenen Worten und war sich der ganzen Schmach nur allzu deutlich bewusst. Zu allem Überfluss spürte sie, wie sich ihre Wangen röteten, und wäre am liebsten im Erdboden versunken.

»Habe ich nicht vergessen.« Er betrachtete sie amüsiert und nickte knapp. »Hast du meinen Namen vergessen?«

»Äh, nein. Aron.« Verdammt, wieso machte er sie so nervös?

Er zwinkerte ihr freundlich zu und kraulte Sherlock kurz am Kopf, dann hob er den Blick zu Rakels Laden. »Wie ich sehe, hast du unser touristisches Aushängeschild schon entdeckt.«

»Rakels Laden?« Sie grinste. »Ja, aber mir war nicht bewusst, dass er die Hauptattraktion hier ist.«

»Tja, sonst haben wir noch ein altes Fischermuseum und eine sehr kunstvolle Graffitiwand bei den Klippen. Und natürlich das Meer.« Er zuckte mit den Schultern. »Mehr ist hier nicht los, fürchte ich.«

»Ach, das finde ich ehrlich gesagt ganz schön. Mir gefällt es ruhig. Und so ein kleiner Ort wirkt doch sehr urig und gemütlich. Für die größeren Besorgungen kann man dann ja nach Ólafsvík fahren.«

»Warst du schon mal dort?« Er sah sie aufmerksam an.

»In Ólafsvík? Nein, aber ich fahre heute dorthin. Ich muss eine neue Matratze besorgen. Zwei Wochen halte ich es nicht auf dem durchgelegenen Ding aus. Der Lattenrost quält mich jede Nacht. Tja, man ist nicht mehr einundzwanzig.« Sie lachte und rieb sich den Rücken, um ihre Worte zu unterstreichen.

»Du willst allein eine Matratze kaufen?« Er musterte sie skeptisch und ließ den Blick über ihre zierliche Figur wandern.

»Ja … irgendwie wird es schon gehen.« Sie straffte die Schultern und versuchte, möglichst überzeugend auszusehen.

»Das bezweifele ich. Zumindest solltest du es deinem Rücken und deiner Gesundheit nicht antun.« Er strich nachdenklich über sein Kinn, auf dem sich heute blonde Bartstoppeln von seiner gebräunten Haut absetzten. »Wenn du möchtest, kann ich dir helfen.«

Sie sah ihn überrascht an. »Oh, das ist sehr nett, aber du musst dir wirklich keine Mühe machen. Ich komme zurecht.«

»Keine Sorge, ich mach es gern.« Er lächelte sie an, und wieder trat diese alles umschließende Wärme in seinen Blick. »Erst muss ich allerdings zu den Schafen fahren. Wenn du magst, kannst du mitkommen, dann können wir von da aus gleich starten. Sie stehen oben bei Ingjaldshóll.«

»Ist das nicht diese alte Kirche?« Sie hatte ein Bild davon bei ihren Internetrecherchen entdeckt. Die weiße Kirche stand auf einer grünen Anhöhe vor den Bergen und sah malerisch aus.

»Ja, genau. Das wäre wohl die letzte unserer Attraktionen.« Er grinste und deutete dann die Straße hinunter auf einen blauen Pick-up. »Mein Wagen steht da drüben. Also, was meinst du?«

Der Gedanke, eine ganze Weile neben Aron auf dem Beifahrersitz zu verbringen, löste ein Kribbeln in ihrer Magengegend aus. *Wie albern*, schoss es ihr durch den Kopf. Er war einfach nur nett. Aber wenn sie ehrlich war, konnte sie seine Hilfe wirklich gut gebrauchen. Vielleicht hätte ihr im Geschäft jemand geholfen, die Matratze auf den Dodge zu verladen. Wie sie das schwere Ding jedoch die schmale Treppe im Leuchtturm hinauf in ihr Zimmer schleppen sollte, hatte sie bisher nicht bedacht. Magnús wollte sie garantiert nicht um Hilfe bitten. Der würde sich im schlimmsten Fall noch den Rücken ausrenken. Das wollte sie nicht riskieren.

Sie nickte und lächelte ihn an. »Danke, das ist wirklich nett von dir. Dann komme ich gern mit.«

»Schön. Wir sind uns hier gern behilflich auf dem Land«, sagte er, aber seine Augen hielten ihre einen kleinen Moment länger gefangen als nötig, und sie erkannte ein Funkeln darin.

Als sie auf den Sitz des Pick-ups geklettert war, drängelte Sherlock sich hinterher und quetschte sich in den Fußraum vor ihre Beine.

»Sorry, normalerweise ist das sein Platz«, meinte Aron und deutete mit einem Nicken auf den Beifahrersitz. »Wenn er dich stört, kann ich ihn auf die Rückbank schicken.«

»Oh, nein, das geht schon.« Sie tätschelte Sherlocks seidiges Fell und lächelte. »Tut mir leid, dass du heute mit dem Fußraum vorliebnehmen musst, Kleiner.« Aber so zufrieden wie der Golden Retriever gerade dreinschaute, schien ihn das ganz und gar nicht zu stören.

Aus dem Augenwinkel bemerkte sie Arons Grinsen. Er startete den Wagen, und kurz darauf rauschten sie auf der breiten Teerstraße Richtung Ortsausgang. Im Radio lief ein isländischer Song, der sie ein wenig an amerikanische Countrymusik erinnerte. Und im Wagen roch es nach einer Mischung aus Heu, Hund und Schaf.

»Dir gehört also eine Schafherde?«, fragte sie und musterte ihn neugierig.

»Ja, nicht nur eine. Ich führe die alte Farm meiner Großmutter. Wir leben hauptsächlich von der Schafzucht. Ein paar Pferde haben wir auch, doch die halten wir vor allem für die Touristen. Ausritte an den Goldstrand werden gern gebucht«, fügte er hinzu und warf ihr einen kurzen Blick zu.

»Das klingt nach harter Arbeit«, sagte sie.

»Ja, das ist es.« Auf seinen Lippen breitete sich ein zufriedenes Lächeln aus. »Aber wenn man davon leben kann, ist es der beste Job der Welt. Ich bin jeden Tag draußen bei den Tieren, in der Natur. Und es ist schön zu sehen, wie glücklich sie auf den Weiden und im Hochland sind. Sie können hier einfach frei sein.«

Anna musste an ihren Bürojob in der Redaktion denken. Wie viele Tage hatte sie dort an ihrem Computer gesessen und sehnsüchtig durchs Fenster geschaut, während draußen das Leben getobt hatte und an ihr vorbeigestrichen war. So hatte es sich jedenfalls angefühlt. Mehr als ein kurzer Spaziergang am Abend war selten in ihrem Alltag möglich gewesen. Dabei vermisste sie die Natur sehr.

»Das kann ich mir vorstellen«, entgegnete sie.

»Und was machst du, wenn du nicht gerade an deinem Roman schreibst?«

Sie lächelte. »Ich bin Reisejournalistin und arbeite in einer Redaktion.«

Er pfiff leise durch die Zähne. »Nicht schlecht. Da hast du sicher eine Menge von der Welt gesehen.«

»Ein wenig«, sagte sie grinsend. »Aber nun schreibe ich vor allem über neue Ausflugstipps in Norddeutschland. Ständig um die Welt zu jetten, ist langsam nicht mehr mein Ding. Ich bin momentan ganz froh, mein gewohntes Umfeld zu haben.«

»Deutschland hat sicherlich auch eine Menge zu bieten. Habe gehört, dort gibt es gutes Bier. Und offenbar schöne …« Den Rest des Satzes verschluckte er, als sie nun auf eine Kiesstraße einbogen und über ein Schlagloch holperten.

»Und schöne …?«, fragte sie und sah ihn erwartungsvoll an. Er wollte doch nicht etwa sagen …

»Häuser«, brachte er hervor und räusperte sich. »Ich glaube, bei euch gibt es schöne Häuser. In den Hansestädten.«

»Äh, ja, die gibt es. Viele historische Bauten. Über die lässt sich gut schreiben.« Sie musterte ihn noch einen Moment. Wenn sie es nicht besser wüsste, würde sie denken, er schaute beinahe ertappt drein.

»Ja, ganz sicher«, sagte er und starrte geradeaus auf die Fahrbahn.

Während im Radio der Song weiterspielte, bewunderte Anna die märchenhafte Landschaft, die an den Fenstern des Pick-ups vorüberzog. Links und rechts der schwarzen Straße erstreckten sich weite Felder mit blau blühenden Lupinen. Dahinter lagen grüne Wiesen, und vor ihnen erhob sich die weiße Kirche mit ihrem roten Dach vor den schneebedeckten Bergen des Hochlands.

»Hübsch, nicht wahr?«, fragte Aron, der anscheinend ihren glänzenden Blick bemerkt hatte.

»Wunderschön.« Anna grinste. »Das kann sich doch nun wirklich sehen lassen als Touristenattraktion.«

Er lachte. »Das stimmt. Früher befanden sich hier einmal eine Thingstätte und ein Gutshof.«

»Interessant. Es muss schon damals sehr beeindruckend gewesen sein, wie sich die Gebäude auf dem Hügel vor den Bergen erheben.«

»Ja, es ist wirklich ein besonderer Ort«, entgegnete er.

Kurz bevor sie die Kirche erreichten, lenkte er den Wagen nach rechts auf eine Wiese, auf der eine Herde Schafe friedlich graste. Sobald sie den Pick-up hörten, hoben sie die Köpfe. Doch keines von ihnen rannte davon. Offenbar kannten sie diesen mittäglichen Besuch allzu gut.

Sie stiegen aus, und Sherlock lief schwanzwedelnd zu den Schafen hinüber. Er schnüffelte vorsichtig an ihnen und trottete dann gemächlich weiter.

»Er ist kein Hütehund«, erklärte Aron. »Dafür ist er nicht gemacht. Aber das soll er auch gar nicht sein. Er ist freundlich zu den Schafen, das ist die Hauptsache.«

Sie beobachtete, wie Sherlock ein Lamm vorsichtig anstupste und es zum Spielen aufforderte. Doch das Kleine war noch viel zu wackelig auf den Beinen, um ihm hinterherzuspringen.

»Niedlich«, sagte sie und hielt einem Schaf die Hand hin, das sie neugierig beäugte. Es schnupperte an ihren Fingern und entschied offenbar, dass es in Ordnung war, sich von ihr streicheln zu lassen, denn es kam noch etwas näher und hielt dann ganz still. Vorsichtig fuhr sie über das kurze Fell auf der Nase und der Stirn des Tieres und vergrub ihre Finger in der weichen Wolle. Es juckte das Schaf wohl genau an der Stelle, denn es lehnte sich genüsslich in Annas Kraulbewegungen.

»Es hat also genau eine Minute gedauert, bis sie dich zum Massagedienst abkommandiert haben!«, rief Aron ihr lachend zu, als er sich zu ihr umdrehte.

»Bei dem Blick hatte ich keine Chance«, entgegnete sie grinsend und beobachtete, wie er von Lamm zu Lamm ging und kontrollierte, ob die Kleinen stark und gesund waren. Dann prüfte er den Wassertrog und sah sich die erwachsenen

Tiere an, die alle einen munteren und zufriedenen Eindruck machten. Schließlich kam er wieder zu ihr.

»Alles in Ordnung. Den Kleinen geht's gut. Sind alle rund und gut genährt«, verkündete er und blieb an ihrer Seite stehen. »Die meisten unserer Schafe laufen oben im Hochland. Aber ich behalte gern die hier unten, die spät gelammt haben oder sich dort noch nicht gut zurechtfinden würden.«

»Haben sie Namen?«, fragte Anna, während sie ihrem Schaf weiter die Wolle kraulte.

»Natürlich.« Aron deutete mit dem Kopf auf das Tier. »Das ist Holly. Sie hatte mal einen schlimmen Weideunfall.«

»O nein, was ist passiert?« Anna sah das Tier mitleidig an und kraulte gleich etwas fester.

»Sie ist im Winter in Panik an einem Zaun hängen geblieben. Die Narben spürt man leider immer noch.« Er trat einen Schritt dichter an sie heran und beugte sich vor. Sein Oberarm lehnte an ihrem, und selbst durch den dicken Pullover spürte Anna die Wärme, die von ihm ausging. Er war ihr so nah, dass sein Duft sie plötzlich umgab, eine Mischung aus einem dezenten Aftershave, Heu und Meer.

Sanft schob er Hollys Wolle am Hals auseinander und zeigte ihr eine vernarbte Stelle, über die er vorsichtig strich.

»Es ist gut verheilt. Sie hat wirklich Glück gehabt«, sagte er. Dann hielt er kurz inne, und ihm schien bewusst zu werden, wie nah er Anna war. Er sah ihr in die Augen, und ein warmes Leuchten lag darin. Doch im nächsten Moment wurde seine Miene ernst, und er trat hastig einen Schritt zurück.

»Komm, wenn wir alles schaffen wollen, sollten wir jetzt los«, murmelte er und schaute vor sich auf den Boden, während er auf dem Absatz kehrtmachte.

Sie tätschelte Holly zum Abschied, dann folgte sie ihm mit hochgezogenen Schultern. Sherlock trottete hinter ihnen her, und als sie die Autotür öffnete, sprang er noch vor ihr hinein und setzte sich zufrieden auf den Beifahrersitz.

»Dein Platz ist wohl besetzt«, neckte Aron sie und hob die Schultern. Er wirkte wieder deutlich entspannter und lockerer. »Da kann man nix machen.«

Sie lachte und schob Sherlock sanft nach unten, damit sie auf den Sitz klettern konnte.

Dann fuhren sie los, und Anna lehnte sich zufrieden zurück. Wenn sie so darüber nachdachte, hatte sie sich lange nicht mehr so wohlgefühlt wie in diesem Moment. Draußen schien die Sonne und bot ihr einen herrlichen Ausblick auf die atemberaubende Landschaft. Im Pick-up war es angenehm warm, und der nächste isländische Countrysong spielte im Radio. Sherlock schmiegte sich an ihre Beine, und neben ihr saß Aron, der zufrieden vor sich hin lächelte.

Während der Fahrt nach Ólafsvík stellte er ihr noch einige Fragen zu ihrem Job in dem Hamburger Verlag, und sie erzählte ihm von ihrem Leben in Deutschland und von der WG, die sie mit Lia bewohnte. Im Gegenzug erfuhr sie, dass er Island erst ein Mal verlassen hatte, um nach seinem Schulabschluss eine Reise durch Europa zu unternehmen. Ansonsten schien es ihn nicht wirklich von der Insel wegzuziehen. Er war in Hellissandur aufgewachsen. Und als seine Eltern die Farm der Großmutter nicht übernehmen wollten, hatte er sich dazu entschlossen, die Familientradition fortzuführen. Seine Eltern lebten nun in Borgarnes. Als er das erwähnte, durchfuhr sie die Erinnerung an ihren Abend mit Kristján wie ein heißkalter Stromschlag. Schnell verdrängte sie den Gedanken. Kristján hatte es gerade nicht verdient, ihr ein schlechtes Gewissen zu machen. Und genauso wenig wollte sie sich den Tag mit der Erinnerung an sein Benehmen vermiesen.

Kapitel 27

Ólafsvík war nur unwesentlich größer als Hellissandur und ähnlich idyllisch an der Küste gelegen. Doch es gab hier einen Supermarkt, mehrere Restaurants und Geschäfte und einen größeren Hafen. Aron hielt vor dem Matratzengeschäft, und sie folgte ihm hinein. Sherlock musste im Wagen auf sie warten.

Es dauerte nicht lange und Anna hatte die passende Matratze für das schmale Holzbett gefunden. Sie war sogar extradick gepolstert. Darauf würde sie die nächsten zwei Wochen wie eine Prinzessin schlafen.

Sie bezahlte und wollte gerade nach einem Ende der eingerollten Matratze greifen, als Aron sie sanft zur Seite schob.

»Lass mal, ich mach das schon. Nicht, dass es noch Verletzte gibt.« Ein amüsierter Ton schwang in seiner tiefen Stimme mit, und Anna verdrehte grinsend die Augen.

»Wenn du meinst, dass du das schaffst.«

Er sah sie an, als hätte sie ihn sträflich beleidigt. Dann packte er die Rolle und trug sie ohne ein weiteres Wort nach draußen.

Sie verabschiedete sich vom Verkäufer und schloss die Ladentür hinter sich, nachdem sie ebenfalls hinausgetreten war. Aron war bereits dabei, die Rolle sicher auf der Ladefläche seines Pick-ups zu verschnüren.

»Gut, es kann losgehen«, verkündete er und schwang sich hinters Steuer. Anna quetschte sich auf den Beifahrersitz und musste nicht nur mit dem wenigen Platz, sondern auch mit Sherlocks überbordender Wiedersehensfreude kämpfen. Er war so aufgeregt, dass er ihr förmlich an den Schultern hing und mit seiner wedelnden Rute über das Armaturenbrett fegte.

»Himmel, dieser Hund ist ja immer schon besonders anhänglich gewesen, aber so schlimm war es bisher nie«, murmelte Aron und griff nach Sherlocks Halsband. Dabei bekam er Annas Hand zu fassen, die ihre Arme um den Golden Retriever gelegt hatte, um ihn von sich zu schieben.

Wieder fühlte sie seine warmen, rauen Finger auf ihrem Handrücken, wie bei ihrem Händedruck am Strand. Ein angenehmer Schauer durchflutete ihren Körper, und sie erstarrte, nahm alles wie in Zeitlupe wahr.

Aron schloss die Finger um ihre. Nur für einen flüchtigen Moment, aber es blieb ihr nicht verborgen. Ihre Blicke trafen sich, und ein warmes Lächeln legte sich auf seine Züge. Dann löste er sich von ihr, umfasste Sherlocks Halsband und schob ihn in den Fußraum.

»So, wir sind startklar«, sagte er und räusperte sich.

Anna war nach wie vor zu überrumpelt, um etwas über die Lippen zu bringen. Also nickte sie nur und schaute aus dem Fenster.

Als das Radio lief und sie Richtung Hellissandur unterwegs waren, entspannte sich die Stimmung zwischen ihnen wieder etwas. Sie unterhielten sich noch ein wenig über Arons Farm und das Leben in dem kleinen Küstenort.

Kurz vor dem Ortseingangsschild fragte er: »Wo müssen wir überhaupt hin? Besuchst du jemanden in der Gegend?«

»Ja, ich wohne hier bei meinem Großonkel. Im Leuchtturm von Öndverðarnes. In dem alten Gästebett muss lange keiner mehr geschlafen haben. Ich bin auf jeden Fall vor

Rückenschmerzen umgekommen …«, plapperte sie ungehalten weiter. Doch während sie redete, bemerkte sie, dass sich etwas an der Stimmung im Wagen verändert hatte. Sie sah zur Seite und erschrak über Arons Miene. Auf seine Stirn war eine tiefe Zornesfalte getreten. Den Mund hatte er zu einem Strich zusammengekniffen. Und seine Hände umklammerten krampfhaft das Lenkrad. Ihr Puls schoss in die Höhe. Hatte sie etwas Falsches gesagt?

»Was? Du bist die Nichte von Magnús Eriksson?« Er warf ihr einen fassungslosen Blick zu, in dem sich Ungläubigkeit und Abneigung spiegelten.

»Großnichte … ja … Warum erschreckt dich das so?«, fragte sie vorsichtig.

Er antwortete ihr nicht, stattdessen hielt er den Wagen an. »Und das sagst du mir erst jetzt?«, brachte er mühsam zwischen zusammengebissenen Zähnen hervor.

»Ich wusste nicht, dass es von Bedeutung ist. Weshalb sollte es das sein?« Sie sah ihn verwirrt an. Versuchte, seine Miene zu deuten und eine Erklärung in seinem Blick zu lesen. Doch es gelang ihr nicht.

Wieder antwortete er nicht. Stattdessen starrte er geradeaus, ohne zu blinzeln. »Wo steht dein Wagen?«

»Vor Rakels Laden.«

»Richtig, der Dodge. Ich hätte es mir gleich denken können«, brummte er hämisch, mehr zu sich selbst als zu ihr.

Er ließ den Wagen an, dann fuhr er schweigend durch die Innenstadt, bis sie vor Rakels Laden ankamen. Hinter dem Dodge hielt er an und sprang vom Sitz. Anna stieg aus und beobachtete, wie er entschlossen die Matratze vom Pick-up zerrte und sie auf die Ladefläche des Dodges pfefferte.

Dann machte er auf dem Absatz kehrt und lief zurück zur Fahrertür des Pick-ups. »Ich kann dir nicht weiterhelfen«, sagte er knapp. »Hab noch ein schönes Leben, Nichte von Magnús!« Und mit diesen Worten knallte er die Tür hinter sich zu.

»Ich heiße Anna!«, schrie sie ihm hinterher, doch er hob nur verächtlich eine Hand und brauste davon.

Völlig perplex stand sie da und starrte auf die Straßenecke, hinter der er verschwunden war. Was zum Teufel war das gerade gewesen? Ihr Gehirn begann zu rattern und all die möglichen Erklärungen durchzugehen, die ihr für diesen Abgang einfielen. Aber sie konnte sich beim besten Willen nicht vorstellen, was ein herzensguter Mensch wie Magnús diesem Aron getan haben könnte, das eine derartige Reaktion rechtfertigen würde.

Frustriert gab sie auf und starrte die Matratze auf der Transportfläche des Dodges an. Sosehr es ihr missfiel, musste sie sich eingestehen, dass Aron recht hatte. Sie konnte das schwere Ding unmöglich allein ins Gästezimmer schleppen. Irgendwie würde sie sich Hilfe beschaffen müssen.

Mit hängenden Schultern wandte sie sich zu Rakels Laden um. Vielleicht hatte die ja eine Idee, wer ihr kurz zur Hand gehen könnte.

Als sie das Geschäft betrat und wieder die Glocke klingelte, musterte Rakel sie überrascht. »Nanu, hast du noch etwas vergessen?«, fragte sie freundlich. »Alles in Ordnung? Du siehst etwas mitgenommen aus.«

»Nein, ja, alles in Ordnung …« Sie zögerte kurz, dann versuchte sie, etwas fröhlicher zu klingen. »Kennst du vielleicht jemanden, der mir dabei helfen würde, die Matratze ins Obergeschoss des Leuchtturmhäuschens zu tragen? Ich schaffe es allein nicht, und Magnús möchte ich nicht bitten.«

»Hm, ja, das verstehe ich. Der arme alte Mann sollte sich sowieso mehr schonen.« Rakel runzelte nachdenklich die Stirn. Dann erhellte sich ihre Miene. »Weißt du, mein Mann Jón hat in einer Stunde Dienstschluss. Wenn du möchtest, schicke ich ihn danach direkt bei euch vorbei. Er ist groß und stark und hilft euch gern.« Sie lächelte zufrieden.

Anna nickte dankbar. »Das klingt wunderbar. Tausend Dank, Rakel.«

»Gern. Und jetzt fahr nach Hause und koche dir einen guten Tee. Du siehst aus, als wäre dir eine fette Laus über die Leber gelaufen.«

»So ähnlich«, murmelte Anna. »Danke.«

Sie verabschiedete sich und fuhr dann zurück zum Leuchtturm. Den Schrecken würde sie tatsächlich erst einmal verdauen müssen.

***

An diesem Abend lag sie schon früh im Bett und wälzte sich unruhig hin und her. Die Matratze war himmlisch weich, und diesmal war es nicht der Lattenrost, der sie quälte, sondern ihre Gedanken. Immer wieder tauchte Arons wutentbranntes Gesicht vor ihrem inneren Auge auf. Doch die Sache blieb ihr unerklärlich. Morgen würde sie Magnús darauf ansprechen. Nachdem Rakels Mann Jón ihr mit der Matratze geholfen hatte, hatte sie noch auf ihren Großonkel gewartet. Aber der war erst spät nach Hause gekommen und hatte so müde und erschöpft gewirkt, dass sie ihn mit dem Thema nicht belasten wollte.

Also hatte sie sich nach oben zurückgezogen und starrte seitdem schlaflos die Decke an. Genervt von ihrer eigenen Unruhe rollte sie sich zur Seite und griff nach ihrem Handy.

Kristján hatte noch einmal geschrieben und betont, wie leid es ihm tue, dass er sich so schrecklich verhalten hatte. Aber sie fühlte sich merkwürdig leer und diesbezüglich ziemlich leidenschaftslos. Sie wollte sich jetzt einfach nicht mit ihm befassen.

Stattdessen scrollte sie durch den Chat mit Lia, die ihr ein paar Fotos von den heißen Quellen im Süden der Insel geschickt hatte, die sie zusammen mit Per besucht hatte. Die beiden strahlten glücklich in die Kamera, während sie Arm in Arm im dampfenden türkisen Wasser der Thermalquelle hockten.

Ein Stich bohrte sich durch Annas Herz. Sie hatte plötzlich furchtbares Heimweh. Nach der großen, weichen Couch in ihrer Altbauwohnung, auf der sie so oft Seite an Seite mit Lia gesessen, ihren Lieblingsfilm geschaut und über ihre Sorgen gesprochen hatte.

Kurz zögerte sie, aber dann tippte sie auf Lias Kontakt und beobachtete, wie das Handy die Verbindung aufbaute.

»Hey, Süße, ist alles in Ordnung?«, klang die Stimme ihrer Freundin aus dem Smartphone, und Anna ging es schon gleich etwas besser.

»Ja, tut mir leid, dass ich so spät noch anrufe.«

»Ach was, es ist doch gerade mal neun. Außerdem weißt du doch, dass du immer anrufen kannst.«

»Danke«, sagte Anna. »Ich brauchte mal etwas emotionale Unterstützung.«

»Wieso?« Lias Stimme klang alarmiert. »Ist etwas passiert?«

Anna hielt einen Moment inne und schluckte, als die Erinnerungen wieder durch ihren Kopf schossen. Dann gab sie sich einen Ruck. »Ja, kann man so sagen. Etwas sehr Merkwürdiges.« Sie erzählte Lia von ihrer Begegnung mit

Aron, dem Ausflug heute und wie dieser geendet hatte. Als ihre Freundin daraufhin nach Kristján fragte, brachte Anna sie auch diesbezüglich auf den aktuellen Stand.

»Also, lass mich zusammenfassen …«, meinte Lia schließlich. »Du triffst einen heißen Traumtyp am Strand, der am nächsten Tag einen Ausflug mit dir macht …«

»Moment«, schaltete sich Anna dazwischen und verdrehte die Augen. »So habe ich das nicht gesagt. Ich habe gesagt, dass er sehr nett und hilfsbereit war.«

»Schon gut, ich kann zwischen den Zeilen lesen«, entgegnete Lia und kicherte.

»Lia! Bitte … Ich meine es ernst!«

»Ja, na gut, du triffst also einen sehr netten und engagierten Typ am Strand, der dich kurz darauf meidet wie der Teufel das Weihwasser«, rekapitulierte ihre Freundin laut.

»Netter Vergleich«, stöhnte Anna resigniert.

»Und außerdem kriecht Islands begehrtester TV-Journalist auf seinen Designerhosen hinter dir her, um Buße für sein frevelhaftes Verhalten zu tun.« Lia machte eine kurze Pause, bevor sie dramatisch schlussfolgerte: »Also, ich würde sagen, Islands Männer haben ernsthafte Probleme. Wenn ich nicht selbst das beste Gegenbeispiel für diese These hier neben mir sitzen hätte, würde ich dir raten, so schnell zu fliehen, wie du kannst.«

»Lia … kannst du nicht ein Mal ernst bleiben?« Sie seufzte und konnte sich dennoch ein Schmunzeln nicht verkneifen.

»Hm, na gut. Ich würde die Sache nicht so tragisch nehmen. Du hast ja niemandem etwas getan. Also lass dir von dem heißen Typ …«, sie räusperte sich, »ich meine natürlich, von diesem merkwürdigen Typ nicht deine Zeit dort vermiesen. Und was Kristján angeht … vielleicht solltest du ihm ja doch eine zweite Chance geben? Wenn du das Gefühl hast, dass er es wirklich ehrlich meint, natürlich nur. Männer brauchen ja manchmal ein bisschen, bis sie verstanden haben, was sie wollen.«

»Ja … vielleicht hast du recht, das habe ich auch schon gedacht.« Sie zog die Decke bis unters Kinn. Draußen pfiff ein kalter Seewind und kroch durch die Ritzen im Mauerwerk bis in ihr Zimmer.

»Und dieses Fest, von dem du erzählt hast …«

»Du meinst das Dorffest?«

»Genau, gehst du da hin? Das wäre doch sicher eine schöne Möglichkeit, die Leute im Ort noch etwas besser kennenzulernen. Und es würde dich auf andere Gedanken bringen«, verkündete Lia euphorisch.

»Stimmt … ich denke, ich frage Magnús, was er davon hält.«

»Gute Idee. Ich hab dich lieb, Anna. Ehrlich gesagt fehlst du mir schon jetzt ganz schön.«

»Du mir auch. Aber ich freue mich sehr für dich und Per«, sagte sie sanft.

»Danke. Er ist wirklich einmalig.« Lias Stimme strotzte vor Stolz und Glück, und Anna musste lächeln. So hatte ihre Freundin noch nie von einem Mann gesprochen.

Sie verabschiedeten sich und versprachen einander, in den nächsten Tagen wieder zu telefonieren.

Dann legte Anna das Handy zurück auf den Nachttisch und rollte sich unter der Decke zusammen. Lia hatte recht. Ihre Zeit hier war viel zu kostbar, um sich über Aron zu ärgern.

Kapitel 28

Öndverðarnes, Island
Sommer 1963

Seit dem Tod seines Vaters lag eine bedrückende Schwere über dem Hof und dem Leuchtturm. Eriks Geist schien in jeder Ecke des Hauses zu wachen und zu kontrollieren, ob Gunnar seiner Pflicht nachkam. Jeden Tag schuftete er die Nacht hindurch bis zum Morgen. Er bewirtschaftete das Leuchtfeuer, fuhr in der Früh hinaus aufs Meer, um Fisch für sie zu fangen, versorgte die Tiere auf dem Hof und ritt ins Hochland, um nach den Schafen zu sehen. Er wusste, wo sich der Großteil seiner Herde gern aufhielt, und genau wie seinen Vater beruhigte es ihn, hin und wieder nach dem Rechten zu schauen.

Magnús hatte sich seit der Beerdigung noch mehr zurückgezogen. Er war fast nie zu Hause anzutreffen, und keines von Gunnars eindringlichen Worten konnte ihn dazu bewegen, sich mehr auf dem Hof einzubringen.

Der einzige Lichtblick an diesen düsteren Tagen war Hekla. Sie trafen sich jeden Morgen, nachdem Gunnar hinausgefahren war, am Strand von Skarðsvík. Doch die Distanz, die er schon kurz vor dem Tod seines Vaters in ihren Augen gelesen hatte, war noch immer nicht verschwunden. Er spürte, dass sie sich zusammenriss, um ihm in der Zeit des Verlustes beizustehen. Aber es gelang ihr nicht, ihren

Kummer vollständig vor ihm zu verbergen. Und dennoch weigerte sie sich strikt, ihm zu verraten, was auf ihrer Seele lastete.

Als er an diesem Morgen von seiner Fahrt aufs Meer zum Leuchtturm zurückkehrte, traf er Magnús in der Küche an. Sein Bruder saß mit müdem Blick und verwuschelten Haaren auf der Bank neben dem Kachelofen und schlürfte abwesend seinen Kaffee.

»Guten Morgen. Dass ich dich hier auch mal wieder sehe …«, begrüßte Gunnar ihn in sarkastischem Ton. Die faule Einstellung seines Bruders ging ihm gehörig gegen den Strich.

»Guten Morgen. Keine Sorge, ich bin gleich weg.« Magnús schnitt eine Grimasse und biss dann herzhaft in ein Matjesbrot.

»Wäre mal schön, wenn du dich an der Arbeit hier beteiligen würdest. Ich hatte wirklich viel Verständnis, Magnús. Aber langsam reicht es. So geht es nicht weiter. Nicht nur du hast Vater verloren. Und wir müssen beide mit anpacken, um den Hof zu bewirtschaften, solange ich keine eigene Familie habe.« Er goss sich ebenfalls einen Becher Kaffee ein und setzte sich auf den Stuhl gegenüber seinem Bruder.

»Ich weiß …« Immerhin hatte Magnús den Anstand, betreten dreinzuschauen. »Aber ich kann gerade nicht mehr für dich tun«, fügte er dann hinzu, stand auf und ließ seinen sprachlosen Bruder allein am Tisch zurück. Bevor er aus der Tür verschwand, hielt er noch einmal inne und rief über die Schulter: »Lars war hier! Er wollte mit dir über etwas reden. Hat irgendwas gesagt, von wegen, du sollst in Vaters Dokumente schauen.«

Kurz darauf hörte Gunnar die Tür ins Schloss fallen. Perplex starrte er auf die dampfende Oberfläche seines Kaffees. Ein Gedanke brannte sich wie siedend heißer Schwefel durch seine Adern. All die Trauer und der Schock über das plötzliche Ableben seines Vaters hatten ihn in den letzten Wochen verdrängt. Doch nun war er wieder da, und er würde Gunnar keine Ruhe lassen, ehe er der Sache nicht auf den Grund gegangen war. Der Pakt.

Wollte Heklas Vater womöglich sogar deshalb mit ihm sprechen? Oder ahnte er etwas von der Verbindung zwischen ihm und seiner Tochter?

Gunnar stellte die Tasse auf den Tisch. Mit rasendem Herzen fasste er unter seinen Pullover und zog den kleinen Schlüssel hervor, den er in der Brusttasche seines Hemdes mit sich trug. Bisher hatte er es vermieden, in die Dokumente seines Vaters zu sehen. Er hatte es regelrecht hinausgeschoben, denn das würde alles unumkehrbar machen. Es würde ihm vor Augen führen, dass all diese Verantwortung nun auf ihm lastete. Doch jetzt blieb ihm keine Wahl mehr.

Langsam erhob er sich und ging hinüber ins Wohnzimmer. Der dunkle Bücherschrank hatte dort gestanden, seit er sich erinnern konnte. Nun wirkte er deutlich bedrohlicher, als er ihn je empfunden hatte. Gunnar kniete sich vor die Schublade und schob den Schlüssel in das silberne Schloss. Ein Klicken ertönte, und er konnte spüren, wie der Widerstand sich löste. Mit zittrigen Fingern zog er am Griff der Schublade. Zum Vorschein kamen einige alte Zeitungen. Berichte über Snæfellsnes und den Leuchtturm, die ihr Vater aufbewahrt hatte. Gunnar schob sie zur Seite und spürte etwas Ledriges unter seinen Fingerspitzen. Eine alte Mappe, auf der in goldenen Lettern *Skjöl* eingraviert war.

Er holte sie heraus und legte sie auf die Knie. Ehrfürchtig strich er über das alte Leder, das an den Rändern schon ganz abgegriffen war. Dann atmete er tief durch und klappte die Mappe auf. Darin lagen einige handgeschriebene Dokumente. Er erkannte die Schrift seines Großvaters. Und die seines Vaters auf einem neueren Dokument. *Samkomulag* stand auf einer der Seiten – *Vereinbarung*. Gunnar konnte nicht glauben, was er dort vor sich sah. Gebannt hob er das vergilbte Stück Papier an seine Augen und las.

***

Als Lars an die Tür des Leuchtturms klopfte, saß Gunnar mit einem Brennivín in der Küche und erwartete ihn bereits. Er verstand nun. Und es bestand kein Zweifel mehr daran, weshalb Lars mit ihm reden wollte.

Er erhob sich und ging mit schweren Schritten zur Tür.

»Lars, komm rein.« Er nickte und trat zurück, um Heklas Vater Platz zu machen. Der suchte kurz seinen Blick, dann senkte er den Kopf und folgte Gunnar in die Küche. Auch er schien zu wissen, dass Gunnar nun die Dokumente gelesen hatte.

»Brennivín?« Gunnar reichte ihm ein Glas und setzte sich wieder auf die Bank.

Lars nahm den Schnaps schweigend entgegen, ließ sich Gunnar gegenüber nieder und zog seine blaue Wollmütze vom Kopf, die er daraufhin zwischen den Fingern knetete. »Du hast die Vereinbarung gelesen?«, fragte er mit dunkler Stimme.

»Habe ich.« Gunnar stürzte den Brennivín hinunter und stellte das Glas zurück auf den Tisch.

»Meine Familie war deinem Großvater damals sehr dankbar«, sagte Lars und sah ihm in die Augen.

Gunnar schwieg. Er ahnte, dass Lars nicht nur hergekommen war, um ihm das mitzuteilen.

»Nun gilt die Vereinbarung zwischen uns.« Heklas Vater deutete zwischen ihnen hin und her. »Du bist ein intelligenter Junge, Gunnar. Aber das ist eine große Verantwortung. Ich rate dir, geh klug und gewissenhaft damit um. Lass sie dir nicht zu Kopf steigen.«

»Das werde ich nicht«, entgegnete er ernst.

Als Lars wieder auf sein Pferd stieg und vom Hof ritt, sah Gunnar ihm noch eine Weile nach. Ja, Heklas Vater hatte recht. Es war eine große Verantwortung, die nun in seinen Händen lag. Aber auch eine große Macht.

Kapitel 29

Hellissandur, Island
Juli 2023

»Einmal Hákarl und Brennivín, Mylady!« Kristján stellte die schwarz bedruckte Papptüte mit den kleinen Spießen vor Anna ab und reichte ihr dann das Schnapsglas.

Mit einer Mischung aus Skepsis und Neugier musterte sie die hellen Haifleischstücke, die einen unangenehmen Ammoniak-Geruch verströmten.

»Du bist sicher, dass man das essen kann?« Sie rümpfte die Nase und sah ihn mit hochgezogenen Augenbrauen an.

»Ist eine Delikatesse hier.« Er setzte sich wieder neben sie auf die Bank und legte einen Arm um ihre Taille. »Keine Angst, er lebt nicht mehr. Der hat schon sehr lange vor sich hin fermentiert.«

»Ich bin mir nicht sicher, ob es das besser macht.« Misstrauisch beäugte sie die Happen.

»Dein Großvater konnte nie genug davon bekommen«, meinte Magnús aufmunternd, der ihr gegenüber an dem langen Biertisch saß. Im Hintergrund spielte eine Band fröhliche Folkmusik, und eine in Trachten gekleidete Tanzgruppe führte eine Choreografie auf. Anna hatte sich Lias Rat zu Herzen genommen und sich dafür entschieden, einen Abstecher zum Dorffest zu machen. Nach einigem guten Zureden hatte sie sogar Magnús überzeugen können, sie zu begleiten.

Und Kristján … nun, der hatte sie unbedingt an diesem Wochenende sehen wollen und dafür sogar die lange Fahrt von Reykjavík auf sich genommen. Und zugegebenermaßen genoss sie seine Gesellschaft. Er wirkte heute deutlich entspannter, und sie merkte, dass er sich Mühe gab, ihr zu gefallen.

»Hm … das hat sich nicht vererbt.« Sie nahm einen Spieß in die Hand und verzog die Miene.

»Erst den Hai, dann den Schnaps«, verlangte Kristján und klopfte auffordernd auf den Tisch. Magnús und er sahen sie gespannt an.

Schließlich gab sie sich einen Ruck.

O ja, es schmeckte so scheußlich, wie es roch.

Sie wollte gerade den Brennivín zum Nachtrinken an die Lippen setzen, da fiel ihr Blick auf einen blonden Lockenkopf in der Menge, der ihr verdächtig bekannt vorkam. Zu allem Übel drehte der sich auch noch in diesem Moment um und schaute ihr in die Augen.

Vor Schreck verschluckte sie sich an ihrem Haifischspieß und hustete so schlimm, dass Kristján ihr auf den Rücken klopfen musste.

»Hoppla, immer langsam. Ganz so schlimm ist es ja nun wirklich nicht.« Er deutete auf den Brennivín. »Trink was nach. Das hilft.«

Sie folgte nur zu gern seinem Rat. Schnaps konnte sie jetzt gut gebrauchen. Am besten ein ganzes Fass. Hastig stürzte sie den Kurzen herunter und schluckte dann. Ihre Wangen brannten. Doch das hatte nichts mit dem Hákarl zu tun, sondern einzig mit dem Mann, der sich inzwischen ruckartig weggedreht hatte und nun mit verschränkten

Armen und trotzigem Blick auf die Tanzperformance der Trachtengruppe starrte.

Aber Lia hatte recht. Sie würde sich von ihm nicht ihre Zeit hier vermiesen lassen. Und schließlich konnte es ihr auch egal sein.

Kristján strich ihr eine Haarsträhne aus dem Gesicht. »Besser?«, fragte er und lachte. »Du hättest mal dein Gesicht sehen sollen.«

Sie räusperte sich. »Warum stinkt es nur so bestialisch?«

»Also, der Hai …«, setzte Magnús an, doch Kristján unterbrach ihn: »Ich denke nicht, dass sie das wirklich wissen will.«

Ihr Großonkel ließ sich davon nicht beeindrucken und fuhr fort: »Haie können nicht urinieren. Deshalb wandert das Ammoniak in ihr Blut. Frisches Haifleisch zu essen, würde einen Menschen umbringen. Aber wir Isländer fermentieren ihn lange, dann wird er genießbar.«

Sie starrte ihn entsetzt an. »Was so stinkt, ist also der Haiurin?«

Er nickte.

»Ich habe gerade Haiurin gegessen?« Sie riss die Augen noch etwas weiter auf.

»Könnte man so sagen.« Ihr Großonkel verzog keine Miene. Er meinte das absolut ernst.

»Bah.« Ihr wurde übel. »Ich brauche einen zweiten Schnaps.«

»Nicht so hastig, zwei Brennivín vor dem Essen verträgt dein Kreislauf nicht. Das ist nichts für Ungeübte.« Kristján klopfte ihr mitleidig auf den Rücken, dann schnappte er sich auch einen Spieß.

Anna schüttelte sich, während sie ihn dabei beobachtete, wie er ihn genüsslich verschlang.

Dann ließ sie den Blick wieder über die Menge wandern. Der Alkoholpegel war deutlich zu spüren. Die sonst eher zurückhaltenden Leute aus Hellissandur lachten ausgelassen und laut, und einige tanzten zu der Musik der Band.

Die Trachtengruppe beendete ihre Aufführung, und ein begeisterter Applaus brach los. Die jungen Frauen und Männer verbeugten sich strahlend. Danach verteilten sie sich in der Menge, und die ersten mutigen Tänzer fanden sich auf der Fläche vor der Band ein, die einen heiteren Klassiker anstimmte.

Anna verfolgte, wie eine der Tänzerinnen direkt auf Aron zumarschierte. Als sie ihn erreicht hatte, schlang sie ihm die Arme um den Hals und küsste ihn. Ein eiskalter Schauer ließ Annas Adern gefrieren. Sie konnte es nicht verhindern. Obwohl sie sich im selben Moment dafür verfluchte, dass sie dieser Anblick so aus der Bahn warf. Er hatte also eine Freundin. Mindestens, wenn sie nicht vielleicht sogar verlobt waren. Oder verheiratet. Nein, korrigierte sie sich, sie konnte sich nicht daran erinnern, dass er einen Ring getragen hatte. Letzteres war somit eher unwahrscheinlich.

Na schön, aber das erklärte noch immer nicht, weshalb er sich innerhalb einer Sekunde vom netten, hilfsbereiten Typ von nebenan zu Mr. Hyde verwandelt hatte.

Als sie ihren Großonkel an diesem Morgen darauf angesprochen hatte, hatte der nur verächtlich geseufzt und abgewinkt. Nicht ein Sterbenswörtchen hatte er verlauten lassen. Doch das überraschte sie mittlerweile nicht einmal mehr.

»Anna?« Kristján sah sie fragend an. »Hast du mir überhaupt zugehört?«

Schuldbewusst zog sie die Schultern hoch. »Entschuldige bitte, der Haifisch steigt mir wohl zu Kopf.«

Er schob sich die Sonnenbrille ins Haar und nahm ihre Hand. »Da hilft nur ein kleiner Tanz.«

»Ein Tanz? Ich denke nicht, dass das eine gute Idee ist.« Sie umfasste seine Finger, rührte sich jedoch nicht vom Fleck.

»Natürlich ist es das. Komm.« Er zog sanft, aber nachdrücklich an ihrem Arm, bis sie nachgab und sich zögernd erhob.

Magnús warf ihr einen amüsierten Blick zu. »Viel Spaß. Und nicht zu viel nachdenken. Dann klappt das schon.«

Anna zwang ein Lächeln auf ihre Lippen und ließ sich von Kristján auf die Tanzfläche führen. Die Band spielte gerade einen ABBA-Hit, und Kristján umfasste ihre Taille mit selbstsicherem Griff. Er zog sie dichter an sich, doch obwohl sie seine Nähe sonst immer genossen hatte, fiel es ihr in diesem Moment mehr als schwer. Ihr blieb nicht verborgen, dass alle um sie herum mehr oder weniger verstohlen zu ihnen herüberschauten. Die ein oder andere Damenrunde tuschelte aufgeregt. Es war nicht zu übersehen, dass die Leute Kristján erkannt hatten.

Und derart im Rampenlicht zu stehen, gab ihr ein unbehagliches Gefühl. Noch dazu konnte sie Arons verächtlichen Blick auf sich spüren. Plötzlich fühlten sich ihre Füße wie Betonklötze an, und sie hatte Schwierigkeiten, sich einigermaßen elegant im Takt der Musik zu bewegen.

»Entspann dich«, raunte Kristján ihr zu. »Wir wollten uns doch kennenlernen, oder? Lassen wir die Musik einen Moment für uns sprechen. Letztes Mal hat das ja auch ganz gut funktioniert, oder?« Er lächelte sie verwegen an, und die Erinnerung an ihren Tanz auf seiner Party flutete ihr Gedächtnis. Er hatte recht. Sie wollte ihn kennenlernen. Er war ein intelligenter, ehrgeiziger und attraktiver Mann. Alles, wonach sie immer gesucht hatte. Also würde sie diesen Moment jetzt genießen.

Sie richtete den Blick auf seine Schulter und ließ sich von ihm über die Tanzfläche führen. Langsam entspannte sie sich ein wenig. Als Kristján sie in einer gewagten Drehung herumwirbelte, lachte sie und legte ihm die Arme um den Hals.

»Siehst du«, flüsterte er, und seine Lippen strichen sanft über ihr Ohr. »Ich wusste doch, dass dir das gefällt.«

Sie schaute weiter auf seine Schulter und lächelte zufrieden.

Als sie nach einem weiteren Song von der Tanzfläche traten, entdeckte sie ihren Großonkel etwas abseits. Er stand mit Rakel und ihrem Mann zusammen und unterhielt sich für seine Verhältnisse geradezu angeregt.

»Wie schön, dass ihr hergekommen seid«, begrüßte Rakel sie strahlend, als Kristján und sie sich zu ihnen gesellten. »Und du hast es tatsächlich geschafft, Magnús zu überzeugen.«

Anna nickte ihr zu. »Danke dir für den Tipp. Ihr habt euch wirklich viel Mühe mit dem Fest gegeben.«

»Es hat seit Jahrzehnten Tradition«, antwortete Rakel, wurde jedoch im nächsten Moment von der brünetten Schönheit abgelenkt, die vor einigen Minuten noch um Arons Hals gehangen hatte und nun auf sie zukam.

»Hey, Rakel!«, rief sie und zog die ältere Frau in eine kurze Umarmung. »Du hast ja gar nicht verraten, dass du neuerdings Freunde beim Fernsehen hast.« Sie lachte und warf Kristján einen interessierten Blick zu.

»Beim Fernsehen?« Rakel sah ihn neugierig an.

Kristján grinste stolz und fuhr sich lässig durch die Haare. »Gelegentlich. Und in Zukunft sogar öfter.«

»Wie aufregend.« Rakel hob beeindruckt die Augenbrauen.

»Wir haben uns ja auch noch nicht richtig vorgestellt. Kristján Andersson.« Er reichte erst Rakel, dann Arons Freundin die Hand.

»Isa LaBelle«, stellte die sich vor. »Also eigentlich Isabel, aber das andere ist mein Künstlername.«

Künstlername? Anna hätte beinahe geprustet. Wer bitte war sie denn, dass sie einen Künstlernamen brauchte?

»Isa ist unser kleines Influencersternchen, oder wie die jungen Leute das heute nennen«, erklärte Rakel.

O ja, das passte. Zugegebenermaßen war Isabel wirklich hübsch, aber sie war so akribisch geschminkt und zurechtgemacht, dass man leicht erahnen konnte, wie viele Stunden sie jeden Morgen im Bad stand, ehe sie vor die Tür trat. Anna erwischte sich bei dem Gedanken, dass sie nicht vermutet hätte, jemand wie diese Isa LaBelle könnte zu Aron passen. Er wirkte viel zu bodenständig für so viel Social-Media-Hype.

Doch das ging sie nichts an.

Rakel stellte sie einander vor, und Isabel lächelte freundlich, wandte sich dann aber wieder interessiert an Kristján, um ihm von ihrer letzten Kampagne in Reykjavík zu erzählen.

Offenbar konnte sie tatsächlich von dieser Influencer-Geschichte leben. Allerdings hörte Anna ihr nur mit halbem Ohr zu, denn sie befürchtete mit wachsender Unruhe, Aron könnte jeden Moment auftauchen und nach seiner Freundin sehen.

»Also, bevor die Fernsehprominenz sich wieder vom Acker macht, schuldet sie mir aber einen Tanz«, verkündete Isabel nun und lachte hell.

Kristján zuckte mit den Schultern. »Meinetwegen.« Er blickte zu Anna und zog sie kurz an sich. »Ist doch in Ordnung, oder?«

»Ja, natürlich«, entgegnete sie und erwiderte sein Lächeln. Er küsste sie flüchtig auf die Stirn, dann hielt er Isabel den Arm hin, die sich strahlend unterhakte und ihm Richtung Tanzfläche folgte.

»Ein guter Fang«, sagte Rakel und zwinkerte Anna zu. »Du hast ja gar nicht erzählt, dass du auch einen Schwiegerneffen hast«, fügte sie an Magnús gewandt hinzu, der sich mit Jón unterhielt.

»Oh, nein, so offiziell ist es noch nicht«, schaltete sich Anna hastig ein. »Wir haben uns gerade erst kennengelernt. Hier auf Island.«

»Verstehe.« Rakel lächelte freundlich. »Er wirkt jedenfalls sehr angetan von dir.«

»Rakel«, erklang da auf einmal die tiefe, warme Stimme, vor der Anna sich bereits gefürchtet hatte. Als Aron sie und Magnús entdeckte, stockte er. »Egal, ich such woanders«, murmelte er dann und war schon im Begriff, sich wieder umzudrehen.

Aber Rakel hielt ihn am Ärmel seines Baumwollhemds fest. »Warte, du suchst bestimmt Isa. Sie ist gerade tanzen gegangen. Ich wollte dich kurz unseren Gästen vorstellen.«

»Nicht nötig«, sagte er steif und richtete den grimmigen Blick auf Magnús und sie. Ihr Großonkel bekam jedoch nicht allzu viel davon mit. Er unterhielt sich noch immer angeregt mit Jón über alte Motoren.

»Wir kennen uns schon«, fügte Aron dann hinzu und wollte sich aus Rakels Griff befreien.

»Ach, das ist ja ein netter Zufall. Jetzt sei nicht so schrecklich unhöflich und bleib einen Moment«, kommandierte die scharf und zog ihn neben sich. »Isa tanzt mit Annas Freund Kristján. Da wäre es doch angemessen, wenn du sie aufforderst.«

»O nein«, widersprachen sie wie aus einem Munde. Aron hob abwehrend die Arme. »Bei aller Liebe, Rakel, da bin ich raus.«

»Was ist denn los mit dir? Die paar Minuten wirst du wohl Zeit haben. Zeig mal ein bisschen Manieren, Junge. Und jetzt los.« Sie schaute ihn auffordernd und streng an.

Er schnaubte frustriert und gab ein so verzweifeltes Bild ab, dass er Anna an einen kleinen Schuljungen erinnerte und sie beinahe losgelacht hätte.

»Also bitte.« Er suchte kurz ihren Blick und nickte Richtung Tanzfläche.

»Oh, danke, ich kann darauf verzichten.«

»Ach was«, mischte sich Rakel ein. »Nun traut euch.« Sie gab ihnen beiden einen leichten Schubs und lächelte freundlich, aber bestimmt.

Anna ahnte, dass man ihr jetzt lieber nicht widersprach. Offenbar würde sie so schnell nicht nachgeben. Seufzend folgte sie Aron zum hintersten Rand der Tanzfläche, wo sie möglichst wenig Leute sehen konnten. Sie atmete tief durch. Das war keine gute Idee. Und sie wusste es, schon bevor sie den ersten Schritt zusammen gesetzt hatten.

Mit starrem Blick und aufeinandergebissenen Kiefern drehte Aron sich zu ihr um. Dann streckte er ihr eine Hand entgegen. Sie sah ihm kurz in die Augen und legte ihre Hand in seine. Die Schwielen auf seiner warmen Handfläche fühlten sich beinahe vertraut an. Und so sehr sie versuchte, sich dagegen zu wehren, durchströmte sie doch ein wohliger Schauer.

Er trat einen Schritt auf sie zu und zog sie an sich. Nicht so dicht, dass sie seine Brust berührte, aber dicht genug, dass sein Duft sie umgab.

»Sie war früher meine Lehrerin, bevor sie den Laden übernommen hat«, brummte er. »Seiner Lehrerin schlägt man keinen Gefallen ab.«

»Ich habe mich schon gewundert, warum du auf einmal zum kleinlauten Schuljungen mutiert bist«, sagte sie mit sarkastischem Ton und folgte seinen Schritten. Gerade spielte ein schneller Whitney-Houston-Song. Immerhin kein vor Romantik triefender Schmachtfetzen.

Er antwortete nicht darauf. Stattdessen brummte er nach einer Weile: »Glaub mir, ich hätte nur allzu gern drauf verzichtet.«

Es sollte ihr egal sein. Aber dennoch verletzten seine Worte sie. »Solange du dich weigerst, mir zu erzählen, was ich angeblich getan haben soll, kann ich deiner plötzlichen Abneigung nicht ganz folgen.«

Ein paar Takte spürte sie bloß, wie sein Atem über ihr Ohr strich und sich seine Finger etwas fester um ihre schlossen.

»Frag deinen Großonkel«, brachte er schließlich hervor. Er schob sie von sich weg, um sie zu drehen, und ihre Blicke trafen sich. In seinen Augen standen Zorn und Verbitterung.

»Meinst du nicht, das habe ich längst?«, raunte sie, als er sie wieder zu sich zog. »Aber er ist genauso stur und verschwiegen wie du.«

»Das ist dann wohl dein Problem.« Mehr hatte er zu der Sache anscheinend nicht zu sagen.

Frustriert gab sie auf.

Er drehte sie wieder und zog sie schwungvoll an sich, diesmal etwas näher. Der Stoff seines Hemdes rieb über ihr

Kinn, und sie hatte einen Moment lang das Gefühl, sie könnte seinen Herzschlag hören. Doch dann war das Lied zu Ende, und er ließ die Arme sinken und trat einen Schritt zurück, so abrupt, als hätte er sich verbrannt.

»Mach's gut, Anna.« Er nickte knapp, wandte sich um und ließ sie auf der Tanzfläche stehen.

Frustriert starrte sie ihm nach. Dieser Mann warf unanständig viele Fragen in ihr auf. Und langsam hatte sie wirklich genug von der Geheimniskrämerei, die hier jeder betrieb.

***

»Soll ich heute Nacht bleiben?«

Anna wandte überrascht den Kopf und sah Kristján an. Das Licht des Leuchtturms legte einen warmen Schimmer auf seine Züge. Er hatte Magnús und sie nach dem Fest nach Hause gefahren. Ihr Großonkel war so müde gewesen, dass er sich sofort ins Haus zurückgezogen hatte, während Anna und Kristján noch auf dem Hof standen und den Abendhimmel bewunderten.

»Ehrlich gesagt wäre es mir lieber, wenn du fährst.« Sie schaute ihn sanft an. »Versteh das nicht falsch, es war sehr schön heute, und ich weiß es wirklich zu schätzen, dass du extra aus Reykjavík hergekommen bist. Aber es ist mir einfach zu früh.«

»Schon gut.« Er strich ihr eine Haarsträhne aus der Stirn. »Das habe ich mir bereits gedacht. Und ich habe dir versprochen, dir so viel Zeit zu geben, wie du brauchst.«

Sie lächelte und ließ sich in seine Arme sinken. Seine Lippen schmeckten nach Wein und dem salzigen Stockfisch, den sie vorhin gegessen hatten. Während er sie küsste, spürte sie, wie er sie immer dichter an sich zog. Bis er seine Hand unter ihr Shirt schob. Bestimmt legte sie beide Fäuste auf seine Brust und drückte ihn von sich weg. »Kristján …«

»Einen Versuch war es wert.« Er zwinkerte. »Gute Nacht, Anna.«

Sie verdrehte ironisch die Augen und lachte. »Gute Nacht. Komm gut nach Hause.«

Er setzte sich ans Steuer seines Wagens und hob zum Abschied noch einmal die Hand.

Während sie ihm hinterhersah, tobte ein Sturm widersprüchlicher Gefühle in ihr. Einerseits bedauerte sie es, dass der schöne Tag mit ihm vorüber war, und sein Kuss sandte ein angenehmes Kribbeln durch ihren Körper. Doch gleichzeitig schwelte der Ärger über Aron in ihr. Und sie hatte schon eine Idee, wie sie den wieder loswerden konnte.

Entschlossen stapfte sie ins Haus, schnappte sich ihren Laptop und richtete sich im Wohnzimmer ein. Der Ärger, der Frust flossen durch sie hindurch in die Zeilen vor ihr.

O nein, der Buch-Aron kam an diesem Abend nicht gut weg. Und er hatte es verdient.

Kapitel 30

Öndverðarnes, Island
August 2023

Die nächsten Tage verbrachte Anna recht zurückgezogen im Leuchtturm und widmete sich ihrem Roman. Wenn sie eine Pause brauchte, wanderte sie zum Goldstrand hinunter. Sie liebte die Ruhe und Abgeschiedenheit dort. Das Spiel der Farben und Elemente, an einem Strand vereint. Das Feuer der erkalteten Lava, die die dunklen Felsen vor Tausenden Jahren geformt hatte. Das goldene Leuchten des Sandes, der Erde, die sich wie ein strahlender Schleier über den Strand ergoss. Die türkisfarbenen Wellen des Meeres, die auf den Strand trafen. Und der Wind, der sie dorthin trieb und die Sandkörner über der Bucht tanzen ließ.

Außerdem hatte Magnús ihr erlaubt, zur Kuppel des Leuchtturms hinaufzusteigen, und ihr die Mechanik des Leuchtfeuers erklärt, das sich anders als zu seiner Jugend inzwischen voll automatisiert einschaltete. Von hier oben konnte sie bis weit über den Ozean und Snæfellsnes blicken. Und wenn die Sonne schien, schnappte sie sich ihren Laptop, ein paar Kissen und richtete sich auf der schmalen Umführung vor der gläsernen Kuppel ein, um zu schreiben. Genau wie an diesem Morgen. Inzwischen war es schon fast Mittag, und sie betrachtete zufrieden die getippten Seiten auf dem Bildschirm vor ihr. Allmählich kam sie voran.

Sie klappte den Laptop zu, hob den Blick und streckte sich. Der Atlantik funkelte in einem tiefen Saphirblau, weiße Wellenkämme kräuselten die Wasseroberfläche – und dann, ganz unerwartet, entdeckte sie eine Walfinne am Horizont. Das Bild zauberte ihr sofort ein Lächeln auf die Lippen.

Am Sonntag nach dem Dorffest hatte sie zusammen mit Kristján eine Whale-Watching-Tour auf einem der Schiffe unternommen, die in Ólafsvík ablegten. Arm in Arm hatten sie an der Reling gestanden und die Schönheit der großen Meeressäuger bewundert. Diesen einzigartigen Moment an seiner Seite zu erleben, hatte sich euphorisierend und magisch angefühlt. Obwohl sein Job in Reykjavík eine Menge Überstunden und After-Work-Drinks mit Kollegen und Szeneleuten erforderte, bewies er, dass es ihm wichtig war, Zeit mit ihr zu verbringen. Und langsam traute sie sich zu glauben, dass er es wirklich ernst meinte.

Als sie Lia am Vorabend über die Entwicklungen der letzten Woche informiert hatte, war die wie zu erwarten völlig aus dem Häuschen gewesen und hatte schon ihre gemeinsame Auswanderung nach Island geplant. Seit ihre beste Freundin wieder in Hamburg war, fantasierte sie davon, alles aufzugeben und zu Per zu ziehen. Und Anna befürchtete langsam, dass sie das tatsächlich in die Tat umsetzen könnte. Wenn sie an Hamburg dachte, ihren Bürojob in der grauen Metropole, schnürte eine kalte Faust ihren Magen zusammen. Ohne Lia wäre ihr Alltag dort eine einzige triste, einsame Qual.

Sie seufzte bei der Vorstellung, warf noch einen letzten Blick auf das malerische Atlantik-Panorama vor ihr, ehe sie sich die Kissen und ihren Laptop unter den Arm klemmte und die Leuchtturmkuppel verließ. Im Wohnhaus schnappte sie sich ihre Handtasche und die Autoschlüssel, dann schlenderte sie hinaus zum Dodge. Sie wollte einen kurzen Abstecher nach Hellissandur machen, um ein paar Einkäufe zu erledigen. Magnús saß vor dem Haus in der Sonne und knüpfte eines seiner Netze. Sie winkte ihm zum Abschied zu, schob sich auf den Fahrersitz und drehte den Zündschlüssel um. Statt des gewohnten Brummens und Ratterns erklang jedoch nur ein leises Keuchen. Sie versuchte es noch einmal, aber der Motor sprang nicht an. Beim dritten Mal hatte sie Glück, auf der Anzeige leuchteten allerdings verdächtig viele rote Lämpchen. Kein gutes Zeichen.

Sie stellte den Motor wieder ab und stieg aus dem Wagen.

»Die Kontrollleuchte blinkt!«, rief sie Magnús zu.

Der erhob sich und kam zu ihr herüber. »Lass mal sehen.«

Er öffnete die Motorhaube und prüfte den Ölstand und einige Dichtungen. »Das muss sich Jón mal anschauen. Bis zur Werkstatt schaffe ich es noch damit«, meinte er dann.

»Nein, schon in Ordnung, ich mache das.« Sie lächelte zuversichtlich. »Ich wollte ja eh in die Stadt.«

Ihr Großonkel zögerte einen Moment. »Aber du weißt, dass …« Mitten im Satz brach er ab.

»Dass was?«

»Ach nichts.« Er wischte durch die Luft und schloss die Motorhaube. »Fahr vorsichtig.«

Sie nickte und setzte sich wieder ans Steuer. Kurz darauf rumpelte sie Richtung Hellissandur. Hoffentlich würde sich die Reparatur in Grenzen halten. Sie hatte nur wenige Ersparnisse. Und sie vermutete, dass es um Magnús' Vermögen nicht sonderlich anders bestellt war, da er sich sehr sparsam verhielt. Sie konnten und wollten nicht auf den Dodge verzichten.

Die Werkstatt von Rakels Mann lag am Ortsrand. Ein flacher Stahlbau mit einem roten Dach, das ihr schon von Weitem entgegenleuchtete. Nachdem sie die Einkäufe im Ort erledigt hatte, war sie ihrem Navi gefolgt und hatte die Werkstatt ohne Probleme gefunden. Als sie ausstieg, war von Jón keine Spur. Also ging sie ein Stück in die Werkstatt hinein. In der Mitte der Halle stand ein alter VW auf einem Bock, der offenbar einer Generalüberholung unterzogen wurde.

Neugierig betrachtete sie die Schwarz-Weiß-Fotos an den Wänden, die aus den frühen Jahren der Werkstatt stammen mussten. Im Augenwinkel nahm sie plötzlich eine Bewegung wahr und drehte sich um. Ein aufgeregter Golden Retriever sprang auf sie zu. Das durfte doch nicht wahr sein …

»*Get ég aðstoðað?*«, erklang da schon Arons Stimme. Er kam aus einem Nebenraum und stoppte abrupt, als er sie sah. »Oh, du bist es. Dann kann ich leider nicht behilflich sein.« Ohne mit der Wimper zu zucken, drehte er um und ging wieder in das kleine Büro.

Sie seufzte. So lästig er auch war, sie brauchte offenbar seine Hilfe. »Hey, warte!«, rief sie ihm hinterher und folgte ihm. »Was machst du hier? Wo ist Jón?«

»Jón arbeitet heute nicht«, antwortete er und setzte sich an den Schreibtisch vor den Rechner.

Sherlock drängelte sich an ihre Seite und hoffte anscheinend auf eine Krauleinheit. Sie tätschelte ihm den Kopf. Immerhin hatte das eine beruhigende Wirkung auf ihre äußerst strapazierten Nerven.

»Und deshalb arbeitest du jetzt hier? Ich dachte, du führst eine Farm.«

Sichtlich genervt hob Aron den Kopf und sah sie an. »Ich führe eine Farm. Aber wenn ich etwas Zeit habe, helfe ich bei Jón aus. Überraschung.«

Und was für eine Überraschung das war. Annas Puls war auf hundertachtzig. Weshalb musste das Schicksal sie so quälen?

»Schön. Dann musst du mir eben helfen. Bitte«, schob sie widerstrebend hinterher. »Die Kontrollleuchte vom Dodge blinkt. Magnús sagt, dass es dringend ist. Weite Strecken schafft er nicht mehr.«

»Nicht mein Problem«, blaffte er und klickte auf dem Monitor herum.

Sie biss die Zähne aufeinander. Dieser Typ machte sie fuchsteufelswild. Dabei war sie normalerweise tiefenentspannt.

»Du arbeitest hier. Und ich brauche dringend einen Termin. Also gib mir einen, Aron«, knurrte sie.

»Lass mich kurz schauen. Alles belegt. Sorry.« Er hob die Schultern und machte sich nicht einmal die Mühe, ihr dabei ins Gesicht zu sehen. Stattdessen starrte er weiter auf den Bildschirm des Rechners.

»Dann möchte ich mit deinem Chef sprechen. Es wird ihn sicher interessieren, wie du die Kundenzufriedenheit mit Füßen trittst. Und zahlende Kundschaft aus Bequemlichkeit abweist.« Sie verschränkte trotzig die Arme vor der Brust und fixierte ihn.

»Jón und Rakel sind weggefahren. Er kommt erst Mitte nächster Woche wieder. Bis dahin hab ich hier das Sagen.« Er tippte unbeeindruckt auf der Tastatur herum.

Mitte nächster Woche, so lange konnte sie nicht warten. Sie waren auf den Dodge angewiesen, außerdem wäre sie dann längst wieder in Hamburg, und Magnús müsste sich allein um die Reparatur kümmern. »Komm schon«, versuchte sie es und konnte nicht verhindern, dass sie langsam ziemlich verzweifelt klang. »Du weißt genau, dass ich den

Wagen vorher brauche. Und bis zu einer anderen Werkstatt schaffe ich es damit nicht.«

»Stimmt«, entgegnete er trocken, ohne aufzublicken.

Es war genug. Dieser dreiste, sture Insulaner hatte es geschafft. Ihre Wut explodierte wie ein farbenfrohes Feuerwerk in ihrem Innern. Sie gab auf. Bitte, sollte er seine Tour doch durchziehen.

»Weißt du was? Fahr zur Hölle, Aron! Keiner braucht deine Hilfe!« Wütend stürmte sie hinaus und lief zurück zum Dodge. Sherlock folgte ihr und stupste seine Nase tröstend gegen ihr Bein, als sie einsteigen wollte. »Schon gut, Kleiner. Ist nicht deine Schuld, dass dein Herrchen so ein elender Sturkopf ist.« Sie kraulte ihn hinter dem Ohr, dann schob sie ihn von sich und schickte ihn weg.

Frustriert startete sie den Motor, was nach drei vergeblichen Versuchen auch klappte, und ratterte vom Hof. Sobald sie wieder auf der Straße unterwegs war, wurde ihr bewusst, wie dumm diese Entscheidung gewesen war. Die Kontrollleuchte blinkte stetig, und sie musste jeden Moment befürchten, dass der alte Wagen den Geist aufgab. Doch sie hatte keine andere Wahl. Oder vielmehr hatte Aron ihr keine andere Wahl gelassen.

Sie würde unverrichteter Dinge zum Leuchtturm zurückkehren und es an einem anderen Tag probieren müssen, an dem Jón wieder da war. So lange würde sie beten müssen, dass der Dodge durchhielt.

Die Wut in ihr formte sich zu einem schweren erstickenden Kloß, der sich in ihre Kehle setzte. Was hatte sie Aron getan? Was konnte ihre Familie getan haben, das er ihr anlastete und weshalb er sich so kalt und herzlos verhielt? Dabei hatte sie doch gespürt, dass er ein guter Mensch war. Sanft und freundlich. Sie hatte es in seinen Augen gelesen.

Am Strand und als er sie mit zu den Schafen genommen hatte. Und ganz kurz, nur für den Hauch eines Moments, hatte diese Wärme auch beim Dorffest in seinem Blick gelegen, als er sie beim Tanzen im Arm gehalten hatte.

Was also war geschehen, das ihn derart veränderte? Welches Geheimnis verbargen hier alle vor ihr?

Sie spürte, wie Tränen der Verzweiflung und der Frustration in ihr aufstiegen. Sie hatte es so satt. Niemand redete mit ihr. Und sie hatte Geduld bewiesen. Aber nun war die aufgebraucht. Sie schluchzte, und eine Träne kullerte ihre Wange hinab. Hastig wischte sie sie fort und starrte tapfer geradeaus. Es widerstrebte ihr zutiefst, das zu tun, was sie gleich tun würde. Doch sie wusste, dass es keinen anderen Weg gab. Ihr Großvater, Magnús und Aron ließen ihr keine andere Wahl.

Mit quietschenden Reifen hielt sie vor dem Leuchtturm. Im Haus war alles verlassen. Magnús musste mit dem Boot rausgefahren sein. Das war ihr nur recht. Ohne sich damit aufzuhalten, die Jacke auszuziehen, stürmte sie ins Wohnzimmer. Der Bücherschrank stand einladend vor ihr, als hätte er bloß auf sie gewartet. Sie atmete tief durch. Dann kniete sie sich mit klopfendem Herzen davor. Ihre Finger zitterten, doch sie ignorierte es. Alles in ihr war auf die Schublade am Boden des Schranks konzentriert. Sie umfasste den Griff und zog. Tatsächlich gab das Holz nach, wie schon beim ersten Mal. Und darin kam die Dokumentenmappe zum Vorschein. Sie schob sie zur Seite und griff nach dem Bündel Briefe darunter.

Das alte Papier fühlte sich zerbrechlich an, und wieder umgab sie der Duft nach Meer. Vorsichtig öffnete sie die seidene Schleife, die das Bündel zusammenhielt, und breitete die Briefe vor sich aus. Sie waren auf Isländisch verfasst.

Das hatte sie bereits erwartet, schließlich hatte ihr Großvater damals noch auf der Insel gelebt. Die Schrift war jedoch einigermaßen gut zu entziffern. Bei genauerem Hinsehen erkannte sie, dass es sich um eine weiblich anmutende Handschrift handelte. Die Briefe waren an ihren Großvater adressiert und mit dem Namen Hekla unterzeichnet, einige lediglich mit dem Buchstaben H. Die meisten von ihnen waren kürzere Nachrichten, doch ein langes Schreiben war darunter.

Aufgeregt holte Anna ihr Handy hervor und öffnete die Übersetzungsapp. Es würde mühsam sein, aber zu erfahren, was in diesen Briefen stand, wäre all die Mühe wert. Also begann sie zu tippen.

Nach einer Weile schmerzten ihre Finger, aber es war ihr gelungen, zumindest einen Teil der Briefe und kleinen Notizen sinnhaft zu übertragen, wenn sie sich auch nicht hundertprozentig auf die Übersetzung der App verlassen wollte. Dennoch reichte sie allemal, um zu verstehen, was diese Frau vor vielen Jahren ihrem Großvater geschrieben hatte.

Lieber Gunnar,
die letzte Zeit war schwer. Der Tod deines Vaters hat dir viel abverlangt. Nun lastet noch mehr Verantwortung auf deinen Schultern. Dabei warst du immer schon ein pflichtbewusster, fleißiger Mann. Und es bricht mir das Herz, dass ich dir nicht die Unterstützung sein kann, die du in dieser Zeit brauchst.
Ich sei da und doch nicht, hast du vor ein paar Tagen gesagt. Und du hast recht. Ich spüre es selbst. So oft hast du nach dem Grund gefragt, und ich konnte ihn dir nicht nennen. Ich habe es nicht über die Lippen gebracht, wenn du vor mir standest. Mein guter Gunnar, mit

einem Herzen so groß und rein wie das Meer. Aber du sollst und musst es erfahren. Ich kann nun nicht länger vor der Wahrheit davonlaufen.
Also habe ich diesen Weg gewählt. Hinterlasse dir diese Zeilen an unserem Platz am goldenen Strand. Wo du sie finden und in Ruhe lesen kannst, bevor du entscheidest, ob du mir noch einmal ins Gesicht sehen willst. Es ist für uns beide wohl der einfachste Weg. So hoffe ich jedenfalls.
Gunnar, ich weiß kaum, wie ich beginnen soll. In der Nacht vom Dorffest ist etwas geschehen, was mein Leben verändert hat. Ich war schrecklich naiv, und doch fühlt es sich an, als wäre mir dort das Wichtigste geschenkt worden, was ich je besessen habe.
Du erinnerst dich sicher, dass ich getanzt habe. Es war einer dieser Abende, an denen man ausgelassen und fröhlich ist und die Musik in jeder Ader pulsieren spürt. Und dort, im Schein der Fackeln, habe ich mein Herz an ihn verloren. Ich ahne, welche Schmerzen dir diese nächsten Zeilen bereiten werden, und ich gräme mich, doch ich muss es dir endlich offenbaren.
Er stand allein am Feuer. Als ich ihn dort sah, hat er mich in seinen Bann geschlagen. Wir tanzten und lachten. Und als das Fest langsam zu Ende ging, schlichen wir uns davon. Hinaus zu den Klippen, wo wir ungestört waren.
Ich wusste, dass es falsch ist, dass ich mich naiv und leichtgläubig verhalte, doch er hat etwas tief in mir berührt. Und ich war ihm willenlos ergeben. Anders kann ich es nicht beschreiben. Wir haben die Nacht miteinander verbracht, aber am nächsten Tag war er fort.
Ich vermag kaum auszudrücken, wie leid es mir tut,

Gunnar. Niemand hat mir bisher solch bedingungslose Liebe und Unterstützung entgegengebracht wie du. Du bist ein guter Mann. Sanftmütig und loyal, und das habe ich immer geschätzt. Also bitte ich dich, verzeih mir. Und wenn du das nicht kannst, so hoffe ich, dass du irgendwann an unsere schönen Zeiten zurückdenkst und mir zumindest nicht mehr grollst.
Ich werde fortgehen. Ich habe Margrét gebeten, mir bei der Suche nach einer Arbeit im Osten der Insel zu helfen. Doch ich gehe nicht allein. Die Nacht ist nicht ohne Folgen geblieben. Ich trage sein Kind unter meinem Herzen. Lange werde ich es nicht mehr verbergen können. Mein Vater würde mir nie vergeben, daher werde ich meine Familie verlassen.
Es schmerzt mich, aber ich habe mich mit meinem Schicksal abgefunden. Ich habe diesen Weg gewählt. Nun werde ich ihn gehen und sehen, wohin er mich führt.
Verzeih mir, Gunnar.
Ich werde dich nie vergessen.

Deine Hekla

Kapitel 31

Skarðsvík, Island
Spätsommer 1963

Gunnar ließ den Brief sinken, und die Welt um ihn herum verschwamm. Kraftlos sackte er in den nassen Sand des Goldstrands. Der Nieselregen durchnässte sein Haar und drang langsam durch seinen Pullover, doch es war ihm egal. Er spürte nichts. Nur die dunkle Leere, die sein Herz erfasste. Sie hatte ihn hintergangen. Ihn im Glauben gelassen, er wäre der einzige Mann für sie. Während er ihr blind vertraut und verliebt ihre Hand gehalten hatte, hatte sie sich in die Arme eines anderen geworfen. Und diesem Mann alles gegeben. Alles, wonach zu fragen er bisher nie gewagt hatte. Um sie nicht zu drängen. Und weil er spürte, dass sie nicht bereit gewesen war, es mit ihm zu teilen.

Bei dem Gedanken befiel ihn Übelkeit. Wer mochte dieser andere sein? Die Erinnerungen an den Abend tauchten dunkel und verschwommen in seinem Gedächtnis auf. Er hatte sie gesehen, so strahlend und schön und ausgelassen, wie er sie liebte. Ja, sie hatte mit Männern getanzt. Und dann fiel es ihm blitzartig ein. Eine eisige Kälte fraß sich durch seine Adern.

Es gab keinen Zweifel. Alles ergab auf einmal Sinn. Das plötzliche Verschwinden. Dass er sich nachts spät in der Dunkelheit herumdrückte und ihm auswich, wann er konnte.

Gunnar kannte diesen Mann besser, als ihm lieb war.

Ein brennender Schmerz bohrte sich durch seine Brust. Er war hintergangen worden. Von denen, die ihm am nächsten standen. Von allen Männern, warum hatte sie ausgerechnet diesen gewählt?

Wut und Zorn tobten in einem alles vernichtenden Sturm durch sein Inneres. Er sprang auf die Füße und steckte den Brief in seine Hosentasche. Dann griff er nach Auðurs Zügeln und schwang sich auf seinen Rücken. Der Wallach spürte seine Aufgebrachtheit und tänzelte nervös, doch Gunnar lehnte sich an seinen Hals und trieb ihn vorwärts. Sie flogen dahin, dass der Sand hinter ihnen in einer goldenen Wolke aufstob.

In der Küche des Leuchtturms brannte Licht. Kaum erreichten sie den Hof, sprang Gunnar aus dem Sattel. Er stürmte zur Tür und stolperte polternd die wenigen Stufen vor dem Eingang hoch. Als er in die Küche trat, saß Magnús am Tisch und trank seelenruhig einen Kaffee. Hass durchflutete Gunnar. Nie hätte er gedacht, dass er einmal so beim Anblick seines Bruders empfinden würde.

»Was ist los?«, fragte Magnús und schaute ihn verwundert an. »Du siehst aus, als wärst du überfallen worden.«

»Überfallen nicht, aber hintergangen«, knurrte er und funkelte seinen Bruder wütend an.

»Wie meinst du das?« Magnús stockte und zog die Stirn kraus. »Von wem?«

»Jetzt tu nicht so unschuldig!« Er schlug so hart mit der Faust auf den Tisch, dass sich der Kaffee in Magnús' Tasse über den Tisch ergoss.

»Himmel, Gunnar!« Magnús sprang erschrocken auf. »Was ist denn in dich gefahren? So habe ich dich ja noch nie erlebt.«

»Das macht die Wut aus einem, wenn man erfährt, dass der eigene Bruder einen hintergeht. Sich draußen herumdrückt und hinter dem Rücken mit dem Mädchen trifft, von dem er weiß, dass ich es über alles liebe.«

»Wie bitte? Wovon redest du?« Magnús starrte ihn entgeistert an. Dieser gespielt entsetzte Blick ... dass sein Bruder nicht einmal jetzt den Anstand besaß, es zuzugeben, dieser Gedanke versetzte ihm den Rest, und seine Wut kochte über. Mit einem Knurren ging er auf Magnús los und packte ihn am Kragen seines Baumwollhemds.

»Gunnar ...!« Magnús drückte ihn von sich weg, aber er setzte nach und nahm ihn in den Schwitzkasten. Sie gingen ringend zu Boden und stießen dabei die Stühle um.

»Verdammt, komm zu Sinnen«, brachte Magnús hervor.

Doch Gunnar hörte ihn kaum. Wieder presste er ihn zu Boden und starrte ihn wütend an. In dem Moment holte Magnús aus und verpasste ihm einen Schlag mitten ins Gesicht.

Kurz drehte sich alles, dann sank er zurück und ließ von Magnús ab. Er hob die Hand zur Nase und fühlte das Blut, das langsam daraus hervorsickerte.

»Entschuldige.« Magnús rappelte sich auf und setzte sich neben ihn. »Aber du warst nicht anders zu bremsen.« Er legte die Hand auf Gunnars Arm. »Was ist los? Was soll ich gemacht haben?«

Gunnar zuckte vor seiner Berührung zurück und starrte ihn böse an. »Du hast mit Hekla geschlafen. Obwohl du wusstest, dass ich sie liebe.«

»Was?« Magnús starrte ihn entgeistert an. »Nein, nein, das habe ich nicht. Wie kommst du darauf?«

»Es muss so sein«, knurrte Gunnar beharrlich. »Es ergibt auf einmal alles Sinn. Weshalb du dich ständig draußen herumdrückst und mir aus dem Weg gehst. Also, sei ein Mann und gib es wenigstens zu.«

»Das würde ich ja, wenn es stimmen würde. Doch das tut es nicht.« Magnús schaute ihn verzweifelt an. »Ich schwöre es dir, zwischen Hekla und mir ist rein gar nichts. Ich kenne sie kaum. Aber ja, ich weiß, dass sie dir viel bedeutet. Ich habe euch zusammen am Goldstrand gesehen.«

Gunnar schnaufte. »Dann nenn mir einen logischen Grund, weshalb du dich draußen herumdrückst.«

Magnús lehnte den Kopf gegen den Küchenschrank, vor dem sie saßen, und atmete schwer aus. »Ich weiß, ich bin dir keine große Hilfe. Bin es noch nie gewesen.« Er zögerte, bevor er fortfuhr: »Seit Vaters Tod fühle ich mich so unendlich verloren. Ich weiß, ich habe immer schon gemacht, wonach mir der Sinn stand. Aber seit Vater von uns gegangen ist, ertrage ich es nicht mehr, hier im Haus zu sein. Also schleiche ich mich raus, so oft ich kann. Draußen bei den Klippen kann ich atmen. Und wenn ich Tomas und Sven bei der Arbeit auf den Feldern helfe, vergesse ich für einen Moment, dass er nicht mehr da ist, und habe das Gefühl, es ist alles wie früher.«

Gunnar wandte den Kopf und sah seinen kleinen Bruder an. Der ließ traurig die Schultern hängen, und seine Brust hob und senkte sich schwer. Er fühlte, dass er die Wahrheit sagte, und ein schmerzhafter Stich des Bedauerns durchfuhr ihn. Seine Liebe für Hekla hatte ihn geblendet. Hatte ihn so rasend vor Wut gemacht, dass er seinen Bruder fälschlicherweise beschuldigt und angegangen war. Noch nie hatte er zuvor auch nur das Wort gegen ihn erhoben. Er hatte ihn immer beschützt, seinen kleinen Bruder, der den Launen ihres Vaters so oft ausgeliefert gewesen war und ihre Mutter schmerzlich vermisste. Er war immer zu klein gewesen, um sich allein zu wehren. Und doch hatte ihr Vater ihm viel bedeutet. So selten er seine sanften Seiten gezeigt hatte, sie hatten gewusst, dass er sie liebte. Und seit er nicht mehr da war, fehlte etwas im Leuchtturm.

Er legte tröstend einen Arm um Magnús' Schultern. »Tut mir leid. Ich war mir so sicher.«

»Schon gut.« Magnús lächelte schwach. »Also, ich verstehe dich ja, Hekla ist 'ne Wucht … aber meinst du nicht, dass sie sich jemand Attraktiveren als mich ausgesucht hätte?«, fragte er neckend.

Gunnar verzog gequält das Gesicht und zerwuschelte seinem Bruder die Haare. »Wenn du es nicht bist, muss es jemand anderes sein, mit dem sie auf dem Fest getanzt hat«, murmelte er und sah vor sich auf den Boden.

»Tut mir leid.« Magnús stupste ihn tröstend an. »Aber dann ist es auch besser so. Dann hat sie dich nicht verdient.«

Er ließ den Gedanken einen Moment lang durch seinen Kopf ziehen. Vielleicht hatte Magnús recht. Aber das Leben spielte selten so gradlinig, oder?

Sein Herz kannte die Antwort. Und es flüsterte ihm zu, was er tun musste.

»Ich muss ihr helfen«, sagte er. »Ich kann nicht zulassen, dass sie geht und ihre Familie zurücklässt. Und mich.«

»Weshalb will sie denn fort?« Magnús sah ihn überrascht an.

»Sie ist schwanger.« Gunnar senkte kurz den Blick. »Versprich, dass du es niemandem sagst. Ihr Vater würde sie vor die Tür setzen, wenn er es erfährt. Und von den Umständen, die dazu geführt haben.«

»Ich verrate niemandem etwas, ich verspreche es dir.« Magnús musterte ihn besorgt. »Aber wie willst du ihr helfen?«

Gunnar fasste in seine Tasche und holte ein Stofftuch hervor, mit dem er sich das Blut von der Nase wischte. Dann erhob er sich langsam. »Es gibt nur eine Sache, die ich tun kann.« Er streckte die Hand aus, zog seinen Bruder zurück auf die Füße und klopfte ihm auf die Schulter.

»Und das wäre?« Magnús sah ihn mit großen Augen an.

Doch Gunnar schwieg und wandte sich zum Gehen. Bevor er hinaustrat, blieb er noch einmal auf der Küchenschwelle stehen und drehte sich um. »Wir machen den Leuchtturm wieder zu unserem Zuhause, Magnús. Hier werden wieder Leben und Freude herrschen. Er ist unsere Heimat.« Dann ging er ins Wohnzimmer, schloss die Schublade des Bücherschranks auf und griff nach der kleinen Holzschatulle, die darin seit vielen Jahren ruhte. Vorsichtig schob er sie in seine Tasche, verriegelte die Schublade von Neuem und stürmte hinaus. Im Hof wartete Auður geduldig auf ihn. Als er die Zügel umfasste, schnaubte der Wallach leise.

»Schon gut, mein Kleiner. Wir machen noch einen kurzen Ausflug.« Mit pochendem Herzen schwang er sich wieder in den Sattel und ritt hinaus in den dämmernden Abend.

***

Der Hof von Lars Johansson hob sich dunkel vor den Bergen des Hochlands ab. Nur in einem der Wohnräume brannte Licht.

Gunnar stieg ab und führte Auður zu einem der Zäune vor dem Stallgebäude. Dort band er ihn an und ging auf das Wohnhaus zu. Erst nachdem er dreimal geklopft hatte, öffnete sich die Tür. Lars streckte verwundert den Kopf heraus. »Gunnar, was machst du denn hier?«

»Guten Abend, Lars. Ich muss mit Hekla sprechen. Es ist dringend.«

Ihr Vater runzelte die Stirn, dann trat er jedoch zurück und zog die Tür weiter auf, um ihn hereinzulassen. »Sie ist in ihrem Zimmer.«

Gunnar nickte. »Danke.«

Er ging durch den Flur und bog rechts ab. Er erinnerte sich noch daran, wo sich ihr Zimmer befand, aus den Tagen ihrer Kindheit, in denen sie dort oft zusammen gespielt hatten. Niemals hätte er damals zu hoffen gewagt, dass es wahr werden würde. Dass er einmal mit diesem Anliegen an ihre Tür klopfen würde.

Im Zimmer blieb es still. Schließlich erklang ein zögerliches »Herein.«

Er öffnete die Tür, und Dunkelheit schlug ihm entgegen. »Hekla?«, fragte er verwundert.

»Gunnar.« Er hörte, wie sie aufkeuchte. »Ich bin hier, auf dem Bett. Bitte lass das Licht aus.«

Er folgte ihrer Stimme und schloss leise die Tür. Als er das Bett erreichte, ließ er sich auf der Kante nieder. Offenbar hatte sie die schweren Vorhänge zugezogen, um selbst das dämmrige Licht der Mitternachtssonne aus ihrem Zimmer zu verbannen. Durch einen kleinen Spalt drang ein dunkelroter Schein hinein, und er erkannte ihre Silhouette am Fußende. Sie hatte sich auf der Matratze zusammengekauert und die Knie unters Kinn gezogen.

»Weshalb sitzt du hier im Dunkeln?«, fragte er sanft.

»Ich ertrage das Licht gerade nicht. Ich ertrage mich nicht …« Sie brach ab und seufzte schwer. »Hast du meinen Brief gelesen?«, wisperte sie dann mit bebender Stimme.

»Ja.« Er schluckte, als ihn der Schmerz wieder erfasste. Doch er verdrängte ihn bestimmt. Was geschehen war, war geschehen. Nun blieb ihm diese eine Chance, ihre Zukunft zu retten. Ihre gemeinsame Zukunft. Vorsichtig tastete er nach ihrer Hand. Sie fühlte sich furchtbar kalt an. Aber sie ließ zu, dass er sie berührte.

»Du bist trotzdem hier?«, klang ihre Stimme leise durch die Dunkelheit.

»Ja, bin ich.« Er seufzte. »Ich kann nicht ungeschehen machen, was du getan hast. Und ja, du hast mich tief verletzt. Doch du ...« Er räusperte sich. »Du bist alles für mich, Hekla. Ich kann nicht mit ansehen, wie du dich selbst ins Unglück stürzt. Wie du von hier fortgehst. Von deiner Familie. Deinem Pferd. Deiner Heimat. Dem Land, das du so liebst. Du wirst daran zerbrechen, ich weiß es.«

Sie schluckte, dann hörte er, wie sie leise weinte. Er verstärkte den Griff um ihre Finger.

»Ich liebe dich, Hekla.«

»Nach allem, was ich dir angetan habe?«, schluchzte sie.

Beruhigend strich er über ihren Daumen. »Ja. Ich weiß, dass ich dir verzeihen kann. Und ich lasse nicht zu, dass du dich unglücklich machst. Also gib dem eine Chance, Hekla. Gib uns eine Chance. Heirate mich.«

»Was?« Sie klang ungläubig.

»Ich meine es ernst. Heirate mich. Ich werde dir ein liebender Ehemann sein und dem Kind ein guter Vater. Du kannst hierbleiben, und dein Vater muss nie erfahren, was wirklich geschehen ist. Zieh zu mir in den Leuchtturm. Wir haben hier alles, was wir brauchen. Ich kann für uns sorgen.«

Eine ganze Weile herrschte Stille, nur das Heulen des Windes drang von draußen herein. Dann spürte er den Druck ihrer Finger. »Ja«, flüsterte sie.

»Bist du dir sicher?« Er wagte kaum zu atmen. »Trotz allem möchte ich, dass du dir sicher bist.«

»Ja, das bin ich.« Sie lehnte sich zu ihm. »Womit habe ich dich verdient, Gunnar Eriksson?«

Eine Welle der Erleichterung durchflutete ihn, und er legte glücklich die Arme um ihren zierlichen Körper, als Hekla ihm um den Hals fiel.

»Warte«, murmelte er und schob sie sanft zurück. Dann griff er in seine Tasche und holte die filigrane Holzschachtel hervor. Er klappte sie auf, und der Schein der Mitternachtssonne fiel auf den silbernen Ring und ließ den eingefassten Opal schimmern.

Hekla keuchte.

»Das ist der Ring meiner Mutter«, sagte Gunnar und zog ihn aus der Seideneinfassung.

»Aber deine Mutter ist doch fortgegangen …« Hekla sah ihn verwundert an.

»Sie hat ihn zurückgelassen, als sie ging. Er hat mir immer schon viel bedeutet. Einst hat er meiner Großmutter gehört.« Vorsichtig nahm er Heklas Hand.

»Er ist wunderschön«, hauchte sie.

Mit klopfendem Herzen schob er ihn auf ihren zarten Ringfinger, wo sie ihn stolz betrachtete.

»Also ist es jetzt offiziell«, sagte sie und lächelte ihn an.

»Das ist es, du wirst meine Frau«, verkündete er stolz und konnte sein Glück noch immer kaum fassen.

Im nächsten Moment lag sie wieder in seinen Armen und küsste ihn stürmisch.

Kapitel 32

Öndverðarnes, Island
August 2023

Anna ließ den Brief sinken. Ein Kind von einem anderen Mann. Diese Hekla hatte ihrem Großvater das Herz gebrochen. War das der Grund gewesen, weshalb er alles auf der Insel hinter sich gelassen und in Deutschland ein neues Leben begonnen hatte? Doch so ganz schien ihr das nicht schlüssig zu sein. Es musste mehr dahinterstecken. Schließlich war der Leuchtturm seine Heimat gewesen und sein Bruder die einzige Familie, die ihm nach dem Tod seines Vaters geblieben sein musste. Selbst wenn er die Insel hinter sich lassen wollte, weshalb sollte er den Kontakt zu Magnús so rigoros abgebrochen haben?

Aus dem Flur erklang das Knarren der Tür, kurz darauf stand ihr Großonkel auf der Schwelle zum Wohnzimmer. Anna war so gelähmt von ihrer Entdeckung, dass sie sich nur langsam zu ihm umdrehen konnte und schuldbewusst aufsah. Sein Blick wanderte von dem Brief in ihrer Hand zu dem Handy in der anderen. Und dann zu den vor ihr ausgebreiteten Schriftstücken und der aufgezogenen Schublade. Er verstand. Fassungslos schaute er ihr in die Augen.

»Was hast du getan?«, brummte er.

»Ich … es tut mir leid. Aber ich musste es wissen. Tatsächlich habe ich die Schublade und die Briefe schon viel früher zufällig entdeckt und wollte sie nicht ohne deine Zustimmung lesen, doch egal, wie oft ich dich danach gefragt habe – du hast dich geweigert, es mir zu sagen. Und dann dieser Aron. Er führt sich auf, als hätte ich etwas Schreckliches getan. Er hat sich sogar geweigert, den Dodge in Jóns Werkstatt zu reparieren.« Wieder stiegen Tränen in ihr auf. Die Verzweiflung in ihr kämpfte mit dem schlechten Gewissen, das sie gegenüber ihrem Großonkel empfand. »Es tut mir wirklich leid. Ich war so verzweifelt. Ich wollte doch nur wissen, was geschehen ist.«

»Das ist nicht deine Entscheidung, Anna. Ich habe dir gesagt, dass es das Recht deines Großvaters ist, dir von seinem Leben zu erzählen, oder eben nicht.« Enttäuschung spiegelte sich in seinem Blick. Ohne ein weiteres Wort ging er zu ihr, nahm ihr den Brief aus der Hand und steckte ihn zusammen mit den anderen Notizen zurück in die Schublade. Dann schob er sie zu und holte einen silbernen Schlüssel aus seiner Tasche, mit dem er die Schublade verschloss. »Ich muss vergessen haben, sie abzuschließen.«

»Bitte, Großonkel Magnús. Können wir nicht darüber reden? Es ist doch auch meine Familiengeschichte. Ich weiß jetzt von Heklas Baby«, sagte sie vorsichtig, doch Magnús ignorierte sie und ging wütend hinaus. Auf der Türschwelle hielt er noch einmal inne.

»Du weißt gar nichts, Anna. Du hast mich schwer enttäuscht. Ich hätte nicht vermutet, dass du mich so hintergehen würdest«, entgegnete er mit ernstem Ton. Dann wandte er sich ab, und sie hörte, wie er die Treppenstufen zu seinem Schlafzimmer hinaufstieg.

Bedrückt ließ sie die Schultern sinken. Sie konnte ihn verstehen. Und doch auch wieder nicht.

Mit schweren Gliedern erhob sie sich und schlich hinaus,

um die Einkäufe aus dem Dodge zu holen. Sie musste sich ablenken und ihre Gedanken beschäftigen, damit sie nicht immer wieder um dasselbe Thema kreisten. Vielleicht würde alles schon etwas freundlicher aussehen, wenn sie die Suppe zubereitet hatte, die sie heute kochen wollte.

***

Die Stimmung im Leuchtturm blieb angespannt und bedrückt. Annas Großonkel ging ihr so gut er konnte aus dem Weg. Sie begegneten sich nur selten im Haus, und wenn es der Zufall so wollte, verließ er meist schnell den Raum. Er redete nicht mit ihr und mied ihren Blick. Und sie fühlte sich schrecklich. Dennoch verlangte er nicht, dass sie auszog. Sie hatte es angeboten, doch er hatte bloß die Lider gesenkt und müde den Kopf geschüttelt. »Nein, du kannst bleiben. Ich brauche im Moment nur etwas Abstand«, hatte er matt gemurmelt.

Am Morgen verließ er früh das Haus und kehrte erst spät zurück. Trotzdem standen stets eine Kanne heißer Kaffee und eine Portion Rührei und Fisch für Anna bereit, wenn sie morgens in die Küche trat. Es bestand also noch eine Chance, dass sich zwischen ihnen alles wieder einrenken würde. So hoffte sie zumindest. Sie hatte Magnús sehr lieb gewonnen, und es brach ihr das Herz, ihn so enttäuscht und traurig zu sehen.

Dennoch versuchte sie, das Beste aus ihren gezählten Tagen hier auf der Insel zu machen. Gestern Nachmittag war Kristján vorbeigekommen, und sie waren in seinem Cabrio zu einem der Wasserfälle in der Gegend gefahren. Die Tatsache, dass der Dodge unrepariert auf dem Hof stand, ließ es sie umso mehr genießen, auf dem Beifahrersitz des Porsches durch die Landschaft zu rauschen und der trüben Stimmung im Leuchtturm für ein paar Stunden an Kristjáns Seite zu entfliehen.

Ihm blieb natürlich nicht verborgen, dass sie einiges belastete, aber irgendetwas hielt sie davon ab, ihm von der Sache zu erzählen. Stattdessen hatte sie schnell das Thema gewechselt, wenn er es ansprach, und seine Fragen mit einer lustigen Bemerkung abgetan. Sie waren vertrauter miteinander geworden, und die Zeit mit ihm tat ihr gut. Dennoch spürte sie tief in ihrem Innern eine Barriere. Etwas, das sie davon abhielt, sich ihm vollends zu öffnen und ihm bedingungslos zu vertrauen. Es war albern, das wusste sie selbst. Schließlich hatte er seit dem Abend in Borgarnes alles dafür getan, es ihr recht zu machen, und eine Menge Einsatz gezeigt. Und doch, obwohl sie es nicht erklären konnte, blieb sie wachsam in seiner Gegenwart. Seine Küsse und Berührungen wurden drängender, und sie merkte, dass er sich mehr Nähe wünschte. Aber die konnte sie ihm nicht geben. Noch nicht.

Außerdem fragte sie sich, wie es nach ihrer Abreise mit ihnen weitergehen würde. Schließlich blieben ihr nur noch drei Tage auf Island. Als sie am späten Vormittag am Esstisch in der Küche des Leuchtturms saß und die Datumsanzeige ihres Laptops vor ihr aufleuchtete, befiel sie eine Mischung aus Wehmut und Traurigkeit. Viel zu schnell würde sie nach Hamburg zurückkehren müssen. In ihren grauen, tristen Alltag. Und mehr oder weniger unverrichteter Dinge. Zwar hatte sie es geschafft, ihren Großonkel zu finden, wofür sie sehr dankbar war. Aber das Geheimnis in der Vergangenheit ihres Großvaters war ihr verborgen geblieben. Und es sah nicht so aus, als würde sie es in den wenigen Tagen noch lösen können, wenn ihr Großonkel und Aron weiterhin die Geheimniskrämer spielten.

Sie seufzte und trank einen Schluck aus ihrer Kaffeetasse. Draußen schien endlich die Sonne, nachdem sich das Wetter am Morgen eher von seiner ungemütlichen Seite gezeigt hatte. Ein Spaziergang würde ihr guttun und ihr dabei helfen, den Kopf freizubekommen. Also klappte sie den Laptop wieder zu und schnappte sich ihre Windjacke.

Der Weg zum Goldstrand war ihr mittlerweile so vertraut, dass sie kaum noch auf die Lavafelsen achten musste, die links und rechts aufragten und sie leicht zum Stolpern bringen konnten. Als sie den Strand erreichte, atmete sie tief durch. Sie würde es vermissen, hier entlangzugehen und die prächtigen Farben zu betrachten, die jeden Tag ein wenig anders schimmerten.

Gerade als sie umdrehen wollte, um sich auf den Rückweg zum Leuchtturm zu machen, klingelte ihr Handy. Sie zog es aus ihrer Jackentasche hervor und sah auf dem Display den Namen ihres Chefredakteurs aufleuchten. Verwundert nahm sie den Anruf an.

»Frau Jacobs, entschuldigen Sie, dass ich im Urlaub störe. Sie wissen, das ist normalerweise nicht meine Art.«

Ha, dieser schamlose Lügner. Und wie das seine Art war. Sie hatte es sich bisher nur immer gefallen lassen. Ihr Job war ihr wichtig. Dennoch begriff sie langsam, dass alles seine Grenzen hatte. Auch die unbezahlten Überstunden.

»Hallo, Herr Schneyder, wie kann ich Ihnen helfen?«, fragte sie zurück, bereitete sich innerlich jedoch darauf vor, ihm die erste Absage ihres Lebens zu erteilen. Sie hatte sich diesen Urlaub verdient. Und die wenigen verbleibenden Tage auf Island würde sie bis zur letzten Sekunde genießen.

»Wir haben Ihre Reportage über die Tour durch Islands Süden in der Ausgabe der letzten Woche abgedruckt. Und sie ist durch die Decke gegangen! Eintausend Leseranfragen zu dem Artikel. Die Leute waren begeistert!«, schwärmte ihr Chef ungewohnt euphorisch.

»Oh, das ist ja fantastisch. Freut mich«, entgegnete sie.

Herr Schneyder räusperte sich. »Nun, da habe ich gedacht, dass es doch gut wäre, die Leser nicht zu enttäuschen und ihnen ein wenig mehr Island-Content zu liefern.«

»Aha.« Da war er auch schon, der Haken an der Sache.

»Also wollte ich Ihnen anbieten, dass Sie noch zwei Wochen auf der Insel bleiben und uns mit ein paar weiteren Highlights versorgen könnten.«

Überrascht hielt sie inne. Der sonst so knauserige Herr Schneyder bot ihr gerade an, ihren Aufenthalt zu verlängern? »Äh … ja, das würde ich gern machen.«

»Wunderbar«, dröhnte seine Stimme zufrieden durchs Telefon. »Aber es gibt da eine Bedingung …«

Natürlich gab es die.

»Wie Sie wissen, erweitern wir gerade unsere Zielleserschaft. Es existieren bereits eine Menge Reiseberichte über Island. Daher brauchen wir etwas ganz Besonderes. Etwas Jugendliches, Ausgefallenes, Modernes. Was richtig Hippes.«

Ah ja. »Ähm, okay. Ich lasse mir was einfallen.«

»Wusste ich's doch! Auf Sie ist immer Verlass! Großartig. Ich erwarte Ihre ersten Reportage-Ideen dann am Montagnachmittag in meinem Postfach«, verkündete er.

»In Ordnung, das bekomme ich hin.« Montag wäre ihr erster offizieller Arbeitstag nach dem Urlaub. Also müsste sie ziemlich schnell mit einem glorreichen Einfall gesegnet sein. Aber irgendwie würde sie schon etwas finden. Solange sie noch etwas hierbleiben konnte, war ihr alles recht.

»Wunderbar. Dann ist ja alles geklärt. Halten Sie die Ohren steif und wir hören uns am Montag!«, sagte ihr Chef eilig. Vermutlich saß ihm das nächste Meeting im Nacken.

»In Ordnung, bis dann, Herr Schneyder.«

Als sie aufgelegt hatte, sah sie auf und realisierte erst jetzt, was dieser Anruf gerade bedeutete. Sie würde ganze zwei Wochen länger auf Island sein. Ein warmes, euphorisches Rauschen durchströmte ihren Körper, und sie musste lächeln. Vielleicht war heute ja ihr Glückstag.

***

Drei Stunden später saß sie in dem kleinen Pub von Hellissandur und starrte ratlos auf ihren Laptop. »Was richtig Hippes« hatte Herr Schneyder verlangt, und ihr wollte beim besten Willen nichts einfallen, was dem gerecht wurde.

Nach dem Anruf hatte sie im Leuchtturm ihren Laptop eingesammelt und war bis zur Hauptstraße gelaufen. Von dort aus hatte sie den Bus ins Dorf genommen. Für die Artikelplanung hatte sie dringend eine Ortsveränderung gebraucht. Und bis der Dodge wieder zuverlässig lief, war der Bus ihre beste Wahl.

Nachdenklich rührte sie in ihrem Kaffee und schob sich einige Krabbenchips in den Mund, während sie konzentriert die Online-Karte von Island studierte. Aber bis auf die üblichen Touristenhighlights, denen sich die meisten Reiseführer widmeten, stieß sie auf keine Besonderheit.

Seufzend lehnte sie sich in dem Holzstuhl zurück und schaute durch eines der Pubfenster hinaus. Von dem schönen Wetter war nicht mehr viel zu sehen. Graue Wolken hatten sich wieder vor die Sonne geschoben, und es würde mit Sicherheit jeden Moment zu regnen beginnen. Zum Glück saß sie hier warm und trocken. Die Einrichtung des kleinen Lokals war etwas eigentümlich, aber gemütlich. Alte gerahmte Bilder des Dorfes hingen an den Wänden.

Und einige ausgestopfte Tiere. Während sie mitleidig einen flauschigen Schneehasen betrachtete, schwang die Tür auf. Und als sie sah, wer da hereinkam, wäre sie am liebsten unter den Tisch gekrochen.

»*Hvað segirðu gott*, Henrik?«, ertönte die glockenhelle Stimme von Isa.

LaBelle, ergänzte Anna in Gedanken und konnte sich ein süffisantes Grinsen gerade so verkneifen. Himmel, wann war sie so fies geworden? Diese Isabel hatte ihr schließlich nichts getan. Aber ihre Männerwahl machte sie höchst verdächtig.

Der Wirt hob lässig die Hand und lächelte Isabel freundlich zu. »Hi, Isa.«

Zugegeben, sie sah heute genauso umwerfend aus wie auf dem Dorffest. Ihr langes Haar trug sie zu einem kunstvollen Zopf geflochten, und ihr Outfit hätte aus der *Vogue* stammen können. Ziemlich gewagt für so einen kleinen Ort wie Hellissandur. Vermutlich fiel sie hier auf wie ein bunter Hund.

Sie stand eine Weile an der Bar und unterhielt sich mit Henrik. Schließlich ließ sie den Blick durch den Raum schweifen. Und entdeckte Anna.

Rasch wandte Anna den Kopf ab und starrte so gebannt wie möglich auf ihren Laptopbildschirm.

Doch es war zu spät.

»Anna?«, hörte sie Isabel fragen. Dann das Klackern ihrer Absätze, die sich ihrem Tisch näherten.

Jetzt blieb ihr nur die Flucht nach vorn. Sie atmete tief durch, ehe sie sich gespielt überrascht umdrehte. »Oh, hallo, Isabel, ich habe dich gar nicht erkannt.«

»Ach, letztes Mal habe ich ja auch eine Tracht getragen«, sagte die und lachte. »Wo ist denn Kristján?«

»In Reykjavík. Er arbeitet da gerade an den Aufnahmen seiner neuen Sendung.«

»Wie aufregend, das hat er erzählt.« Sie hielt einen Moment inne und lächelte einfach nur. Dann fragte sie: »Stört es dich, wenn ich mich zu dir setze?«

Anna schluckte. Ja zu sagen, war wohl keine Option. Also zwang sie sich zu einem möglichst authentischen Lächeln. »Nein, klar, setz dich.«

Das ließ Isa sich nicht zweimal sagen und rutschte elegant auf den Stuhl neben Anna.

»Wie lange seid ihr schon zusammen, Kristján und du?«, fragte sie und sah sie neugierig an.

Anna nahm hastig einen Schluck Kaffee. »Oh, ich … ehrlich gesagt kennen wir uns noch nicht sehr lange. Ich habe ihn vor drei Wochen kennengelernt, als ich hier nach Island gereist bin.«

Isabel nickte verständnisvoll. Und wenn Anna nicht alles täuschte, wirkte sie ein wenig erfreut.

In dem Moment kam Henrik an ihren Tisch und brachte Isa einen Latte macchiato. Sie schenkte ihm ihr perfektes Lächeln und wandte sich dann wieder Anna zu. »Aron und ich sind schon eine Ewigkeit zusammen. Wir waren gemeinsam in der Grundschule. Und mit fünfzehn sind wir ein Paar geworden. Wir kennen uns wirklich in- und auswendig.«

»Wie schön.« Etwas Besseres fiel Anna dazu nicht ein. Ihr stand nicht unbedingt der Sinn danach, sich über das Liebesleben dieses streitsüchtigen Sturkopfs zu unterhalten. Oder es sich vorzustellen.

»Was machst du da?« Isabel musterte interessiert ihren Laptop, auf dem nach wie vor die Island-Karte zu sehen war.

»Ach, nur etwas für die Arbeit.« Sie hoffte, damit davonzukommen, aber Isabel sah sie weiterhin auffordernd an. Also gut. »Ich bin Reisejournalistin. Mein Chef wünscht sich einen hippen Reisetipp zu Island. Irgendetwas Ausgefallenes, das auch die jungen Leser begeistert und sich von den üblichen Empfehlungen abhebt.«

»Und bist du fündig geworden?« Sie nippte an ihrem Macchiato.

»Äh … noch nicht.« Anna straffte die Schultern. »Aber mir fällt schon etwas ein.«

Isabel schwieg für einen Moment, und auf ihrer Stirn formte sich förmlich eine Denkblase. »Ich hätte da etwas für dich«, sagte sie nach einer Weile, und ein triumphierendes Grinsen legte sich auf ihre Lippen.

»Aha …« Anna war sich nicht sicher, ob sie ihre Hilfe überhaupt annehmen wollte. *Sei nicht so*, rügte sie sich dann selbst. Sie tat ihr unrecht. Isabel war bisher nur freundlich ihr gegenüber gewesen. »Und was?«, fügte sie etwas enthusiastischer hinzu.

»Mein Vater ist Bauunternehmer. Er hat vor ein paar Monaten ein neues Projekt im Norden abgeschlossen. Ein ultramodernes Ferienapartment, mitten in den Bergen. Mit Outdoor-Whirlpool und allem, was man sich wünschen kann. Der Aufenthalt ist an eine private Rafting-Tour für die Gäste gekoppelt. Und in der Gegend gibt es viele Möglichkeiten für Extremsportarten. Speedboat-Touren entlang der Gletscher, Hundeschlittenfahrten, Outdoor-Trecking-Touren.« Sie sah Anna vielsagend an und hob die Augenbrauen. »Das ist auf jeden Fall exklusiv und ausgefallen.«

»Stimmt.« Anna nickte langsam. Verdammt, das klang tatsächlich ziemlich passend.

»Und es gäbe noch einen Bonus …«, fügte Isa hinzu und lächelte sie breit an. »Ich bin gar nicht so unbekannt. Vielleicht würde es deinem Chef gefallen, wenn ich ein paar Empfehlungen ausspreche und für ein bisschen Content posiere.« Sie holte ihr Handy hervor und öffnete eine App, dann schob sie es Anna zu.

Himmel, Isa LaBelle hatte eine halbe Million Follower. Anna hatte sich bisher nie die Mühe gemacht, nach ihr zu suchen. Auf den Fotos ihres Accounts posierte sie gekonnt vor der atemberaubenden Landschaft der Insel und präsentierte einige Designerstücke. Aber Anna entdeckte auch Aufnahmen aus Paris, London und Mykonos. Das klang verdächtig so, als würde es Herrn Schneyder und seiner Leserverjüngungsstrategie ziemlich gut gefallen.

Sie hob den Blick und sah Isa an. »Nicht schlecht.«

»Sag ich doch. Ich spreche mit meinem Vater, aber er wird sicher einverstanden sein. Und im Gegenzug würde uns die Erwähnung in eurem Magazin reichen. Das ist gute Werbung.« Sie zwinkerte ihr zu.

Anna fühlte sich etwas überrumpelt. Andererseits klang das wirklich perfekt, und sie wäre all ihre Sorgen um einen hippen Reisetipp los. »Ich kann ja mal mit meinem Chef sprechen.«

»Tu das. Oh, das wird ein großartiges Wochenende. Kristján und du, Aron und ich, und diese Rafting-Tour. Wir werden so einen Spaß haben!« Isa schlug aufgeregt die Hände zusammen. »Und die Bilder – ich sehe sie schon vor mir!«

»Wie bitte?« Anna hätte fast den Schluck Kaffee wieder ausgespuckt, den sie gerade genommen hatte.

»Na, wir verbringen das Wochenende dort zusammen mit unseren Männern. Wir müssen doch die Empfehlungen für deinen Artikel auf ihre Pärchentauglichkeit testen. Das wird bestimmt lustig.« Sie schaute sie begeistert an, und ihre Augen funkelten regelrecht.

»Oh, nein, ich fürchte, das geht nicht«, sagte Anna schnell. Ihr wurde heiß und kalt, und ihr Puls schoss in die Höhe.

»Wieso nicht?« Isa legte verwundert den Kopf schief und fixierte sie.

»Ich … denke nicht, dass es das ist, was mein Chef sucht«, entgegnete Anna und suchte händeringend nach einer schlüssigen Ausrede. »Ich glaube, er erwähnte etwas von Singlereisen.«

»Hm, aber das ist doch egal.« Sie zuckte mit den Schultern. »Allein fahre ich nicht«, fügte sie trotzig hinzu. »Überleg's dir.« Sie legte Anna eine Visitenkarte vor die Nase. »Ich muss los. Ruf mich an, sobald du dich entschieden hast.« Dann stand sie ebenso elegant auf, wie sie sich gesetzt hatte, und schob den Stuhl an den Tisch. »Mach's gut.«

Als die Tür hinter ihr zufiel, sank Anna auf ihrem Stuhl zusammen.

O nein, das würde nicht passieren. Ganz bestimmt nicht. So verlockend einfach es auch klang, sie würde sich nicht auf diese Sache einlassen. Und wenn sie die ganze Nacht lang nach einer Alternative suchte. Aber unter keinen Umständen würde sie mit Aron auf einen Pärchentrip in die Berge fahren.

Kapitel 33

»Alles okay? Du wirkst ein wenig angespannt.« Kristján warf Anna einen kurzen Seitenblick im Spiegel des Porsches zu, während er beschleunigte.

Wenn er wüsste. Angespannt war gar kein Ausdruck. Am liebsten wäre sie aus dem Cabrio gesprungen und den Weg zurück nach Öndverðarnes notfalls auch zu Fuß gegangen. Alles wäre besser als das, was ihr blühte, sobald sie ihr Ziel erreichten.

»Alles gut«, murmelte sie. »Die Rafting-Tour macht mir nur etwas Sorgen. Ich hab's nicht so mit wilden Gewässern.« Das stimmte sogar. Schlimmer war bloß die Aussicht darauf, mit wem sie in einem Boot sitzen würde. Es war ihr nach wie vor ein Rätsel, wie Isa es geschafft hatte, Aron von diesem Wochenendtrip zu überzeugen.

»Ach, das wird schon, wenn wir erst mal unterwegs sind«, sagte Kristján und klopfte ihr ermutigend auf den Oberschenkel. »Außerdem ist es bis dahin ja noch etwas hin. Erst mal können wir den Luxus des Chalets genießen. Nach dieser Woche im Studio kann ich es kaum erwarten, in den Whirlpool zu springen.« Er griff sich in den Nacken und massierte offenbar an einer Verspannung herum. »Fantastische Idee von Isa«, fügte er dann hinzu und lächelte zufrieden.

Genau das hatte Herr Schneyder auch gefunden. Nachdem sie sich Tag und Nacht den Kopf zermartert hatte, um eine hippe Alternative zu suchen, hatte er alle ihre Vorschläge am Montag abgewiesen. »Langweilig, schon tausendmal gehört, zu normal«, lautete sein Urteil. Am Ende deutete er an, dass Anna vielleicht doch ins Hamburger Büro zurückkehren sollte. In ihrer Verzweiflung hatte sie dann ihre letzte Karte ausspielen müssen. Die, die sie eigentlich am liebsten irgendwo am Goldstrand verbuddelt hätte. Aber dafür, dass sie noch etwas bleiben konnte, würde sie eine ganze Menge tun. Sogar zwei Tage in einer Berghütte mit Aron verbringen, wenn es denn sein musste. Also hatte sie Herrn Schneyder von Isas Apartment und der Rafting-Tour berichtet. Und der war begeistert. Von Kristján ganz zu schweigen. Als sie ihn fragte, ob er sie begleiten würde, hatte er erst überrascht und dann regelrecht aus dem Häuschen geklungen.

»Ich freue mich, dass wir die Sache zwischen uns auf die nächste Ebene bringen«, hatte er durchs Telefon gesäuselt, mit dieser charmanten tiefen Stimme, die ihr jedes Mal eine Gänsehaut bescherte. »Ich kann es kaum erwarten, dieses Wochenende mit dir zu verbringen. Und mit Isa und Aron wird es bestimmt lustig.«

O ja. Absolut lustig. Er hatte ja keine Ahnung.

Aber nun gab es kein Zurück mehr.

Vor ihnen erhob sich bereits die Auffahrt zum *North Star Chalet* *****, wie ein herrschaftliches Schild verkündete. Am Horizont erstreckten sich die Berge, deren Gipfel selbst im Sommer eine Schneeschicht bedeckte. Doch um sie herum zogen sich die grünen Wiesen bis hinunter zu einem idyllischen See. Der Norden der Insel versprühte einen so zauberhaften Charme, dass Anna sicher war, einen Volltreffer mit der Berichterstattung zu landen.

Die Fahrt von Borgarnes hierher hatte knappe zwei Stunden gedauert. Kristján hatte sie gegen Mittag vor ihrer

Ferienpension nahe des Skallagrímsgarður eingesammelt, in der sie die letzten zwei Tage verbracht hatte, um ein paar Reisetipps für das Magazin zu recherchieren, ehe sie zum Highlight, dem großen Exklusiv-Wochenende, am heutigen Freitag aufbrechen wollten.

Glücklicherweise lief der Dodge inzwischen wieder problemlos – Jón war Anfang der Woche tatsächlich aus dem Urlaub zurückgekehrt und hatte sich des eigenwilligen Oldtimers angenommen. Und als sie Magnús über ihren geplanten Kurzaufenthalt in Borgarnes und den Wochenendtrip in den Norden informierte, hatte der zwar nur mürrisch genickt, ihr dann aber die Autoschlüssel über den Tisch zugeschoben und darauf bestanden, dass sie den Wagen nach Borgarnes nahm. Ihre Verabschiedung war knapp ausgefallen, aber ehe er aus der Tür verschwunden war, hatte er ihr ein »Bis Sonntagabend« zugemurmelt. Er ging also davon aus, dass sie in den Leuchtturm zurückkehrte. Und Anna hoffte, dass dies seine Art war, ihr zu sagen, dass er ihr verzeihen würde.

Ihr wurde bewusst, dass sie bei dem Gedanken die Stirn in Falten gelegt hatte, und sie zwang sich, ihre Gesichtsmuskeln zu entspannen, ehe Kristján eine weitere Bemerkung dazu machte. Auch wenn die Aussicht auf ihre Ausflugsbegleitung es ihr nicht sonderlich erleichterte.

Sie fuhren eine Anhöhe hinauf und bogen um eine Kurve. Dann kam es in Sicht. Ein moderner Holzbau mit großen Glaselementen. Von den Fenstern musste man einen herrlichen Ausblick auf die Landschaft haben. Der Außenbereich war strukturiert und klar gestaltet, doch man sah den massiven Statuen und minimalistischen Blumenkübeln an, dass sie ein halbes Vermögen gekostet haben mussten. In einer der zwei angelegten Parkbuchten stand bereits ein schwarzer Ferrari. Vermutlich waren Aron und Isa mit ihrem Wagen hier. So exklusiv und aufpoliert, wie der aussah, passte er hervorragend zu ihr.

Als Kristján seinen Porsche daneben parkte und den Motor abstellte, hätte Anna sich am liebsten unter dem Sitz verkrochen. Aber es half nichts. Sie nahm all ihren Mut zusammen und stieg aus. Kaum hatten sie die Wagentüren hinter sich geschlossen, schwang die massive Eingangstür des Chalets auf und eine über beide Ohren strahlende Isa trat heraus.

»Da seid ihr ja!«, rief sie euphorisch und breitete beide Arme aus. »Aron und ich sind schon etwas früher hergefahren und haben uns eingerichtet. Aber nun, da ihr da seid, kann unser Wochenende so richtig beginnen.« Sie fiel erst Anna um den Hals und hauchte ihr zwei Küsse auf die Wangen, dann Kristján, der sich daraufhin verlegen räusperte.

Im Türrahmen erschien ein ziemlich grimmig dreinblickender Aron, der trotzig die Arme vor der Brust verschränkt hatte und konzentriert seine Fußspitzen musterte.

»Komm, Aron, und begrüße unsere Gäste«, wies seine Freundin ihn an.

Anna erkannte einen kurzen Kampf der Emotionen in seinem Gesicht – schließlich schien aber der Anstand zu siegen. Was sie zugegeben überraschend fand. Er schleppte sich jedoch so widerwillig hinaus zu ihnen, dass sie beinahe gelacht hätte.

»Anna kennst du ja, und das ist ihr Freund Kristján«, verkündete Isa strahlend.

Aron reichte ihm die Hand und nickte knapp. »Hi.«

»Dann mal herein, ich kann es kaum erwarten, euch alles zu zeigen«, plapperte Isa los und war schon in Richtung Chalet unterwegs. Während Kristján ihr auf den Schritt folgte und sich munter mit ihr unterhielt, blieb Anna noch einen Moment wie angewurzelt stehen. Aron starrte sie an, dann zog er eine sarkastische Grimasse und trottete Isa und Kristján hinterher.

Na schön, das wäre seine Chance gewesen, sich für sein Verhalten zu entschuldigen. Aber bitte. Er wählte den Krieg. Sollte er ihn eben bekommen.

Sie straffte die Schultern und folgte den dreien ins Haus. Anwesen hätte es wohl besser getroffen. Das Chalet war so großzügig und opulent gestaltet, dass Anna nur mit großen Augen von einem Zimmer zum nächsten laufen konnte und staunend alles bewunderte. Isa gab ihnen eine Führung und erklärte ihnen die wichtigsten Annehmlichkeiten, die Anna auch in ihrem Artikel nennen wollte. Die riesige Regenwalddusche und der überdimensionale Flachbildfernseher gehörten auf jeden Fall dazu.

»Das ist euer Zimmer«, sagte Isa und trat mit ausgebreiteten Armen in einen hellen Raum. Eine deckenhohe Fensterfront gegenüber dem Bett gab den Blick auf die wunderschöne Umgebung frei.

»Wow!«, rief Kristján begeistert. »Dein Vater hat Geschmack.« Er strich anerkennend über das mit Seide bespannte Polsterbett. »Hier kann man bestimmt fantastisch schlafen«, fügte er hinzu und sah Anna vielsagend an.

Dass er es auch immer so übertreiben musste. Sie verdrehte innerlich die Augen. Hinter ihr hörte sie Aron verächtlich schnauben.

Isa überging die Bemerkung und spazierte euphorisch weiter durchs Haus. Schließlich kamen sie wieder im offen gestalteten Küchen- und Wohnbereich an.

»So, kommen wir nun zu unserem Tagesplan«, verkündete sie und faltete die elegant manikürten Finger vor ihrer

Taille. »Bevor es morgen zu unserem Highlight, der Rafting-Tour, geht, werden wir heute einen aufregenden Nachmittag bei einer Hundeschlittenfahrt über den Gletscher erleben. Und heute Abend wird Ragnar Eiríksson für uns kochen. Er war Küchenchef in Reykjavíks bekanntestem Sternerestaurant und ist exklusiv für private Dinner im *North Star Chalet* buchbar.« Ihre Augen funkelten stolz, während sie um Anerkennung heischend von einem zum anderen schaute.

Aber Anna fühlte sich angesichts so viel Exklusivität eher wie versteinert.

»Und da wir das alles ja nicht nur zum Vergnügen tun, wird uns an beiden Tagen Daníel Svensson begleiten. Er ist mein persönlicher Fotograf und wird entsprechend hochwertige Fotos für den Artikel liefern«, verkündete sie ungebremst. »Er wird bei der Hundeschlittenfahrt zu uns stoßen.«

Isa endete mit einer kleinen elfenhaften Umdrehung und sah sie erwartungsvoll an.

»Oh, wow, das ist wirklich … beeindruckend«, brachte Anna hervor.

»Wenn das mal kein Wahnsinnswochenende wird, was?«, rief Kristján und schlug Aron freundschaftlich auf den Rücken.

Der verspannte sich noch mehr, sodass er mittlerweile einer Salzsäule glich. »Ja, absolut wahnsinnig«, murmelte er und schoss Anna einen weiteren Blick des Todes zu.

Ihr wurde bewusst, dass sie ihn noch viel unerträglicher fand, wenn Sherlocks freundliches Wesen nicht seine bissige Miesepetrigkeit ausglich. Insgeheim hatte sie gehofft, dass er ihn mitbringen würde. Aber in einem so exklusiven Chalet wäre ein Hund natürlich fehl am Platz. Das blütenweiße

Sofa wäre wohl das Erste, was den matschigen Hundepfoten zum Opfer gefallen wäre.

»Dann würde ich sagen, ihr packt aus, und anschließend fahren wir los zu unserer Hundeschlittentour!«, schlug Isa vor und lächelte so breit, dass ihre perlweißen Zähne im Licht der scheinwerferartigen Küchenbeleuchtung nur so strahlten.

Als Anna und Kristján allein in ihrem Zimmer waren, machte sie sich daran, ihre Sachen in dem schicken Mahagonischrank zu verstauen. Es gab sogar ein Bügelbrett und einen Safe. Isas Vater hatte wirklich an alles gedacht.

»Hmm …« Kristján umfing ihre Taille von hinten und zog sie an sich. »Du riechst fantastisch, Liebes«, brummte er und küsste ihren Hals. »Ich kann unsere erste gemeinsame Nacht kaum erwarten.«

Anna erstarrte kurz, dann versuchte sie sich aus seiner Umarmung zu befreien. »Kristján, du weißt, dass es nicht bedeutet, dass heute Nacht irgendwas passiert, nur weil wir hier gemeinsam übernachten, oder?«

Er seufzte genervt und ließ die Arme sinken. »Schon gut, ich bin's inzwischen ja gewohnt, dass du all meine Hoffnungen auf einen Schlag zerschmetterst«, grummelte er melodramatisch.

Sie drehte sich zu ihm um und grinste. »Du hast wirklich ein schweres Schicksal.«

Er zuckte nur mit den Schultern und wandte sich dann seinem Koffer zu. Anscheinend kränkte ihre Zurückhaltung langsam wirklich sein Ego.

Und wenn schon. Sie genoss seine Nähe. Aber sie war einfach noch nicht bereit, ihm mehr zu schenken. Und das musste er akzeptieren.

***

Eine Stunde später stand Anna eingepackt in ihre zwei dicksten Pullover und Wanderstiefel in der endlosen weißen Weite des Gletschers. Um sie herum toste das aufgeregte Gebell der Schlittenhunde. Mit drei Geländewagen samt Anhängern waren sie von der Farm im Tal aufgebrochen, und die Schlittenführer hatten nun alle Hände voll zu tun, die Hunde aus ihren Transportboxen zu holen und anzuspannen. Es waren vor allem Huskys, und ihr plüschiges Fell lud dazu ein, sich an sie zu kuscheln. Doch so süß und freundlich sie auch aussahen – es waren keine Schmusetiere. In ihnen brannte der Arbeitseifer. Sie wollten endlich rennen.

Anna beobachtete, wie Isa in einem modischen Outfit voller Kunstfellteile und überdimensionalen Moonboots im Schnee vor einem der Schlitten posierte. Daníel knipste eifrig jedes neue Motiv, rief ihr immer wieder Anweisungen zu und legte sich schließlich sogar bäuchlings ins kalte Nass. O ja, der Mann gab wirklich alles für die perfekte Aufnahme.

Sie grinste. Aber zumindest würde das Ganze ihrem Artikel zugutekommen.

Kristján unterhielt sich gerade angeregt mit einem der Schlittenführer. Wie sich herausgestellt hatte, würden sie nicht nur eine Tour in einem der Schlitten unternehmen. Isa hatte einen Kurs für sie gebucht, bei dem sie selbst lernen würden, wie man einen Hundeschlitten lenkte. Das überschritt eine Menge Grenzen von Annas Abenteuerlust, aber was tat man nicht alles für seinen Job.

Das Gebell wurde lauter, und sie sah, wie Aron dem zweiten Trainer half, die Hunde an das Geschirr zu spannen. Die Huskys waren so aufgedreht, dass sie sofort nach vorn schossen, doch Aron hielt sie sicher und geübt fest, bis sie an ihrem korrekten Platz festgeschnallt waren.

Zugegeben, er hatte wirklich ein Händchen für Tiere.

»Und jetzt zeig mir dein schönstes Strahlen!«, schallte Daníels Stimme über den Schnee.

Anna wandte den Kopf und sah, wie Isa sich zu einem der Huskys hinunterbeugte und vorsichtig dessen Fell tätschelte. So richtig glücklich wirkte sie dabei aber nicht. Eher etwas … verspannt.

Im nächsten Moment sprang der Hund stürmisch an ihr hoch und brachte ihre perfekte Elfenpose aus dem Gleichgewicht, sodass sie mit der Nase voran im Schnee landete und Daníel plötzlich direkt gegenüberlag.

»Verdammt!«, fluchte sie. Dabei gab sie ein so amüsantes Bild ab, dass Anna sich nur mit Mühe ein Grinsen verkneifen konnte. *Sei nicht so gemein*, schalt sie sich wieder.

Isa rappelte sich auf und klopfte sich hastig den Schnee aus dem Kunstfelljäckchen. »Schon gut, alles okay!«, rief sie genervt und hob abwehrend eine Hand, als Daníel ihr zu Hilfe kommen wollte. Dann sah sie ungeduldig zu den Trainern. »Wann geht es denn nun endlich los?«

Puh, sie konnte wirklich anstrengend sein, die kleine Diva.

»Wenn die Hunde angespannt sind«, entgegnete einer der beiden ungerührt.

Als alle Hunde an ihren Plätzen waren, versammelten sie sich neben den Schlitten. Die Trainer gaben ihnen die wichtigsten Anweisungen und einen kleinen Kurs im Schlittenlenken. Anna wurde langsam nervös. Die Vorstellung, dem Gehorsam der Hunde vollständig ausgeliefert zu sein, gefiel ihr ganz und gar nicht. Und dann war da noch diese leichte Links-Rechts-Schwäche, die immer wieder auftauchte, wenn sie nervös und angespannt war. Hoffentlich würde das gut gehen.

Die anderen wirkten deutlich zuversichtlicher und eher erwartungsfroh als verängstigt. Immerhin hieß das, sie würde bei jemandem mitfahren, der sich seiner Sache sicherer war als sie.

»Ich fahre zuerst. Wir brauchen ein paar Einzelbilder vor der verlassenen Schneekulisse!«, rief Isa und stellte sich selbstsicher auf einen der Schlitten. »Komm, Aron!«

Aber der rührte sich keinen Zentimeter und hob nur abwehrend die Hände. »Keine Chance, wenn du Bilder für dieses Magazin willst, bin ich raus. Da will ich nicht drauf sein.«

Isa zog einen Schmollmund und blinzelte ihn an, doch das verfehlte augenscheinlich seine Wirkung, denn Aron starrte nur trotzig zurück. Konnte er eigentlich auch einmal nett sein?

»Gut, wie du willst«, entgegnete Isa dann patzig, als sie merkte, dass alles Flehen vergebens war. »Wie wäre es denn mit dir, Kristján? Du borgst ihn mir doch sicherlich kurz aus für die Fotos, oder, Anna?«

»Äh, sicher.« Dann würde das immerhin bedeuten, dass sie mit einem der erfahrenen Trainer fahren konnte, was ihren Puls ein wenig beruhigte.

Während Kristján sich schon jetzt mit seinem besten Kamerastrahlen auf dem Schlitten hinter ihr positionierte, delegierte Isa an Daníel gewandt: »Und du fährst mit dem Trainer mit. Wir brauchen ein paar spektakuläre Aufnahmen, wie besprochen müsst ihr ein bisschen geschickt agieren können.«

Beide nickten brav. Isa hatte das Ganze also bereits bis ins Detail geplant. Aber gut, solange schöne Fotos und ein Artikel herausspringen würden, die Herrn Schneyder von seinem Hamburger Bürostuhl hauten, würde Anna nur zu gern ihren Wünschen entgegenkommen.

Sie wandte sich lächelnd an den zweiten Schlittenführer. »Dann fahre ich bestimmt bei dir mit.«

Doch der schüttelte den Kopf. »Sorry, ich bleibe hier bei den Wagen und unseren Ersatzhunden. Für den Fall, dass ihr unterwegs Hilfe braucht.«

Für einen Moment jagte die eiskalte Erkenntnis wie ein Schauer durch Annas Körper. *Aber das würde ja bedeuten, dass …*

Bevor sie protestieren konnte, fuhr der Trainer bereits fort: »Aron ist selbst ein geübter Schlittenführer. Da musst du dir keine Gedanken machen.«

O nein. Nein. Nein.

Arons Gesichtsausdruck zufolge hatte er genauso wenig von dieser Wendung gewusst. Also starrten sie sich entsetzt für einige Sekunden an.

»Los, ihr zwei, wie lange wollt ihr uns noch warten lassen?«, rief Isa in diesem Moment zu ihnen herüber.

Aron erwachte aus seiner Starre und zuckte frustriert, aber ergeben mit den Schultern. »Es gibt wohl kein Entrinnen«, brummte er. Dann stapfte er auf den dritten Schlitten zu.

Isa und Kristján winkten ihr ungeduldig. Aron hatte offenbar recht. Sie hatte keine Wahl. Mit rasendem Puls stapfte sie ihm hinterher. Seine bloße Anwesenheit regte sie mittlerweile so auf, dass sie sich unsicher war, ob sie diese Schlittenfahrt überstehen würde, ohne innerlich vor Wut zu explodieren. Wenn sie eines hasste, dann war es Ungerechtigkeit. Und sein Verhalten ihr gegenüber war so unfair, wie es nur sein konnte.

»Nach Ihnen, Mylady«, sagte er spöttisch und ließ sie auf den Schlitten steigen.

Sie beschloss, ihn einfach zu ignorieren. Das war die sicherste Taktik, um einen Wutausbruch zu vermeiden.

Mit eisernem Griff umschloss sie die Haltestangen und stieg auf die Bretter. Alles in ihr programmierte sich darauf, ja nicht loszulassen. So, wie die Hunde schon jetzt nach vorne drängten, würde die Fahrt ziemlich rasant werden.

Aron stellte sich hinter sie, und sie spürte kurz seinen warmen Atem in ihrem Nacken. Eine Gänsehaut lief über ihren Körper. Als er dann auch noch seine Hände unter ihre Arme schob, um sich ebenfalls am Schlittengestell festzuhalten, zuckte sie kurz zusammen. Das ging ja gut los. Wie sollte sie das eine ganze Stunde aushalten?

Auf ein Signal hin schoss der Schlitten des Trainers mit Daníel an Bord voran, und auch die anderen Hunde setzten sich in Bewegung. Nach einigen gemäßigten Übungseinheiten schlugen sie eine gerade Strecke ein, und der Fotografenschlitten reihte sich neben Isa und Kristján ein, um die perfekten Aufnahmen der beiden vor der weiten weißen Schneedecke zu sichern.

Mit etwas Abstand folgten Aron und sie den vieren. Und allmählich gelang es Anna, sich weniger darauf zu konzentrieren, nicht vom Schlitten zu fallen, und endlich die atemberaubende Natur um sich herum zu genießen. Aron schien die Sache tatsächlich ganz gut im Griff zu haben. Also erlaubte sie sich, ein wenig durchzuatmen und den Blick umherschweifen zu lassen.

Vor ihnen erstreckte sich die endlose weiße Weite des Gletschers. So unberührt und groß, dass sie sich vorkam, als wären sie die Ersten, die diese Gegend erkundeten.

Die Sonne strahlte auf sie hinab und ließ den Schnee wie ein Diamantenmeer funkeln. Und das Trommeln der Huskypfoten auf der festgefahrenen Spur vermischte sich mit dem Knirschen des Schnees, durch den sie voranpreschten. Weit am Horizont entdeckte sie die ersten Erhebungen des Gletschers. Und davor den Fjord und das blau wogende Meer, das gegen die Eisschollen schwappte.

All das kam ihr so unwirklich vor. So eine Schönheit hatte sie noch nie zuvor in ihrem Leben gesehen.

Sie atmete tief durch und spürte, wie Aron sich ein wenig nach vorn lehnte.

»Gar nicht so übel, oder?«, raunte er dicht an ihrem Ohr, und für einen Moment umhüllte sie wieder sein Duft nach Meer und Heu.

»Nein, gar nicht so übel«, gab sie leise zu und richtete den Blick starr geradeaus.

Kapitel 34

Als sie am Abend in das Chalet zurückkehrten, blieb ihnen nicht mehr viel Zeit, um sich für das private Kochevent zurechtzumachen. Isa erteilte weiter munter Anweisungen für die gewünschte Garderobe und trieb sie zur Eile an.

Anna folgte Kristján hinauf in ihr Zimmer. Sie schnappte sich ihren Bademantel und schlüpfte dann ins Bad. Fröstelnd stieg sie aus den Sachen und stellte sich unter die heiße Dusche. Die letzte Stunde im Schnee hatte sie ziemlich ausgekühlt, und das warme Wasser tat gut und weckte die eingefrorenen Stellen zu neuem Leben. Als sie in den weichen Bademantel gehüllt wieder ins Zimmer trat, stand Kristján bereits in einem maßgeschneiderten Hemd und heller Chino vor dem Spiegel und band sich die Krawatte.

»Geht es dir besser?«, fragte er und suchte im Spiegel ihren Blick.

»Ja, die Dusche hat wirklich geholfen«, antwortete sie und ging zum Schrank hinüber, um ihr Outfit zusammenzusuchen.

»Sag ich doch«, meinte er und lächelte selbstzufrieden.

Ratlos betrachtete sie ihre Seite des Kleiderschranks. Als sie für den Wochenendtrip gepackt hatte, hatte sie nicht damit gerechnet, dass sie einem privaten Sternedinner beiwohnen würde. Glücklicherweise hatte sie sicherheitshalber das schwarze Kleid eingepackt, das sie beim ersten offiziellen Date mit Kristján in Borgarnes getragen hatte. Sie strich über den seidenen Stoff. Das war wohl ihre einzige Wahl. Und dazu die schwarzen Schuhe, die immerhin einen kleinen Absatz hatten und relativ fein wirkten.

»Schon gut, ich gehe eben ins Bad und gebe dir etwas Privatsphäre«, sagte Kristján hinter ihrem Rücken.

»Danke.« Sie nickte und legte den Bademantel ab, sobald er die Tür hinter sich geschlossen hatte.

Der Stoff des Kleides schmiegte sich um ihre zierliche Figur, und als sie sich im Spiegel betrachtete, strich sie den Stoff noch einmal glatt. Dann kämmte sie ihre blonden Wellen. Sie machte sich keine Illusionen – Isa würde vermutlich wie die Eisprinzessin persönlich beim Dinner erscheinen. Sie wettete darauf, dass ihr Outfit mit einer Menge aufsehenerregender Details aufwarten würde … aber zumindest konnte Anna sich so dort blicken lassen, ohne sich unwohl zu fühlen. Es war angemessen und nicht zu auffällig.

»Das kenne ich doch«, raunte Kristján, trat aus dem Badezimmer und zwinkerte ihr zu.

»Ja, gut erkannt.« Sie grinste zurück, dann schlüpfte sie in ihre Schuhe und hakte sich bei ihm ein, denn er hielt ihr bereits ungeduldig den Arm hin.

»Jetzt wird es aber wirklich Zeit«, brummte er.

»Schon gut, wir sind ja unterwegs.« Sie klopfte ihm beruhigend auf den Arm und ließ sich von ihm die Treppe hinuntergeleiten.

Der Wohnbereich funkelte im stimmungsvollen Kerzenlicht. Und die Dämmerung tauchte den Raum in einen zarten warmen Roséton. Auf dem Esstisch aus massiver Eiche waren vier Plätze mit blütenweißem Porzellan eingedeckt, und ein Blumenarrangement rundete das Ensemble optisch ab. Daníel hatte sich bereits in Pose gebracht und fotografierte eifrig das Setting des Abends aus allen Winkeln.

Anna ließ bewundernd den Blick über jedes Detail schweifen, dann stellte sie sich etwas steif neben Kristján an einer Seite des Tisches auf. Er hatte sie völlig unnötig gehetzt. Isa und Aron waren noch gar nicht unten. Und sie konnte sich des flüchtigen Gedankens nicht erwehren, dass die Prinzessin womöglich auf einen großen Auftritt spekulierte.

Wie auf Knopfdruck ertönte das Klackern von sehr hohen Absätzen auf den Stufen der Marmortreppe. Erst kam ein Paar unverschämt gut gebräunter Frauenbeine in Sicht, dann stolzierte Isa vor Aron das letzte Drittel der Treppe hinunter und drehte sich einmal wie eine übereifrige Musicaldarstellerin vor ihnen.

Jap, Eisprinzessin traf es ziemlich genau. Ihren schlanken Körper bedeckte ein Minikleid aus silbernen Pailletten, die funkelten, als wären sie aus Eiskristallen. Anna musste zugeben, dass Isa atemberaubend darin aussah. Kein Wunder, dass Kristján fast die Augen rausfielen. Dennoch hätte sie ihm am liebsten einen Stoß mit dem Ellenbogen verpasst. Aber so tief würde sie gar nicht erst sinken. Er war ein freier Mann – wenn er Isa anstarren wollte, war das seine Sache.

Aron trottete unterdessen deutlich weniger euphorisch die Treppe hinunter und blieb brav an der Seite stehen, um seiner Freundin den Auftritt zu lassen. *Sie hat ihn gut erzogen*, dachte Anna und grinste.

Nachdem Isa ihre Bewunderungsbekundungen entgegengenommen hatte, wandte sie sich an Daníel. Und für einen kurzen Moment trafen sich Annas und Arons Blicke. Er trug ein navyblaues Hemd und ähnlich wie Kristján eine helle Chino. Dennoch sah er darin um einiges lässiger aus.

Vielleicht lag es an seinen Locken, die wie immer ungezähmt sein Gesicht einrahmten. Seine türkisfarbenen Augen bohrten sich für einen Moment in ihre. Dann wanderte sein Blick über ihren Körper, so intensiv, dass es ihr die Hitze in die Wangen trieb. Als er ihr wieder in die Augen sah, lag in seinen ein Funkeln. Doch es wich so schnell dem üblichen reservierten Ausdruck, dass sie nicht sicher war, es überhaupt gesehen zu haben.

Hastig wandte sie sich ab und schaute Isa dabei zu, wie sie für die Magazinfotos vor dem Tisch posierte. Anschließend stellte sie ihnen Ragnar Eiríksson vor, den Sternekoch, der an diesem Abend ein köstliches Menü für sie zaubern würde.

Und ehe Anna sichs versah, saß sie Aron gegenüber an dem großen Eichentisch und suchte verzweifelt möglichst viele Dinge, die sie interessiert betrachten konnte, um nicht ihn anzusehen, während sich neben ihr Isa und Kristján angeregt über die Produktionsfirma seines neuen TV-Formats unterhielten.

Immerhin waren die insgesamt sechs kunstvoll angerichteten Gänge, die Ragnar ihnen servierte, fantastisch. Er schaffte es, die traditionelle isländische Küche mit der Haute Cuisine zu kombinieren und wahre optische und geschmackliche Meisterwerke zu kreieren.

Gerade stach sie ihre Gabel voller Vorfreude in die Jakobsmuschelhäppchen an Safranschaum, als Isa den Kopf zu ihr wandte und fragte: »Und was genau hat dich eigentlich nach Hellissandur geführt?«

Sie hielt inne und spürte nun alle Blicke auf sich. »Genau, Anna, das würde uns wirklich brennend interessieren«, setzte Aron sarkastisch hinzu und fing sich einen verwunderten Stupser von Isa ein.

»Was ist denn eigentlich los mit dir?«, fragte die und sah ihn tadelnd an.

»Nichts, nichts.« Er hob abwehrend die Hände. »Bin nur etwas müde von der Woche«, fügte er leise hinzu.

»Also ...« Isa wandte sich wieder ihr zu und hob auffordernd die Augenbrauen.

Anna schluckte. »Ich ... eine Familienangelegenheit. Und ich wollte immer schon einmal Urlaub in Island machen«, sagte sie dann, um möglichst vage zu bleiben.

»Sie hat ihren Großonkel gesucht. Den hat sie noch nie gesehen«, posaunte Kristján heraus und schob sich ein Stück Jakobsmuschel in den Mund.

Wunderbar. Auf seine Verschwiegenheit war Verlass. Anna verdrehte innerlich die Augen. Sie wollte vor Isa und Aron so wenig wie möglich preisgeben. Seit Aron sich verhielt, als wäre sie eine gesuchte Schwerverbrecherin, würde sie ihm garantiert nichts über ihre Familie verraten. Nicht, solange er nicht mal selbst mit der Sprache herausrückte.

»Ehrlich, du kanntest Magnús gar nicht, bevor du nach Hellissandur gekommen bist?« Isa sah sie neugierig an.

»Nein ...«, entgegnete sie zögerlich. Sie spürte, wie Aron sie mit seinem Blick fixierte.

»Aber wie schön, dass du ihn gefunden hast. Ehrlich gesagt war es das erste Mal seit vielen Jahren, dass ich ihn mal auf dem Dorffest gesehen habe. Er lebt sehr zurückgezogen«, plapperte Isa munter, während Arons Miene sich wieder verdunkelte.

Es war offensichtlich. Isa wusste nichts von seinem Groll. Was also mochte es sein, dass er es selbst vor ihr verbarg?

***

Nachdem sie die letzten Gänge mit Small Talk über Annas Job in Hamburg und Isas aufstrebende Karriere verbracht hatten, zogen sie sich mit vier Gläsern Brennivín auf das Sofa zurück und betrachteten die Dämmerung durch das Panoramafenster. Daníel und Ragnar waren gerade von Isa in den Feierabend entlassen worden, und zum ersten Mal seit der Schlittentour waren sie nur zu viert.

»Nennt mich verrückt«, sagte Kristján und stand so schwungvoll auf, dass sein Brennivín bedrohlich schwappte, »aber ich gehe jetzt in den Whirlpool!« Seine Stimme klang schwerfällig von den Weinen, die ihr Gourmet-Menü begleitet hatten.

»Das ist die beste Idee des Abends!«, quietschte Isa aufgeregt und sprang strahlend auf.

Annas Kopf fühlte sich etwas neblig an von dem Alkohol und den Gesprächen. Allein der Gedanke, jetzt in dem kleinen Pool zwischen Aron und Kristján zu sitzen, verursachte ihr Übelkeit. Unangenehmer könnte dieser Abend gar nicht zu Ende gehen.

»Entschuldigt, aber ich fühle mich nicht besonders. Ich denke, ich werde mich schon mal hinlegen«, sagte sie und stellte das leere Schnapsglas auf den Couchtisch, bevor sie ebenfalls aufstand.

»Und du, Aron?« Isa sah ihn erwartungsvoll an.

»Ich passe.« Er zuckte mit den Schultern. »Wie gesagt, ich bin erledigt.«

»Ihr Spielverderber«, neckte Isa sie und zog einen Schmollmund. »Aber wir lassen uns nicht aufhalten, oder?«, fragte sie Kristján und stupste ihn spielerisch an.

»Auf gar keinen Fall«, sagte der und lachte. Dann wandte er sich Anna zu und drückte ihr einen Kuss auf die Stirn. »Wärm das Bett schon mal vor, Darling.«

Aus Arons Ecke kam etwas, das sich kurz wie ein Würgen anhörte, jedoch in ein Hüsteln überging.

»Ähm, ja, alles klar …«, stammelte sie. Kristjáns offensichtliche Anspielungen waren ihr wirklich unangenehm. Das verhinderte nicht einmal der Alkohol.

Während sich die beiden bester Laune Richtung Outdoorbereich begaben, steuerte Anna die Treppe an. Hinter sich hörte sie Arons Schritte auf dem Marmor.

Am Ende des Flurs blieb sie kurz vor ihrer Zimmertür stehen. Auch seine Schritte waren verstummt. Zögerlich sah sie auf und wandte den Kopf zu seinem Zimmer, zwei Türen weiter.

Er schaute sie schweigend an. Dann verhärteten sich seine Züge. »Deine Unwissenheit schützt dich nicht vor der Schuld.«

»Wie bitte?« Sie ließ die Hand von der Türklinke sinken und drehte sich ihm fragend zu.

»Dass du Magnús erst jetzt kennengelernt hast, schützt dich nicht vor der Schuld eurer Familie. Es befreit dich nicht von dem, was ihr getan habt.« Er starrte sie unnachgiebig an und biss die Zähne fest aufeinander, sodass sie das Spiel seiner Kiefermuskeln sehen konnte.

»Aron … welche Schuld?« Weshalb musste er ihr dauernd etwas unterstellen, ohne Klartext zu reden? Seine kryptischen Andeutungen brachten das Blut in ihren Adern zum Rasen. Es war einfach ungerecht.

Doch er bemüßigte sich nicht, ihr zu antworten, sondern wandte sich eiskalt ab und schloss kurz darauf die Tür.

Wunderbar. Wieder einmal ließ er sie im Regen stehen, nachdem er ihr Vorwürfe gemacht hatte.

Frustriert stürmte sie in ihr Zimmer und ließ die Tür schwungvoll hinter sich zufallen. Dann warf sie sich bäuchlings auf das Bett und betrachtete den Abendhimmel durch das deckenhohe Fenster am Fußende. Obwohl es hier im Sommer nie ganz dunkel wurde, erkannte sie nun, Mitte August, vereinzelte Sterne am rot glimmenden Firmament. Einer von ihnen strahlte besonders hell. Der Polarstern. Ihr Großvater hatte ihn ihr früher gezeigt, als sie die Ferien bei ihm auf dem Hof verbracht hatte. Gemeinsam hatten sie viele Sommernächte draußen vor den Feldern gesessen und den klaren Sternenhimmel bewundert, der dort, so weit entfernt vom Hamburger Smog und Lichtermeer, klar und deutlich funkelte. »Der Polarstern leuchtet besonders hell«, hatte er ihr einmal erklärt, »weil er sehr groß ist. Genau genommen sind es sogar zwei Sterne, die sehr nah beieinanderliegen.«

»Zwei Sterne?«, fragte sie ihn mit großen Augen.

»Ganz richtig. Früher habe ich mir vorgestellt, es wären die Seelen meiner Eltern, die mich von dort oben grüßen. Und schützend auf mich hinabsehen. Das hatte etwas sehr Tröstliches.« Sein Blick hatte plötzlich leer und traurig gewirkt. Anna war damals noch sehr jung gewesen, aber das war ihr bis heute im Gedächtnis geblieben. Es war das einzige Mal gewesen, dass ihr Großvater je über seine Familie gesprochen hatte.

»Warum sind deine Eltern nicht mehr hier?«, hatte sie ihn ganz unbedarft in ihrer kindlichen Naivität gefragt.

»Sie mussten viel zu früh gehen.« Er legte einen Arm um sie. »Weißt du, ihre Liebe war nicht einfach. Aber es war die wahre große Liebe. Das Leben hat sie auseinandergetrieben, sodass deine Urgroßmutter irgendwann fortgegangen ist. Trotzdem hat mein Vater, dein Urgroßvater, sie geliebt bis zum Schluss.«

»Bis zum Schluss?«

»Bis er starb.«

»Oh.« Eine Weile schwieg sie. Dann hob sie den Kopf und sah ihn an. »Opa, was ist die wahre große Liebe?« Sie hatte sich beim besten Willen nichts darunter vorstellen können.

Er hatte gelächelt und wieder zum Polarstern hinaufgeblickt. »Das ist der eine Mensch in deinem Leben, der dich so tief in deinem Herzen berührt, dass du dir ein Leben ohne ihn nicht vorstellen kannst. Mit dem du dich so verbunden fühlst, dass es sich anfühlt, als wäre er ein Teil von dir.«

»Und das kann nur ein Mensch sein? Oder meinst du, das kann es öfter geben?«

»Manchmal begegnet einem diese große Liebe auch ein zweites Mal. Wenn die erste große Liebe wieder aus unserem Leben tritt.«

»Aber wieso sollte sie das tun?«

»Weil das Leben eine Menge schwieriger Momente für uns bereithält. Und es nicht immer so läuft, wie wir uns das wünschen.«

Daraufhin schwieg sie betreten.

»Und du meinst, dass sie uns jetzt beschützen von da oben?« Skeptisch betrachtete sie das schöne Glitzern des Sterns.

»Ganz genau, meine Kleine. Und wenn ich einmal nicht mehr bin, werde ich ihren Platz einnehmen und stets ein wachsames Auge auf dich haben«, hatte er lächelnd geantwortet und sie fest an sich gedrückt.

Seitdem hatte sie sich immer auf besondere Weise mit dem Polarstern verbunden gefühlt. Sobald sie ihn am Himmel sah, fühlte sie sich geborgen.

Auch jetzt beruhigte sich ihr Atem langsam, und sie spürte, wie sie die Gedanken an Arons Worte endlich loslassen konnte.

Sie richtete sich auf und schlüpfte aus dem Kleid. Dann zog sie ihren Pyjama an und kroch müde unter die Decke. Obwohl sie sich schläfrig fühlte, gelang es ihr nicht einzuschlafen. Durch das gekippte Fenster drangen das Lachen und Herumalbern von Kristján und Isa zu ihr herauf, die unten im Whirlpool saßen und anscheinend ihre eigene kleine Party feierten.

Genervt zog sie die Decke bis unters Kinn.

Auch wenn sie nicht bereit war, ihm alles zu schenken, hatte sie sich diesen Abend doch deutlich anders vorgestellt. Wie sie in seinen Armen einschlief, während er ihr zärtlich über den Rücken strich, zum Beispiel. Und nicht mit einer anderen Frau im Whirlpool herumtollte.

Aber so etwas konnte man eben nicht erzwingen. Sie drehte sich auf die andere Seite und starrte weiter gegen die Wand, bis sie allmählich wegdämmerte.

»Hey, meine Schöne.«

Ein kalter Arm legte sich um ihre Taille, und Anna riss die Augen auf. Kristjáns Lippen fuhren über ihre Wange, und sie konnte seinen alkoholgeschwängerten Atem riechen.

»Kristján, wie spät ist es?«, fragte sie und setzte sich auf.

»Spät«, antwortete er und wanderte mit seinem Mund an ihrem Hals hinab.

»Warte.« Sie drückte gegen seine Brust und schob ihn von sich. Das Display des Digitalweckers zeigte 3:24 Uhr an. »Warst du bis eben im Pool?« Seine Haare waren noch nass und rochen nach Chlor.

»Ja, und?« Er lehnte sich über sie und versuchte, sie zu küssen.

»Hör auf.« Sie rollte sich zur Seite und zog die Decke über ihre Schultern. »Ich möchte jetzt einfach nur schlafen.«

»Schon gut, Prinzessin Rühr-mich-nicht-an«, lallte er und warf sich auf den Rücken. »Das ist ja keine Überraschung.«

Während sie hörte, wie sein schwerer Atem innerhalb weniger Minuten in ein rasselndes Schnarchen überging, starrte sie wieder hinaus zum Polarstern. Tränen der Enttäuschung stiegen in ihr auf. Sie wünschte sich so sehr, dass es sich endlich einmal richtig anfühlte.

Kapitel 35

»Rechts vorwärts!«, schrie der Guide und Anna paddelte, was das Zeug hielt. Das türkisfarbene Wasser rauschte tosend um ihr gelbes Boot, und die Stromschnellen drohten sie vom Kurs abzubringen und gegen die Felsen zu schleudern. Links und rechts des Flusses ragten die scharfkantigen Klippen in die Höhe, und mit jedem Paddelschlag kämpfte sie dagegen an, sich ihnen zu sehr zu nähern. Neben ihr saß Kristján und klammerte sich verspannt an sein Paddel. Seit er sich gestern Nacht in ihr Zimmer geschlichen hatte, war er ungewöhnlich schweigsam gewesen. Daher war es ihr nur recht, dass sie gerade nicht reden konnten.

»Seid ihr blöd? Wenn ihr so dämlich lenkt, kriege ich hier vorn das ganze Wasser ab«, quiekte Isa und klammerte sich kurz an den Sicherheitsleinen im Bug fest.

»Du wolltest doch da sitzen«, murmelte Aron, der hinter Anna saß.

»Ich konnte ja nicht ahnen, dass ich dann so nass werde!«, quietschte Isa zurück, bevor sie in die nächste Stromschnelle gerieten und sich eine Wasserfontäne über ihnen ergoss.

»Ganz ruhig«, rief der Guide von seinem Platz im hintersten Teil des Boots. »Ihr macht das klasse, nur nicht die Nerven verlieren!«

Ha, er hatte gut reden. Offenbar litt der Mann an Adrenalinverlust. Vielleicht hatte er schon so oft kurz vor einem

Herzinfarkt gestanden, dass sich sein Körper gar nicht mehr die Mühe machte, Angsthormone auszuschütten.

Die nächste Stromschnelle traf ihr Boot und schüttelte sie ordentlich durch. Krampfhaft klammerte sie sich mit den Füßen unter dem Sicherheitsriemen fest. Der wäre ihr einziger Halt, sollten sie tatsächlich kentern.

Wenn sie diese Farce überstehen würde, wäre Herr Schneyder ihr eine ganze Menge schuldig. Während er sich gerade auf dem wohlig warmen Hamburger Bürostuhl drehte, kämpfte sie hier ums Überleben. Und wofür? Einen lächerlichen Magazinartikel!

Sie schnaubte und stach ihr Paddel wieder ins Wasser, als der Guide noch einmal »Rechts vorwärts!« schrie.

Die Strömung trug sie um eine Kurve, dann kam eine Gerade voller Felsvorsprünge und Untiefen in Sicht.

O nein.

Doch ihr blieb keine Zeit, weiter darüber nachzudenken, wie sie sich am besten festhalten sollte.

Die Strömung riss sie fort, und sie rauschten in die erste Schnelle. Das Boot sackte einen halben Meter hinab und stieß vorne gegen eine aufsteigende Strömung. Isa quiekte, und der Rest schrie auf, dann kippten sie auch schon zur Seite.

Eine Wasserlawine begrub sie, und Anna rutschte mit den Füßen aus dem Sicherheitsriemen. Im wilden erdrückenden Strudel der Stromschnelle verlor sie die Orientierung. Das harte Gummi des Boots glitt unter ihr weg, und die Sicherheitsleine entzog sich ihren Fingern. Plötzlich umgab sie nur noch der trübe Strudel des Flusswassers. Panisch schlug sie mit den Armen, kämpfte darum, wieder an die Oberfläche zu gelangen. Doch es schien aussichtslos.

Im nächsten Moment spürte sie, wie jemand den Riemen ihrer Rettungsweste packte und sie mit sich nach oben zog.

Sie brach durch die Oberfläche und schnappte keuchend nach Luft. Vor ihr leuchteten zwei türkisfarbene Augen und sahen sie besorgt an.

»Alles okay?« Aron schob sie zum Boot, sodass sie sich am Rand festhalten konnte.

»Ich …« Wieder hustete sie und rang nach Atem. »Ja, es geht schon.«

Er klopfte ihr kräftig auf den Rücken, dann schob er sie hoch, damit sie sich ins Boot ziehen konnte.

»Hey, Anna, so ist's gut, gleich wieder aufsteigen!«, rief ihr der Guide lachend zu.

Oh, wenn er nicht gleich leise war, würde sie ein Paddel schmeißen.

Während sie sich mühsam auf ihren Platz hievte, waren auch Kristján und Isa so damit beschäftigt, ins Boot zu krabbeln, dass sie anscheinend gar nichts von Annas unfreiwilligem Untergang mitbekommen hatten.

Sie drehte sich zu Aron um, der sich gerade zurück auf seinen Sitz schwang.

Für einen Moment trafen sich ihre Blicke. »Danke«, flüsterte sie.

Er hielt ihren Blick für einige Sekunden gefangen, dann nickte er knapp.

Als alle wieder im Boot saßen, ging es weiter, bis sie nach einer Stunde auf dem Wasser endlich an einem seichteren Ufer anlegten und aus dem Boot stiegen.

Mit zittrigen Knien stand Anna im hüfthohen Wasser und konnte ihr Glück nicht fassen, dass sie es wirklich geschafft hatte. Selten war ihr der Boden unter ihren Füßen so heilig gewesen.

Sie wollte einfach nur noch nach Hause und sich in ihren warmen Bademantel hüllen. Doch da hatte sie die Rechnung ohne Isas ausgefeilten Eventplan gemacht. Obwohl selbst die gerade ziemlich mitgenommen aussah. Die langen braunen Haare hingen ihr in nassen Strähnen ins Gesicht, und sie klammerte sich bibbernd an Aron, der sie ans Ufer trug.

Anna zwang sich, den Blick abzuwenden, bevor noch jemand bemerkte, dass sie zu ihnen hinüberstarrte.

Mit wackeligen Beinen folgte sie ihnen, schälte sich aus der Rafting-Ausrüstung und schnappte sich ihre Jeans und den Hoodie aus der Tonne, die der Titanic-Erfahrung glücklicherweise standgehalten hatte. Hastig strampelte sie sich aus dem Neoprenanzug frei und schlüpfte in ihre Kleidung, ehe jemand auf die Idee kam, ihren Bikini genauer in Augenschein zu nehmen. Das gute Stück war schon einige Jahre alt und hatte sie um die halbe Welt begleitet. Als sie für Island gepackt hatte, hatte sie ihn eher notdürftig in den Koffer geworfen. Wer hätte denn ahnen können, dass sie sich mit der Bademodenkollektion einer Influencerin messen müsste?

Neben Isas bronzeschimmerndem Körper kam sie sich vor wie ein blondes Schneewittchen. Ob der abgetragene Kapuzenpullover es sonderlich besser machte, wagte sie jedoch zu bezweifeln. Das Logo der University of Exeter hatte längst den Großteil seiner Farbe verloren. Aber er war eins ihrer liebsten Souvenirs aus dem Auslandssemester mit Lia und Freyja. Und nach diesem Höllenritt durch die Stromschnellen hatte sie ein wenig Geborgenheit bitter nötig.

»Wo hast du den denn ausgegraben?« Kristján zupfte mit amüsiertem Blick an ihrem Ärmel und schaffte es damit, die Aufmerksamkeit aller Anwesenden auf ihr wenig ansehnliches Kleidungsstück zu lenken.

»Ist der von Ralph Lauren? Diese College-Shirts im Vintagestil sind so hip«, kam ihr unerwarteterweise Isa zu Hilfe, die nun wieder etwas lebendiger dreinschaute.

Doch Anna konnte nicht verhindern, dass sie sich unbewusst anspannte. So freundlich Isa auch schien – jeder womöglich nett gemeinte Satz der Influencerin kam ihr katzenfreundlich vor.

»Nein«, sagte sie und zuckte betont lässig die Schultern. »Der ist echt Vintage. Zehn Jahre Studentenleben.«

»Oh.« Isas Blick wirkte nun eher mitleidig.

Im Hintergrund konnte sie Aron glucksen hören. Sie verdrehte innerlich die Augen, schnappte sich ihre Tasche und lief Richtung Parkplatz.

Kurz darauf saßen sie zu viert auf den komfortablen Rücksitzen eines Mercedes-Vans und rauschten durch die grünen Ebenen der nordisländischen Landschaft. Hinter den sonnenbeschienenen Wiesen ragten schroffe Felsen mit schneebedeckten Wipfeln empor, und hin und wieder blitzte ein glitzernder See dazwischen auf. Immerhin das Wetter war für einen isländischen Sommertag ein wahrer Traum. Halb versöhnt ließ sich Anna in das weiche Leder zurücksinken und schaute nach draußen.

»Das wird wundervoll«, seufzte Isa auf dem Sitz ihr gegenüber. »Das Spa ist einfach einmalig. Und nach der Tour gibt es nichts Besseres, als im warmen Thermalbad zu stehen.«

Anna hob den Blick. In der Ferne erkannte sie bereits das Schild, das die *Myvatn Nature Baths* ankündigte. Dahinter erhoben sich die ersten heißen Quellen, deren Dampf wie ätherischer Nebel zwischen dem Lavagestein in den sonnigen Himmel aufstieg. Wenn Lia das sehen könnte … Ihre beste Freundin wäre ganz aus dem Häuschen bei so viel natürlichem Spa-Luxus. Ein Lächeln stahl sich auf ihre Lippen. Das hatte der Wikinger offenbar gut erraten, als er sie in die Blaue Lagune entführt hatte …

Der Fahrer parkte ihren Van vor dem modernen Haupthaus des Thermalbads. Als Anna die Tür öffnete, verzog sie unwillkürlich die Miene und schlug sich die Hand vor den Mund. Was sie bisher auf der Insel als dezente Note wahrgenommen hatte, drängte sich jetzt in beißendem, konzentriertem Gestank in ihre Nasenlöcher. Schwefel. Der Geruch nach faulen Eiern beendete, was die Rafting-Tour nur beinahe geschafft hatte – er drehte ihr den Magen um, und sie musste würgen.

»Schön tief einatmen«, raunte Aron ihr ins Ohr, während er sie vor sich aus dem Wagen schob.

Sie warf ihm einen grimmigen Blick über die Schulter zu und sah sein breites Grinsen. Elendiger Mistkerl. Andererseits war es auch ein wenig beruhigend, dass er zu seiner gehässigen Art zurückgefunden hatte. Dieser ernstlich besorgte Blick während der Rafting-Fahrt hatte sie beinahe glauben lassen, dass …

Bevor sie den Gedanken beenden konnte, kletterte Isa aus dem Wagen und quietschte freudig auf.

»Daníel, wie schön, du hast es gefunden!«

Anna sah zum Eingang des Spa-Gebäudes, vor dem der Fotograf ihnen munter zuwinkte. Offenbar war der Gute ein wenig wildwasserscheu, aber die seichten Gefilde der Thermalquellen schienen ihm zu bekommen.

Ein gestelltes Gruppenfoto später machten sie sich auf den Weg in die Umkleide. Sobald Anna in ihrem Bikini vor dem schmalen Spiegel ihrer Einzelkabine stand, fühlte sie sich wieder unsicher. Das kalte Licht betonte ihre blasse Haut nur noch mehr.

Seufzend wickelte sie sich das Badetuch fest um den Körper und tapste in den Außenbereich der Therme, wo die anderen schon vor der dampfenden, türkisblauen Seenlandschaft standen und über irgendeinen Witz lachten, während Daníel eifrig knipste. Wie zu erwarten, trug Isa ein weiteres Bikini-Modell, das ihre weiblichen Rundungen perfekt in Szene setzte. Sie hielt ihr Badehandtuch lässig über dem Arm und strahlte nur so vor Selbstbewusstsein. Sie war so schön, dass Anna einen kleinen Stich Neid verspürte, sich aber gleich zur Ordnung rief. Sie wollte Isa nicht für ihre eigene Unsicherheit bestrafen.

»Schnell, komm her!«, rief die, als sie Anna entdeckte. »Du fehlst noch in unserer Runde. Wir brauchen ein paar belebte Aufnahmen von der Therme. Es soll ganz natürlich wirken.«

Anna seufzte leise. Nichts an diesen Aufnahmen wirkte sonderlich natürlich. Aber sie hatte diesem Wochenende zugestimmt – da musste sie nun wohl oder übel durch. Selbst Aron hatte sich offensichtlich in sein Schicksal ergeben.

Mit hochgezogenen Schultern trottete sie zu den anderen hinüber. In dem Moment drehte Aron sich zu ihr um, und sie wich hastig seinem Blick aus. Sie hatte es schon beim Rafting erfolgreich vermieden, seinen sportlichen Oberkörper zu begutachten, als er sich umgezogen hatte. Zumindest bis auf ein, zwei ganz kurze heimliche Blicke. Er schien es ähnlich zu halten, denn er wandte sich ebenso schnell wieder ab.

Pflichtbewusst nahm sie ihren Platz an Kristjáns rechter Seite ein, der ihr die Hand auf die Schulter legte und im nächsten Moment ihr Schulterblatt nach außen drückte. »Gerade stehen«, brummte er, und sie gehorchte überrumpelt. Neben seinem gemeißelten Sixpack fühlte sie sich nicht sonderlich besser. Vor allem nicht, wenn er ihr wie ein General mit dem Daumen ins Rückgrat pikste.

Erst als sie in der Dampfsauna saßen, fiel die Anspannung der letzten Stunden langsam von ihr ab. Der Nebel, der zwischen den Bodendielen aufstieg, hüllte sie in eine angenehme Wärme, und durch ein Fenster konnte sie die badenden Gäste in den heißen Naturpools beobachten. Allmählich hatte sie sich sogar an den Schwefelgeruch gewöhnt.

»Puh, ich brauche jetzt dringend ein kühles Getränk. Dort drüben gibt es eine Bar im Pool.« Isa stand auf und sah auffordernd in die Runde.

»Keine schlechte Idee.« Kristján war sofort auf den Beinen und folgte ihr.

Einen Moment lang herrschte Stille in der kleinen Holzhütte. Weder Aron noch Anna rührten sich. Und sie hätte sich fast ein Herz gefasst und ihn gefragt. Ihm die eine Frage gestellt, die ihr so lange schon auf dem Herzen lag. Doch die Erinnerung an den vergangenen Abend hielt sie zurück. Es war genug. Sie hatte es versucht. Noch eine Abreibung musste sie sich wirklich nicht holen.

Sie sprang auf und wollte gerade durch die Tür hinaustreten, als er ihren Arm umfasste und sie sanft zu sich drehte. Seine türkisblauen Augen brannten sich in ihre. Und für einen Moment glaubte sie, darin all die Dinge zu lesen, die sie sich von ihm zu hören wünschte. Eine Locke, die sich unter der Wärme kräuselte, fiel ihr in die Stirn, und er strich sie mit dem Daumen zur Seite. Doch dann räusperte er sich und trat einen halben Schritt zurück.

»Wieso versteckst du dich unter dem Handtuch?«

Bei all den Dingen, die zwischen ihnen zu klären waren, fiel ihm das als Erstes ein? Sie schnaubte verächtlich. »Ich verstecke mich nicht. Ich … bedecke meinen Körper. Das wird ja wohl erlaubt sein.« Trotzig reckte sie das Kinn.

»Du zupfst es ständig zurecht und huschst durch die Therme wie ein verschrecktes Reh«, erwiderte er und funkelte sie angriffslustig an.

Oh, diese Unverfrorenheit. »Und was geht dich das an?«, herrschte sie zurück und schob sich genervt an ihm vorbei.

»Du versteckst dich!«, rief er ihr hinterher, während sie auf das dampfende Poolbecken zumarschierte.

Dieser Mann hatte Nerven. Und er strapazierte ihre so gewaltig, dass er sie an den Rand des Wahnsinns brachte. »Ich verstecke mich nicht!«, schrie sie und feuerte ihr Handtuch auf eine Liege. Die gesamte Gästeschar von Pool Nummer eins drehte sich mit neugierigen Blicken zu ihr um. Verflixt. So viel Publikum hatte sie sich für ihren Auftritt in dem Weltenbummler-Bikini wirklich nicht gewünscht.

Und wenn schon? Sie war vielleicht nicht so glamourös wie Isa. Aber sie hatte ja wohl dasselbe Recht, im Bikini herumzulaufen.

Trotzig stieg sie die Stufen zu dem Becken hinunter und ließ sich in das milchig blaue Wasser gleiten. Als sie sich auf den Rücken drehte, sah sie Aron verdutzt am Rand stehen. Aber ein amüsierter Zug umspielte seine Mundwinkel. Sollte er nur dämlich grinsen. Sie würde sich nicht mehr so leicht von einem Mann sagen lassen, wie sie sich zu fühlen und was sie zu tun hatte.

Ein paar Runden genoss sie das lauwarme Wasser, ließ sich in der Lagune treiben und beobachtete, wie die Wolken am Himmel über ihr dahinzogen, wenn sie sich auf den Rücken drehte. Dann beschloss sie, dass sie ebenfalls ein Getränk gebrauchen könnte. Vorzugsweise mit einem Schuss Brennivín, damit sie den Rest des Tages überstand. Einen

Pool weiter entdeckte sie die Bar, von der Isa gesprochen hatte. Kristján, Aron und das Influencersternchen hielten bereits jeweils ein Cocktailglas in den Händen. Immerhin hatte sie Daníel nach den ersten Aufnahmen in den Feierabend geschickt.

Als Anna heranschwamm, setzte Aron wieder die ernste, verbitterte Miene auf, die sie von ihm kannte. Sie zog an ihm vorbei, ohne ihn eines weiteren Blickes zu würdigen, und bestellte sich einen Brennivín-Snowball am Fenster der Bar, das direkt auf den Pool hinausging. Mit dem Cocktailglas in der Hand watete sie durch das badewannentemperierte Wasser und stellte sich neben Kristján, der ihr kurz zuzwinkerte und sich dann weiter mit Isa über Social-Media-Strategien, Follower-Engagement und Werbeplatzierungen unterhielt.

Aus dem Augenwinkel sah sie, dass Aron mit verschränkten Armen an der Poolbegrenzung lehnte und schweigend auf die dystopische Landschaft vor ihnen starrte. Sie legte die Arme über den Poolrand und tat es ihm gleich. Doch in ihrem Kopf kreisten die Gedanken. Erst die Rafting-Tour, bei der er ihr das Leben gerettet hatte, das konnte sie wohl ohne Übertreibung behaupten. Na ja, vielleicht mit ein wenig Übertreibung.

Und dann die Szene in der Sauna-Hütte. Sie musste sich womöglich eingestehen, dass sie trotz aller Antipathie, die sie für diesen sturen isländischen Farmer empfand, auch Dinge fühlte, die sie nicht fühlen sollte, wenn sie sich in seiner Nähe befand. Und an Kristjáns Seite, dem Mann, den sie seit einigen Wochen datete. Das schlechte Gewissen schnürte ihr die Kehle zu. Neben ihr plauderte Kristján so ahnungslos und angeregt mit Isa, dass sie sich noch tausendmal schlechter fühlte.

Mit gerunzelter Stirn hob sie das Glas an die Lippen und trank einen großen Schluck. Langsam wuchs ihr die Sache wirklich über den Kopf.

***

Sobald sie wieder im Chalet war und den Plüschstoff ihres Bademantels auf der Haut spürte, hätte Anna sich am liebsten im Bett verkrochen und wäre dort für den Rest des Abends geblieben. Die Erlebnisse der Wildwasserfahrt saßen ihr noch in den Knochen, daran hatten weder das Bad in den heißen Quellen noch der Brennivín-Snowball etwas geändert.

Anscheinend hatten die anderen den Tag deutlich besser verkraftet. Sie konnte sie draußen lachen hören.

Egal. Extremsportarten waren nun mal nicht für jeden was.

Der Duft nach gegrilltem Gemüse und knusprig gebratenen Würstchen wehte durch das offene Fenster ins Zimmer. Ihr Magen antwortete mit einem Knurren.

Auf dem Zimmer zu bleiben, war also keine Option. Außerdem wollte sie ihnen nicht den letzten Abend verderben, indem sie sich wie das beleidigte Mauerblümchen hier oben einschloss.

Seufzend stand sie auf und suchte sich ein paar warme Sachen zusammen. Eine dunkelblaue Jeans und den Norwegerpulli, der der kühlen isländischen Nachtluft trotzen sollte.

Als sie aus der Terrassentür hinaustrat, entdeckte sie die anderen etwas weiter unten auf der Wiese hinter dem Haus. Dort gab es eine Feuerstelle mit einem Grillrost, auf dem Aron fleißig Gemüse, Würstchen und Fisch wendete, während Kristján und Isa auf einem der Baumstämme vor dem Feuer saßen, Wein tranken und sich lachend unterhielten.

»Anna!«, begrüßte Isa sie euphorisch und hob ihr Weinglas. »Nimm dir ein Glas und lass uns darauf anstoßen, wie fantastisch der Artikel wird! Daníels Aufnahmen sind einfach nur ein Traum. Wenn das eure Leser nicht begeistert, weiß ich auch nicht!«

Sie gab sich Mühe, zu lächeln, und schnappte sich ein Glas, das sie mit dem Rotwein füllte, der aus dem Weinkeller des Chalets stammte.

»Ganz fantastisch wird der!«, sagte sie dann so überzeugend wie möglich.

Die Aufnahmen von Daníel waren wirklich gut. Aber ihr grauste schon jetzt davor, beim Schreiben des Artikels all die unangenehmen Momente dieses Wochenendtrips erneut in Gedanken zu durchleben.

Bis auf die Tour mit den Huskys. Die war eigentlich ziemlich bezaubernd gewesen.

Sie sah kurz zu Aron, der besonders beschäftigt auf die Würstchen starrte, seit sie sich zu ihnen gesellt hatte. Das karierte Baumwollhemd und die Jeans standen ihm mindestens so gut wie sein feines Outfit vom Vorabend.

Sie setzte sich neben Kristján, der genau wie Isa mit ihr anstieß.

Der Wind an diesem Abend war lau und die Luft ungewöhnlich mild, sodass sie bis weit nach Mitternacht am Feuer hockten, erzählten und gedankenverloren die Flammen beobachteten.

»Mist«, stieß Isa plötzlich hervor und starrte mit sorgenvoll gekräuselter Stirn auf ihr Smartphone.

»Was ist?« Kristján musterte sie aufmerksam.

»Mein Handy hat die letzten Storys nicht gepostet. Ich habe hier offenbar kein Internet im Haus. Dabei ging es doch die letzten Tage einwandfrei.«

»Vielleicht liegt es am Router«, antwortete er und zuckte mit den Schultern. »Du musst ihn neu starten, danach wird es schon wieder funktionieren.«

»Kannst du mir helfen?«, fragte sie und schaute ihn mit großen Rehaugen an. »Morgen Früh sind die Storys unbrauchbar, dann kann ich sie nicht mehr posten.«

Er lächelte sein charmantes Moderatorenlächeln. »Natürlich. Komm, wir sehen mal nach.«

Und damit verschwanden die beiden Richtung Chalet.

Augenblicklich erschien Anna die Stille unerträglich bedrückend und unangenehm.

Aron saß am anderen Ende des Baumstammes und stierte geradeaus in die Glut des schwindenden Feuers.

Ihr Puls raste, während sich ein Gedanke in ihrem Kopf manifestierte. *Jetzt oder nie*. Sie würde ihn ein letztes Mal fragen. Wenn er es dann nicht verriet, müsste sie sich keine Illusionen machen, dass er es jemals tun würde.

»Sag es mir«, platzte sie heraus.

»Was?« Er sah sie überrascht an.

»Bitte sag mir, weshalb du so unheimlich wütend auf meinen Großonkel und mich bist.«

Er sog scharf die Luft ein und trat einen Ast ins Feuer.

»Sprich mit Magnús«, knurrte er, dann stand er auf, schob die Hände in die Hosentaschen und wandte sich zum Gehen.

»Hey!« Sie sprang auf und packte ihn am Ärmel. »Das hast du schon die letzten Male gesagt«, warf sie ihm an den Kopf, als er innehielt und sich zu ihr umdrehte. »Aber egal, wie oft ich ihn danach frage: Er ist genauso verbissen schweigsam wie du!« Wütend stach sie ihm mit ihrem Zeigefinger in die Brust.

»Und wie ich bereits sagte: Nicht mein Problem«, knurrte er wieder und umfasste ihren Finger.

Als seine Haut ihre berührte und sie die vertrauten Schwielen seiner Handfläche spürte, wurde etwas in ihr weich und nachgiebig. Ein sehnsüchtiges Ziehen erfasste ihr Herz.

In seinen Augen sah sie auf einmal einen sanften, fast liebevollen Ausdruck. Der währte jedoch nicht lang. Entschieden schob er sie zurück.

»Wenn mir niemand von euch etwas sagt, wie soll ich es dann jemals verstehen?« Sie ließ die Schultern sinken. »Du kannst mich doch nicht für etwas verurteilen, von dem ich nicht einmal etwas weiß!«

»Und wie ich das kann!« Mit grimmigem Blick wandte er sich ab und wollte davonstapfen.

»Nein, halt!« So leicht würde sie sich diesmal nicht abschütteln lassen. Sie schnappte sich seinen Arm und hielt ihn fest. »Ich weiß von Hekla und dem Baby!«

Er stoppte und fuhr herum.

»Ist es das?«, fragte sie. »Hat es damit etwas zu tun? Sie hat meinem Großvater das Herz gebrochen und ihn verlassen.«

Für einen Moment sah er ihr nur wutentbrannt entgegen. Er stand so dicht vor ihr, dass sie spürte, wie sich seine Brust hob und senkte und sein Atem über ihre Stirn strich.

»Du«, sagte er langsam, »weißt gar nichts, Anna.«

»Gut, erklär es mir«, fauchte sie und fixierte ihn.

Seine grünblauen Augen drohten ihre zu verschlingen. Er beugte sich vor, so dicht, dass seine Nasenspitze ihre beinah berührte. Dann umfasste er ihr Gesicht mit beiden Händen und zog sie an sich. Seine Lippen legten sich auf ihre, rau und sanft zugleich. Ein warmes Kribbeln durchströmte sie, und sie schloss die Lider, ließ sich selig in den Kuss sinken. Sein Arm glitt zu ihrer Taille hinab, und er drückte sie zärtlich, aber bestimmt an sich, bis ihr Körper sich an seinen schmiegte und sie seine Wärme spürte. Sein Duft umgab sie, hüllte sie in die vertraute Geborgenheit von Meeresluft und dem frischen Geruch von Heu. Sie hätte sich für immer darin verlieren können.

Doch schließlich beendete er den Kuss. Als sie den Kopf hob, blickte er ihr für einen Moment in die Augen. Dann schaute er erstaunt hoch und deutete auf den Horizont hinter ihr.

»Sieh mal.«

Sie drehte sich um und blinzelte zu dem hellen Sternenhimmel hinauf. Grüne und blaue Schattierungen zogen sich über den Himmel, verschwammen ineinander, ganz so, als führten sie einen Tanz auf.

»Das …«, flüsterte sie staunend, »das kann doch gar nicht sein, oder? Sind das etwa …«

»Polarlichter«, bestätigte Aron.

»Aber es ist doch Spätsommer«, sagte sie verwundert, während sie die Augen nicht von dem atemberaubenden Farbenspiel wenden konnte. Normalerweise entdeckte man die Lichter erst im Herbst am Himmel, wenn die Tage kürzer und die Nächte dunkler wurden und die Mitternachtssonne ablösten.

»Es ist extrem selten, manchmal sieht man sie allerdings trotzdem«, murmelte er.

Dieser Moment fühlte sich auf magische Weise vollkommen an. Der Kuss. Seine Nähe. Und nun das Leuchten der Polarlichter, in deren Mitte hell und klar der Polarstern strahlte.

Der sanfte Druck seiner Hände an ihrer Taille holte sie wieder in das Hier und Jetzt zurück. Langsam drehte sie sich zu ihm um.

In seinen Augen lagen Bedauern und eine tiefe Verletztheit.

»Verzeih mir«, sagte er. »Das war dumm von mir.« Er trat einen Schritt zurück und hielt weiter ihren Blick gefangen.

Sprachlos starrte sie ihn an. »Aber … wie meinst du das?«

»Du weißt gar nichts«, murmelte er erneut und atmete tief durch. »Deine Familie hat uns alles genommen, Anna. Und ich kann nicht zulassen, dass sich die Geschichte wiederholt.« Damit wandte er sich ruckartig um und stapfte mit hochgezogenen Schultern zurück zum Haus.

Er ließ sie stehen. Hier unter den Polarlichtern. Dabei hatte sich seine Nähe gerade noch wie ihr Zuhause angefühlt. Ein schmerzliches Brennen durchschnitt ihre Brust und trieb ihr Tränen in die Augen.

Aber sie konnte und wollte ihnen nicht nachgeben. Das hatte er nicht verdient.

Kapitel 36

Die Rückfahrt nach Borgarnes am Sonntagmorgen glich einer Folter. Kristján schwieg beharrlich und tippte auf dem Lenkrad den Takt des Radiosongs mit. Und Anna war nach dem gestrigen Abend ebenfalls nicht nach einer Unterhaltung zumute. Beim Frühstück hatte Aron sie kaum eines Blickes gewürdigt. Und Kristján gegenüber fühlte sie sich einfach nur schuldig und schlecht. Er hatte sich wieder spät in ihr Zimmer geschlichen, als sie schon geschlafen hatte. Aber diesmal war sie nicht aufgewacht. Offenbar hatte er auch keinen weiteren Annäherungsversuch gestartet.

Das war ihr nur recht.

Dennoch schämte sie sich, dass sie hinter seinem Rücken so für einen anderen gefühlt hatte. Sie musste mit ihm reden. Aber jetzt konnte sie sich absolut nicht dazu aufraffen.

Sie wandte den Kopf zur Seite und betrachtete die Landschaft, die an ihnen vorbeizog. Doch immer wieder stahlen sich die Erinnerungen an den vergangenen Abend in ihre Gedanken, und sie fühlte das sehnende Kribbeln, das Arons Berührungen in ihr ausgelöst hatten. Spürte wieder seine Lippen auf ihren, während am Himmel die Polarlichter für sie gefunkelt hatten. Im nächsten Moment befiel sie allerdings die tiefe Verletzung, die sein plötzlicher Abgang in ihr Herz gegraben hatte.

Es schmerzte so sehr, dass sie hastig den Blick von der

wunderschönen Landschaft lösen musste und ihr Handy hervorzog, um sich abzulenken. Sie hatte eine neue Nachricht von Lia erhalten, die fragte, wie das Wochenende gelaufen sei und ob es frohe Kunde in Liebesdingen zu verkünden gebe.

Sie konnte ihr unmöglich jetzt antworten, während Kristján neben ihr saß, also klickte sie die Nachricht weg und scrollte stattdessen durch ihre Arbeitsmails.

Als sie schließlich neben der flachen Umzäunung des Skallagrímsgarður hielten, vor der auch der Dodge stand, stellte Kristján den Motor aus, blieb aber sitzen. Er seufzte und besah sich seine Fingernägel mit ausgesprochenem Interesse.

»Hör mal, wir müssen reden«, sagte er.

Sie nickte und drehte sich zu ihm. »Ja, das glaube ich auch.«

»Die Sache zwischen uns«, fuhr er fort und deutete zwischen ihnen hin und her, »funktioniert nicht so richtig.«

»Ich weiß.« Sie senkte kurz den Kopf und atmete tief durch.

»Tut mir leid, aber irgendwie hatte ich mir das anders vorgestellt.«

»Ich weiß«, wiederholte sie. »Ich mir auch.«

Er lächelte matt. »Man kann so was nicht planen, stimmt's?«

»Nein«, erwiderte sie. »Da hast du recht.«

»Vielleicht können wir ja trotzdem in Kontakt bleiben. Wenn du mal was brauchst, melde dich.« Er legte kurz die Hand auf ihre und drückte sie.

»Danke.« Sie zog ihre Hand sanft zurück und nickte ihm zu. Seine Berührungen waren ihr nun sogar unangenehm. Irgendetwas in ihr sträubte sich gegen seine Nähe.

»Dann mach es gut, Anna.«

»Du ebenfalls.« Sie stieß die Tür auf und stieg aus dem Porsche. Offenbar würde er ihr nicht mal mehr mit dem Gepäck helfen. Wenn sie es sich so durch den Kopf gehen ließ, hätte sie das wohl auch nicht verdient. Vielleicht spürte er, dass sie ihm im Herzen bereits untreu gewesen war. Genau genommen nicht nur im Herzen.

Sie warf die Tür hinter sich zu und holte ihre Reisetasche aus dem Kofferraum. Dann winkte sie ihm ein letztes Mal, während er hupend und mit Vollgas davonraste.

Zumindest schien er nicht unter gebrochenem Herzen zu leiden. Das beruhigte ihr Gewissen immerhin etwas.

Als sie sich umdrehte, lag der Park still und verlassen vor ihr, nur das Rauschen der Blätter im Wind erfüllte die Luft mit einer erwartungsvollen Atmosphäre.

Sie schloss die Fahrertür des Dodges auf, warf ihre Tasche auf den Beifahrersitz und rutschte hinters Steuer. Ohne den rasenden Gedanken in ihrem Kopf Raum zu geben, trat sie aufs Gaspedal und schlug den Weg nach Öndverðarnes ein. Statt der Playlist ertönte im Wagen nur das gewohnte Rattern des Getriebes. Sie konzentrierte sich allein auf ihre Bewegungen und den Straßenverkehr. Zu mehr war sie nicht in der Lage.

Knappe zwei Stunden später erhob sich die Silhouette des Leuchtturms vor ihr, in seiner vertrauten Abgeschiedenheit am Rande der Klippen. Im Haus brannten keine Lichter, vermutlich war Magnús noch unterwegs. Doch allein der Anblick des weiß getünchten Turmes vor der rauen schwarzen Küste genügte, um eine Flut an Emotionen in ihr auszulösen. All die Verzweiflung, die Ablehnung, der Schmerz, den eben diese in ihr bewirkten, stiegen in ihr auf.

Sie war hierhergekommen, um die Wurzeln ihrer Familie zu finden. Das Geheimnis zu lüften, das ihren Großvater so quälte und umtrieb. Und nun verzweifelte sie daran, dass sie es wohl niemals erfahren würde. Arons Abweisung schmerzte sie, ebenso wie die ihres Großonkels und ihres Großvaters. Und so sehr sie sich wünschte, es wäre anders – sie ertrug es nicht mehr. Ihr blieben noch sechs Tage auf der Insel vor ihrem Rückflug nach Hamburg. Fünf Tage, um den Artikel zu schreiben, und ein letztes Wochenende. Aber all das, was ihr in den letzten Wochen Freude bereitet hatte, erinnerte sie nun auf grausame Weise daran, dass sie gescheitert war. Dass jeder sie von sich wies. Und es gab bloß einen Ausweg.

Mit vor Tränen verschwommener Sicht marschierte sie auf den Leuchtturm zu. Sie stieg die Treppe zu ihrem Zimmer hinauf und öffnete ihren Kleiderschrank. Dann zerrte sie ihren Koffer unter dem Bett hervor und klappte ihn auf. Nach und nach landeten alle ihre Habseligkeiten darin.

Sie musste gehen. Sofort. Schluchzend zog sie ihr Handy hervor und tippte mit zittrigen Fingern auf den Chat mit Lia.

Ich komme nach Hause. Mach dir keine Sorgen, es ist alles gut. Den Rest erzähle ich dir in Ruhe.

Sie schickte die Nachricht ab und scrollte anschließend durch die Flugangebote, die heute noch von Reykjavík nach Hamburg starten würden.

Aus dem Flur erklang das Knarren der Haustür. Kurz darauf hörte sie Schritte auf der Treppe, und Magnús stand auf ihrer Zimmerschwelle.

Mit großen Augen sah er erst sie und dann den gepackten Koffer an, der neben ihr stand.

»Was tust du da?«

Sie ließ die Schultern hängen. »Ich packe. Ich reise heute Abend ab.«

Er betrachtete sie ungläubig. Und traurig. »Wieso? Du bist doch gerade erst aus dem kleinen Urlaub mit deinen Freunden zurückgekommen. Und du wolltest so gern noch etwas bleiben.«

»Ich weiß.« Sie räusperte sich. »Aber … ehrlich gesagt ertrage ich es einfach nicht mehr. Ich kann es nicht länger ertragen, dass mir Dinge vorgeworfen werden, von denen ich nichts weiß.« Sie hielt einen Moment inne. »Du hast recht, ich muss akzeptieren, dass Opa mir nichts über seine Vergangenheit verraten möchte. Aber dann kann ich mich auch nicht länger damit auseinandersetzen, dass genau die mir angelastet wird.«

»Wer sollte das getan haben?«, fragte Magnús verwundert.

»Aron«, stammelte sie und senkte den Blick.

»Pah.« Ihr Großonkel schnaubte. »Der kleine Sturkopf. Von dem darfst du dir nichts einreden lassen, hörst du?«

Sie seufzte. Wenn es doch so einfach wäre. »Und außerdem weiß ich, dass ich dich enttäuscht habe. Es war nicht richtig, einfach die Briefe zu öffnen. Obwohl ich wusste, dass dir das nicht gefallen würde. Sei mir nicht böse, aber ich denke, du hast recht: Es ist für alle das Beste, wenn ich nach Hause zurückkehre. Und zwar möglichst schnell.«

Wieder stiegen Tränen in ihr auf, und diesmal konnte sie sie nicht länger zurückhalten. Sie schluchzte, so leise wie möglich.

»Na, na.« Magnús kam zu ihr herüber und setzte sich neben sie aufs Bett. Tröstend legte er ihr den Arm um die Schultern. »Nun übertreibst du aber, Mädchen.«

Traurig schüttelte sie den Kopf. »Trotzdem danke ich dir für deine Gastfreundschaft. Ich habe mich so gefreut, dich endlich kennenzulernen.«

Er stupste sie sanft an. »Die Enkelin ihres Großvaters, ohne Zweifel.« Er schmunzelte schwach. »Hat dich die Geschichte deines Großvaters denn gar nichts gelehrt? Vor seinen Gefühlen und Problemen wegzurennen, ist ein aussichtsloses Unterfangen. Und es sorgt häufig nur für noch mehr Kummer und Schmerz.«

Sie sah ihn niedergeschlagen an. »Vielleicht. Aber ich kann ihn verstehen. Manchmal ist es der einzige Ausweg, der einem bleibt.«

Magnús seufzte. Dann erhob er sich langsam und stützte seinen Rücken. »Komm, pack deine Sachen wieder aus, Anna. Ich koche uns jetzt einen Tee mit Schuss. Und danach erzähle ich dir die wahre Geschichte deines Großvaters. Soll er mich doch verfluchen und holen kommen. Wen kümmert's? Bis der alte Esel sich traut, einen Fuß auf die Insel zu setzen, bin ich schon lange beerdigt.« Er zuckte mit den Schultern, drehte sich um und ging.

Anna sah ihm sprachlos hinterher. Das Blut pulsierte in ihren Adern, rauschte durch ihren Körper und transportierte Adrenalin bis in ihre Fingerspitzen. Sie würde es erfahren. Endlich.

Hastig zog sie ihr Handy hervor. Ein verpasster Anruf und mehrere besorgte Nachrichten von Lia. Was passiert sei und ob sie sich sicher sei, dass sie ihre Zeit auf Island so vorschnell abbrechen wolle.

Aufgeregt tippte sie:

Sorry, Fehlalarm. Ich denke, ich bleibe doch. Mach dir bitte keine Sorgen. Mir geht es gut. Alles andere erkläre ich dir später.

Dann legte sie das Handy beiseite und machte sich auf den Weg nach unten. Magnús erwartete sie im Wohnzimmer. Er saß auf der alten Ledercouch und hatte das Bündel Briefe und die Mappe mit der Aufschrift *Skjöl* vor sich auf dem niedrigen Cafétisch ausgebreitet.

Sie setzte sich neben ihn, und er reichte ihr einen heißen Becher Tee, aus dem ihr Rumgeruch in die Nase stieg.

»Für die Nerven«, meinte er und zwinkerte ihr zu. Dann erhob er sich und ging zum Kamin. »Während ich uns ein Feuer mache – möchtest du mir erzählen, was dieser Aron dir alles gesagt hat?« Geschickt entzündete er ein Stück Zeitung zwischen den Scheiten.

»Na ja …« Sie zögerte und nahm einen Schluck von dem Tee-Rum-Gemisch. Die Flüssigkeit rann warm und beruhigend ihre Kehle hinunter und schien ihre Nerven tatsächlich sofort zu entspannen. »Er hat gesagt, dass wir seiner Familie alles genommen haben.«

Magnús seufzte, dann stemmte er sich wieder hoch und kam zurück zur Couch. »Ein bisschen melodramatisch, der Junge. Aber ganz unrecht hat er nicht.«

Anna riss die Augen auf. »Wie meinst du das?«

Er ließ sich neben ihr in die Polster sinken und nahm einen Schluck aus seiner Tasse. »Hat er dir von seiner Großmutter erzählt?«

»Ja.« Sie nickte und erinnerte sich an ihr Gespräch in seinem Pick-up zurück, als er sie mit zu den Schafen genommen hatte. »Er führt ihren alten Hof.«

»Und du hast die Briefe gelesen, nicht wahr?«, fragte er, ohne weiter auf ihre Antwort einzugehen.

Wieder nickte sie.

»Hekla«, begann er und hielt einen Moment bedeutungsvoll inne, »Hekla ist Arons Großmutter. Die Mutter seines Vaters Lars, den sie nach ihrem eigenen Vater benannte.«

Überrascht ließ sie die Tasse sinken. »Aber … aber wie kann das sein? Sie ist nicht weggegangen? Oder ist sie zurückgekehrt?«

»Sie wollte deinen Großvater in der Tat verlassen. Doch er hat ein gutes Herz. Zu gut, damals. Er hat nicht zugelassen, dass sie ihre Heimat aufgibt. Und er hat ihr angeboten, sie zu heiraten. So hätte sie in Hellissandur und bei ihrer Familie bleiben können. Und ihr Vater, der sehr streng war, hätte sie nicht verstoßen.«

»Sie haben geheiratet?«, fragte Anna ungläubig.

»Nein, das habe ich nicht gesagt«, verbesserte Magnús sie. »Er wollte sie heiraten. Und sie hat eingewilligt. Aber dann ist etwas passiert, etwas, das ihn dazu gebracht hat, ein anderer Mensch zu werden. So zornig und rachsüchtig, dass er mir damals selbst fremd war.«

»Was sollte das um Himmels willen sein?« Anna sah ihn mit großen Augen an. Alles in ihr war zum Zerreißen gespannt.

»Nun …« Ihr Großonkel lehnte sich weit zurück und nahm noch einen Schluck Tee. »Ich werde es dir jetzt erzählen. Alles begann in einer stürmischen Nacht.«

Kapitel 37

Öndverðarnes, Island
Herbst 1963

Der Wind rüttelte an den Fensterläden des Wärterhäuschens. Nachdem Gunnar im Wohnzimmer das Kaminfeuer entzündet hatte, stieg er die endlosen Stufen hinauf zum Leuchtfeuer des Turms. Einen Sturm wie diesen hatten sie lange nicht mehr erlebt. Und er wollte überprüfen, ob das Feuer nach wie vor brannte. Für die Nacht hatte er bereits ausreichend Petroleum hinaufgeschleppt, das er im Falle des Falles nur nachfüllen musste.

Als er die Tür zur Kuppel des Turmes aufstieß, empfing ihn der penetrante Geruch nach verbrauchtem Gas, nichts Ungewöhnliches. Das Feuer brannte zuverlässig, und im Behälter befand sich noch genug Petroleum für die nächsten zwei Stunden. Beruhigt trat er an den Rand der Kuppel, um auch die Mechanik zu überprüfen. Aber bisher hatten die stürmischen Westwinde dem Leuchtturm nichts anhaben können.

Er ließ den Blick hinaus auf die tosende See schweifen. Im fahlen Licht der Abenddämmerung wogte der Ozean schwarz und bedrohlich, schlug mit Macht gegen die Klippen und sandte schäumende Gischtwolken hinauf ans Ufer. Weiße Wellenkämme tanzten auf dem Meer und ließen die Kraft erahnen, mit der die Strömung an Land drängte, nur um kurz darauf wieder hinauszuziehen und alles mit sich zu reißen, dessen sie habhaft werden konnte.

Gunnar beugte sich etwas weiter vor und nahm den Goldstrand in Augenschein. Die Wellen standen fast bis hoch zu den Klippen und verschlangen die Hälfte des goldenen Sandes. Gerade als er sich wieder abwenden wollte, blieb sein Blick an einem kleinen Punkt hängen. Einem kleinen braunen Punkt, der draußen vor der Küste wie ein Spielball zwischen den Wellen hin und her geworfen wurde. Er zückte sein Fernglas und spähte hinaus.

Das konnte doch nicht wahr sein! Es war ein Holzboot. Welcher Mensch war denn so lebensmüde, in einer Nacht wie dieser hinauszufahren?

Zwei dunkle Gestalten klammerten sich an der Reling fest und versuchten, das Boot auf Kurs zu halten. Was ihnen jedoch nicht gelang. Wieder und wieder wurde der Rumpf von einer Welle erfasst und hinabgeworfen, bevor ein nächster Wellenkamm ihn erneut hinaufbeförderte. Und die scharfen Felsen der Klippen rückten bedrohlich nahe. Sollte ihnen niemand zu Hilfe kommen, würden sie dort zerschellen. Wer auch immer das dort draußen war: Er hatte weder Ahnung von Booten und Kursmanövern auf See, noch war er sonderlich klug, wenn er sich in diesem Unwetter hinauswagte.

Gunnar schob das Fernglas zurück in seine Tasche, dann stürmte er die Treppen hinab. Im Wohnzimmer begegnete er Magnús, der auf dem Sessel ihres Vaters saß und ein Buch las. Als Gunnar hineinpolterte, sah er erschrocken auf.

»Was ist los?«

»Draußen ist ein Boot in Seenot. Ich fahre raus und helfe, so gut ich kann.«

»Bist du verrückt? Du kannst doch nicht jetzt rausfahren und dein Leben riskieren.« Magnús betrachtete ihn entgeistert und verängstigt zugleich.

»Wenn ich es nicht tue, sterben die Leute. Fahr zu Olav. Er soll sein Boot bereithalten. Vielleicht brauchen wir Hilfe.«

Sein Bruder nickte zögerlich.

Gunnar schnappte sich sein Ölzeug im Flur und befüllte die Petroleumlaterne.

»Sei vorsichtig«, sagte Magnús, der sich ebenfalls in seine Jacke warf.

»Keine Sorge, ich weiß, was ich tue.«

Sie fielen einander kurz in die Arme und klopften sich freundschaftlich auf den Rücken.

»Das Boot ist kurz vor den Klippen«, erklärte Gunnar dann. »Westlich vom Goldstrand.«

Magnús nickte. »Olav und ich werden da sein.«

Eilig schlüpfte Gunnar in seine Gummistiefel. Ehe er die Tür aufzog, drehte er sich noch einmal um. »Mach's gut. Passt auf euch auf.« Damit trat er hinaus in den tosenden Wind. Die Böen trieben ihm den prasselnden Regen hart und unbarmherzig ins Gesicht. Doch er kämpfte sich weiter voran, bis zu den Klippen und dort den steilen Pfad hinunter zum Steg. Die See war so wild, dass sie die Planken immer wieder überspülte. Aber die *Lukka* lag gut gesichert am Anleger.

Er balancierte über den Steg und löste die Vertäuung, dann schwang er sich geschickt in sein Boot und befestigte die Petroleumleuchte vorne im Bug. Mit zwei kräftigen Zügen startete er den Motor und steuerte gegen den Wind an in Richtung offene See.

Sobald er sich weit genug von den bedrohlichen scharfen Felsen der Küste entfernt hatte, fuhr er nordwärts. Die

Wogen drängten ihn mehrmals vom Kurs ab, doch schließlich gelang es ihm, das Felsmassiv zu umrunden. Vor ihm kam das kleine Boot in Sicht, das zwischen den meterhohen Wellen vielmehr einer Nussschale glich.

Je dichter er kam, desto mehr erkannte er, in welche missliche Lage sich das Boot manövriert hatte. Vor einer Bucht wurde es immer wieder zurück in Richtung der Felsen getrieben. Der schwache Motor schien nicht auszureichen, um gegen die Wucht der Strömung und die meterhohen Wellen anzukämpfen.

Die beiden Insassen klammerten sich verzweifelt an die Reling. Sie trugen lange Regenmäntel mit Kapuzen. Eine Böe erfasste den Mantel der einen Gestalt und warf die Kapuze zurück. Darunter leuchtete ihm flammend rotes Haar entgegen.

Sein Herz machte einen Satz. Dann gefror ihm das Blut in den Adern, als ihm bewusst wurde, wer dort vor ihm gegen die Wellen kämpfte.

»Hekla?«, rief er fassungslos.

Bestürzung und Schuld standen ihr ins Gesicht geschrieben. »Was tust du hier, Gunnar?«, schrie sie ihm entgegen.

Er ließ die *Lukka* an die Seite ihres Bootes treiben, packte die Reling und versuchte, die Boote zu stabilisieren.

Sein Blick fiel auf den zweiten Passagier. Unter dem dunklen Regenmantel erkannte er das Gesicht eines jungen Mannes, den er jedoch noch nie gesehen hatte. Dann bemerkte er die zwei Lederkoffer, die im Boot hin und her rutschten.

»Ich denke, das sollte ich dich eher fragen«, presste er hervor und sah Hekla entsetzt an.

Sie senkte schuldbewusst den Kopf. »Ich … es … es tut mir leid, Gunnar. Ich weiß, ich hätte es dir sagen sollen, anstatt mich heimlich davonzuschleichen.«

»Was meinst du, was hättest du mir sagen sollen? Wer ist das?« Er deutete mit dem Kopf auf den anderen Mann, der ihn betreten anschaute.

In dem Moment wurde ihm alles klar. Die schuldbewussten Blicke. Die Koffer.

»Er ist es, oder? Er ist der Vater?«, wandte er sich an Hekla.

Sie nickte nur mit hängenden Schultern.

»Wolltest du etwa mit ihm fortgehen?« Gunnars Stimme versagte ihm beinah. Doch er klammerte sich wie in Trance an dem anderen Boot fest, während die Wellen links und rechts von ihnen gegen den Rumpf schlugen.

Sie seufzte und griff nach seinem Arm. »Gunnar, wir müssen hier weg. Bitte hilf uns, dann erkläre ich dir alles.«

»Nein!«, schrie er ihr entgegen. »Dieses Mal nicht. Du wirst es mir erst erklären.« Der Schmerz, den ihr neuerlicher Verrat in seiner Brust schürte, flutete jetzt seinen Körper. So stark, dass er kaum mehr den Wind, den Regen und die unbarmherzigen Wellen wahrnahm.

»Okay, okay.« Sie drückte beschwichtigend seine Finger, doch er zog sie weg und packte die Reling des Bootes an einer anderen Stelle. »Ja, du hast recht«, gab sie dann kleinlaut zu. »Wir wollten fortgehen. Leif hat auf einem Schiff angeheuert. Wir wollten heute Nacht nach Reykjavík übersetzen, um morgen Früh dort den Hafen zu verlassen. Richtung London.«

Ihre Worte drangen an sein Ohr, doch sein Verstand weigerte sich, sie zu begreifen. Sprachlos starrte er sie an. Wollte nicht glauben, dass sie ihn ein zweites Mal betrogen hatte.

»Wir konnten nur heute Nacht gehen«, fügte Hekla hinzu. »Sobald mein Vater es bemerkt, wird er versuchen, mich zurückzuholen. Er hätte es niemals erlaubt, dass ich nach England fahre und die Familie und dich, meinen Verlobten, zurücklasse. Für einen Fremden. Und dann noch schwanger und unverheiratet.«

»Warum jetzt?«, fragte Gunnar schwach. »Warum hast du mir nicht gleich gesagt, dass du eine Zukunft mit ihm willst?« Wütend funkelte er den Mann an, der schützend den Arm um Heklas Taille legte.

Sie schwieg für einen Moment. »Ich habe es nicht gewusst. Ich habe gedacht, er hätte die Nacht für einen Fehler gehalten. Niemals hätte ich mir träumen lassen, dass er sich eine Zukunft mit mir wünscht.«

»Natürlich tue ich das«, raunte der Kerl ihr zu. »Du darfst dich nicht so aufregen, Liebste. Denk an das Baby.« Schützend strich er über ihren Bauch, und Gunnar hätte ihm am liebsten ins Gesicht geschlagen.

Bis vor wenigen Minuten war das Baby noch sein Kind gewesen. Wenn auch nicht sein biologisches, so hatte er sich dennoch auf die Zukunft mit Hekla und ihrer kleinen Familie gefreut.

»Es tut mir leid.« Hekla sah ihn beschwichtigend an.

Eine Welle krachte heftig gegen die Boote und trieb sie weiter auf die Felsen zu.

»Gunnar, wir müssen hier weg. Bitte hilf uns.«

Doch er überging ihr Flehen. Nahm es kaum wahr. Der Schmerz brannte nun wie eine ätzende Wunde, fraß sich durch seine Adern.

»Wer war ich dann, Hekla?«, brüllte er ihr gegen den Sturm entgegen. »Wer war ich in diesem perfiden Spiel? Der gutmütige Freund, den du ein weiteres Mal ausgenutzt hast?«

Sie schluckte, schwieg. »Nein, ich … es tut mir so leid.«

»Hast du mich jemals geliebt?« Er sah sie an. Fixierte sie erbarmungslos und doch flehend. Der letzte Funken Hoffnung in ihm glomm noch einmal auf.

Sie senkte den Blick. »Ich … ich habe gedacht, dass ich es tue. Aber jetzt, da ich weiß, wie es sich anfühlt …« Zögerlich schüttelte sie den Kopf.

In diesem Moment brach sein Herz. Er konnte förmlich spüren, wie es zersplitterte, eine kalte Leere in seinem Innern zurückließ und Tausende scharfe Scherben.

Eine gewaltige Welle erfasste die Boote, und Gunnar hatte keine Kraft mehr. Er klammerte sich an die Reling, bemüht, sie zusammenzuhalten. Doch es war aussichtslos. Das nasse Holz entglitt ihm. Und der Ruck katapultierte ihn über Bord. Die Welle riss ihn mit sich, hinab in einen tosenden Strudel. Als er wieder auftauchte, sah er, wie das Boot von Hekla und Leif geradewegs auf einen scharfen Felsen zutrieb und daran zerschellte. Hekla schrie, und er konnte erkennen, dass sie es beide zurück an die Oberfläche schafften. Doch die Strömung war ein einziger heimtückischer Sog, dem sie willenlos ausgeliefert waren.

Sein eigenes Boot war außer Reichweite getrieben und drohte ebenfalls an den Klippen zu zerschellen.

Seine einzige Chance bestand darin, sich, solange es ging, über Wasser zu halten. Und auf Hilfe zu hoffen. Wo blieben Magnús und Olav?

Hoffnungsvoll schaute er zur Küste, doch dort rührte sich nichts.

Hekla versuchte unterdessen verzweifelt, sich über Wasser zu halten, und er konnte sehen, dass es ihr große Mühe bereitete. Die Wellen waren so hoch, dass sie sie halb verschluckten.

Er sammelte all seine Kraft und schwamm zu ihr hinüber. Leif trieb einige Meter weiter und kämpfte sich ebenfalls zu ihnen.

»Hier.« Gunnar schob ihr eine Planke des zerbrochenen Bootes zu. »Halt dich daran fest.«

Sie griff hastig danach und klammerte sich an das Stück Holz.

Wieder sah Gunnar zur Küste. Endlich. Da waren sie.

Er hob den Arm und schrie: »Hey, hier sind wir!«

Im dämmrigen Licht konnte er sehen, wie Olav hastig sein Rettungsboot ablud. Es war ein kleines Schlauchboot mit einem starken Außenbordmotor. Nicht ideal für diese Strömung, aber im Moment ihre einzige Hoffnung auf Rettung.

Während die Wellen unaufhörlich über sie hereinbrachen und sie gegen die Felsen drückten, fühlte Gunnar seine Kräfte langsam schwinden. Aber zu sehen, wie Olav nun den Motor startete und sich zu ihnen hinauskämpfte, beruhigte ihn.

Das Schlauchboot schlug gegen die Wellen, kam vom Kurs ab, doch schaffte es immer wieder zurück.

»Hey, schwimmt vom Felsen weg, so weit ihr könnt!«, schrie Olav ihnen entgegen.

Sie mobilisierten noch einmal ihre Kräfte. Gunnar schob Hekla mit der Holzplanke vorwärts, und Leif folgte ihnen. Olav hatte recht, zu dicht durfte er den Felsen nicht kommen, sonst würde auch sein Schlauchboot auf Grund laufen.

Sobald sie es geschafft hatten, sich ein Stück freizuschwimmen, fuhr Olav dichter zu ihnen heran. Erleichterung durchflutete Gunnar, als er das rutschige Gummi des Bootes unter seinen Fingern spürte.

Zuerst hievte er Hekla hinauf, und Olav zog sie von oben

ins Boot.

Dann brach eine neue Welle über sie herein, traf das Boot und begrub sie für einen Moment unter Wasser. Doch Olav und Hekla hatten sich rechtzeitig festhalten können.

Der alte Mann hustete und spuckte das Wasser aus, das er unfreiwillig geschluckt hatte. Er beugte sich zu Leif und Gunnar über die Reling.

»Ich kann nur einen von euch mitnehmen. Mehr schafft der Motor nicht bei diesem Sturm.«

Gunnar sah zu Hekla. Aber sie streckte die Arme flehentlich nach Leif aus. »Hilf mir, Olav, bitte, Leif muss an meiner Seite sein, bitte.«

Eine taube Kälte durchströmte Gunnar. Dort, wo sein gebrochenes Herz eine tiefe Leere zurückgelassen hatte, zerstießen ihre Worte wie ein Dolch den letzten Funken Hoffnung und Mitgefühl, den er in sich getragen hatte.

Sie ließ ihn hier zurück. Ohne auch nur darüber nachzudenken, ließ sie ihn hier zum Sterben zurück.

Er löste seinen Griff vom Boot, wurde sofort von der Strömung Richtung Ozean gerissen.

»Gunnar!« Olav schrie ihm nach und lehnte sich besorgt zu ihm. Doch er war bereits zu weit fortgetrieben.

Hastig warf der alte Mann ihm eine Rettungsweste zu, die einige Meter entfernt landete. Dann half er Hekla dabei, Leif ins Boot zu ziehen.

»Halte durch! Ich komme wieder!«, schrie Olav ihm zu.

Aber Gunnar hörte und fühlte nichts mehr.

Schwach schlug er in das Wasser, paddelte in Richtung Ufer und schaffte es, die Weste zu erreichen, an die er sich Halt suchend klammerte, während die Wellen ihn umherwarfen.

Mit letzten Kräften gelang es ihm, die Weste umzuschnallen. In der Ferne erkannte er, wie das Schlauchboot auf die Küste zuhielt. Hekla lehnte sich in Leifs Umarmung und schaute zu ihm zurück.

Ihr rotes wildes Haar war das Letzte, was er sah, bevor alles um ihn herum schwarz wurde.

***

Die Sonne schien grell auf seine Lider, und Gunnar öffnete widerwillig die Augen. Das gleißende Licht blendete ihn, und er kniff sie zusammen. Seine Lippen fühlten sich trocken und rissig an, und seine Kehle brannte.

»Gunnar, du bist wach!« Die Stimme seines kleinen Bruders klang erleichtert.

Er blinzelte, dann rückte Magnús' Gesicht in sein Blickfeld.

»Hier, trink was.« Er drückte ihm ein Glas Wasser in die Hand und half ihm dabei, es an die Lippen zu führen.

Die kühle Flüssigkeit rann lindernd seine gereizte Kehle hinab.

Gunnar hustete und stellte das Glas zurück auf den Nachttisch. Die angenehme Wärme seines Bettes umgab ihn. Doch er hatte keinerlei Erinnerungen daran, wie er hierhergekommen war.

»Was ist passiert?«, fragte er heiser.

»Olav und ich haben es gerade noch geschafft, dich aus dem Wasser zu ziehen. Du warst bewusstlos, als wir bei dir ankamen.« Magnús drückte sanft seinen Arm.

Langsam kamen die Erinnerungen an die vergangene Nacht zurück. Das Bild von Hekla tauchte vor seinen Augen auf, wie sie in Leifs Armen auf dem Schlauchboot saß und zu ihm zurücksah.

Rasende Wut pulsierte durch seine Adern.

»Was ist mit Hekla?«, keuchte er und hustete erneut.

Magnús schaute ihn betroffen an. »Leif und sie wollten sich davonmachen, aber Olav hat darauf bestanden, sie nach Hause zu Lars zu fahren. Du kennst ihn ja – Olav läuft so schnell niemand davon.«

»Und nun? Lässt Lars sie gehen?«

»Ha«, Magnús schlug sich auf den Oberschenkel, »wo denkst du hin? Soweit ich gehört habe, hat er Hekla das ganz schnell und eindrücklich ausgeredet.«

»Und die Schwangerschaft? Und Leif?«

»Von dem Baby weiß er noch nichts, denke ich. Aber er hat Leif einen Job auf der Farm angeboten. Wie es aussieht, werden sie zusammen dort leben.«

Die Wut tanzte wie ein Feuerball durch seinen Körper. Sie hatte ihn verraten. Zum zweiten Mal betrogen. Ihn zum Sterben zurückgelassen, nachdem er sein Leben für sie riskiert hatte. Und nun würde sie ihr Leben in trauter Zweisamkeit mit ihrem Auserwählten auf dem Hof verbringen. Nebenan. Wo er sehen würde, wie ihre Kinder aufwuchsen und sie glücklich das Familienleben führten, das seines hätte sein sollen.

Das würde er nicht zulassen. Dieses Mal hatte sie einen großen Fehler begangen. Sein gutmütiges Herz einmal zu oft mit Füßen getreten.

Er stemmte sich hoch, entgegen der Schwerkraft, die seinen schwachen Körper zurück in die Kissen ziehen wollte.

»Was hast du vor?«, fragte Magnús sanft, aber besorgt.

Doch Gunnar antwortete ihm nicht. Mit zittrigen Knien stieg er die Treppe hinunter. Er hörte, wie sein Bruder ihm langsam folgte.

Im Wohnzimmer stakste er auf den Bücherschrank zu. Er

holte den kleinen silbernen Schlüssel hervor, den er an einer Kette um den Hals trug.

Das Schloss gab nach, und er zog die Schublade auf.

»Was tust du da? Was ist das?«, fragte Magnús, der hinter ihm stand, während er die Mappe hervorzog und sich erhob.

»Das«, sagte er und drehte sich langsam zu seinem Bruder um, »das ist meine Rache, Magnús. Jetzt werde ich Hekla alles nehmen, was sie besitzt.«

Kapitel 38

Öndverðarnes, Island
August 2023

Anna klammerte sich an den heißen Becher und sah Magnús mit großen Augen an.

In ihrem Kopf tanzten so viele Fragen. Sie fühlte Schmerz und Mitleid mit ihrem Großvater, der geliebt hatte. So wahrhaft und blind geliebt, dass er nicht bemerkte, wie er nicht nur einmal, sondern zweimal hintergangen worden war. Und beinahe hätte diese Hekla ihn sogar sein Leben gekostet. Sie wollte sich kaum vorstellen, welche Qualen ihm der Verlust dieser Liebe und der Betrug bereitet haben mussten. Sie mussten so unerträglich gewesen sein, dass sie selbst in ihrem liebevollen, gutmütigen Großvater die Rachsucht geweckt hatten und ihn jähzornig werden ließen. Und sie konnte ihn verstehen. Doch weshalb er sich seiner Familie so verschloss, war ihr nach wie vor ein Rätsel. Vermutlich saß der Schmerz noch immer so tief wie ein nie verheiltes Trauma, dass er sich gegen alles wehrte, was in Verbindung mit Hekla und ihrer gemeinsamen Zeit hier auf Island stand. War er deshalb fortgegangen und hatte ein neues Leben in Deutschland begonnen? Und was war seine Rache gewesen?

»Hat er es wirklich getan?«, fragte sie mit belegter Stimme. »Hat er sich an Hekla gerächt? Und wie? Wie hätte er ihr alles nehmen können?«

Magnús räusperte sich und strich über die alte Mappe. »Er hat es getan. Nicht einmal ich konnte ihn davon abhalten. Ich habe alles versucht, aber er war nicht zu besänftigen.« Er schlug den Ordner auf und schob ihn Anna zu. Darin befand sich ein Stapel Dokumente, handschriftlich auf vergilbtem Papier verfasst. Die Schrift kam ihr nicht bekannt vor. Es war nicht die ihres Großvaters. *Samkomulag* stand auf der obersten Seite. Was mochte das bedeuten?

Fragend sah sie ihren Großonkel an.

»Das, mein Mädchen«, sagte er und tippte auf das Papier, »ist ein Pakt, den dein Ururgroßvater geschlossen hat.«

»Ein Pakt?« Ungläubig starrte sie auf die Zeilen. Am Ende der Seite erkannte sie zwei Namen. Einar Gunnarsson und Johan Larsson. Keiner der beiden sagte ihr etwas.

»Ja. Es heißt, dass unser Großvater Einar, also dein Ururgroßvater, einst in Seenot geriet und von seinem Nachbarn Johan gerettet wurde. In einer ähnlich stürmischen Nacht, wie Gunnar sie draußen auf dem Meer erlebt hat. Johan war Fischer, und als er Einar auf dem Meer entdeckte, zögerte er nicht und fuhr mit seinem Boot hinaus. Es schien ausweglos, die Strömung und die Wellenberge waren heimtückisch. Doch schließlich gelang es ihm, Einar auf seinem Boot in Sicherheit zu bringen. Er rettete ihm das Leben. Einar war daraufhin so dankbar, dass er sich bei Johan revanchieren wollte. Er wusste, dass dieser mit der Fischerei mehr schlecht als recht ein Einkommen fand. Er bewohnte eine kleine Hütte an den Klippen, dort gab es kaum Möglichkeit, anderweitig für sein Auskommen zu sorgen.« Er hielt kurz inne und lehnte sich gegen die Polster des Sofas, bevor er fortfuhr: »Unserer Familie gehörte damals nicht nur der Leuchtturm, sondern auch eine Farm ein Stück weiter Richtung Inland. Sie war klein, aber umgeben von den grünen saftigen Wiesen der Hochebene. Aus Dankbarkeit versprach Einar, dass Johan dort wohnen und sie bewirtschaften dürfe. Bis dato hatte bloß Einar dort gelebt. Doch er entschloss sich, auf den Leuchtturm zu ziehen. Zu dieser Zeit mussten seine Eltern, die dort lebten, bereits sehr alt und gebrechlich gewesen sein. Vermutlich war es sogar recht sinnvoll, dass er den Leuchtturm nun führen konnte.

Johan erhielt mit der kleinen Farm die Möglichkeit, nicht nur zur See zu fahren, sondern auch Tiere zu halten. Er baute die Farm über die Jahre immer weiter aus, schließlich unterhielt er eine ansehnliche Schaf- und eine Pferdezucht. Und fand eine Frau, die ebenfalls zu ihm zog. Bald darauf bekamen sie einen Sohn, Lars. Heklas Vater.

Den Pakt, den die beiden Männer schlossen, dein Urgroßvater Einar und Johan, hielten sie in diesem Dokument schriftlich fest.« Wieder tippte Magnús auf die erste Seite. »Darin steht, dass Johan und seinen Nachkommen lebenslanges Wohn- und Nutzungsrecht der Farm gewährt wird, aus Dankbarkeit darüber, dass er das Leben des Eigentümers rettete. Auf den anderen Seiten wurde über die Jahre dokumentiert, wie es zu dem Pakt kam und welche Erträge und Einkünfte Johan erwirtschaftet hat. Er musste nie eine Art Soll an unsere Familie entrichten, doch er brachte uns gelegentlich Schafe, und sein Sohn Lars schenkte uns ein Pferd. Es waren kleinere Gefallen aus Dankbarkeit.« Er pausierte und nahm einen Schluck von seinem Tee.

Anna stellte nun ihre Tasse auf den Tisch und betrachtete wieder das Dokument. »Also hat uns die Farm von Heklas Familie gehört?«

»Ganz genau«, fuhr Magnús fort. »Aber bis zum Tod unseres Vaters wussten Gunnar und ich nichts davon. Er starb, als Gunnar zwanzig und ich siebzehn war. Daraufhin fand

Gunnar die Unterlagen in der verschlossenen Schublade. Unser Vater hatte ihm den Schlüssel an seinem Sterbebett übergeben. Mit seinem Tod hat Gunnar als ältester Sohn den Pakt übernommen.«

Sie schluckte. Langsam dämmerte ihr, welchen Verlauf die Geschichte wohl nehmen würde. Doch sie konnte sich nicht vorstellen, dass ihr Opa so etwas tun würde. Selbst in seiner Rachsucht nicht. Er war ein Mann der Ehre. Und das, was sie vermutete, war so grausam, dass sie es sich kaum vorstellen wollte. »Und dann …«, fragte sie leise, »hat er ihnen die Farm wieder genommen?« Sie sah mit sorgenvoll gekräuselter Stirn zu ihrem Großonkel.

Der nickte betreten, ehe er seufzte. »Ja, das hat er getan. Er war so verletzt und aufgebracht. So hatte ich ihn noch nie gesehen. Er bebte förmlich vor Wut. Und ich habe mein Möglichstes getan, um ihn aufzuhalten. Doch es war vergebens. Er war fest entschlossen. Zuerst ritt er hinaus zur Farm und stellte Lars zur Rede. Er informierte ihn, dass der Pakt gebrochen worden war. Dass seine Tochter ihn aufs Schlimmste betrogen, hintergangen und zum Sterben in der stürmischen See zurückgelassen hatte. Und dass er deswegen den Auszug der Familie von seinem Grund und Boden forderte. Innerhalb von vierzehn Tagen sollten sie die Farm verlassen. Lars versuchte, ihn zu besänftigen. Ihm zu erklären, dass dieser Pakt nicht mit Füßen getreten werden sollte. Dass sie seit zwei Generationen alles in diesen Hof gesteckt hatten. Und sicher eine Möglichkeit finden würden, über alles zu reden.

Doch Gunnar blieb eisern. Er beharrte auf seinem Recht. Lars weigerte sich, das zu akzeptieren. Aber Gunnar war so entschlossen, dass er keine Skrupel mehr kannte. Er schaffte es mit den alten Eigentumsurkunden unseres Urgroßvaters, seinen Besitz zu belegen. Und zwang Lars und seine Familie damit gerichtlich, die Farm zu verlassen.«

Anna sah ihn getroffen an. Also hatte Aron recht gehabt. Er hatte einen guten Grund sich wegen ihr und ihrer Familie zu grämen. Ihr Großvater hatte ihnen das Zuhause genommen, ihre Existenz. »Aber sie sind in der Gegend geblieben?«

Magnús nickte. »Ja, sie haben einen Hof bei Hellissandur von einem Bekannten pachten können. Doch der war klein und hatte wenig Land, sodass sie den größten Teil ihrer Pferdezucht aufgeben mussten.«

»Und was ist mit der Farm geschehen?«, fragte sie.

»Dein Großvater hat sie verkauft. Mit dem Großteil des Geldes ist er dann nach Deutschland aufgebrochen. Er wollte die Insel nur noch hinter sich lassen. Alle Erinnerungen an Hekla verdrängen. Am liebsten wäre es ihm, wenn ein Meer zwischen ihm und ihr liegt, hat er gesagt, bevor er fortging.« Ein trauriger Ausdruck trat in die Augen ihres Großonkels.

Sie streckte die Hand aus und drückte seine sehnigen Finger. »Und er hat dich einfach allein zurückgelassen? Du warst doch seine Familie.«

Magnús nickte. Wieder räusperte er sich. »Ja, das stimmt. Aber er war so verblendet. So rasend in seiner Wut und seiner Verletztheit. Er wollte um jeden Preis fortgehen. Und noch dazu nahm er es mir übel, dass ich so vehement versucht hatte, ihn aufzuhalten und den Johanssons ihr Zuhause zu lassen.« Er seufzte. »Ich verstehe ihn ja, den alten Narr. Sie hat ihn wirklich gebrochen, Anna. Aber dass er auch nach all den Jahren nichts von mir und unserer Heimat hören will, das schmerzt mich sehr. Ich werde den Tag wohl nicht mehr erleben, an dem er der Insel und mir vergibt. Für das, was die Liebe ihm hier angetan hat.«

Es brach ihr das Herz, wie traurig ihr Großonkel in diesem Moment aussah. Wieder drückte sie sanft seine Hand. »Ich spreche mit Opa. Vielleicht habe ich doch noch eine Chance, ihn zu erreichen. Vielleicht ist er bereit, sich der Vergangenheit zu stellen, wenn ich ein weiteres Mal mit ihm rede. Wenn ich ihm erzähle, dass ich alles weiß und den Grund für seine Verletztheit kenne.«

»Das bezweifele ich, mein Mädchen.« Magnús schnaubte. »Dein Großvater wird dich aus seiner Familie streichen, sobald er erfährt, dass du das Geheimnis kennst.«

»Das hat er schon, fürchte ich. Es kann also nur besser werden.« Sie umarmte ihn kurz und drückte ihm einen schnellen Kuss auf die Wange. »Aber erst muss ich mich bei jemandem entschuldigen. Kann ich den Dodge nehmen?«

Magnús sah sie überrascht an, dann stahl sich Skepsis in seine Miene. »Du meinst doch nicht etwa diesen Aron?«

Hastig richtete sie den Blick auf ihre Fußspitzen, aber sie konnte nicht verhindern, dass ihre Wangen verräterisch glühten.

»Hör mal«, setzte Magnús an. Offensichtlich war ihre Reaktion Antwort genug. »Dieser sture Jungspund ist genauso schlimm wie dein Großvater. Klammert sich mit allem, was er hat, an die Vergangenheit und seine Verbitterung. Natürlich, was damals geschehen ist, ist tragisch und ungerecht. Und es tut mir leid für seine Familie. Aber es war eine tragische Zeit für alle. Hekla ist an dem Ganzen nicht unschuldig. Sie hat mit den Gefühlen deines Großvaters gespielt und ihn ausgenutzt und verraten. Doch all diese Ereignisse liegen lange zurück. Damals war Aron noch nicht einmal geboren. Dennoch führt er sich auf, als hätte man ihm seine Heimat entrissen. Der Junge muss lernen, nach vorne zu sehen und sein Leben zu leben. Und Frieden mit der Vergangenheit seiner Familie schließen.«

»Du hast recht«, sagte sie und nickte. »Aber trotzdem möchte ich mit ihm reden. Ich verstehe ihn jetzt endlich. Manchmal bewirkt Verständnis eine ganze Menge«, fügte sie hinzu. Dann sprang sie auf. »Darf ich mir den Dodge noch einmal ausleihen?«

Ihr Großonkel seufzte. »Ich seh schon, du musst deinen eigenen Weg gehen. Ja, natürlich kannst du den Wagen nehmen. Seit Jón ihn überholt hat, schnurrt er wie ein Kätzchen, findest du nicht?«

Anna lachte. »Danke!«, rief sie und warf ihm zum Abschied eine Kusshand zu. »Bis nachher.«

Sie stürmte in den Flur und schlüpfte in ihre Jacke. Hastig prüfte sie in dem kleinen angelaufenen Garderobenspiegel, ob sie einigermaßen annehmbar aussah. Ihre Augen waren noch etwas gerötet vom Weinen, aber das würde verfliegen, sobald sie an der frischen Luft war. Sie wollte sich nicht länger aufhalten und so schnell wie möglich losfahren. Bevor sie der Mut verließ.

***

Eher das Brüllen eines Säbelzahntigers als ein schnurrendes Kätzchen, dachte Anna, als sie hinter dem Steuer saß und Richtung Rundstraße rumpelte. Aber immerhin war es das bekannte Rumpeln, das der alte Dodge von sich gab, seit sie zum ersten Mal damit gefahren war.

Das Navi zeigte noch acht Fahrminuten an. Bevor sie aus dem Haus gestürmt war, hatte sie sich daran erinnert, dass sie ja gar nicht wusste, wo genau der Hof von Arons Familie lag. Doch Magnús hatte Erbarmen mit ihr gehabt und ihr die Adresse genannt.

Nun pochte ihr Herz, und jeder ihrer Nerven war zum Zerreißen gespannt. Während am Horizont die Häuser von Hellissandur in Sicht kamen, tanzten die Worte ihres Großonkels wirr durch ihren Kopf. All das, was er ihr erzählt hatte, war so tragisch. Ein Brennen loderte in ihrer Brust und breitete sich in ihrem Körper aus, bis es ihr die Kehle zuschnürte. Sie fühlte Mitleid für ihren Großvater, und gleichzeitig schmerzte es sie, dass er Arons Familie das Zuhause genommen hatte. Sie um all das gebracht hatte, was sie sich durch harte Arbeit erwirtschaftet hatten. Eine erste Träne rann ihre Wange hinab, und sie wischte sie mit dem Handrücken fort.

Aron hatte allen Grund, sie zu meiden. Aber sie konnte und wollte es nicht so stehen lassen. Die Erinnerung an seinen Kuss strömte wie ein warmer Schauer durch ihren Körper. Er hatte sie damit überrascht, und doch hatte es sich angefühlt, als hätte in diesem Moment etwas seinen richtigen Platz gefunden. Zum ersten Mal hatte sich ihr Herz erfüllt und vollkommen angefühlt. Und auch wenn er es als Fehler bezeichnet hatte und sie sich bewusst war, dass es bereits eine Frau an seiner Seite gab – was er in ihr auslöste, berührte sie so tief, dass sie das Risiko eingehen musste. Egal, wie seine Reaktion aussehen würde: Sie würde nicht in sechs Tagen nach Hamburg zurückfliegen, ohne ihm zu sagen, was sie für ihn empfand.

Das Navi schickte sie kurz hinter der Ortsausfahrt auf einen Schotterweg, der zwischen den grünen Wiesen in Richtung Küste führte. Nur noch zwei Minuten.

Am Horizont kamen eingezäunte Weiden in Sicht und in einer Senke ein kleiner Hof, der aus einem eingeschossigen

Haupthaus und zwei Stallgebäuden bestand. Das Dach des Wohnhauses leuchtete ihr in einem knalligen Rot entgegen, seine Holzwände waren in strahlendem Weiß gestrichen. Neben der Tür standen zwei Keramikkübel, in denen sich vielerlei bunt blühende Blumen umeinander rankten.

Sie parkte vor einem der Stallgebäude, das jedoch verlassen wirkte. Vermutlich war es die Winterunterkunft der Schafe, die im Sommer im Hochland ihr Leben genossen. Mit pochendem Herzen ging sie über den Hof auf das Wohnhaus zu. Der Wind trug das Wiehern eines Pferdes zu ihr herüber. Doch im Haus schien alles still zu sein. Es gab keine Klingel, also klopfte sie. Erst zögerlich, als niemand öffnete, noch einmal lauter. Aber es blieb ruhig.

Arons Pick-up stand vor dem Haus. Womöglich war er im Garten oder auf den Weiden beschäftigt. Erneut nahm sie all ihren Mut zusammen und ging um das Haus herum. Dahinter erstreckte sich eine weite Wiese. Es duftete nach frisch geschnittenem Gras, und im Sonnenschein tanzten kleine Insekten über dem Feld. Der Wind trug ein entferntes Klacken zu ihr herüber. Sie hob den Blick und entdeckte Aron am Rand der Wiese vor einem Schuppen. Er hackte Holz und war auf den Block und die Axt in seinen Händen konzentriert. Neben ihm lag Sherlock in der Sonne und hatte den Kopf auf die Pfoten gebettet. Als er Anna bemerkte, reckte er erst seine schwarz glänzende Nase in die Luft, dann sprang er mit einem freudigen Bellen auf und lief in eifrigen Sprüngen über die Wiese auf sie zu.

Aron schaute auf, und ihre Blicke trafen sich. Für einen Moment sah er sie einfach nur an. Doch schließlich ging ein Ruck durch seinen Körper, und er wandte sich wieder dem Holzblock zu und schlug das nächste Stück zu kleinen Scheiten.

Traurig ließ sie die Schultern sinken. Das war nicht die Reaktion, die sie sich erhofft hatte. Aber sie würde jetzt nicht umdrehen. Sie hatte sich geschworen, diese Chance nicht verstreichen zu lassen. Dieses eine Mal mutig zu sein.

Zwei schwere goldene Hundepfoten legten sich auf ihre Schultern, und Sherlock presste seine schlabbernde Schnauze an ihr Ohr.

»Ist ja gut, Junge«, sagte sie lachend und versuchte, ihn von sich zu schieben. Er war so aufgeregt, dass er immer wieder an ihr hochsprang, bis sie es schaffte, ihn zu beruhigen, und er sich glücklich hechelnd an ihre Knie drückte, um sich kraulen zu lassen.

Sein Herrchen hatte dieses Mal wenig Interesse an der Erziehung seines tierischen Schützlings und bearbeitete stoisch ein Holzscheit nach dem anderen, ohne Sherlock und Anna auch nur einen zweiten Blick zu schenken.

Sie überquerte die Wiese, gefolgt von Sherlock, und blieb kurz vor Aron stehen. Selbst jetzt schaute er nicht auf.

»Hi«, sagte sie sanft und strich sich verlegen eine Haarsträhne hinters Ohr. Schon allein seine Anwesenheit ließ ihren Puls rasen.

»Hi«, entgegnete er knapp, sah sie aber immer noch nicht an.

Die Stille zwischen ihnen dehnte sich aus, bis sie unerträglich drückend wurde. Sie musste etwas über die Lippen bringen. Irgendwie anfangen …

»Ich muss mich bei dir entschuldigen«, sagte sie im selben Moment, in dem er hastig »Mit Isa ist es aus« murmelte.

»Was?«, fragten sie einander gleichzeitig und sahen sich mit den gleichen überraschten Mienen an.

Dann senkte er wieder den Blick auf seine Fußspitzen, legte die Axt auf den Block und zuckte mit den Schultern.

»Ich … wollte ihr gegenüber ehrlich sein«, brummte er leise. »Sie hat Aufrichtigkeit verdient. Allerdings …«, er schaute kurz zu ihr hoch und musterte sie ernst, »habe ich bei der Gelegenheit erfahren, dass zwischen ihr und deinem strahlenden Fernseh-Jünger im Whirlpool deutlich mehr lief, als angemessen gewesen wäre.« Erneut zuckte er mit den Schultern. »Tut mir leid für dich.«

Ein kurzer Stich durchfuhr Anna. Wenn sie ehrlich zu sich selbst war, hatte sie es geahnt. Das Knistern zwischen Kristján und Isa war in den letzten Tagen, die sie gemeinsam im Chalet verbracht hatten, kaum zu übersehen gewesen. Und obwohl das Thema Kristján für sie erledigt war, schmerzte es doch, zu wissen, dass er sie schon dort hintergangen hatte. Und anschließend sogar versucht hatte, in derselben Nacht bei ihr zu landen. Sie schüttelte sich innerlich.

»Es sollte mich vermutlich nicht überraschen«, sagte sie. »Zwischen ihm und mir ist es auch vorbei. Wir waren einfach zu unterschiedlich.«

Aron schob die Hände in die Hosentaschen und musterte sie eindringlich.

»Und außerdem gab es noch ein paar andere Entwicklungen in der letzten Nacht …«, murmelte sie leise.

»So?«, fragte er. Ihre Blicke trafen sich, und für einen Moment dachte sie, er würde sie in seine Arme ziehen und küssen. Doch stattdessen atmete er tief durch und verschränkte abwehrend die Arme vor der Brust. »Hör mal, Anna«, begann er, und seine Stimme klang nun sanfter. »Das … das war ein Fehler … der Kuss. Das mit uns kann niemals sein. Es geht nicht.«

Seine Worte trafen sie, obwohl sie mit ihnen gerechnet hatte, bohrten sie sich wie brennende Pfeile in ihr Herz. Aber sie hielt ihnen stand. Sie würde mutig sein. Stark.

»Ich kenne das Geheimnis jetzt«, sagte sie und sah ihm direkt in die Augen. In ihr klares strahlendes Türkis traten nun dunkle Schatten, und seine Miene verdüsterte sich.

»Dann weißt du ja auch, weshalb es schon äußerst großzügig von mir ist, überhaupt mit dir zu reden«, knurrte er. »Willst du dich deshalb entschuldigen?«

»Ja.« Sie würde sich von seiner schroffen Art nicht einschüchtern lassen. Er musste sie zumindest anhören. Danach konnte er sie immer noch seines Hofs verweisen. »Es tut mir leid, dass mein Großvater deiner Familie das Zuhause genommen hat. Alles, wofür ihr hart gearbeitet habt.«

»Ha«, stieß er zynisch aus, »und du glaubst, mit einer Entschuldigung ist alles wieder gut?« Er deutete wütend zum Hof hinüber. »Wir mussten hierherziehen. In dieses kleine Haus. Und einen Großteil unserer Herde verkaufen!«, knurrte er aufgebracht.

Sie verschränkte nun ebenfalls die Arme vor der Brust und betrachtete ihn ruhig. »Deine Großmutter und Urgroßeltern mussten hierherziehen.«

»Wie bitte?« Er sah sie ungläubig an.

Sie seufzte. »Für deine Großeltern und Urgroßeltern war das sicher sehr schwer.« Sie zögerte kurz, dann fuhr sie fort. »Aber du hast davon nichts mitbekommen, Aron. All das ist lange vor deiner Geburt passiert. Genau genommen war noch nicht mal dein Vater auf der Welt.«

»Was willst du damit sagen? Dass es nicht so schlimm ist? Dass ich es hinnehmen soll, dass uns so viel genommen wurde?«, rief er aufgebracht.

»Nein«, murmelte sie besänftigend. »Es ist schlimm. Und tragisch. Auf so viele Weisen ist damals Unrecht geschehen. Enttäuschung und Verletzung. Deine Großmutter hat meinen Großvater schwer hintergangen. Und nein, das entschuldigt seine Taten nicht. Doch es macht sie doch etwas nachvollziehbarer, finde ich.«

Er schnaubte empört.

»Aber ich meine, dass du all das loslassen solltest.« Sie ließ die Arme sinken und trat einen Schritt auf ihn zu. »Es ist die Vergangenheit. Es war das Leben unserer Großeltern. Nicht unseres. Und manchmal müssen wir diese Verletzungen loslassen, um Frieden und Glück in unserem eigenen Leben finden zu können.«

Er musterte sie mit wachsamen Augen. Jeder einzelne seiner Muskeln schien angespannt zu sein, und seine Brust hob und senkte sich schnell.

»Ich habe mit angesehen, wie meine Großmutter unter der Rache deines Großvaters leiden musste«, raunte er. »Lässt sich leicht sagen, dass ich das einfach ›loslassen‹ soll«, fügte er sarkastisch hinzu. »Bloß weil meine Eltern sich nie groß darum geschert haben, heißt das nicht, dass für mich dasselbe gilt.«

Weshalb musste er nur so furchtbar stur sein?

»Weißt du, ich verstehe dich. Aber ich kann nicht mehr tun, als dir aufrichtig zu sagen, dass es mir leidtut, dass unsere Familien eine so unglückliche Geschichte verbindet.« Sie holte tief Luft. »Und es gibt noch einen Grund, weshalb ich hier bin.« Ihr Puls klopfte dröhnend in ihren Schläfen, und die Aufregung nahm ihr die Luft.

Er hob skeptisch eine Augenbraue und musterte sie unnachgiebig. »Und das wäre?«

»Ich …« Jetzt oder nie. Wenn sie jetzt nicht den Mut fand, würde er es nie erfahren. Dann würde sie sich für immer Vorwürfe machen, dass sie es ihm nicht gesagt hatte. »Ich fand den Kuss sehr schön.« Verlegen sah sie ihm in die Augen. »Und ich habe mich gefragt, ob …« Noch bevor sie den Satz ausgesprochen hatte, legte sich ein eiskalter Ausdruck auf seine Miene. Alles an ihm strahlte die Ablehnung aus, die sie in seinem Blick las.

Ihr Herz setzte einen halben Takt aus. So sehr sie ihren Mut hatte zusammennehmen wollen und stark geblieben war: Seine Antwort war eindeutig. Es bestand kein Zweifel daran, dass er nicht dasselbe für sie empfand.

Niedergeschlagen ließ sie die Schultern sinken. »Schon gut. Vergiss es. Leb wohl, Aron. Ich hoffe, du findest dein Glück.« Dann ging sie, ohne ihm noch einen weiteren Blick zu schenken. Sie konnte nicht mehr. Sie hatte alles gegeben, was sie ihm geben konnte. Doch er wollte sie nicht. Und das würde sie akzeptieren müssen.

Mit eiligen Schritten lief sie auf den Hof zu. Ihre Knie zitterten, und ihr Puls raste nach wie vor.

Neben ihr sprang Sherlock durchs Gras und stupste ihre Hand an. Sein treuer Blick versetzte ihr den letzten Stoß, und Tränen rannen ihr unaufhaltsam die Wangen hinab. Hastig wischte sie sie fort und ging unbeirrt weiter.

Plötzlich hörte sie schnelle Schritte hinter sich, die durch das Gras flogen. »Anna!« Im nächsten Moment spürte sie Arons Hand um ihre Taille, und er wirbelte sie herum.

Überrumpelt sah sie ihn an. Das Türkis seiner Augen strahlte hell und warm, ein tiefgründiges Leuchten lag darin. Seine Arme hielten sie fest und sicher. Sein Duft umhüllte sie. Wie eine Wolke aus Heu und Meer. Und sein schneller Atem strich über ihre Lippen. Jeder Zentimeter ihres Körpers pulsierte vor Aufregung. Sehnsucht.

Als sie dachte, sie könnte seinem intensiven Blick nicht länger standhalten, beugte er sich zu ihr herunter und senkte seine Lippen auf ihre.

Es war die Erfüllung, nach der sie sich so lange gesehnt hatte. Ein warmes Kribbeln durchströmte sie, sammelte sich in ihrer Brust, ihrem Herzen und ließ es vor Glück anschwellen. Seit er sie zum ersten Mal geküsst hatte, hatte sie gewusst, dass es sich genau so anfühlen musste. Dass sie so viele Jahre nie etwas annährend Echtes gespürt hatte.

Glücklich ließ sie sich in seine Umarmung sinken. Er zog sie dicht an sich, sodass sie seinen Herzschlag spüren konnte. Das schnelle Pochen an ihrer Brust, das sich mit dem Klopfen ihres eigenen Herzens vermischte, bis sie im selben Takt zu schlagen schienen. Die Welt um sie verschwamm. Sie spürte nur ihn. Den sanften Druck seiner Lippen auf ihren, der drängender, sehnsuchtsvoller wurde. Seine warme Hand an ihrer Taille. Die andere in ihrem Haar.

Genüsslich gab sie sich ihm hin, schmiegte sich an ihn und schwor sich, dieses Gefühl für immer in ihrem Herzen einzuschließen. Niemand würde es ihr je wieder nehmen können.

In diesem Moment hörte sie ein Räuspern hinter sich. »Willst du mir deinen Besuch nicht vorstellen, *ömmubarnið mitt*?«

Ertappt fuhren sie auseinander, und Anna drehte sich um. Es bestand kein Zweifel daran, wer dort vor ihr stand.

Die zierliche alte Dame trug ein langes Leinenkleid. Ihre blauen Augen funkelten Anna belustigt und misstrauisch zugleich an. Und ihre roten Locken tanzten wild im Seewind.

»Hallo, Großmutter«, sagte Aron.

Kapitel 39

Die kleine Wohnküche der Farm war gut beheizt und urgemütlich. An einer ehemaligen Kochstelle war ein moderner Ofen eingelassen, in dem ein Feuer brannte und den Duft nach Wald und eine gemütliche Wärme verströmte. Auch die restliche Einrichtung verband die historischen Überbleibsel des alten Hauses mit den Annehmlichkeiten der modernen Technik. Sie erinnerte Anna an die Bauernküche auf dem Hof ihres Großvaters in Hüsby.

Hekla stand am Herd und kochte Kaffee, während im Radio ein Oldie lief. Ihre langen roten Locken fielen ihr ungezähmt über den Rücken. Silberne Strähnen durchzogen sie, die ihrem Haar einen geheimnisvollen Glanz verliehen.

Sie hatte darauf bestanden, dass Aron und Anna sich für einen Moment zu ihr gesellten. Und Anna ahnte, was nun gleich folgen würde. Hilfe suchend blickte sie zu Aron, der neben ihr auf der Bank am Küchentisch saß, und er drückte beschwichtigend ihre Hand.

»Bitte bedient euch«, sagte Hekla und stellte einen Teller mit süßem Gebäck vor sie auf den Tisch.

In diesem Moment wurde Anna bewusst, wie hungrig sie war. Das üppige Frühstück am Morgen im Chalet war inzwischen viele Stunden her, und bei all der Aufregung hatte sie ihr Hungergefühl einfach verdrängt. Umso mehr meldete es sich jetzt, und sie griff dankbar nach einer Zimtschnecke mit Schokoglasur.

»Also, Anna«, wandte Hekla sich an sie, als sie mit drei dampfenden Tassen Kaffee an den Tisch kam, »erzähle mir etwas mehr über dich.« Sie ließ sich ihnen gegenüber auf einem antiken Holzstuhl nieder und fixierte Anna wieder mit diesem aufmerksamen, aber misstrauischen Blick. »Was hat dich nach Hellissandur geführt?«

Sie räusperte sich und schluckte schwer. Wie würde Hekla reagieren, wenn sie erfuhr, wer Annas Großvater war? Irgendwann würde sie es wohl oder übel erzählen müssen. Doch es wäre sicherlich geschickter, nicht gleich mit der Tür ins Haus zu fallen.

»Ich bin Redakteurin und hatte hier einen Auftrag für eine Reportage, den ich mit ein paar Wochen Urlaub verbunden habe«, sagte sie und lächelte. »Die Gegend ist so wunderschön. Als kleines Mädchen habe ich schon davon geträumt, einmal nach Island zu reisen.«

Neben ihr spürte sie, wie Aron nervös mit dem Fuß tippte. Offenbar war sie nicht die Einzige, die fürchtete, welches Geständnis ihr in dieser Unterhaltung bevorstand.

»Ja, das ist sie wirklich«, entgegnete Hekla und nahm einen Schluck Kaffee. »Als ich noch jung war, wäre ich beinahe von hier fortgegangen. Das Schicksal hat damals jedoch anders entschieden. Und ich denke, das war gut so. Ich hätte es wohl mein Leben lang bereut, meine Heimat zurückzulassen«, fügte sie mit nachdenklichem Blick hinzu. Ihr Englisch hatte einen rauen Akzent, aber sie sprach es dennoch äußerst wortgewandt, wie fast alle Isländer.

Sie sah erst Aron, dann Anna eindringlich an. »Doch für die Liebe nimmt man so einiges in Kauf, nicht wahr?« Ein neckischer Funke tanzte in ihren Augen, und sie musterte sie erwartungsvoll.

»Oma«, brummte Aron tadelnd. »Du bist schon wieder viel zu neugierig.« Er legte Anna sanft einen Arm um den Rücken. Aber sein Blick verriet, dass ihm die akribische Musterung seiner Großmutter äußerst unangenehm war.

Immerhin hatten sie sich gerade erst zum zweiten Mal geküsst. Da fühlte sich dieses Gespräch ziemlich überrumpelnd an.

»Ach, lass mir meinen Spaß«, schoss Hekla zurück. »Es wird doch erlaubt sein, ein wenig mehr erfahren zu wollen.« Sie sah Anna an. »Entschuldige, aber mein Enkel ist keiner von der gesprächigen Sorte.«

Dafür machte Hekla alles mit ihrer Direktheit wett. Für Zurückhaltung schien sie nicht allzu viel übrig zu haben.

»Ich … kann Aron nur beipflichten«, sagte Anna mit einem zaghaften Lächeln. »Wir kennen uns noch nicht sehr lange. Ich denke, wir brauchen erst einmal selbst Zeit, um uns das zu beantworten.« Sie spürte, wie ihre Ohren glühten. Und Heklas Adlerblick machte das Ganze bloß schlimmer. Die Situation war so unangenehm, dass sie am liebsten durch die Terrassentür hinaus in den sonnenbeschienenen Garten geflüchtet wäre.

»Nun … jedenfalls habe ich meinen Enkel lange nicht mehr so glücklich gesehen«, verkündete Hekla ungeniert. »Das Funkeln in deinen Augen verrät dich, mein Lieber.« Sie klopfte vor ihm auf den Tisch, doch obwohl sie dabei lachte, entging Anna nicht der Funke Argwohn in ihrem Blick, der sie schnell wieder ernst werden ließ. Ihr Herz pochte. Wusste Hekla mehr, als sie zugab?

Bevor sie weiter darüber nachdenken konnte, zog Aron sie an sich und schien die Worte seiner Großmutter zu unterstreichen, was ein sanftes Kribbeln durch ihren Körper sandte und sie für einen Moment alles andere vergessen ließ.

Doch das währte nicht lange.

»Weißt du, Anna«, setzte Hekla nun an, während sie sie mit Argusaugen betrachtete, »du erinnerst mich an jemanden.«

Sie wusste es. Annas Herz begann zu rasen. »Oh … tatsächlich?«, stammelte sie und hielt sich krampfhaft an ihrer Kaffeetasse fest.

»Ja, in der Tat.« Hekla lehnte sich in ihrem Stuhl zurück. »Jemanden, den ich vor vielen Jahren gekannt habe.«

Neben ihr seufzte Aron leise auf, und sein Griff um ihre Taille wurde fester. Er wusste ebenso gut wie sie, was nun folgen würde.

Anna spürte einen Kloß im Hals, der es ihr unmöglich machte, mehr als ein ersticktes »Oh« über die Lippen zu bringen.

Hekla schaute auf Annas Handgelenk. »Sag einmal, hast du eine besondere Verbindung zu diesem Ort?«

Irritiert folgte Anna ihrem Blick. Betrachtete sie ihr Armband? Das mit der kleinen Möwe, das ihr Großvater ihr geschenkt hatte?

So oder so bestand kein Zweifel mehr daran, dass Hekla irgendeine Ahnung hatte. Anna stellte die Kaffeetasse ab und atmete tief durch. Sie wollte nicht länger um den heißen Brei herumreden. Als sie heute hierhergefahren war, hatte sie sich geschworen, nicht länger vor der Vergangenheit zurückzuschrecken, sondern ihr offen gegenüberzutreten. Sich der Schuld, die ihr Großvater auf ihre Familie geladen hatte, bewusst zu sein, aber sie nicht zu ihrer eigenen Schuld zu machen. All das lag so weit zurück. Und wenn Hekla das gleiche ehrliche Herz besaß wie ihr Enkel, dann würde sie es genauso sehen. Früher oder später zumindest.

»Ja, mich verbindet tatsächlich viel mit diesem Ort«, entgegnete sie mit angespannter Stimme. »Meine Vorfahren haben über mehrere Generationen den Leuchtturm von Öndverðarnes bewohnt. Leider ist der Kontakt hierher abgebrochen, als mein Großvater die Insel verließ und in Deutschland ein neues Leben begann. Ich glaube, du kennst ihn. Sein Name ist Gunnar Eriksson.«

Aron zuckte neben ihr zusammen, als hätte ihm die bloße Erwähnung ihres Großvaters körperliche Schmerzen bereitet. Doch sie ahnte, dass er vielmehr die Reaktion seiner Großmutter fürchtete.

Die starrte Anna einen Moment lang reglos an. Dann kniff sie die Augen zusammen.

»So«, sagte sie, »du bist also seine Enkelin.« Wieder ließ sie den Blick über Anna gleiten, suchte wohl nach Ähnlichkeiten. »Ich habe es mir schon gedacht.« Sie zeigte auf das Armband mit dem silbernen Möwenanhänger. »Das hat dein Großvater zu seiner Konfirmation von seinem Vater geschenkt bekommen. Ich habe es gleich erkannt.«

Anna fuhr mit den Fingern über das filigrane Schmuckstück. Das hatte sie nicht gewusst. Doch diese Gewissheit verströmte ein warmes Gefühl in ihrem Herzen, eine Verbundenheit mit ihrem Großvater, den sie so schmerzlich vermisste.

»Und du hast seine Augen«, fuhr Hekla fort. »So blau wie das Meer und so gutmütig und ehrlich, wie sie nur sein können.« Sie hielt einen Moment lang inne und seufzte. In ihrem Blick schienen sich die Erinnerungen an die längst vergangene Zeit mit Gunnar zu spiegeln. Anna erkannte Bedauern, Zuneigung, aber auch Schuld darin.

»Ich … ich weiß, was damals passiert ist«, sagte sie vorsichtig.

Hekla musterte sie aufmerksam. »Soso … Hat Gunnar es dir erzählt?«

»Nein.« Anna schüttelte sanft den Kopf. An ihrer Schulter spürte sie Arons Wärme und den beruhigenden Druck seiner Brust. Seine Umarmung wirkte wie Balsam auf ihre gespannten Nerven. »Mein Opa weigert sich, über die Vergangenheit hier auf Island zu reden. Letztlich habe ich es von Aron und meinem Großonkel Magnús erfahren.«

Hekla schwieg bedrückt. Sie trank einen Schluck Kaffee, dann setzte sie nachdenklich an: »Weißt du, was damals passiert ist, ist furchtbar gewesen. Und ich habe mich lange Zeit für mein Verhalten geschämt. Dein Großvater war so ein gutmütiger Mann. Ein Freund, auf den ich mich immer verlassen konnte. Und es hat mir wehgetan, dass ich ihn so verletzt habe. Er hat alles Recht der Welt, mich zu hassen. Das könnte ich ihm wohl kaum vorwerfen.« Wieder seufzte sie und stellte ihre Tasse dann vor sich auf dem Tisch ab.

»Aber ich war damals selbst noch ein halbes Kind. Ein junges unerfahrenes Mädchen, das nichts von der Liebe wusste. Ich mochte Gunnar. Wirklich. Doch als ich meinem Leif begegnet bin, Arons Großvater, habe ich verstanden, dass sich Liebe anders anfühlt. Und meine Gefühle haben mich blind werden lassen für das, was ich Gunnar antat. Ich hätte ehrlich sein müssen. Das war ein schlimmer Fehler. Und es war grausam, dass der Sturm mich vor die Wahl gestellt hat, entweder meinen besten Freund oder die Liebe meines Lebens in den Wellen zurückzulassen. Aber mein Herz hat mir keine Wahl gelassen. Und für all diese schlimmen Entscheidungen habe ich einen bitteren Preis gezahlt. Mein Enkel hat dir sicherlich erzählt, wie dein Großvater sich an mir gerächt hat.« Ihr Blick wurde hart, und sie sah Anna prüfend an.

»Oh, das hat er zweifellos«, sagte sie ernst und spürte, wie Aron sie beschwichtigend in die Seite knuffte. »Und es tut mir sehr leid, dass mein Großvater eurer Familie alles genommen hat. Das hätte er nicht tun dürfen. Aber ich versichere dir, dass sein Schmerz ihn auch heute noch verfolgt. Ich denke, er hat ihn genauso geblendet wie dich die Liebe zu Leif.«

Hekla sah sie eine Weile schweigend an. Schwermut legte sich auf ihre Züge. Schließlich nickte sie. »Es ist an der Zeit loszulassen. Die Vergangenheit lässt sich nicht ungeschehen machen. Und ich würde es mir nicht verzeihen, wenn ihr den Schmerz eurer Großeltern mit euch herumtragt. Dass all das Gunnars und mein Leben auf den Kopf gestellt hat, ist schlimm genug. Doch es waren unsere Fehler und unser Schicksal – wir haben es uns selbst zuzuschreiben, dass wir mit ihren Konsequenzen leben mussten. Euch soll das nicht belasten. Das Leben ist längst weitergegangen. Ich bin dankbar für die Liebe, die ich mit Leif erfahren durfte. Auch wenn er viel zu früh von uns gegangen ist.« Sie hielt inne, und Anna sah sie mitfühlend an. »Ein Unfall im Hochland«, fuhr Hekla fort, ehe sie etwas sagen konnte, und ein trauriger Ausdruck legte sich über ihre Züge. »Arons Vater war gerade einmal fünf.« Sie setzte die Tasse ab. »So ist das Schicksal. Es gibt und nimmt.« Eine Weile schwieg sie, dann streckte sie Anna die Hand entgegen und blickte sie auffordernd an.

Zögerlich ergriff sie die warmen Finger der alten Dame.

Ein Lächeln breitete sich auf Heklas Lippen aus. Dann streckte sie ihre andere Hand nach Aron aus. Als auch der sie ergriff, schaute sie zwischen ihnen hin und her und verkündete: »Ich möchte, dass ihr unbeschwert seid und einander nicht etwas vorwerft, was eure sturen, verkorksten Großeltern verbockt haben. Du bist hier immer herzlich willkommen, Anna. Ich freue mich, dass ihr einander gefunden habt.«

Anna spürte, wie sich eine verlegene Röte auf ihre Wangen stahl. Sie warf Aron einen kurzen Blick zu. In seinen Augen funkelten Zuneigung und Sehnsucht. Ein schweigendes Versprechen, dass nun alles anders sein würde. Dass es die Chance auf eine Zukunft für sie gab.

Als sie etwas später vor dem Dodge stand und gerade einsteigen wollte, zog Aron sie noch einmal an sich.

»Nicht so schnell«, raunte er, und sein warmer Atem kitzelte an ihrem Ohr.

Sie lachte und schmiegte sich breitwillig an seine Brust. Der weiche Flanellstoff seines Hemdes umhüllte sie wie eine warme, gemütliche Decke.

»Sehen wir uns morgen? Sherlock und ich würden dir gern den Snæfellsjökull zeigen.« Er strich sanft über ihr Haar und legte eine Hand an ihre Wange.

Neben ihnen gab Sherlock ein freudiges Bellen von sich und setzte sich erwartungsvoll hin.

Anna lächelte glücklich und nickte. »Das wäre sehr schön. Ich war noch nie dort.«

»Dann wird es ja höchste Zeit … Bárður würde es dir sicher übel nehmen, wenn du zurück nach Hamburg fliegst, ohne ihm einen Besuch abgestattet zu haben.«

»Bar… wer?« Sie sah ihn verwirrt an.

Er lachte und strich ihr mit dem Daumen über die Wange. »Bárður ist ein Halbtroll. Man erzählt sich, dass er den Gletscher und seine Schätze dort bewacht. Du solltest ihn lieber gnädig stimmen. Er kann sehr ungemütlich werden.« Aron grinste sie an, und seine Augen funkelten verschmitzt.

»So, na dann werde ich lieber nichts riskieren.« Sie erwiderte sein Grinsen und streckte sich ihm entgegen. Er verstand, zog sie noch etwas dichter an sich und beugte sich zu ihr herunter. Als seine Lippen ihre berührten, durchfuhr sie wieder dieses überwältigende Kribbeln, das jeden Zentimeter ihres Körpers mit Glück und Aufregung erfüllte.

Für einen Moment vergaß sie, wo sie sich befand und dass Hekla womöglich am Küchenfenster stand und sie beobachtete. Aber Sherlock erinnerte sie früh genug daran, als er plötzlich an ihnen hochsprang und seine Pfoten auf ihrer Schulter landeten.

»Sherlock, *sestu*!«, rief Aron genervt, konnte sich ein Lachen jedoch nicht verkneifen. »Dieser Hund.« Er verdrehte die Augen.

Anna lächelte und strich dem Golden Retriever beschwichtigend über das seidige Fell. »Du darfst das, du bist ganz bezaubernd«, flüsterte sie ihm zu, während er sie aus seinen treuen Hundeaugen musterte.

Dann gab sie Aron einen schnellen Kuss und zog erneut die Tür des Dodges auf.

»Also bis morgen«, sagte sie.

»Bis morgen.« Aron steckte die Hände in die Hosentaschen und trat einen Schritt zurück. »Wir freuen uns auf dich.«

Sie lächelte und kletterte mit klopfendem Herzen hinter das Steuer. Als sie vom Hof fuhr, sah sie im Rückspiegel Aron und Sherlock noch immer an derselben Stelle stehen.

Ihr Herz machte einen Satz und ein Gefühl der Wehmut erfasste sie. Alles fühlte sich gerade perfekt an – wie in einem wundervollen Traum. Wie sollte sie in sechs Tagen in den Flieger nach Hamburg steigen und all das zurücklassen?

Sie schluckte und bemühte sich, den Gedanken zu verdrängen. Erst einmal würde sie jede Sekunde genießen, die ihr bis dahin mit Aron blieb.

Während sie sich dem Leuchtturm näherte, wanderten ihre Gedanken immer wieder zu ihrem Großvater. Sie musste ihm sagen, dass sie nun alles wusste. Es wäre ihr letzter Versuch, sich ihm zu erklären, und ihre einzige Hoffnung darauf, dass er einlenken würde. Sie vermisste ihn so sehr, und es brach ihr das Herz, wenn sie daran dachte, dass er womöglich nie wieder Teil ihres Lebens sein würde. Weil der Schmerz der Vergangenheit ihn weiterhin zerfraß.

Als sie auf den Hof fuhr und den Wagen vor dem alten Stall abstellte, sah sie, dass im Haus Licht brannte. Sie blieb noch einen Moment nachdenklich hinter dem Lenkrad sitzen. Magnús wartete wahrscheinlich schon gespannt auf ihren Bericht. Aber sie musste erst etwas erledigen, bevor sie die Ruhe hatte, ihm alles zu erzählen. Ihr Blick fiel auf ihr Handy, das in der wackeligen Navigationshalterung steckte. 18 Uhr. In Hüsby war es nun 19 Uhr, und ihr Großvater würde gerade zu Abend essen. Doch das war egal. Sie musste ihn sprechen. Ihr Herz klopfte ängstlich, als sie sich das Handy schnappte und aus dem Dodge sprang.

Mit hastigen Schritten lief sie über den Hof. Doch anstatt ins Haus zu gehen, steuerte sie den Pfad an, der hinunter zur Küste und dem Steg führte. Es war ein milder Abend, und die See wogte ungewöhnlich ruhig gegen die schwarzen Klippen. Sie kauerte sich auf einen hüfthohen Felsen vor dem Steg. Hier war es einigermaßen windgeschützt, und trotzdem bot sich ihr der atemberaubende Blick über das dunkelblaue Meer.

Sie atmete tief durch, ließ sich von der salzigen, feuchten Luft beruhigen, die in ihre Lungen strömte, und zog ihr Handy hervor. Mit zittrigen Fingern tippte sie auf den Kontakt ihres Großvaters. Während der Wählton erklang, stellte sie sich vor, wie das alte Scheibentelefon auf dem

Beistelltisch im Wohnzimmer des Bauernhofs klingelte. Für gewöhnlich dauerte es ein wenig, bis ihr Opa abhob.

Ein Knacken ertönte, dann hörte sie ihren Großvater brummen: »Ja?«

Für einen Moment verschlug es ihr die Sprache, und die Aufregung und Traurigkeit schnürten ihr die Kehle zu. Doch sie schluckte und fasste sich ein Herz. Jetzt oder nie.

»Hallo, Opa«, sagte sie zögerlich, »ich bin es, Anna.«

Schweigen. Eine ganze Weile hörte sie nur das rasselnde Atmen ihres Großvaters.

»Hallo, Anna«, entgegnete er schließlich. Sein Ton war kühl und abweisend. Sie musste sich wohl keine Illusionen machen, dass er ihr inzwischen verziehen hatte.

»Wie schön, dich zu hören. Ich habe dich wirklich sehr vermisst. Geht es dir gut?«, fragte sie, und ihre Stimme überschlug sich beinahe vor Aufregung. *Beruhige dich, Anna*, ermahnte sie sich selbst. *So verschreckst du ihn nur und schlägst ihn in die Flucht.*

»Ich kann nicht klagen«, brummte er knapp. Dann hörte sie, wie er leise seufzte. »Ich habe nicht viel Zeit. Weshalb rufst du an?«

»Ich … ich muss dir etwas sagen …«, stammelte sie und tippte nervös mit den Fingern auf dem rauen Felsen herum.

»So?« Ihr Großvater klang überrascht und äußerst skeptisch.

Am Horizont sah sie eine Möwe über dem seidig glänzenden Wasser schweben. Der Anblick gab ihr Kraft, und sie fasste sich ein Herz. »Ich weiß es, Opa. Alles. Ich habe Großonkel Magnús gefunden. Und ich habe schließlich auch von den Briefen und Hekla erfahren. Ihr Enkel, Aron, ist mir sehr wichtig geworden, weißt du.«

Wieder herrschte Stille am anderen Ende der Leitung. Und diesmal dauerte sie so lange an, dass Anna sich schon sorgte, ob ihr Großvater womöglich vom Stuhl gekippt war.

Dann drang jedoch ein leises Räuspern durchs Telefon. »Du hast dich meiner Bitte widersetzt«, stieß er mit schneidend scharfem Ton hervor. »Du bist einfach nach Island gefahren, obwohl ich dir gesagt habe, dass diese Insel keinen Platz in unserem Leben hat.«

»Ja, aber …«, setzte sie an, doch er schnitt ihr sofort das Wort ab.

»Du hast mich nicht respektiert, Anna. Taten haben Konsequenzen«, brummte er. Und dann legte er auf.

Entsetzt und ungläubig starrte sie ihr Handydisplay an. Sie hatte alles daransetzen wollen, sich mit ihm zu versöhnen. Ihm zu zeigen, dass es Zeit war, seinen Groll zu begraben. Ihn an die guten Seiten seiner Heimat zu erinnern. Aber er hatte ihr nicht einmal die Chance dazu gegeben. Der Hass gegen alles, was die Insel ihm in seinen Augen genommen hatte, schwelte noch immer in ihm. Und er war stärker als die Liebe zu seiner Enkeltochter. Das musste sie sich endlich eingestehen, so sehr es auch schmerzte.

Kapitel 40

Halbinsel Snæfellsnes, Island
Sechs Wochen später
Ende September 2023

Der Wind pfiff kalt und unbarmherzig über das Tal und rauschte in Annas Ohren. Fröstelnd zog sie den Reißverschluss ihrer Daunenjacke hoch und vergrub das Kinn in ihrem dicken Wollschal. Um sie herum herrschte aufgeregtes Geplapper und reges Treiben. Transporter wurden vorgefahren, und Hunde und Kinder tollten aufgeregt umher. Die Leute aus der Nachbarschaft hatten sich alle versammelt und warteten voller Vorfreude auf die ersten Ankömmlinge. Aber Anna bekam kaum etwas von den Gesprächen mit. Gebannt schaute sie auf die schwarze Bergkuppe am Horizont des Tals. Dahinter brach die Sonne zwischen den aufgetürmten Wolkenbergen hervor und strahlte auf die grüne Hochlandwiese hinunter.

Die Spannung war kaum noch auszuhalten. Hoffentlich war alles gut gegangen.

Und dann kamen sie. Zuerst erschienen ein, zwei weiße Fellknäuel am Horizont. Doch schon bald war die ganze Bergkuppe in Weiß getaucht, und lautes Geblöke drang zu ihnen herunter. Kurz darauf entdeckte Anna die ersten Reiter. Sie riefen und pfiffen und gaben ihren Hunden Anweisungen, die die Herde an den Seiten begrenzten. Ein Jubeln ging durch die wartende Menge im Tal, und die Gespräche um sie herum wurden noch lauter. Hektisches Treiben brach aus, und die Ersten brachten sich in dem großen Gatter, in das die Schafe getrieben werden sollten, in Position.

Gespannt hielt sie Ausschau, stellte sich auf die Zehenspitzen, um besser sehen zu können. Doch noch waren sie nicht zu entdecken. Erst als die erste Gruppe den Abstieg schon halb geschafft hatte, erkannte Anna am Horizont drei schneeweiße Islandpferde, die eine zweite Herde hinabgeleiteten. Das mussten sie sein. Als sie näher kamen und sie einen braunen, einen blonden und einen rotblonden Reiterschopf ausmachen konnte, bestand kein Zweifel mehr.

Ihr Herz schlug höher, und ein warmes Gefühl des Glücks erfasste sie beim Anblick der drei. Bald erkannte sie, dass Aron konzentriert vorritt, um die Herde voranzutreiben. Währenddessen blieben die beiden hinteren Reiter nebeneinander, und sie meinte, Lias herzhaftes Lachen bis ins Tal zu hören. Unwillkürlich musste sie grinsen. War ja klar, dass ihre Freundin wieder die Lauteste war. Der Wikinger auf dem Schimmel mit der langen weißen Mähne an ihrer Seite strahlte Lia so stolz und verliebt an, dass Anna noch ein bisschen wärmer ums Herz wurde.

Erneut fiel ihr Blick auf Aron. Kein Zweifel, er war in seinem Element. Lässig trieb er seine Stute an und achtete darauf, dass keines der Schafe zur Seite ausbrach. Die Sonnenstrahlen ließen seine blonden Locken regelrecht leuchten, und als er Anna entdeckte, trat ein breites Lächeln auf sein Gesicht, und er hob die Hand.

Ein Kribbeln fuhr durch ihren Körper, und sie winkte grinsend zurück. Es fühlte sich noch immer etwas unwirklich an, dass sie hier stand. Mitten unter den isländischen Farmern der Umgebung. So als würde sie schon dazugehören. Doch bevor sie länger darüber nachdenken konnte, stupste Hekla sie in die Seite und deutete auf die Schafe, die nun fast das Gatter erreicht hatten.

»Jetzt geht es richtig los«, sagte sie und lächelte. »Das Highlight beim Réttir. Du musst nach unseren Schafen Ausschau halten. Das wird gleich ein furchtbares Durcheinander geben. Aber du erkennst sie an den Ohrmarken. Unsere haben die Nummer 1SH4.«

»Alles klar«, entgegnete Anna und schob sich die Ärmel hoch. Dann folgte sie Hekla ins Gatter und positionierte sich neben einem der vielen Tore, die sich zu einem dahinterliegenden kleineren Pferch öffneten. Jede Familie hatte ihren eigenen. Dort mussten sie ihre Schafe aus der großen Menge im Hauptgatter hineinmanövrieren.

Kaum hatten sie Stellung bezogen, ging es auch schon los. Die Schafe drängten sich blökend in das Gatter und liefen aufgeregt durcheinander.

Anna versuchte, eines zu greifen, doch die meisten waren so flink, dass sie sich schnell ihrem Griff entwanden, bevor sie die Chance hatte, auf die Ohrmarke zu schauen.

Bei einem gelang es ihr, aber es hatte nicht die richtige Nummer. Puh. Das würde eine ziemlich anstrengende Sache werden. Mittlerweile waren so viele Schafe in das Gatter getrieben worden, dass sie sich eng aneinanderdrängten. Es schien hoffnungslos, in dem Gemenge ihre Schafe zu identifizieren und einzusammeln.

Doch dann hatte sie Glück. Das Schaf vor ihr hatte die richtige Ohrennummer. Jetzt musste sie schnell sein. Hastig griff sie in seine Wolle und legte die Arme um das Tier. Aber das wurde panisch und wehrte sich mit aller Kraft.

»Du musst es an den Hörnern festhalten!«, rief Hekla ihr zu.

Anna hob den Kopf und schaute den anderen zu, die, ohne zu zögern, die Hörner der Tiere ergriffen und sie zwischen den Beinen zu den Pferchen bugsierten.

Also gut.

Sie packte die Hörner ihres Schafs, das sich danach deutlich weniger winden konnte. Dann stellte sie sich über das Tier und drängte es Richtung Pferch. Dort angekommen, schob Hekla das Tor auf und sie trieben es gemeinsam hinein. Geschafft.

»Das war deine Feuertaufe«, meinte Hekla lachend und klopfte ihr auf den Rücken. »Gut gemacht.«

»Es ist schwieriger als gedacht«, entgegnete Anna und klopfte sich die Hose ab. »Ich möchte ihnen ja nicht wehtun.«

Hekla schmunzelte. »Keine Sorge, das tust du nicht. Wenn du sie an den Hörnern hältst, können sie sich nicht mehr so leicht verdrehen.«

Anna nickte. Konzentriert wandte sie sich wieder den Schafen zu. Es dauerte eine Weile, aber dann hatte sie den nächsten Kandidaten entdeckt und brachte ihn sicher zum Pferch.

Als sie bereits die Hälfte ihrer Herde aus der Menge im Hauptgatter heraussortiert hatten, gesellten sich Aron, Lia und Per zu ihnen. Sie hatten die Pferde an ihrem Transporter angebunden und kämpften sich jetzt zwischen den Schafen hindurch zu ihnen herüber.

»Hey.« Aron legte die Hand um ihre Taille und küsste sie sanft.

»Hey.« Sie lächelte ihn an und sog zufrieden den Duft nach Meer und Wolle ein, den sein Pullover verströmte.

»Bist du jetzt professionelle Schafsortiererin?«, fragte er und grinste.

»Ich würde sagen, es hat gut geklappt«, entgegnete sie und stupste ihn neckend gegen die Brust.

»Hey, ihr beiden!«, rief in dem Moment Lia. »Genug geturtelt! Wir könnten echt mal eure Hilfe gebrauchen.«

Anna drehte sich zu ihr und sah, wie sie geschickt ein Schaf Richtung Pferch manövrierte. Wer hätte gedacht, dass in Lia so eine talentierte Farmerin steckte? Es hatte sie schon überrascht, dass Lia so gut reiten konnte. Natürlich hatte sie Anna mal erzählt, dass sie früher in ihrem noblen Hamburger Vorort Reitstunden genommen hatte, aber sie hatte sie noch nie auf einem Pferd gesehen. Als ihre Freundin sich gestern breitwillig angeboten hatte, mit Per und Aron zu den Schafen zu reiten, hatte Anna fast ihren Rotwein über den Tisch geprustet. Das hatte sie sich beim besten Willen nicht vorstellen können. Doch heute hatte sich Lia tatsächlich äußerst gekonnt auf den Rücken von Arons weißem Wallach Alskær geschwungen und sie damit mächtig beeindruckt.

»Na dann los«, sagte Aron und strich ihr ermutigend über den Rücken.

Sie nickte und richtete den Blick wieder auf die übrigen Schafe.

Nach einer weiteren Stunde war es geschafft, und sie hatten ihre Herde in dem kleinen Pferch versammelt. Während Per und Hekla die Pferde festhielten, fuhr Aron den Transporter an das Gatter, und gemeinsam trieben sie die Tiere hinein. Sobald sie die Ladeluke verriegelt hatten, atmete Anna tief durch. Geschafft.

Langsam beruhigte sich ihr Puls. Nach zwei Wochen auf Arons Farm fand sie es noch immer ziemlich aufregend, sich um die Tiere zu kümmern. Sie lernte jeden Tag etwas Neues, und sie freute sich darüber, wie die Schafe und Pferde Stück für Stück zutraulicher wurden. Je mehr sie über das Verhalten der Tiere lernte, desto besser verstanden sie, was Anna von ihnen wollte, wenn sie sich um sie kümmerte. Letzte Woche hatte sie sogar selbst zum ersten Mal im Sattel von Arons seelenruhiger Stute Snjóka gesessen. Eines Tages wollte sie so sicher reiten können, wie es fast jeder Isländer zu können schien. Das war ein langer Weg, aber sie genoss es, ihn Schritt für Schritt zu gehen.

Lia kam zu ihr herüber und legte ihr strahlend einen Arm um die Schultern. »Geschafft! Was für ein Erlebnis! Bin nicht mal vom Pferd gefallen«, rief sie und grinste.

»Das wäre ja auch noch schöner«, entgegnete Anna und legte den Arm um die Hüfte ihrer Freundin. »Hätte ja nie vermutet, dass du dich mal näher als drei Meter an so ein großes schnaufendes Tier herantrauen würdest … du weißt schon, deine Designerturnschuhe hätten dir das echt verübelt.«

»Siehst du, wie ich immer sage: Man braucht nur die richtige Kleidung für jeden Anlass«, verkündete Lia und wackelte mit der Spitze ihrer Gummistiefel.

»Da hast du wohl recht.« Anna lächelte.

»Aber ganz ehrlich«, flüsterte Lia ihr zu, »ich beneide dich ganz schön … jeden Tag Schafe kraulen und Pferde striegeln … Jeden Tag mit Blick aufs Meer aufzuwachen … das muss echt herrlich sein.«

»Stimmt schon«, erwiderte Anna, und ein glückliches Grinsen lag auf ihren Lippen, als sie an den heutigen Morgen dachte. Sie war in Arons Armen aufgewacht, in dem gemütlichen großen Holzbett, von dem aus sie direkt durchs Fenster auf das wogende Meer schauen konnten. Hätte ihr jemand vor sechs Wochen gesagt, dass ihr Leben bald so aussehen würde, hätte sie ihn wohl für verrückt erklärt. »Wieso kommst du nicht ebenfalls her?«, fragte sie und knuffte Lia liebevoll in die Seite. »Du fehlst mir ganz schön. Und wie ich das so einschätze, bin ich da nicht die Einzige …« Sie schaute bedeutungsvoll in Pers Richtung, der gerade die Zügel seines Wallachs von Hekla übernahm.

Lia folgte ihrem Blick und seufzte. »Vielleicht mache ich das sogar … ihr fehlt mir auch, glaub mir. Seit du ausgezogen bist, fühlt sich unsere Wohnung gar nicht mehr wie ein Zuhause an … und die neue Mitbewohnerin bringt mich noch um … neulich hat sie den Kamin anschmeißen wollen und dabei fast die Villa abgefackelt. Ich sag's dir, die kostet einen echt alle Nerven.«

Anna lachte. »Also, wenn ich mich richtig erinnere, ist dir das damals auch fast passiert, als wir ihn zum ersten Mal anfeuern wollten.«

Lia sah sie entsetzt an und verpasste ihr einen Stups. »Psst, sag das nicht so laut, das ist ja peinlich.«

»Alle Mann aufgesessen, es geht los!«, rief Hekla zu ihnen herüber.

»Na, dann werd ich mal.« Lia drückte ihr zum Abschied einen Schmatzer auf die Wange und ging anschließend zu Hekla und Per hinüber.

»Seid vorsichtig!«, rief Anna ihnen hinterher. »Wir sehen uns gleich auf dem Hof!«

Aron und sie würden gemeinsam den Transporter zurück zur Farm fahren. Da der Weg nicht allzu weit war, wollten die anderen drei nach Hause reiten.

»Könnt ja schon mal den Grill anschmeißen!«, rief Lia grinsend zurück und rieb sich den Bauch.

»Wird erledigt.« Anna lachte und ging zur Beifahrertür des Pick-ups. Auf ihrem Sitz hatte Sherlock es sich bequem gemacht und presste nun aufgeregt die Nase gegen die

Scheibe, als er Anna bemerkte. Er hatte brav im Auto gewartet, während sie mit den Schafen zu tun hatten. »Bin ja gleich da, mein Großer«, murmelte sie.

»Ist offen!«, rief Aron ihr von der Fahrerseite zu, und sie stiegen gleichzeitig ein.

Wie schon bei ihrer ersten gemeinsamen Fahrt ließ sie Sherlock bei sich im Fußraum sitzen. Sie hatten sich mittlerweile gut mit dem bisschen Platz arrangiert. Außerdem hätte sie es niemals übers Herz gebracht, den anhänglichen Golden Retriever nach hinten zu verfrachten.

»Auf geht's«, murmelte Aron und startete den Wagen.

Kurz darauf holperten sie auf der Schotterpiste aus dem Hochland Richtung Hellissandur. Vor ihnen erstreckten sich die sanfteren Hügel der Hochebene, und in der Ferne leuchtete bereits das Meer. Im Radio spielte wieder einer dieser isländischen Country-Pop-Songs und Anna sah zufrieden aus dem Fenster. Der Anblick ihrer neuen Heimat erfüllte sie mit einem verheißungsvollen Kribbeln. Sie konnte es noch immer kaum glauben, dass sie den Schritt gewagt hatte.

Der Abschied von der Insel, von Aron und ihrem Großonkel war ihr vor fünf Wochen so schwergefallen, dass sie ernsthaft mit dem Gedanken gespielt hatte, ihren Flieger sausen zu lassen und einfach zu bleiben. Doch sie hatte gewusst, dass das unmöglich war. Ihr Job, ihre Familie und Lia warteten in Hamburg auf sie. Also hatte ihre Vernunft gesiegt, und sie war nach Hause geflogen. Aron und sie hatten täglich telefoniert. Aber die Sehnsucht nach ihm und der Insel hatte jeden Tag an ihr genagt. Es hatte exakt eine Woche gedauert, bis sie kapitulierte.

Zuerst hatte sie sich nur euphorisch gefühlt, sobald ihre Entscheidung gefallen war. Doch dann hatten sie die Fragen überrollt. Wie sollte sie das ihrer Familie erklären? Wie wollte sie zukünftig Geld verdienen, wenn sie ihren Job in der Redaktion kündigte? Und was würde Aron dazu sagen, sobald sie ihm verkündete, dass sie nach Hellissandur ziehen wollte? Immerhin hatten sie einander erst vor wenigen Tagen ihre Gefühle gestanden. Und es wäre nicht unwahrscheinlich gewesen, dass er sich von ihrer Entscheidung unter Druck gesetzt fühlte.

Aber wie durch Zauberhand schien sich alles zu fügen. Ihre Eltern waren zwar ziemlich überrascht über ihren Entschluss gewesen, doch hatten sie darin bestärkt, ihren Weg zu gehen, und versprochen, sie regelmäßig zu besuchen. Herr Schneyder hatte zuerst ziemlich schockiert dreingeschaut, als sie ihm ihre Kündigung überreicht hatte. Aber nach einigen grummeligen Anschuldigungen hatte er ihr schließlich angeboten, dass sie als freie Redakteurin einige Beiträge über das Leben auf Island verfassen konnte, die er im Magazin abdrucken wollte. Die Reportage über das exklusive Abenteuerwochenende in Isas Chalet war zu einem überragenden Erfolg geworden. Die Leserresonanz hatte alle Erwartungen übertroffen, und Herr Schneyder plante, nun regelmäßig einen Islandbericht im Magazin zu veröffentlichen. Sogar das geheiligte Wort Auslandskolumne stand im Raum. Bei diesem Angebot war Anna ein großer Stein vom Herzen gefallen, denn das bedeutete, dass sie eine realistische Chance hatte, sich weiterhin in ihrem Metier über Wasser halten zu können. Und nebenbei könnte sie weiter ihren Traum verfolgen und Romane schreiben. Ihr erster war bereits fertig und wartete darauf, dass sie ihn bei den Verlagen einreichte.

Und Aron?

Sie wandte den Kopf und beobachtete, wie er zufrieden lächelnd den Wagen lenkte und den Takt der Musik auf dem

Lenkrad mittippte. Als er merkte, dass sie ihn ansah, schaute er ihr kurz in die Augen, dann nahm er ihre Hand und küsste ihre Finger.

Alle ihre Befürchtungen hatten sich in Luft aufgelöst, als sie ihm von ihrem Umzug berichtet hatte. Mehr als das ... er hatte ihr angeboten, zu ihm auf die Farm zu ziehen. Zunächst hatte sie das völlig überrumpelt. Aber er hatte sie beruhigt und gemeint, dass es ein Versuch sei. Falls sie feststellten, dass es zu früh war, miteinander zu leben, könne sie sich ja immer noch etwas Eigenes suchen. Und irgendwie hatte er recht. Dass er all das so locker nahm, half ihr, sich selbst nicht zu sehr unter Druck zu setzen. Und doch spürte sie, wie ernst es ihm mit ihr war. Seit sie bei ihm eingezogen war, fühlte sich ihr Leben genau so an, wie sie es sich stets erträumt hatte.

Nur ihr Großvater hatte ihr wie zu erwarten nicht verziehen. Seit ihrem Telefonat hatte sie nichts mehr von ihm gehört. Ihre Eltern hatten ihm von Annas Umzug nach Island berichtet. Und er war so entsetzt gewesen, dass er selbst mit ihnen eine ganze Weile nicht mehr gesprochen hatte.

Sie seufzte. So schwer es war und so sehr sie ihn vermisste – sie würde sich offenbar damit abfinden müssen, ihr Leben ohne ihn zu führen.

Bestimmt schob sie den Gedanken fort. Sie wollte sich von dieser Traurigkeit nicht überwältigen lassen. Nicht jetzt, da gerade alles so perfekt war.

»Schön, dass Lia und Per zum Réttir hergekommen sind«, sagte Aron und legte ihre Hand auf seinen Oberschenkel, um in den nächsten Gang zu schalten. »Die beiden sind echt nett.«

»Ja«, bestätigte Anna und lächelte. »Und wie füreinander geschaffen, findest du nicht?«

Er lachte und zwinkerte ihr zu. »Du meinst, wie wir beide?«

»Ganz genau«, raunte sie und strich über sein Bein.

Sie hatte sich wahnsinnig gefreut, als Lia spontan verkündet hatte, dass sie zu Besuch kommen wollte. Der alljährliche Schafabtrieb am Ende des Sommers war ein großes Spektakel. Und der erfolgreiche Heimtransport der Herde wurde immer mit einem kleinen Fest auf dem eigenen Hof gefeiert. Das hatten sich Lia und Per nicht entgehen lassen wollen und die Gelegenheit genutzt, sich für das Wochenende bei ihnen einzuquartieren.

Anna war froh, ihre beste Freundin wieder um sich zu haben. Vielleicht überlegte Lia es sich ja wirklich noch und würde ihrem Herzen nach Island folgen …

***

Das Feuer unter dem großen Schwenkgrill knisterte laut und verbreitete eine wohlige Wärme an diesem kühlen Septemberabend. Nun, mitten im Herbst, war das Dämmerlicht der Mitternachtssonne wieder den Schatten der beginnenden Winternächte gewichen, und eine beruhigende Dunkelheit legte sich über das Land. Anna schmiegte sich zufrieden an Arons Seite und ließ den Blick in die Runde schweifen. In einem Halbkreis um den Grill herum saßen Hekla und Magnús und unterhielten sich angeregt. Daneben Jón und Rakel, die eine Kiste Bier zum Anstoßen mitgebracht hatten. Sogar Freyja und Jan waren aus Reykjavík hochgefahren, um den Abend mit ihnen zu verbringen. Sherlock lief aufgeregt von einem Gast zum anderen, in der Hoffnung, hier und da ein Stück Bratwurst zu ergattern. Und auf dem entlegensten Baumstamm saßen Lia und Per und fütterten einander mit gegrilltem Gemüse.

Anna verkniff sich ein Grinsen und zog vielsagend eine Augenbraue hoch, als Lia zu ihr herübersah. Aber die zuckte nur unbekümmert mit den Schultern.

Schmunzelnd blickte sie zum Feuer. Es war so schön, all ihre Freunde hier versammelt zu sehen. Um sie herum herrschte ein munteres Geplauder, und sie genoss es, die fröhliche Stimmung am Ende des langen Tages aufzusaugen, während sie Arons Wärme neben sich spürte.

»Weißt du eigentlich schon das Neuste?«, meinte er leise zu ihr und zog sie noch ein Stückchen dichter an sich.

Sie sah ihn an und schüttelte den Kopf.

»Isa und dein TV-Star sind jetzt das neue It-Paar in Reykjavíks High Society.« Er gluckste und trank einen Schluck Bier.

Das hatte sie tatsächlich nicht gewusst. Seit ihrem recht kühlen Abschied von Kristján hatte sie keinen Kontakt mehr zu ihm. Und das war ihr nur recht. Offen gestanden hatte sie rein gar nichts vermisst. Sie zuckte mit den Schultern. »Das überrascht mich nicht einmal.«

»Mich auch nicht. Hatte gleich das Gefühl, dass die irgendwie zusammenpassen. Und als Isa nach der Trennung direkt nach Reykjavík gezogen ist, war mir schon klar, dass das Leben hier eigentlich gar nichts für sie war. Aber ehrlicherweise hat mich das damals nicht mehr wirklich interessiert. Ich war ziemlich abgelenkt, könnte man sagen«, raunte er ihr zärtlich zu und fuhr mit den Lippen über ihr Ohr.

Sie kicherte leise. »Das kitzelt.«

Doch er kannte keine Gnade mit ihr. Lachend wand sie sich unter seinem Kuss und drehte sich von ihm weg. Als sie den Blick hob, erstarb das Lächeln auf ihren Lippen und sie hätte beinahe die Bierflasche in ihrer Hand fallen gelassen.

Dort, im Halbschatten des Hauses, stand ihr Großvater. Er trug seinen alten Reisekoffer in einer Hand und starrte sie reglos an.

Er sah hager aus, dünner und ausgemergelter als sonst. Unter seinen Augen lagen dunkle Ringe, und sein Gesicht war fahl und eingefallen. Hatte ihm die letzte Zeit doch mehr zugesetzt, als er vor ihr hatte zugeben wollen?

Für einen Moment war sie unfähig, sich zu rühren. Ihn hier zu sehen, versetzte sie in eine regelrechte Schockstarre.

Aron bemerkte offenbar, dass etwas nicht stimmte, und drehte sich ebenfalls um. Als er ihren Großvater entdeckte, sog er überrascht die Luft ein.

»Ist er das etwa?«, fragte er dann vorsichtig.

Anna nickte schweigend. Er sah seinem Bruder Magnús so ähnlich, dass sich ihre Verwandtschaft nicht bestreiten ließ.

Auch Magnús und Hekla hatten ihn anscheinend erkannt und waren schlagartig verstummt.

Ihr Großvater verharrte jedoch weiter in seiner Starre und schien unfähig, sich zu bewegen.

Anna fasste sich ein Herz und erhob sich langsam. Mit zittrigen Knien ging sie auf ihn zu.

»Opa«, brachte sie halb erstickt hervor, als sie vor ihm stand.

»Hallo, Anna«, sagte er mit dünner Stimme. »Ich hoffe, ich störe nicht.«

»Nein, nein, keineswegs«, stammelte sie unsicher. »Wir feiern gerade Réttir. Setz dich doch zu uns. Es gibt Würstchen, Fisch und gegrilltes Gemüse.« Sie redete so schnell, dass es ihr schwerfiel, ihren eigenen Worten zu folgen.

Beruhige dich. Dass er hier ist, ist ein gutes Zeichen.

Also lächelte sie ihn zaghaft an.

»Ehrlich gesagt würde ich gern erst mit dir sprechen«, entgegnete ihr Großvater und stellte seinen Koffer ins Gras neben sich.

Sie nickte, und einen Moment lang sahen sie einander nur schweigend an. Dann räusperte sich ihr Opa.

»Es tut mir leid, Anna. Du hattest recht. Ich habe mich wie ein alter sturer Mann verhalten. Der ich offensichtlich auch bin. Ich habe einen großen Fehler gemacht … Dich von meinem Hof zu verweisen und den Kontakt abzubrechen, das werde ich mir wohl nie verzeihen. Aber nun, da du alles weißt, was hier vorgefallen ist, bevor ich die Insel verließ, hoffe ich, dass du ein wenig Verständnis für mich hast.« Er atmete tief ein und sah dabei so elend aus, dass es Anna das Herz zerriss.

»Ja, Opa«, sagte sie leise, »das habe ich. Trotzdem glaube ich, dass es wichtig ist, dass du die Vergangenheit loslässt. Es ist alles so schrecklich lange her. Nur so wirst du deinen Seelenfrieden finden können. Und immerhin ist Island deine Heimat. Hast du es gar nicht vermisst?«

Er seufzte. »Doch, das habe ich. Sehr sogar.«

Sie lächelte schwach. »Und ich habe dich übrigens auch vermisst.«

Ein zaghaftes Lächeln trat auf seine Lippen, und er breitete die Arme aus. »Komm her, mein Mädchen. Du hast mir so gefehlt.«

Ohne noch eine weitere Sekunde zu zögern, fiel sie ihm in die Arme und seufzte glücklich. Sie hatte die Hoffnung schon aufgegeben. Niemals hätte sie damit gerechnet, dass er einlenken und sogar nach Island reisen würde, um sich zu entschuldigen.

Er tätschelte sanft ihren Rücken. Als sie sich voneinander lösten und er nach seinem Koffer griff, richtete er den Blick auf die Runde am Grillfeuer und erstarrte wieder.

Anna wandte sich um und sah, dass er zu Hekla und Magnús schaute. Sie legte eine Hand auf seinen Arm. »Keine Sorge, sie sind beide bereit, die Vergangenheit loszulassen. Vielleicht ist es sogar längst überfällig, dass ihr miteinander redet.«

Ihr Opa nickte, dann ließ er sich von ihr zu den anderen führen.

»Guten Abend«, sagte er steif und grüßte in die Runde.

Hekla zog beide Augenbrauen hoch. »Gunnar, was für eine Überraschung … dass du hier noch einmal auftauchst, hat wohl niemand erwartet.«

Anna warf ihr einen hilflosen Blick zu und sah, wie Hekla sich daraufhin sichtlich entspannte. Sie verstand. »Setz dich doch zu uns«, fügte sie etwas versöhnlicher hinzu und deutete auf den Platz neben sich.

Ihr Opa stellte den Koffer ab und ging zu Magnús und Hekla hinüber. Anna beobachtete, wie er seinen Bruder umarmte, erst zögerlich, dann drückte er ihn fest an sich. Die beiden schauten einander an, und in ihren Augen standen so viel Trauer und Schmerz. Und doch zeigte ihre Geste, dass auch sie einander gefehlt hatten.

Schließlich wandte er sich Hekla zu und streckte ihr ungelenk die Hand hin.

Hekla ergriff sie und schüttelte sie kurz. Die Stimmung zwischen ihnen war angespannt, das erkannte Anna selbst von der anderen Seite des Feuers aus. Aber sie gaben sich Mühe.

Ihr Opa setzte sich zwischen Hekla und Magnús, und die drei begannen, sich miteinander zu unterhalten.

Mehr hatte sie sich nicht erhoffen können. Und mit der Zeit schienen sie regelrecht aufzutauen. Ihre Haltung wurde entspannter, und gelegentlich sah sie nun sogar ein Lächeln auf ihren Gesichtern.

Zufrieden lehnte sie sich wieder an Arons Seite. Er legte den Arm um sie und küsste ihre Stirn. »Glücklich?«, raunte er.

»Glücklich«, antwortete sie und strahlte ihn an.

Er nickte. »Das bin ich ebenfalls. Und dank dir werden die drei dort drüben es wohl auch endlich sein.« Er sah zu Hekla, Magnús und Gunnar.

»Das hoffe ich.« Sie seufzte leise und lehnte den Kopf an seine Schulter. Über ihnen funkelten die Sterne am dunklen Abendhimmel.

Und über dem Meer entdeckte sie ihn. Hell und klar leuchtete der Polarstern am dunklen Himmelszelt.

Sie wandte den Kopf und schaute zu ihrem Großvater. Auch er hatte ihn entdeckt und zwinkerte ihr verschwörerisch zu. Anna lächelte und zwinkerte zurück.

Dann spürte sie wieder Arons Lippen an ihrem Ohr. »Hast du dir gerade den Polarstern angesehen?«

»Ja«, flüsterte sie und streichelte seine Hand, die auf ihrem Oberschenkel ruhte.

»Weißt du, dass er mich nun immer an unseren ersten Kuss erinnern wird?«

Sie hob den Blick und sah, wie liebevoll er sie betrachtete. In seinen türkisfarbenen Augen tanzte das goldene Flackern des Feuers. Sie schluckte und strich ihm zärtlich über die Wange. »Mich auch.«

Er legte eine Hand an ihr Gesicht und hob sanft ihr Kinn an. Dann beugte er sich zu ihr hinunter, bis seine Lippen nur einen Hauch von ihren entfernt waren. »Ich liebe dich, Anna«, flüsterte er, und sein Atem strich über ihre Haut.

Ein euphorisches Kribbeln durchfuhr sie, und sie strahlte. »Ich liebe dich auch«, erwiderte sie und lehnte sich in seine Umarmung.

Als ihre Lippen sich berührten, vergaß sie alles um sich herum.

Nur eine Gewissheit durchströmte sie so wärmend wie die Liebe, die sie für ihn empfand: Sie war endlich angekommen. Umgeben von den Menschen, die sie liebte, unter dem klaren Sternenhimmel der isländischen Nacht hatte sie ihr Zuhause gefunden.

– ENDE –